U0105803

【蔡培火全集 五】

台灣語言相關資料（上）

主　編／張漢裕

出　版／財團法人吳三連臺灣史料基金會

目 錄

專著

十項管見（CHÁP—HĀNG KOÁN—KIÀN）原文（一九二五）　5

十項管見（CHÁP—HĀNG KOÁN—KIÀN）譯文（一九二五）　175

　　譯者序／董芳苑　177

　　頭序　179

　　第一項　我所看的台灣　183

　　第二項　新台灣與羅馬字的關係　189

　　第三項　論社會生活的意義　201

　　第四項　論漢人特有的性質　209

　　第五項　文明與野蠻的分別　221

　　第六項　論女子的代誌　231

第七項　論活命　247

第八項　論仁愛　267

第九項　論健康　283

第十項　論錢銀的代誌　303

十項管見（原文）

CHĀP-HĀNG

KOÁN-KIÀN

Chhòa Pôe-hóe tù

Tāi-chèng Chāp-sì nî

1925

Tâi-lâm Sin-lâu Chheh-pâng ìn

THÂU-SŪ

Chāi chit Tâi-oân tó-lāi, ha̍k-būn sī hòe-tūi chin kú lah! Chū chin-chiàⁿ kú ê í-chêng, ha̍k-būn sī kan-ta kúi ê tha̍k-chheh lâng teh bat; í-gōa tōa pō͘-hūn ê lâng, chiū-sī chò seng-lí--ê, choh-sit--ê, á-sī chò kang--ê, it-chhè kap ha̍k-būn sī chha-put-to lóng bô koan-hē. Koh-chài hiah ê tha̍k-chheh lâng só͘ tha̍k só͘ bat--ê, lóng sī kúi pah nî á-sī kúi chheng nî chêng ê lâng só͘ gián-kiù ê kū chau-phoh; khah-chē sī lóng bōe thang ha̍p sî-sè. Chiông-tiong khiok iā-sī ū hit hō put-sî to sī chin, kàu tó-lo̍h to sī ē ha̍p-ēng ê hó ha̍k-būn; chóng-sī hō͘ hiah ê tha̍k-chheh lâng chhiau-pôaⁿ liáu í-keng láu-láu bô mê-kak.

Goân-lâi ha̍k-būn sī tùi chē-chē lâng ê keng-giām, chē-chē lâng ê sim-su lâi cho͘-chit kiat-chiâⁿ--ê. Kóng chi̍t kù khah bêng, ha̍k-būn chiū-sī beh chhián-bêng sū-bu̍t ê chin-ké, hó-pháiⁿ, súi-bái ê koan-hē, chèng-lâng hia̍p-le̍k só͘ chò-chiâⁿ--ê; thang kóng sī chèng-lâng kong-ke ê châi-sán. Só͘-í ha̍k-būn sī lâng-lâng to lóng tio̍h ài ū. Lâng ê thâu-náu bô ha̍k-būn, pí pak-tó͘ bô chia̍h-mi̍h sī khah chhám. Tâi-oân ê ha̍k-būn hòe-tūi kàu chhin-chhiūⁿ kin-á-ji̍t chit ê khoán; m̄-bián kóng kàu sím-mi̍h ha̍k-būn; kan-ta bat-jī ē-hiáu siá phoe kì-siàu ê lâng, chi̍t chng-siā chóng-khêng m̄-chai ū kúi lâng?

Chāi chit Tâi-oân tó-lāi, thang kóng ha̍k-būn ê ki-hng, í-keng sī liân-sòa chin-kú chin-kú lah! Chèng-lâng ê cheng-sîn í-keng sī iau-gō kàu ke̍k-khám.

THÂU-SŪ

Tâi-oân chū kui Jı̍t-pún Tè-kok í-lâi, kok sớ-chāi
hák-hāu siat-pī, thang kóng sī ke chin chéng-chê ;
chóng-sī ē-thang khì chiah ê hák-hāu thák ê lâng,
sī bô lōa-chē ; koh-chài chiah ê iū to lóng sī siàu-
liân chí'-chhioh ê gín-ná. Tán-hāu chiah ê siàu-
liân gín-ná thák sêng-khì, chiah beh lâi kiù Tâi-oân
siā-hōe ê kín-kip, che sī bān-bān oh-tit thang tán-
hāu, iū-koh sī bān-bān oh-tit ē thang kàu. Nā-sī
án-ni, beh hō͘ Tâi-oân ê hák-būn khah kín beng,
beh hō͘ Tâi-oân lâng ê thâu-náu khah kín pá-tī',
kiám m̄-sī tiȯh kín-kín koh chhōe pȧt-tiâu lō͘ lâi
kiâⁿ ! Chiàu góa kap kúi ê tông-chì ê lâng sớ khòaⁿ,
chiū-sī iōng Lô-má-jī lâi siá chheh, ìn chȧp-chì, á-sī
ìn sin-bûn, chit tiâu sī chòe kīn chòe khoài-kiâⁿ ê
lō͘. Koan-hē chit chân tī tē-jī hāng ū lūn khah
siông-sè. Chhiáⁿ tāi-ke chiah tùi hia koh chhim-
chhim siūⁿ chı̍t-ē khòaⁿ.

Iȧh góa sớ siá chit pún chheh, góa khiok m̄-káⁿ
kóng, iōng chit pún beh lâi ke-thiⁿ tāi-ke lōa-chē ê
hák-būn , put-kò sī thờ-lō͘ góa ê gû-kiàn ê chı̍t pō͘-
hūn, tîn-liȧt tī chèng hiaⁿ-tī chí-mōe ê bīn-chêng,
lâi kap tāi-ke chham-siông khòaⁿ, ài hō͘ Tâi-oân
khah hoat-tȧt, beh hō͘ lán ê tông-pau khah hiòng-
siông, lán tiȯh cháiⁿ-iūⁿ siūⁿ, cháiⁿ-iūⁿ chò ? Iȧh
lán chiông-lâi ê sớ siūⁿ sớ chò, kiám m̄-sī ū chhò-
gō͘ ê tiám tī-teh ? Góa sī chiong góa sớ ū kám-
kak--tiȯh, koh-chài sī siāng tē-it ài tāi-seng kap
tông-pau chham-siông chim-chiok ê tāi-chì, hun-
chò chȧp-ê tê-bȧk siá tī-chia.

Liȧt-ūi, tī chit ê lāi-bīn, góa ê sớ siūⁿ ū chhò-gō͘
ê tiám, nā-sī tāi-ke bȯh-tit kan-ta khòaⁿ, pàng hō͘
i kòe-khì, khéng thè góa chí-tiám tèng-chèng hō͘ i

THAU-SŪ

bêng-pe̍k, sì-chiàⁿ, chiū-sī góa chòe kám-siā ê só·-chāi.

Chit pún chheh sui-jiân sī sió-sió, chū Tāi-chèng 12 nî 10 goe̍h chhe siá khí, tú-tú sī siá chit-nî kú chiah chiâⁿ. Chit hāng, sī góa siông chhut-gōa; koh chit hāng, sī in-ūi kū-nî 12 goe̍h 16 ji̍t hō· lâng lia̍h-khì koaiⁿ-kaⁿ 65 ji̍t, í-aū koh ūi-tio̍h chit chân sū chhiau-chhe̍k, chió-chió ū kang thang kia̍h pit. Só·-í beh siá chit hāng ê gī-lūn, tī hit ê tiong-kan tio̍h hioh-khùn kúi-nā pái. Koh-chài chit pái ê hioh-khùn, ū-sî beh kàu chiâⁿ goe̍h-ji̍t, tì-kàu hō· góa ê sim-su lóng khah bōe koàn-chhoàn, só· siá--ê chē-chē bē thang chiàu ì-sù, góa ka-tī bô boán-chiok ê só·-chāi sī bē chió. Chhiáⁿ tāi-ke chit-tiám thé-thiap góa.

Iáu ū chit hāng, ǹg-bāng tāi-ke goân-chêng, chiū-sī góa ê khiuⁿ-kháu put-chí loān-cha̍p bô sûn, kiaⁿ-liáu tāi-ke khòaⁿ-liáu bē chheng-chhó. Góa sī tī Pak-káng chhut-sì, tùi 18 hòe ê nî-thâu chiū lī-khui hia, í-aū sì-kè khì. Tùi án-ni, góa ê khiuⁿ-kháu sòa piàn-chiâⁿ chit chéng m̄-chiâⁿ Chiang koh iā m̄-chiâⁿ Choân ê kháu-khì. Góa khiok ū pài-thok khah koàn-sì Ē-mn̂g-im ê lâng tàu chim-chiok, í-keng ū ké-oāⁿ chin-chē khì; chóng-sī bô tú-hó ê só·-chāi tek-khak sī iáu chin-chē. Taⁿ, seⁿ-chiâⁿ to sī án-ni, iā to bô hoat-tō·, goān tāi-ke jím-nāi khòaⁿ chiū-sī.

Tāi-chèng 13 nî 10 goe̍h 28 ji̍t, chiū-sī Tī-an Kéng-chhat-hoat ûi-hoán sū-kiāⁿ, tō-jī hôe kong-phòaⁿ phòaⁿ-koat-chêng chit ji̍t.

Chhòa Pôe-hóe siá.

就是民國13年
公曆1924年

BȮK-LIȮK

TĒ-IT HĀNG
GÓA SÓ· KHOÀⁿ Ê TÂI-OÂN

1. SÚI-AH! HÓ-AH! LÁN TÂI-OÂN 1
2. TÙI TĒ-LÍ LÂI KÓNG, OÁN-JIÂN CHÍT Ê SIÓ TANG-IÙⁿ 2
3. TÙI LÂNG LÂI KÓNG, SĪ CHÍT Ê SIÓ SÈ-KÀI 4

TĒ-JĪ HĀNG
SIN TÂI-OÂN KAP LÔ-MÁ-JĪ Ê KOAN-HĒ

1. SÈ-KAN SĪ CHÍT TIÂU Ê TŌA KHE-LÂU 6
2. TÂI-OÂN Ū PIÀN Á-SĪ BÔ? 8
3. KIÙ-KÈNG SĪ BÔ THÀK BÔ KÀ SÓ· TÌ--Ê 10
4. TAⁿ TIȮH KÍN-KÍN PHÓ·-KÍP LÔ-MÁ-JĪ!! 14

TĒ-SAⁿ HĀNG
LŪN SIĀ-HŌE SENG-OÁH Ê Ì-GĪ

1. KÒ-JÎN KAP SIĀ-HŌE 20
2. CHÁIⁿ-IŪⁿ TIȮH ÀI Ū SIĀ-HŌE? 21
3. SIĀ-HŌE CHO·-CHIT Ê PÚN-SIÒNG 24

TĒ-SÌ HĀNG
LŪN HÀN-JÎN TEK-IÚ Ê SÈNG-CHIT

1. LÁN SĪ SÍM-MÍH KHOÁN LÂNG? 29
2. ÀI HÔ-PÊNG 32
3. CHUN CHÓ·-SIAN 35
4. GÂU JÍM-NÃI 38
5. TIŌNG SÍT-CHĀI 40

TĒ-GŌ· HĀNG
BÛN-BÊNG KAP IÁ-BÂN Ê HUN-PIAT

1. BÛN-BÊNG LÂNG KAP IÁ-BÂN LÂNG 44
2. KHÒAⁿ SĪ THÀN CHIN-LÍ Á-SĪ THÀN SU-SIM 46
3. KHÒAⁿ SĪ KOÁN MÍH Á-SĪ HŌ· MÍH KOÁN 50
4. KHÒAⁿ SĪ KAP LÂNG HÁP Á-SĪ KÁP LÂNG KHUI ... 53

BȮK-LIȮK

TĒ-LȦK HĀNG

LŪN LÚ-CHÚ Ê TĀI-CHÌ

1. LÀM-CHÚ KHAH KÙI-KHÌ Á-SĪ LÚ-CHÚ? 56
2. CHIÒNG-LÂI LÚ-CHÚ SĪ HŌ· LÂNG KHÒAⁿ CHIN KHIN 57
3. LÚ-CHÚ CHÁIⁿ-IŪⁿ HŌ· LÂNG KHÒAⁿ-KHIN NEH? ... 60
4. LÚ-CHÚ Ê THIAN-CHIT 64
5. KIAT-HUN Ê TĀI-CHÌ 69

TĒ-CHHIT HĀNG

LŪN OȦH-MIĀ

1. BĪ TI SENG, IAN TI SÚ? 74
2. TÀU-TÍ CHÁIⁿ-IŪⁿ CHIAH SĪ OȦH? 76
3. ÉNG-OÁN Ê OȦH-MIĀ 85
4. ÉNG-OÁN Ê OȦH-MIĀ CHÁIⁿ-IŪⁿ CHIAH TIT Ē TIȮH? 90
5. HIĀN-KIM Ê TÂI-OÂN SĪ OȦH Á-SĪ SÍ? 93

TĒ-PEH HĀNG

LŪN JÎN-ÀI

1. CHÒ LÂNG Ê HOÂN-LÓ 100
2. JÎN-SENG Ê CHIȦⁿ-LŌ· CHIŪ-SĪ ÀI 103
3. CHÁIⁿ-IŪⁿ CHIAH SĪ ÀI? 104
4. ÀI Ê CHOK-IŌNG 115

TĒ-KÁU HĀNG

LŪN KIĀN-KHONG

1. KIĀN-CHOÂN Ê CHENG-SÎN TIÀM KIĀN-CHOÂN SENG-KHU 119
2. Ē-THANG HŌ· SENG-KHU IÓNG-KIAⁿ Ê HOAT-TŌ· ... 122

TĒ-CHAP HANG

LŪN CHÎⁿ-GÎN Ê TĀI-CHÌ

1. Ū CHÎⁿ SÁI KÚI Ē E-BŌ 144
2. HÓ-GIȦH KIÁM CHIȦ̂ⁿ-S̍IT KAH HIAH-HÓ? 148
3. CHÁI-IŪⁿ CHIAH SN̄G-SĪ HÓ-GIȦH? 151
4. SÎ-KHEK SĪ N̄G-KIM 157

TĒ-IT HĀNG

Góa só· khòaⁿ ê Tâi-oân

———————→•◦•←———————

1. Súi-ah! hó-ah! lán Tâi-oân

Ò--ah! Tâi-oân, Se-iûⁿ-lâng o-ló lí súi, chheng-ho͘
lí kiò-chò Bí-lē-tó (Formosa), lí sı̍t-chāi chiok-giảh ē
kham-tit. Iáu-kú lí láu-sı̍t sī chin khoài-lỏk ê só·-
chāi, kàu-giảh ē-tit ho͘ lâng ài-sioh pàng bē-lī. Ò--ah!
Tâi-oân, koh-chài lí kiám m̄-sī goán ê iô-nâ-tē, ho͘
goán ê sin koân kut-bah pûi tōa ê hiuⁿ-lí mah? Goán
ê sim sı̍t-chāi chı̍t-khek-kú to oh-tit tùi lí lâi lī-khui.

Gōa-kok-lâng o-ló lán ê Tâi-oân siù-lē; ū-iáⁿ, láu-
sı̍t bô chhò-gō·. Lán Tâi-oân ê soaⁿ kẻk hiông-
chòng, kẻk ū piàn-hòa, koh-chài sī kẻk chhong-chhùi,
kẻk chhéⁿ-bảk, sî-siông ū gîn-sek ê hûn, chāi hiah
ê chhⁿe-leng-leng ê soaⁿ-chiam ê tiong-kan teh kún
teh giâ. Só·-í chē-chûn tùi hái tiong-ng hng-hng
khòaⁿ, tek-khak sī hui-siông súi. M̄-nā án-ni, chiū-
sī tùi kīn-kīn khòaⁿ, Tâi-oân thâu kàu bóe put-lūn
tó-lỏh chı̍t só·-chāi. chhiū-bảk put-sî chhⁿe-chhùi,
hoe chháu put-sî iām-sēng; ū kî-khá ê bóe-iảh tī hit
tiong-kan teh bú, hó-siaⁿ ê thâng-thōa chiáu-chiah
teh thî teh chhiùⁿ, oán-jiân sī chı̍t ê tōa kong-hn̂g.
Lán Tâi-oân, sī chāi Thài-pêng-iûⁿ ê lāi-té, chı̍t-ê
m̄-tōa m̄-sè ê tó-sū, thang kóng sī hái-gōa ê sian-
kéng. I ê sì-bīn to sī tōa-hái ê chúi pau-pau--teh,
pảt-tah ê siỏk-tīn to eng-ia oh-tit kàu. I ê soaⁿ-
chiam sı̍t-chāi sī koân koh tōa, sè-kài ê hong-ho͘ to
chhoe ak oh-tit tiỏh. Koh-chài khì-hāu sī chin un-
hó, joảh-thiⁿ bô ho͘ lán tiỏh chhin-chhiūⁿ Lâm-iûⁿ ê
lâng put-sî ài lâm-chúi, koâⁿ-thiⁿ iā bô kiò lán chhin-

2　CHÁP-HĀNG KOÁN-KIÀN

chhiūⁿ pak-hng ê lâng put-sî tiȯh àⁿ hóe-lô͘; hō͘ lán
ê seng-khu chin khin, iū-koh hō͘ lán ê sim-koaⁿ chin
chió khiàm-khoeh. Lán Tâi-oân. ê tē khoah-tōa bô
chhin-chhiūⁿ Tiong-kok, In-tō͘ hit khoán, m̄ iông-ún
soaⁿ-khîm iá-siù ê pháu-cháu; chóng-sī sió-sè iā
chiok-giȧh ē thang iông-ún kúi-nā pah-bān lâng, iū-
koh tē-thó͘ kiám m̄-sī chin pûi, chhut-sán kiám m̄-
sī chin hong-hù mah? Lán ê soaⁿ-lāi ū tōa-châng
chhiū chhò bē-liáu, ū chiuⁿ-ló sī sè-kài só͘ hi-hán ê,
ū n̂g-kim, iā ū chiȯh-thòaⁿ. Iȧh sì-ûi ê hái-lāi ū
chhut hî, hê, bô hān-liōng; keng-hî sī chhin-chhiūⁿ
chhù hiah tōa; iȧm iū sī taⁿ bē-liáu. Nā kóng kàu
pêⁿ-tē, chhân--níh ū siang-tang thang siu, hn̂g--níh
kam-chià kap chéng-chéng ê chȧp-kok put-sî to siu
bē chīn, koh-chài lán ê o͘-liông-tê kiám m̄-sī chin
phang mah? Aî--ah! Lán Tâi-oân sit-chāi sī chit
ê thian-seng chū-jiân ê tōa kim-khò͘! Aî--ah! Tâi-
oân chin-chiàⁿ sī bí-lē ê tó-sū, chin-chiàⁿ sī pêng-hô
ê hiuⁿ-lí, sit-chāi sī bô ū khiàm-khoeh ê an-lȯk kok!
Góa e thang phì-jū chit-kù kóng, "Tâi-oân sī ná
chit-sian liân-hoe pó-chō-téng ê Koan-sè-im."

2.　Tùi tē-lí lâi kóng, oán-jiân chit ê sió Tang-iûⁿ

Sè-kài ê tē-bīn, hun-koah chò saⁿ-khoán : Chit-
khoán kiò-chò jiȧt-tài-tē, chit-khoán un-tài-tē, koh
chit-khoán chiū-sī hân-tài-tē. Lán lâng só͘ khiā-khí
ê tē-bīn, khòaⁿ-kìⁿ sī pêⁿ-pêⁿ, kî-sit m̄-sī pêⁿ--ê, sī î͘--
ê. In-ūi tē sī î͘-î͘ chhin-chhiūⁿ kiû, só͘-í lán só͘ khiā-
khí chit-ê tē sī kiò-chò tē-kiû, lâng kap chháu-bȧk
cháu-siù chiū-sī tī tē-kiû ê bīn-téng teh oȧh. Thang
kóng tē-kiû sī chhin-chhiūⁿ chit-liȧp chin-chiàⁿ tōa ê
hó͘-thâu-kam; kam-phôe phòng-koàn ê só͘-chāi chiū-
sī soaⁿ, thap-lȯh ê só͘-chāi chek-chúi chiū-sī hái; iȧh
poàⁿ-tō͘ ê só͘-chāi chiū-sī jiȧt-tài-tē, poàⁿ-tō͘ kap thâu-

bóe ê tiong-kan chiū-sī un-tài-tē, thâu kap bóe ê só·-
chāi chiū-sī hân-tài-tē. Jia̍t-tài--tē sī tē-it joa̍h,
un-tài-tē khah sio-lō, hân-tài-tē chiū chin koâⁿ.
Chiong tē-kiû kā i phòa chò nn̄g-pêng, chi̍t-pêng
sī kiò-chò Tang-iûⁿ, koh chi̍t-pêng sī kiò-chò Se-iûⁿ.
Lán Tâi-oân sī tī Tang-iûⁿ ê lāi-bīn. Lán ê Tâi-oân
iū tú sī tī jia̍t-tài-tē kap un-tài-tē ê kau-kài. Lán
tó-lāi ê soaⁿ iū chin koân, só·-í pêⁿ-tē sui-jiân sī joa̍h,
jú chiūⁿ soaⁿ-téng chiū jú liâng jú léng. Nā-sī pa̍t
só·-chāi joa̍h chiū-sī joa̍h, koâⁿ chiū-sī koâⁿ, lán Tâi-
oân in-ūi sī téng-bīn-só· kóng hit khoán ê tē-sè, só·-
í tang chi̍t ê sî-chūn, ài joa̍h ê só·-chāi ia̍h ū, ài un-
loán ê só·-chāi ia̍h ū, ài liâng-léng--ê iā sī ū.
Chiong-lâi soaⁿ-lāi hiah ê lâng, in-ūi lán nā khah
thiàⁿ-thàng in, nā kap lán hô-hó bô saⁿ-hāi, ia̍h lán
ê tì-sek chái-lêng khah hoat-ta̍t, khùi-la̍t khah
chhiong-chiok ê sî, soaⁿ-lāi soaⁿ-téng it-chhè lóng
khai-khún, tōa chhiū-nâ tio̍h kā i khui, kim-gîn
chio̍h-thoàⁿ chióng-chióng ê khòng-sán nā ū, chiū
kā i ku̍t, ē thang chai-chèng ê só·-chāi chiū chai-
chèng, bē--ê chiū hō· i chò bo̍k-tiûⁿ chhī gû, chhī
iûⁿ, chhī cheng-seⁿ. Chi̍t-bīn chiong chiah ê só· siu-
sêng ê lī-ek lâi khui tōa-lō·, chō hóe-chhia tiān-
chhia, á-sī siat chin ún-tàng ê hui-hêng-ki, hui-
hêng-chûn, kau-thong hō· i tōa lī-piān. Ia̍h koh
chi̍t-bīn, kiàn-siat hiong-chhoan chhī-ke tī ke̍k hó
kéng-tì, ke̍k chheng-liâng ê só·-chāi. Nā-sī án-ni,
kiám m̄-sī kúi tiám-cheng, á-sī kúi hun-cheng ê
tiong-kan, chiū ē thang tī joa̍h ê só·-chāi kiâⁿ kàu
liâng--ê, tī liâng--ê kiâⁿ kàu koâⁿ ê tē-hng mah?
Chhin-chhiūⁿ án-ni lâi kóng, chāi lán Tâi-oân
kīn-kīn chi̍t-tiap-á-kú ê kang-hu, ài soaⁿ chiū ū soaⁿ,
ài hái chiū hái, beh joa̍h chiū ū joa̍h, koâⁿ chiū ū
koâⁿ. Só·-í thang kóng Tâi-oân sī chi̍t ê sió Tang-
iûⁿ. Lán Tâi-oân ū chi̍t-khoán thian-jiân ê hó-kéng,

4 CHAP-HĀNG KOÁN-KIAN

bó khì-hāu, chiong-lâi nā-sī koh ēng-sim ke lâng
ê kang-hu tōa-tōa lâi chéng-tùn, tek-khak ē chiâⁿ-
chò Tang-iûⁿ ê tōa kong-hn̂g, hō˙ Tang-iûⁿ ê lâng
chi̍p-óa lâi hióng-hok an-lo̍k.

3. Tùi lâng lâi kóng, sī chit ê sió Sè-kài

Tùi tē-lí lâi kóng, lán ê Tâi-oân sī hiah ū chhù-
bī ê só˙-chāi, chóng-sī nā tùi lâng ê hong-bīn lâi
kóng, sī iáu koh-khah sim-sek, khah ū l-gī, thang
kóng sī chit ê sió sè-kài.

Thong tē-kiû-bīn só˙ ū ê lâng, chóng-kiōng kóng
ū cha̍p-la̍k-ek gōa (chi̍t-ek sī chi̍t-bān ê chit-bān).
Chiah ê lâng tāi-khài hun chò gō-chéng, chiū-sī
pe̍h-sek--ê, n̂g-sek--ê, chhiah-sek--ê, chang-sek--ê,
o˙-sek--ê. Se-iûⁿ-lâng (phó˙-thong kóng An̂g-mn̂g-
lâng), chiū-sī pe̍h-sek--ê, in-ūi in ê phôe-bah ê sek
sī chin pe̍h; lán chiū-sī n̂g-sek-lâng; Lâm-iûⁿ ê Má-
lâi-lâng chiū-sī chang-sek--ê; Bí-kok kin soaⁿ ê só˙-
chāi ū chit chéng phôe-bah chin âng ê lâng, che
chiū-sī chhiah-sek lâng; iáu ū chit-chéng chiū-sī i ê
phôe-bah o˙ kàu chhin-chhiūⁿ hóe-thoàⁿ, tiàm tī A-
hui-lī-ka kap A-bí-lī-ka ê só˙-chāi.

Chit gō-chéng lâng bûn-bêng ê thêng-tō˙ put-chí
ū cheng-chha. Ū-ê sī chin gâu, chin ióng, chin hó-
gia̍h ; chóng-sī ū-ê sī chin gōng, chin ham-bān, chin
sàn-hiong. In-ūi chit-khoán, tāi-ke ê khùi-la̍t bô
pêⁿ, tì-kàu seⁿ-chhut chióng-chióng put-hêng ê tāi-
chì; khiáu-ê phiàn gōng--ê, ū--ê chia̍h bô--ê, kiông--
ê ap-tó jio̍k--ê. Thang kóng kòe-khì ê sè-tāi, chit
gō-chéng lâng tāi-ke sī sio-thâi teh kòe-ji̍t.

Chha-put-to la̍k nî chêng, Se-iûⁿ ū tōa sio-thâi.
Chit ê sio-thâi sī chū khai thian-tē í-lâi chòe tē-it
tōa--ê, tī Tāi-chèng 3 nî 8 goe̍h thâi-khí, thâu-bóe
thâi ū gō˙ nî. Tī chit ê chiàn-cheng sí ê lâng, ū chit-

GOA SO· KHOAⁿ Ê TÂI-OÂN   5

chheng bān; tiȯh-siong ê lâng, sī nn̄g-chheng bān;
chóng-kiōng sí siong ū saⁿ-chheng bān lâng. (Lán
Tâi-oân lóng-chóng chiah ū saⁿ-pah káu-chȧp bān
lâng). Koh-chài só· khai ê chiàn-hùi sī saⁿ-chheng
chhit-pah ek gîn (Hiān-sî Jȧt-pún choân-kok ê kok-
hùi chȧt-nî sī chha-put-to chȧp-sì ek gîn). Kīn-kīn
tùi án-ni, chiū chiok-giȧh thang chai chit-pang Se-
iûⁿ ê tōa chiàn-cheng kàu chái-iūⁿ chhám! Khòaⁿ-
kìⁿ chit khoán ê chhám-sū, kīn-lâi sè-kài tȧk chéng
lâng, to lóng chhim-chhim kám-kak chiàn-cheng sī
m̄-hó, tek-khak tiȯh ài pêng-hô. Put-lūn tó-chȧt
chéng lâng tāi-ke lóng ài sio chun-tiōng sio chiàu-
kò·; gâu--ê khan-chhōa gōng--ê, ióng--ê chiàu-kò·
jiȯk--ê; ū--ê pó·-chō· bô--ê; chiah ē ēng-tit. Koan-
hē chit chân sū, thong sè-kài ê lâng hiān-sî hui-
siông jīn-chin teh giàn-kiù.

    Liȧt-ūi, sè-kài ê tāi-sè sī án-ni; taⁿ chhiáⁿ oȧt-thâu
khòaⁿ lán ê Tâi-oân. Lán chȧt ê sió-sió ê Tâi-oân
ū kúi chéng lâng teh chò-hóe tiàm? Thang kóng
sī ū saⁿ-chéng. Chȧt chéng, sī Lōe-tē lâng; chȧt
chéng sī Soaⁿ-lāi lâng (phó·-thong lóng sī kiò in
Chhiⁿ-hoan, che-sī chin kheng-piat lâng, bô chun-
tiōng lâng ê ōe, goán kap tāi-ke í-aū kiò in "Soaⁿ-lāi
lâng"); iȧh koh chȧt-chéng, chiū-sī lán Pún-tó lâng.
Chit saⁿ-chéng lâng ê bīn-sek, kut-keh khiok sī tāi-
khài ū kiōng-thong, m̄-kú só· ēng ê giân-gú bô
siāng, hong-siȯk iā koh-iūⁿ, kòe-khì ê lȧk-sú iā
cheng-chha; só·-í thang kóng sī koh-iūⁿ ê chéng-
chȯk. M̄-nā chéng-chȯk koh-iūⁿ, bûn-bêng ê thêng-
tō· iā-sī put-chí ū cheng-chha. Tāi-khài ê thang
kóng, Lōe-tē lâng sī khah gâu, khah ū lȧt; lán
Pún-tó lâng pí in chiū khah su; Soaⁿ-lāi lâng chiū
su in iáu khah chē. Tùi án-ni khòaⁿ, góa káⁿ kóng,
Tâi-oân sī chȧt ê jîn-chéng ê Tián-lám-hōe-tiûⁿ. Sè-
kài nā ē hiaⁿ-chhut pêng-hô, góa siūⁿ tiȯh tùi Tâi-

óân tāi-seng; thang kóng lán Tâi-oân sī Sè-kài
pêng-hô jîn-lūi hô-hó ê chhì-giām-só͘. Ò--ah! Liát-
ūi tông-pau, lán ūi-tiòh jîn-lūi ê hô-hó, sè-kài ê
chhìn-pō͘, m̄-chai lán ū sím-mih chún-pī thang pang-
chān Soaⁿ-lāi lâng ê hiòng-siōng; iàh lán ū sím-
mih khùi-làt thang kap Lōe-tē lâng pèng-kà chê-
khu, sio khan-chhiú chò-hóe kiâⁿ hiòng-chêng mah?
Ò--ah! Tâi-oân kó-jiân sī sè-kài-tek ê Tâi-oân;
chóng-sī m̄-chai lán ū sè-kài-tek ê sim bô? Tâi-
oân sī chit ê sió sè-kài, Tâi-oân sī jîn-lūi hô-pêng
ê gián-kiù-só͘.

———◆—◆———

Sin Tâi-oân kap Lô-má-jī ê Koan-hē

1. Sè-kan sī chit tiâu ê tōa khe-lâu

Pùt-kàu ê khai-ki-chó͘ Sek-khia Jû-lâi ū chit-kù ōe,
kóng, "Chu-hoat bû-siông," chiū-sī kóng it-chhè bān-
hāng lóng sī pút-sî piàn-chhian, bô chit-sî ū tiāⁿ-tiòh.
Chhiáⁿ khòaⁿ, hoe phang ū kúi-sî, goéh iⁿ ū lōa-kú
neh? Tú-chiah chhut-jìt, liâm-piⁿ chiū beh lòh-hō͘.
Súi-súi ê gín-ná-eⁿ, kiám m̄-sī bô lōa-kú chiū beh
piàn-chiâⁿ ún-ku kiàh-koáiⁿ ê lāu-tōa lâng mah?
Chhin-chhiūⁿ chit khoán ê khòaⁿ-hoat, khiok sī
hō͘ lâng khah ài pi-koan iàm-sè. Sè-kan bān-hāng
sìt-chāi pút-sî teh piàn-chhian, chóng-sī bô tek-khak
lóng sī piàn-pháiⁿ. Chiàu góa khòaⁿ, sui-jiân sī koh
khah àn-chóaⁿ piàn, kàu-bóe tiāⁿ-tiòh sī piàn-hó.
Nā-sī kóng kiù-kèng ê tāi-chì sī bî-biáu hō͘ lâng oh-

TÂI-OÂN KAP LÔ-MÁ-JĪ 7

tit toàn ; nā-sī án-ni, góa iáu ē thang kóng chit-kù, lâng tiāⁿ-tiȯh sī hi-bōng sè-kan piàn-chiâⁿ hó, tȯk khak sī bô sim-goān hoaⁿ-hí sè-kan piàn-chò phaiⁿ Sī, sè-kan put-sî tī-teh piàn, chóng-sī lâng tiāⁿ-tiȯh sī ài sè-kan piàn hó; bān-it nā piàn chò pháiⁿ, chō lâng tek-khak kan-khó͘, áu-náu, pûn tōa-khùi.

Sè-kan bān-hāng teh piàn-oāⁿ sī chhin-chhiūⁿ khe-chúi tī-teh lâu. Lí khòaⁿ, khe-chúi oang-oang tī-teh lâu, mê-jit to lóng bô ū chhùn-khek ê hioh-khùn. Chóng-sī m̄-thang kóng, Khe-chúi sī it-khì bô hôe-thâu. Tiȯh, khe-chúi sī tùi soaⁿ-téng lâu--lȯh-lâi, tit-thâu lâu tùi hái-níh khì. Chhiáⁿ siūⁿ-khòaⁿ, khe-chúi nā-sī it-khì bô hôe-thâu, soaⁿ-téng cháiⁿ-iūⁿ ū hiah chē ê chúi put-sî to lâu bē liáu ? Sit-chāi khe-chúi m̄-sī it-khì bô hôe-thâu; khe-chúi lâu kàu hái-níh ê tiong-kan, tiȯh siū jit-thâu phák-sio, tùi án-ni chúi chiū piàn-chò chúi-ian chhèng-chiūⁿ thiⁿ-téng khì. Chúi-ian tī thiⁿ-téng kìⁿ-tiȯh léng-hong, chiū koh piàn-chiâⁿ chúi ka-laȯh tùi soaⁿ-téng tē-bīn lâi, che chiū-sī kiò-chòe hō͘. Só͘-í thang chai, khe-chúi sī tùi soaⁿ-téng lâu-lȯh hái, chóng-sī kàu hái ē koh chhèng-chiūⁿ soaⁿ, sī án-ni sûn-hoân teh-tńg. Sè-kan bān-hāng teh piàn-oāⁿ, khòaⁿ-chin to chiàu chit ê khoán; sī ū chiàu it-tēng ê lō͘-kèng teh piàn-chhian, tek-khak m̄-sī bô tiāⁿ-tiȯh loān-loān tī-teh ká. Chúi tiȯh kiâⁿ lâu, tiȯh piàn-oāⁿ chiah bē chhàu, sè-kan bān-hāng iā-sī tiȯh ài ké-kū oāⁿ-sin chiah ē ū chhìn-pō͘. Chúi sui-jiân sī chin chhheng chin hó, m̄-kú nā-sī put-sî chek tī chit só͘-chāi, bô lōa-kú chiū ē piàn lô hoat chhàu-bī.

Sè-kan sui-jiân sī koh-khah hó ê tāi-chì, nā m̄-sī ē thang kap sî-sè pêⁿ-pēⁿ lâi piàn-oāⁿ, bô lōa-kú iā tek-khak tiȯh ài chiâⁿ-chò kū-siùⁿ bô hȧp-ēng ê mȧh. Sè-kan ê teh piàn-chhian tú-tú sī chhin-chhiūⁿ khe-chúi teh lâu, mî-jit to lóng bô hioh-khùn ; chúi

8   CHAP-HĀNG KOÁN-KIÀN

jú-lâu sī jú-oàh jú chheng-khì, sè-kan siā-hōe jú oàn sī jú sin jú chìn-pō·. Chúi teh lâu ū chiàu fiā°-tiòh ê hoat-tō·, sè-kan bān-hāng ê piàn-chhian iā-sī ū it-tēng ê chhù-sū, tek-khak bô hit-hō ah-nñg kō tùi chiòh-thâu-phāng chhut-lâi ê tāi-chì.

2. Tâi-oân ū piàn á-sī bô?

Chiàu bàk-chiu só· ū khòaⁿ-kìⁿ ê lâi kóng, chit jī-chàp gōa nî lâi, Tâi-oân sī piàn chin-chē. Khah-chá lâng teh kau-thong óng-lâi lóng sī ēng kha kiâ°, ū-tiòk ê lâng sī chē-kiō khiâ-bé. Taⁿ kàu tó-lòh to sī ū hóe-chhia, chū-choán-chhia, chū-tōng-chhia thang chē. Chāi-chêng khah gâu--ê chit-jit iā sī bē kiâⁿ-kòe chàp-phò·-lō·, chóng-sī hiān-sî chit-jit beh cháu chit-pah-gōa phò· sī iông-īⁿ. Chá ê tō-lō· ke-lō· lóng sī chhin-chhiūⁿ ke-tñg-á oan-oan oat-oat chin sè-tiâu; hiān-sî to lóng sī chin tìt, chin khoah, chin tōa-tiâu. chin pêⁿ-tháⁿ. Chêng ke-lō· ê chúi-kau khah bô thong, só·-í chhàu-chúi chek kui-khut, tì-kàu seⁿ báng seⁿ thâng, hoat tòk-khì, hō· lâng khoài phòa-pēⁿ, hiān-kim tāi-khài ke-chhī lóng ū khui chúi-kau, sì-kè to lóng ta-sang. Éng-tang-sî lóng sī ēng chhàu-iû teh tiàm-teng, m̄-nā sī bô kàu kng, sit-chhāi chin gûi-hiám, chin kàu o·-ian; chóng-sī chit-tiàp í-keng ū tiān-teng thang tiàm, àm-sî ē thang chiò pí jit-sî koh-khah kng. Kok só·-chāi ke-chhī ke chin súi, iā ū ke siat kong-hñg thang thit-thô, iā ū chin-chē ê tōa keng chhù thang khòaⁿ. Chē-chē só·-chāi ū tōa-keng ê chè-thñg hōe-siā, ki-khì ê siaⁿ khìn-khòng-háu; chò seng-lí ê hoat-tō· iā lóng kap chêng ū koh-iūⁿ; hàk-hāu iā ū khah chéng-tùn khah chē keng; chò koaⁿ ê lâng iā sī ke khah-chē khah-giâm, chhú-chhàt-á kiám chin-chē, kiông-kòng-chhàt ē thang kóng sī í-keng chèh-chéng liáu.

TÂI-OÂN KAP LÔ-MÁ-JĪ 9

Thèh hiān-chāi ê Tâi-oân lâi pí-kàu éng-pái, tī piàn-chhian ê sớ-chāi sī chin-chē. Iáh sớ ū piàn-liáu ê sī hó-pháiⁿ chham-chhi, khiok m̄-sī lóng-chóng thang kiong-hí. Hó-pháiⁿ chhiáⁿ bô-lūn, kan-ta chhiáⁿ siūⁿ-khòaⁿ chiah ê sớ ū piàn-oāⁿ ê tiám sī tùi àn-chóaⁿ lâi? Put-lūn hō· siáⁿ lâng kóng, phah-sǹg káⁿ bô lâng beh kóng sī tùi lán Pún-tó-lâng ê sim-lāi kek chhut-lâi, á-sī tùi lán ê chhiú lâi chō-chiâⁿ. Kiàn-siàu ah! lán m̄-nā bē-biáu-tit ka-tī kek-chhut chit hō, liân oh lâng, tòe lâng ê khoán-iūⁿ lán to sī bē-ē. Siat-sú mài-tit pàt-lâng kap lán chhap, chiong hiān-sî chāi lán Tâi-oân tó-lāi sớ ū it-chhè ê si-siat ta̍k-hāng ê ki-koan pàng hō· lán lâi chiáng, lán bô châi-tiāu thang chiáng-lí hó-sè, che sī khòaⁿ hiān-hiān ê sū, phah-sǹg m̄-bián lōa-kú ē thè kàu kap it-jī-cha̍p nî chêng sio-siāng.

M̄-sī góa ài bú-jiok ka-tī, si̍t-chāi sī chit-ê khoán, ka-tī o-ló to iā sī bô lō·-ēng. Sớ-í tio̍h bêng-pe̍k; Tâi-oân sui-jiân sī ū piàn-chhian, che sī lâng chò hō· lán--ê, m̄-sī chhut chū lán ê châi-tiāu. Tùi án-ni tio̍h kóng, "Tâi-oân sī bô piàn khah tio̍h." Sè-kan sî-sî teh piàn, pàt-lâng khek-khek lóng ū teh oāⁿ-sin, chóng-sī lán iáu-kú sī chiàu jī-saⁿ-cha̍p nî chêng ê thâu-bīn. In-ūi án-ni tāi-ke tio̍h pí éng-pái khah kan-khó·, khah bô chhù-bī sī eng-kai. Aⁿ-ah! Tâi-oân ū piàn-sin, chóng-sī tāi-ke to sī jú kiò khó·! Sin--ê sī m̄-bat, kū--ê iū sī chha-put-to teh-beh bē-kì-tit. Ba̍k-chiu kim-kim khòaⁿ pàt-lâng phiau-phiau phiat-phiat teh oa̍h-tāng, m̄-kú ka-tī chhin-chhiūⁿ phòaⁿ-pēⁿ-lâng; ài beh tòe lâng tiô kha sī khiā bē chāi, beh oh lâng pí chhiú iū kiáh bē khí; siūⁿ beh thàn lâng ê chhùi-bóe chhiùⁿ, m̄-kú nâ-aû ta-ta, chhùi-chih bē tín-tāng. Hông-kiam iū koh siông-siông tú-tio̍h chok-gia̍t ê gín-ná, á-sī bô thian-liông

10 CHAP-HĀNG KOÁN-KIÀN

è,ok-hàn, beh khi-hū. Aî--ah! tāi-ke cháiⁿ-iūⁿ m̄-
tiòh ài pûn-khùi?

3. Kiù-kèng sī bô thảk bô kà só· tì--ê

Tāi-ke hiáu-sî ê cho-gū, kiù-kèng siū"-chin, sī in-ūi
kú-nî kàu-hòa bô heng, sit-liáu kà-sī só· tì--ê, hō· kàu-
hòa chiah-nih soe-thè ê goân-in sǹg-lâi sī chin-chē.
Hoat-tō· siat-liáu m̄-hó iā sī ū, iảh ū chit-pō· ê lâng
ài chèng-lâng gōng, ka-tī thang choan-koân, iōng
chióng-chióng ê chhiú-toāⁿ teh chó·-gāi iā sī ū.
Chóng-sī chòe-tōa ê goân-in sī chāi chèng-lâng bē-
hiáu kàu-iòk ê pó-pòe, kan-ta ūi-tiòh bảk-chêng ê
chiảh-pn̄g chhut-lảt, khòaⁿ thảk-chheh káng-kiù ê
sū chò ke--ê, liảh-chò sī khang-liáu kang.

Lán pún-lâi ê sèng-chit sī khah tì-tiōng sit-chāi,
khah kờ bảk-chiu-chêng; bān-hāng to sī ài chin-tú-
chin sit-tú-sit, lóng sī tiōng iat-lẻk, tó· thian-ūn nā-
tiāⁿ. Khah chē sī sìn, kóng, lâng beh chiūⁿ-koân
chhut-sin m̄-bián tek-khak ài thảk-chheh; só·-í ū
chit-kù ōe kóng, "Liû Hāng goân-lâi put thòk-su,"
sī kóng Hàn-tiâu ê khai-ki-chó· Lâu Pang kap Chhó·
Pà-òng Hāng Ú; chit pòe ê lâng lóng bô thảk-
chheh, in to iā ē peh hiah koân, chò hiah tōa ê tāi-
chì. Che sī kó·-chá ê sū-chek, tī chèng-lâng lóng sī
gû-gōng m̄-bat sím-mih ê sî-tāi, kiám-chhái ē iōng-
tit; chāi kin-á-jit bān-it nā-sī iáu-kú ū lâng án-ni
sìn, chiū-sī chin khó-lîn. Sî-tāi í-keng bô sio-siāng,
hiān-sî sī hảk-būn ê sî-tāi, kin-kin iōng chit-lâng ê
iat-lẻk keng-giām sī toân-jiân bē thang chò sím-
mih, sit-chāi sī oh-tit khiā ē-chāi thang kòe-jit.

Khah-chá sī kò·-jîn chú-gī ê sî-tāi, bān-sū lóng sī
tùi ka-tī chit-lâng lâi phah-sǹg, lóng sī chit-lâng
tùi chit-lâng ê chò-hoat; só·-í khah chē tiòh pîn
chū-kí ê khùi-lảt, iōng ka-tī ê chú-koat choan-toàn.
Phì-lūn tùi chò seng-lí ê hong-biⁿ kóng, khah-chá

TÂI-OÂN KAP LÔ-MÁ-JĪ 11

lóng sī chit-lâng chit-lâng ka-tī chò, ták-hāng chiâ
kán-tan, kok-lâng ê khùi-lát to sī ū hān-liōng, só-í
chit-lâng tú chit-lâng ê su-iân cheng-chha sī bô lōa-
chē. Hiān-sî í-keng m̄-sī chit-khoán ê chò-hoat,
hiān-sî sī kiōng-tông hiáp-lék ê sî-tāi, só-í seng-lí
iā sī háp chèng-lâng ê khùi-lát teh chò. Lí khòa,
hiān-sî ū ke chin-chē khoán ê sin ki-koan, ū kiò-chò
sím-mih hōe-siā, sím-mih gîn-hâng, lóng sī iōng tu-
sek háp chē-chē kó-tu teh chò, pún-chî sī chin
chiâ tōa, seng-lí sī chò hui-siông khoah, i ê khùi-
lát bô hān-liōng. Siók-gú kóng, "Sio-kap bí, chú ū
chhun." In-ūi pún tōa, siau-lō tōa, só-í mih-kiâ ē-
thang téng-chin koh-chài siók. M̄-nā án-ni, iáu-kú
ē-thang an-pâi i ê tiàm-lāi chin súi, ē giú lâng-kheh
ê bák-chiu, iā ē-thang siat-pī chē-chē hāng hō lâng-
kheh hoan-hí.

Góa ê bák-chiu só ū chhin khòa-kì siāng-tōa
khám ê bûn-chhī seng-lí-tiàm, kan-ta hit-keng
tiàm ê chhù, sī khí sì gō pah-bān gîn, sī lák chàn ê
iûn-lâu, lāi-bīn ê pho-siat oán-jiân chhin-chhiū ông-
kiong, tiàm-lāi tōa-sió ê hóe-kì ta-po cha-bó chóng-
kiōng chheng-gōa lâng. Lāi-bīn ū í thang hō lâng-
kheh the-tó, iā chin-chē cha-bó-gín-ná teh phâng-
tê, iā ū hoe-hn̂g thang hō lâng-kheh sióng-goán, iā ū
lâng teh chàu-gák chò-hì hō lâng-kheh thian khòa.
Iáh lâng-kheh nā pak-tó iau iā ū thang hō i bé-
chiáh, m̄-biàn koh cháu khì pát-tah. Nā joáh ê sî
ū thang chhit-bīn iā tiān-hong thang liâng, lâng-
kheh ê sa eng-soa ū lâng thang kā i chhit. Lâng-
kheh só-bé ê mih m̄-biàn ka-tī thèh, nā kā i kau-
tài, ū chhū-tōng-chhia á-sī hóe-chhia thang kā lâng
chài kàu chhù. Nā-sī khah-hn̄g--ê, sûi-sî ē-thang kā
lán kià iû-piān ūn-sàng kàu lán tau; put-lūn lí kau-
koan chē-chió to lóng sī chit-khoán ê sa khoán-
thāi. Chhin-chhiū chit-khoán ê chò-hoat, chit-lâng

ê sio seng-lí beh tòng thài-ē thang chāi, tiāⁿ-tiòh ài
to-tiàm! Chóng-sī chit-hō seng-lí m̄-sī hoah-chò
chiū sûi-sî ē-thang-chò, tiòh bat chin-chē hong-
bīn ê tāi-chì, tiòh hàp chin-chē lâng ê tì-sek, chiah
chò ē thang lâi. Chit-khoán sī chin-chē lâng sio-
kap iok-sok teh chò, só·-í tek-khak tiòh ū chéng-
chéng ê kui-kí, tiòh bêng-pèk hoat-lùt chiah chò ē
thang sì-chià. ·

Iū-koh kau-koan sī chin khoah, hâng-chêng ài
cheng-thong, chū-jiân phoe-sìn óng-lâi sī chin chiàp,
só·-í m̄-nā ka-tī ê bûn-jī tiòh ài bat, pàt kok ê ōe
kap bûn to lóng ài cheng-thong. Siàu-bàk chin-
chē chin chàp, tiòh chháiⁿ-iūⁿ kì chiah ē bêng-pèk,
chîⁿ-gîn tiòh cháiⁿ-iūⁿ ūn-choàn chiah ē liû-thong,
tiàm-lāi ê só·-hùi tiòh án-chóaⁿ iōng chiah ē chiat-
iok, che iā m̄-sī chìt lâng só· siūⁿ ē kàu. Tùi chit
kúi tiám siūⁿ iā chiū thang chai, hiān-chāi beh chò
seng-lí, tiòh ài ū hàk-bûn tiòh thàk-chheh, tiòh
chai-iáⁿ chē-chē gâu-lâng só· keng-giām só· iat-lèk só·
gián-kiù ê kiat-kó, chiong hiah-ê thèh lâi chò chham-
khó, án-ni hiān-sì ê seng-lí chiah chò ē lâi, iā chiah
ē sêng-kong. Chò seng-lí í-gōa bô-lūn sī choh-sit,
á-sī chò kang, chāi hiān-sì to lóng tiòh thàk-chheh,
ū hàk-bûn, chiah ē thang kap lâng pêⁿ chē khiā.

Lūn lâng thàk-chheh gián-kiù hàk-bûn ū nn̄g-
khoán ê bòk-tek. Chìt khoán sī beh hō· lâng ê
phín-sèng chiâu-chn̂g, koh chìt hāng sī beh hō· lâng
tit-tiòh chò-kang pān-sū ê châi-lêng. Bēng Hu-chú
kóng, "Thàk-chheh bô pàt-hāng, kan-ta sī beh kiû
só· phah-m̄-kìⁿ liáu ê liông-sim tò-tńg-lâi," chiū-sī
beh hō· lâng ê phín-sèng chiâu-chn̂g ê ì-sù, che sī
thàk-chheh tē-it ê bòk-tek. Chóng-sī khah chē lâng
bô siūⁿ kàu chit-tiám, kóng thàk-chheh sī beh thàn
chîⁿ, chò koaⁿ. Thàn chîⁿ, chò koaⁿ, chò tāi-chì, che
sī siòk kī-sùt châi-lêng ê hong-bīn, sī thàk-chheh

TAI-OAN KAP LÔ-MA-JĪ 13

káng-kiù ha̍k-būn tē-jī ê bo̍k-tek, khah-chá sī kan-
ta khòaⁿ tāng tī chit-tiám, che sī khah phian ê
khòaⁿ-hoat. Lâng kan-ta hō· lāu-bó seⁿ--chhut-lâi
sī bô chiâu-chn̂g, sī chi̍t ê lâng ê chhó·-phoe nā-tiāⁿ,
tek-khak tio̍h koh káng-kiù ha̍k-būn, chai-iáⁿ chin-
chē gâu-lâng ê só· siūⁿ só· kiàⁿ, thang hō· lán ê thâu-
náu oa̍h-tāng sim-su bêng-pe̍k, hō· lán ē-hiáu chò
kang pān-sū ē hoat-tō·, khí-thâu chiah ē sǹg-tit sī
chiâu-chn̂g. Chhāi lán Tâi-oân chiông-chiân kàu-io̍k
lóng bô heng, ha̍k-būn lóng sit-tūi, che lóng sī tùi
lán tāi-ke ka-tī kap lán ê chhó·-sian khah chē bô
bêng-pe̍k ha̍k-būn ê chin ì-gī, bē hiáu-tit sî-sè ê
piàn-chhian só· tì--ê.
　　Lia̍t-ūi hiaⁿ-tī chí-mōe, sî-sè í-keng piàn-oāⁿ liáu.
Khah-chá sī chi̍t-lâng tùi chi̍t-lâng teh chò-sū, sī kò-
jîn chú-gī ê sî-tāi, hiān-kim sī chèng-lâng tùi chèng-
lâng, thoân-thé tùi thoân-thé, sī hia̍p-tông chú-gī ê
sî-tāi. Khah-chá sī chi̍t-lâng gâu, chèng-lâng gōng;
chi̍t-lâng tì-ìm chèng-lâng, chi̍t-lâng hō·-hat chèng-
lâng; sī eng-hiông chú-gī, sī choan-chè chú-gī ê sî-
tāi; hiān-kim sī chèng-lâng gâu, chèng-lâng ióng;
kong-ke chò, kong-ke siu, iōng chē lâng ê hó, chè-
chí chèng-lâng ê pháiⁿ, sī bîn-chiòng chú-gī, bîn-
pún chú-gī ê sî-tāi. Khah-chá sī sûi-piān ài, sûi-
piān thang chò, kok lâng ē-thang phah kok-
lâng ê sǹg, sī chū-jiân chú-gī, hòng-jīm chú-gī
ê sî-tāi; hiān-kim sī ū jîn-têng chi̍t ê kong-ke ê
phiau-chún, kong-ke ê kui-kí, kong-ke tio̍h ài siú;
chiū-sī lí-sióng chú-gī, hoat-tī chú-gī ê sî-tāi.
Chóng-kóng chi̍t kù, chá-chêng sī chi̍t-lâng chi̍t-
lâng ka-tī oa̍h ê chò-hoat; hiān-kim sī piàn-chiâⁿ
chi̍t-lâng ha̍p chèng-lâng chò-hóe oa̍h ê chò-hoat.
Thang chai chhāi hiān-kim ê sî-sè, chi̍t-lâng kap
chèng-lâng sī chin tōa ū koan-hē, só·-í chi̍t-lâng bē-
thang chiàu ka-tī ê phah-sǹg, tio̍h chai-iáⁿ chèng-

14　　CHAP-HĀNG　KOÁN-KIÀN

lâng ê tāi-chì; tiòh bat chin khoah, só·-í tiòh ū
hák-būn, ū tì-sek chiah ē ēng-tit.　Taⁿ lán tāi-ke
chai, lán Tâi-oân ê hū-jîn-lâng kiám m̄-sī bák-chiu
lóng m̄-bat "It--jī" sī chìt-oéh mah ? Iáh ta-po·-lâng
kúi lâng ū thák-chheh neh ? Aî--ah ! Sî-sè piàn
liáu-liáu! Lán tāi-ke iáu-kú sī bák-chiu o·-àm--ê khah
chē.　Aǹ-ni khòaⁿ, tāi-ke cháiⁿ-iūⁿ m̄-bián kan-khó·
ē ēng-tit !·Lán sit-chāi sī sit kà-sī, lán ê thâu-
khak-oáⁿ lāi sī lóng khang-khang. Tâi-oân hiān-kim
sī chāi tì-sek ki-hng ê sî-chūn lah !

4.　Taⁿ tiòh kín-kín phó·-kip Lô-má-jī !!

Sè-kan khek-khek teh oāⁿ-sin, sî-sè í-keng piàn-oāⁿ
liáu, chóng-sī lán Tâi-oân ê Pún-tó lâng, hiaⁿ-tī
chí-mōe, iáu-kú sī chiàu kū-khoán, bē-thang èng sî-
sè. Che sī in-ūi sit kàu-iók bô hák-būn só· tì--ê; lán
í-keng bêng-pék liáu.　Taⁿ lán tiòh koáⁿ-kín lâi
chín-heng lán ê kàu-iók.　Lūn chit hāng kàu-iók ê
tāi-chì, m̄-sī chìt-sî chìt-khek só· ohò ē-thang lâi,
tiòh ài chin-kú ê khó·-sim, chiah chìt-sut-á ē tit
kiàn kong-hāu.　Jìt-pún Tè-kok léng Tâi í-chêng,
siū chu-pâng kū-sek ê kàu-iók bat Hàn-bûn Hàn-
hák ê lâng sī bô lōa-chē. Hiān-kim m̄-chai iáu sīⁿ ū
chàp-bān lâng á-bô ? Góa teh giâu-gî. Chū léng Tâi
í-aū, Chóng-tok-hú ū sin-siat chéng-chéng ê hák-
hāu ; kàu-taⁿ siū chit khoán kàu-iók, óh sin hák-
būn ê lâng, chhim-chhián bô-lūn it-chhè sǹg chāi-
lāi, iā káⁿ bô thang chiūⁿ chàp-bān, che-sī góa ê
chhui-sióng phah-sǹg káⁿ-bô siuⁿ tōa cheng-chha.
Pún-tó lâng lóng-kiōng ū saⁿ-pah lák-chàp-bān lâng,
kīn-kīn chiah chha-put-to jī-chàp-bān lâng ū hák-
būn, kiám m̄-sī chin chió mah ? Che sī sím-mih
goân-in neh ? Chit hāng, sī lán ka-tī bē-hiáu khòaⁿ
hák-būn tāng ; chìt hāng, sī siat-hoat ê lâng bô ū

TÂI-OÂN KAP LÔ-MÁ-JĪ 15

chảp-hun ê sêng-sim. Iáu koh chit hāng, chiū-sī beh óh hảk-būn ê bûn-jī giân-gú thài kan-kè hui-siông oh-tit óh.

Tú-tióh hiān-sî ê kéng-hóng, chhú-khì tāi-ke tek-khak tùi kàu-iók ē chin jiảt-sim chiah tióh. Tān-sī chit hāng bûn-jī kap giân-gú tióh koh chit hoan ê tōa chhim-siūn tōa gián-kiù. Tâi-oân kap Tiong-kok ê óng-lâi tek-khak bē ēng-tit keh-tñg khì, só-í Hàn-bûn sī toàn-toàn bē ēng-tit pàng-sak. Tâi-oân lâng iū sī Jit-pún ê peh-sèn, só-í Jit-pún ê Kok-gú iā-sī tek-khak tióh ài óh. M̄-kú Hàn-bûn sī chin oh, Kok-gú iā sī chin lân, koh-chài chit nñg hāng kap Tâi-oân-ōe lóng sī bô koan-hē. Chit ê lâng beh sió-khóa cheng-thong chit nñg khoán giân-gú bûn-jī, chit-chió tióh ài chảp-nî ê kang-hu; thang kóng sī chin tāng ê tàn-thâu. Siàu-liân gín-ná chū sè-hàn óh-khí, chiū ū ǹg-bāng ē sêng-kong; hiān-sî m̄-bat jī ê tōa-lâng beh lâi óh, phah-sñg óh kàu sí iā kán-sī bē-chiân.

Hiān-kim chhāi lán Tâi-oân eng-kai khì hảk-hāu thảk-chheh ê siàu-liân gín-ná, pêng-kin chit pah lâng tiong chiah san-chảp-san lâng khì thảk-chheh; aū-chhiú lảk-chảp chhit lâng sī tióh chò bô hảk-būn ê kha-siàu. Thang chai, hiān-kim chhāi Tâi-oân ê gín-ná san-hūn nñg sī iáu bô hảk-hāu thang thảk-chheh, kiám m̄-sī chin khó-lîn mah? Nā kóng kàu jī-chảp hòe, san-chảp hòe, í-siông ê ta-po cha-bó, bô ki-hōe thang chiap-kīn hảk-hāu--ê sī móa-sì-kè. Chiah ê jī, san-chảp hòe í-siông ê lâng, chiàn-chiàn sī teh keng-êng hiān-kim ê Tâi-oân. Chiah-ê m̄-bat hảk-būn m̄-bat tāi-chì, Tâi-oân beh thài ē oān-sin chìn-pō? Iảh chit-chūn ê siàu-liân gín-ná sī aū-tāi beh keng-êng Tâi-oân ê jîn-châi, chiah-ê chit-chūn bô hảk-hāu thang thảk-chheh, aū-lâi beh-thài ū lō-ēng? Án-ni Tâi-oân beh-thài ū hiòng-siōng ê jit,

lán beh thài ū chhut-thâu-thiⁿ ê sî? Kàu chia sṅg
sī chúi kek kàu phīⁿ-khang-kháu, lán bô jīn-chin lâi
siat-hoat cháiⁿ-iūⁿ ē ēng-tit?

Chit ê būn-tê góa chū chảp-gōa nî chêng chiū ū
sè-sè siūⁿ-kòe liáu. Chiàu góa ê só siūⁿ, góa sìn
kóng, nā m̄-sī kín-kín phó-kíp Lô-má-jī sī bô piàn.
Tāi-chèng saⁿ-nî ê nî-bóe, Pán-hoân Pek-chiok tùi
Tang-kiaⁿ lâi lán Tâi-oân, kap Lîm Hiàn-tông Sian-
seⁿ í-gōa chin-chē lâng, hiảp-lėk beh chhòng-siat
Tông-hòa-hōe ê sî, góa tī hit-sî chiū ū tùi in kiàn-gī
tiȯh chhái-iōng Lô-má-jī. Hit-sî in tùi góa kóng,
"Chóng-tok-hú kap chin-chē Lōe-tē-lâng tùi chit ê
hōe put-chí tōa hoán-tùi; chím-má nā kóng beh phó-
kíp Lô-má-jī, thang chhiok-chìn Tâi-oân ê kàu-iȯk,
kiaⁿ-liáu ē koh-khah hoán-tùi." Chiàu in tāi-ke hit-
sî ê ì-sù, sī kóng siat Tông-hòa-hōe sī beh hō Pún-
tó-lâng tông-hòa kap Lōe-tē-lâng siāng-khoán, só-í
tāi-ke tiȯh jiȧt-sim ȯh Kok-gú chiah hó; chím-má nā-
sī lâi kà Lô-má-jī, beh ēng Tâi-oân-ōe lâi kà Pún-
tó lâng ê hȧk-būn, Chóng-tok-hú tek-khak ē kóng,
che sī beh kiò Pún-tó-lâng tùi Kok-gú ná bô jiȧt-
sim, ná kap Lōe-tē-lâng lī-khui, só-í Chóng-tok-hú
tek-khak ē koh-khah hoán-tùi.

Hit-sî góa ū siông-sè piān-bêng hō in thiaⁿ, chóng-
sī to bô chhái-kang. Chiàu góa hit-sî só siūⁿ, Pún-
tó lâng kap Lōe-tē lâng hòa-chò sio-siāng-khoán sī
hó, chóng-sī bô tek-khak Pún-tó lâng lóng tiȯh hòa
chiū-kīn Lōe-tē lâng. Pún-tó lâng ū pháiⁿ-ê hòa
chiū-kīn Lōe-tē lâng ê hó, che-sī ē ēng-tit; m̄-kú
Pún-tó lâng ū hó--ê iā tiȯh hòa-khì chiū-kīn Lōe-
tē lâng ê pháiⁿ--ê, che-sī toàn-toàn bē ēng-tit. Put-
kò ū hó saⁿ-kap ȯh, ū pháiⁿ saⁿ-kap tû; tāi-ke lóng
lâi saⁿ-kap piⁿ-chò hó, che chiah sī chin-chiàⁿ ê tông-
hòa. Só-í tāi-ke tiȯh ài tāi-seng ē-hiáu hó-pháiⁿ sī

sím-mih, tāi-seng ū siāng-khoán ê tì-sek sî iàu-kín.
Tāi-ke jia̍t-sim o̍h Kok-gú iā-sī hó, m̄-kú kiò hiān-sî
jī-sa"-cha̍p-hòe í-siōng ê lâng tio̍h seng o̍h Kok-gú,
jiân-aū tùi Kok-gú chiah lâi o̍h tì-sek, án-ni sī bô
ǹg-bāng ê tāi-chì. Hiah ê lâng kàu-sí phah-sǹg Kok-
gú iā-sī o̍h bē chiâ". Só·-í tek-khak tio̍h kín-kín
seng kà Lô-má-jī chiah tio̍h. Che-sī góa hit-sî ê
ì-kiàn. Hit-sî Tông-hòa-hōe ê Kàn-pō· Lîm Hiàn-
tông Sian-si" in hiah ê chú-náu ê lâng lâi Tâi-lâm,
Tâi-lâm-chhī ê lâng tī sin khí ê Tāi-bú-tâi kā in khui
Hoan-gêng-hōe, góa hit-sî iā ū tī-hia kóng chit-
khoán ì-bī ê ōe. Tê-ba̍k góa iáu ē kì-tit, sī "Tông-
hòa ê chin ì-gī kap lán ê chún-pī." Chiū-sī hiān-sî
góa iā-sī chit khoán ê ì-kiàn. Koan-hē chit chân
Lô-má-jī ê būn-tê, chit cha̍p-gōa nî lâi put-sî to
tiâu tī góa ê sim-lāi, tùi chit-chân góa iā kóng
chin-chē ōe liáu. Chóng-sī gō·-kái góa ê chin-ì, kap
ū chit pō·-hūn m̄-ài Pún-tó lâng gâu ê lâng, put-chí
tōa-tōa chhiàng hoán-tùi, kóng phái"-ōe. Sui-jiân sī
án-ni, chin-kim sī toàn-jiân m̄-kia" hóe, chin-lí sī
hō· lâng bē bia̍t-tit. Kīn-lâi koa"-bîn ê tiong-kan,
tùi chit chân tio̍h iàu-kín phó·-ki̍p Lô-má-jī ê tāi-
chì chiām-chiām ū teh khòa"-tāng. Thia"-kì" kóng
Kéng-chhat-koa" ê Liān-si̍p-só· í-keng ū chhái-iōng
Lô-má-jī teh o̍h Tâi-oân-ōe. Ia̍h Sió-ha̍k-hāu ia̍h
í-keng ū teh kà Tâi-oân-ōe, iā-sī chiām-chiām ē
chhái-iōng Lô-má-jī. Che sī chin thang hoa"-hí ê
kheng-hiòng.
　　Tāi-ke tio̍h koá"-kín lâi o̍h Lô-má-jī. Lán nā lóng
bat Lô-má-jī lán ē thang tit-tio̍h chē-chē ê piān-gî,
put-lūn Lōc-tē-lâng á-sī Pún-tó-lâng, bô-lūn ta-po·
cha-bó·, tōa-lâng á-sī gín-ná, ū ha̍k-būn á-sī bô--ê.
Goân-lâi giân-gú bûn-jī sī tì-sek ê chhng-khò·, ia̍h-
sī lâng ê sim-koa" beh sa" kau-pôc ê mn̂g-lō·. M̄-kú
giân-gú sī ēng sia"-im piáu-hiān; sia"-im sī hiáng bô

lōa-hñg, koh-chài chìt pái chiū siau bô-khì, só͘-í
lâng kóng ê ōe bē thang hō͘ chin-chē lâng chò chìt
pái thia°, iā bē thang chiong só͘ kóng ê ōe lâu--teh
hō͘ aū-lâi ê lâng chai-iá°. In-ūi ài pó͘ chit-khoán ê
khoat-hām, só͘-í chiah ū chè-tēng bûn-jī, chiong
lâng só͘ beh kóng ê giân-gú ēng bûn-jī piáu-hiān,
siá tiàm chóa ê bīn-téng, chiàu hit-tiu° chóa-bīn só͘
siá ê khoán chhau-siá, á-sī iōng ki-khì ìn, chiū ē
thang tit chheng-chheng bān-bān tiu° siang khoán
ê bûn-jī, chiong hiah ê kià hō͘ lâng, sui-sī koh-khah
chē koh-khah hñg ê lâng, to ē thang chiong lán só͘
ài kóng ê sim-su thoân hō͘ in chai. M̄-nā án-ni, só͘
ìn hiah ê chóa kā i kap kui-pún (chiū-sī chheh),
siu-hó khí-lâi khñg, sui-sī khah-kú ê aū-sè-tāi lâng,
iā sī ē thang hō͘ in chai lán ê só͘ siū°.

Thang chai ū giân-gú iā tiòh ū bûn-jī, chiah ē-tit
chiong lâng ê sim-su thoân-pò͘ kàu tī khoah-khoah
ê só͘-chāi, kú-kú ê tiong-kan. Iàh lâng kap lâng ê
kau-pôe, chiah ē thang jú chhin-bìt jú khui-khoah.
Sè-kài tiong bûn-bêng ê lâng, ū giân-gú tek-khak iā
ū bûn-jī. Iá-bân lâng kan-ta ū giân-gú bô bûn-jī,
só͘-í in bē thang chiong ka-tī ê sim-su thoân hō͘ aū-
lâi ê lâng chai, iàh ka-tī iā bē thang chai-iá° í-chêng
ê lâng ê ì-kiàn. Chóng-kóng in sī bô hàk-būn, put-
sī ka-tī siū° ka-tī bat nā-tiā°, bē thang bat khah chē,
put-sī bē chìn-pō͘, put-sī to iá-bân. Lán ê Tâi-oân-
ōe pún-lâi sī kap Tiong-kok-ōe siāng khoán, pê°-pê°
sī iōng Hàn-jī, in-ūi lán kú-nî pàng-sak hàk-būn,
lán ê ōe sòa kap Hàn-jī sa° lī-khui, Tâi-oân-ōe sòa
teh-beh pì°-chiâ° chìt chéng bô bûn-jī ê giân-gú.
Che sī chin thang kám-thàn kiàn-siàu ê tāi-chì, tì-
kàu chiông-lâi Lōe-tē-lâng beh òh Tâi-oân-ōe tiòh
kan-ta iōng chhùi-pôa, Pún-tó-lâng beh òh Kok-gú
á-sī Hàn-bûn, iā tiòh put-sī kīn sian-se°, bē thang
tùi chheh lâi ka-tī òh, sī chin tōa hùi-khì. Hó kai-

chài! ū chit-chéng Lô-má-jī thang pang-chān lán.
Lán nā chiong chiah ê Lô-má-jī o̍h-liáu lóng ē-hiáu
iōng ê sî, beh o̍h Kok-gú, Hàn-bûn ê lâng m̄-bián
sian-seⁿ, kan-ta khòaⁿ-chheh chiū ē thang ka-tī o̍h.
Ke chin séng-pún koh séng-kang. Koh chit hāng
chòe-hó--ê, chiū-sī iáu m̄-bat Kok-gú á-sī Hàn-bûn
ê lâng, ē thang tùi Lô-má-jī lâi bat chiu-chē ê tì-
sek, chin khoah ê ha̍k-būn. Ia̍h tùi pa̍t-chéng ê
bûn-jī í-keng ū tit-tio̍h siong-tong ê ha̍k-būn ê lâng,
iā ē thang ēng chit hāng Lô-má-jī hoat-piáu i ê
gián-kiù hō͘ lóng-chóng ê hiaⁿ-tī chí-mōe chai; it--lâi
ē thang lī-ek tāi-ke; jī--lâi, i ka-tī ê thâu-náu iā ē
khah oa̍h-tāng. Tùi án-ni, lán Tâi-oân ê kàu-hòa
tek-khak ē tōa chín-heng, chèng-lâng ê cheng-sîn
tek-khak ē khah chiok, khah hiòng-siōng. Tâi-oân
tùi án-ni, tek-khak ē ke-thiⁿ tōa-tōa ê chìn-pō͘.

Tāi-ke í-keng bat Lô-má-jī ê lia̍t-ūi, góa sìn lia̍t-
ūi iā-sī sî-sî teh khòa-sim Tâi-oân ê chìn-pō͘, só͘-í
chhim-chhim kî-goān kap tāi-ke ha̍p khùi-la̍t, mî-
ji̍t jīn-chin phó͘-ki̍p Lô-má-jī. Lán tāi-ke nā m̄-sī
kín-kín seng lâi bat chit jī-cha̍p-sì jī ê Lô-má-jī,
Tâi-oân sī tek-khak chin-chiàⁿ oh-tit kiù. Tâi-oân
hiān-kim sī chhāi tì-sek tōa ki-hng ê sî-tāi, tāi-ke ê
thâu-khak-oáⁿ í-keng khang-khang, gō kàu beh tó--
lo̍h-khì, lán taⁿ tio̍h kín-kín tāi-seng lâi khui chit
ê Lô-má-jī ê chhng-khò͘-mn̂g, chit keng khah hó
khui. Lán iau-gō liáu bô la̍t, pa̍t-keng chhng-khò͘-
mn̂g sī khui bē lâi, tio̍h tùi chit keng seng khui,
lán ê thâu-náu chiah ē tit-tio̍h tām-po̍h pá-tīⁿ. Tùi
án-ni, lán chiū ē thang chek-thiok sia-siáu ê khùi-
la̍t, thang koh lâi khui Kok-gú ê chhng-khò͘, Hàn-
bûn ê chhng-khò͘, á-sī Eng-gú, í-ki̍p kî-thaⁿ chióng-
chióng gōa-kok ōe ê chhng-khò͘-mn̂g. Lia̍t-ūi
tông-pau! Lán tio̍h kín-kín lâi o̍h Lô-má-jī, ia̍h lán
chē-chē lâng tio̍h iōng Lô-má-jī lâi siá chē-chē ê

hó-chheh, hō͘ lán chē-chē ê hiaⁿ-tī chí-mōe thak; hō͘ in thang i-hó in ê cheng-sîn ê iau-gō. Nā-sī án-ni, Tâi-oân chiū ē hiòng-siōng, Tâi-oân ē oāⁿ-sin, Tâi-oân chiū ē oah--khí-lâi!!

◆

TĒ-SAⁿ HĀNG

Lūn Siā-hōe Seng-oah ê ì-gī

1. Kò-jîn kap Siā-hōe

Kò-jîn chiū-sī toaⁿ-sin lâng ê ì-sù. Nn̄g ê í-siōng ê toaⁿ-sin lâng chò-hóe khiā-khí ê sî chiū sêng chit ê siā-hōe. Só͘-í thang chai siā-hōe ū chióng-chióng; ka-têng, chong-chok, hiuⁿ-lí, ke-chhī, kok-ka to lóng sī chit-chéng ê siā-hōe. Koh kóng chit kù khah-bêng, siā-hōe chiū-sī nn̄g-ê í chiūⁿ ê lâng, ūi-tioh chit ê bok-tek chò-hóe kiat-hap ê thoân-thé. Chit-kù "Ūi-tioh chit ê bok-tek," chit kù put-chí tioh ài jīn-chin; nā bô bok-tek, sui-jiân ū nn̄g-ê í-chiūⁿ ê lâng tī-teh, iā put-sêng siā-hōe. Koh-chài chiū-sī ū kong-kiōng ê bok-tek, hit ê bok-tek nā-sī sió-sè á-sī bô bêng-liáng, só͘ kiat-chiâⁿ ê siā-hōe iā-sī m̄-chiâⁿ-mih, sī se-sap--ê.

Pí-phēng siā-hōe chhin-chhiūⁿ chhù, kò-jîn chiū-sī eⁿ-á, kak-á, chng, thiāu, hit chit lūi. Chhù ài ióng; bián kóng chng, chioh, sam-thiāu ài lóng ióng, chóng-sī kan-ta án-ni bē-iōng-tit; khí hit keng chhù ê bok-tek ài bêng-pek iàu-kín. Chhù ê bok-tek, m̄-nā sī beh chah hong-hō͘, hông chúi-hóe; koh-chài tioh ài ū thang-hong, ū ōe-seng, ē kham-tit tē-tāng, chiah ê bok-tek nā siūⁿ ū kàu-

giảh, koh ū bêng-láng, chū-jiân hiah ê chhâi-liāu
tàu-chhēng chiū ē hó-sè, ē tàu-tah ; khí-liáu chhù
chiū tek-khak chin ióng, chin sù-sī. Siā-hōe kap kò-jîn
ê koan-hē, sit-chāi sī kap che siāng-khóan, ài siā-
hōe bûn-bêng chiū tiỏh kò-jîn lóng ū kàu-iỏk, kok-
lâng kok sêng chit-chéng ê jîn-châi ; iảh kò-kò lóng
ū bêng-pẻk in ê siā-hōe kiōng-thong ê bỏk-tek, chit
khóan ê siā-hōe khí-thâu chiah ū kian-kờ.

2. Chái"-iū" tiỏh ài ū Siā-hōe ?

Lâng chái"-iū" tiỏh kap lâng chò-hóe kòe-jit, bô,
kiám bē iông-tit ? Lâng m̄ kap lâng chò-hóe kòe-
jit ? lâng m̄ tiàm siā-hōe se"-oảh, khiok m̄-sī choảt-
tùi bē-iông-tit. Sè-kan to ū hit hō chhut-ke lâng
(hôe-siū"); i lóng bô kap sè-kan siā-hōe koan-hē,
ka-tī ún-ki chhim-soaⁿ chhiū-nâ ê lāi-té; sí-jit nā kàu
chiah chū án-ni soah. Nā-sī ka-tī kam-goān án-ni
chò boán-chiok, khiok iā-sī sûi-ì chò chiū hó.

Chóng-sī chit khóan káⁿ m̄-sī tảk-lâng kam-
goān--ê. Kam-goān m̄ kam-goān, chhiáⁿ chit-pìⁿ,
chiàu-sit che-sī tō-lí só͘ m̄ iông-ún ê tāi-chì. Lí
khòaⁿ, siat-sú lâng-lâng nā chin-chiàⁿ óh chhut-ke
lâng ê khóan, chin-chiàⁿ hō͘ i siu-khì chò tô͘-tē,
lâng bô lōa-kú tek-khak lóng tiỏh ài chẻh-chéng.
Niū chit-pō͘ kóng, chhin-chhiūⁿ hit khóan ê se"-oảh
ū sím-mih chhù-bī, ū sím-mih ì-gī, ū sím-mih hó--
chhù thang giú lâng ê sim neh ? Kán-tan kóng chit
kù, lâng kap lâng chò-hóe kòe-jit, ài tòa siā-hōe se"-
oảh, che sī lâng ê thian-sèng, sī chêng-lí só͘ eng-
kai--ê.

Se-iūⁿ lâng ū kóng, "Lâng sī siā-hōe ê tōng-bút."
Chit-kù-ōe chiū-sī kóng lâng iā-sī chit-chéng ê tōng-
bút, kap phó͘-thong ê tōng-bút koh-iūⁿ ê tiám, chiū-
sī ē-hiáu chò-chit siā-hōe. Só͘-í thang chai lâng

22   CHAP-HĀNG KOÁN-KIÀN

nā-sī pàng-sak siā-hōe, bô khòaⁿ siā-hōe ê sū chò
iàu-kín, che sī pōe-hoán chò lâng pún-lâi ê sèng-
chit, chek, chit khoán lâng bē-iōng-tit kóng sī "siā-hōe
ê tōng-but;" kīn-kīn sī phó·-thong ê tōng-but, chiū-
sī kap cheng-seⁿ siāng chéng-lūi.

Cháiⁿ-iūⁿ tiòh ài ū siā-hōe ? Chiàu téng-bīn só·
kóng sī tùi lâng ê thian-sèng só· iau-kiû--ê. Aⁿ-ni
kiám-chhái kóng-liáu khah hūn-hòa, bē thang kàu-
giàh chheng-chhó, í-hā ài kí kúi-tiám khah ū hêng-
thé ê sū lâi pó·-chiok.

(A) Thài-kó· lán lâng iáu-bōe bûn-bêng ê sî-tāi, in-ūi
chiàh chhēng ê mih bô kàu-giàh, só·-í seⁿ-chhut lâng
tiòh ài sio-cheⁿ sio-chhiúⁿ ê tāi-chì. Tī sio-chhiúⁿ
ê tiong-kan bián-kóng sī làt khah kiông ê lâng
khah-iàⁿ. Làt ài khah kiông, chit lâng ê làt sī iú-
hān, chū-jiân tiòh ài kap pàt-lâng háp chò-hóe.
Chit-ê chiū-sī boat seng ka-chòk chong-chòk ê lí-iû.
Tùi án-ni tìt liân-kiat, tìt khoah-tōa, ka-chòk bô
kàu, chiū siⁿ-chhut hiuⁿ-lí chng-siā, kàu-bóe chiū
hián-chhut kok-ka ê cho·-chit lâi. Che ē thang
kóng sī siā-hōe boat-hiān tē-it ê lí-iû.

(B) Koh-chài lâng kap phó·-thong ê tōng-but ū chìt-
tiám tōa bô siāng ê thian-sèng, chiū-sī lâng ū chìt-
chéng put-sî ài chìn-pō· hiòng-siōng ê sim-sèng.
Lâng ū chìt ê pún-sèng, só·-í tiāⁿ-tiòh bô ài tiāⁿ-tiāⁿ
kò·-siú chìt khoán; nā ū khah tiòh--ê, khah hó--ê,
khah súi--ê, i chiū chhut khùi-làt khì kiû khì chò.
In-ūi án-ni, chū-jiân tiòh ài kap chē-chē lâng háp
khùi-làt, bē-iōng-tit lī-khui siā-hōe.

Khah iá-bân ê lâng bē-hiáu kap lâng háp khùi-
làt, ka-tī iā tiòh chèng-choh, iā tiòh khí-chhù, iā
tiòh pháng-chit, iōng chìt lâng sió-sió ê lêng-lèk
beh chò chìt-pah bān-bān khoán ê tāi-chì; só·-í in só·
chò ê sī chhián-kīn chiu m̄-chiâⁿ-mih, kú-kú to lóng
bē chìn-pō·. Bûn-bêng ê lâng chiū m̄-sī án-ni, i

kek ài kap lâng hap khùi-lat, i só chơ-chit ê siā-
hōe kek chiâu-chfig; sū lông kong siong bān-hāng
ê tāi-chì lóng ū hun-piat, kok lâng hun-tam i só·
kiàn-tiông ê sū, chhut-lat khì chò khì gián-kiù. M̄
hān-tiāⁿ án-ni, chiū-sī tam-tng siāng khoán chit-
giap ê lâng, in iā sī kek gâu chò-hóe chham-siông
pí-chiap. Tùi chit-khoán in só· chò ê tāi-chì hui-
siông khoài chìn-pō·, lâng-lâng chiah chiong in só·
tit-tioh chòe-hó ê kiat-kó hiàn-chhut tī siā-hōe, chò
siā-hōe chèng-lâng ê lō·-iōng; lâng-lâng lóng sī án-
ni chò, só·-í hit ê siā-hōe tak-lâng to chin khoài
chìn-pō·, chiah ē chiaⁿ-chò bûn-bêng ê lâng. Só·-í
thang chai ài chò bûn-bêng ê lâng, chiū tioh gâu hap
chèng-lâng ê khùi-lat, chiū-sī ài ū siā-hōe chiah·ē
ēng-tit... a̍i !
　　(C) Koh kí chit tiám kóng. ''Sam-jū-keng'' ê thâu
chit-kù kóng, ''Lâng khí-thâu ê sèng-chêng pún sī
hó.'' Sit-chāi lâng sī lóng ū liông-sim, ì-ài chò hó.
In-ūi lâng ài chin i ê hó-sim, i tioh khì chhōe, khéng
siū i ê hó-sim ê tùi-chhiú ; nā m̄-sī, i ê hó-sim beh
khì chò tiàm tó-ūi leh ? Só·-í tioh ài ū siā-hōe,
lâng ê liông-sim tùi án-ni chiah ē thang siū an-ùi,
iah lâng chiah ē hoat-phoat, chit-sì-lâng chiah ū
chin-chiàⁿ ê chhù-bī.
　　Chit-tiám ê tō-lí sī chin chhim, iā sī chòe iàu-
kín--ê. Kó·-chá kàu hiān-kim ê siā-hōe tāi-khài
lóng sī chiàu (A) kap (B) hit nn̄g tiám lâi chiaⁿ--ê
khah chē. Che bē thang kóng sī bûn-bêng ê siā-
hōe. Nā-sī chin-chiàⁿ bûn-bêng ê hó siā-hōe, chiū
tioh chiàu tak-lâng ê tō-tek ì-sek (chiū-sī liông-sim)
lâi chơ-chit chiah sī. Lâng ūi-tioh ài sit-hêng i ê
hó-sim chơ-chit hó siā-hōe, hơ i ê liông-sim ē boán-
chiok, che sī chò lâng eng-kai ê pún-hūn, iā sī jîn-
sè chòe-aū ê bok-tek.

3. Siā-hōe chơ·-chit ê pún-siòng

·Chit sòaⁿ chiâⁿ pờ, ha̍p lâng chiū sêng siā-hōe. Pờ ê hoe-jī ū pah-pah khoán, chóng-sī siā-hōe ê hêng-siōng káⁿ m̄-nā chheng-chheng bān-bān iūⁿ. Siā-hōe chơ·-chit ê khoán-sit si̍t-chāi sī ho̍k-cha̍p chì-ke̍k. In-ūi siā-hōe ê hêng-siōng ho̍k-cha̍p kàu án-ni, ū chi̍t pòe nńg-chiáⁿ ê lâng seⁿ-chhut chi̍t khoán iàm-sè ê kám-liām kóng, "Sè-thài bû-siông" chiū-sī khòaⁿ siā-hōe chhiu-chhiūⁿ chúi-pho hui-siông tōng-iâu bô tiāⁿ-tio̍h. Chóng-sī chit-khoáⁿ sī khòaⁿ phòe bô khòaⁿ kut só· tì--ê; nā chìn khah chhim kiám-tiám lâi khòaⁿ, chiū tek-khak ē thang khòaⁿ-tio̍h siā-hōe ê pún-siòng.

Chhiáⁿ jīn-chin khòaⁿ, pờ ê hoe-jī sui-jiân ū chē-chē khoán, chóng-sī chí-ū nńg-chéng ê sòaⁿ chit chiâⁿ--ê; chit-chéng sī ti̍t-sòaⁿ, chit-chéng sī hoâiⁿ-sòaⁿ. Siā-hōe iā sī án-ni. Siā-hōe ê hêng-siōng khòaⁿ-kìⁿ sī chhian-piàn bān-hòa; m̄-kú nā jīn-chin kā hun-piat, chiū chai put-kò sī "Lí," "Góa," chit nńg khoán ê lâng só· chơ·-chit ê, ~~siā-hōe kú-kèng sī ū kúi khoán? ti̍t~~ kok-khoán siā-hōe ê koan-hē sī sím-mi̍h khoán-sit? Koh-chài sím-mi̍h khoán-sit ê sī khah-hó? Chhiáⁿ tāi-ke giân-kiù khòaⁿ. "Lí," "Góa," nńg-khoán ê lâng chóng-kóng chiah ū saⁿ-khoán ê koan-hē. Chit saⁿ-khoán ê koan-hē ē thang ēng saⁿ kù-ōe lâi piáu-pe̍k.

(1) *Lí sī lí, góa sī góa.*

(2) *Góa sī góa, lí iā sī góa.*

(3) *Lí sī lí, góa iā sī lí.*

Tē-it khoán, *"Lí sī lí, góa sī góa."* Chit-khoán koan-hē ê siā-hōe sī lâng siang bōe hoat-ta̍t ê sî-tāi chiah ū. Hiān-sî chhāi A-hui-lī-ka ê iá-bân lâng á-sī lán Tâi-oân ê Soaⁿ-lāi-lâng, chiū-sī khiā tī bûn-bêng lâng ê tiong-kan; nā-sī hit-hō siu-ióng iáu-bōe kàu ê lâng, só͘ kiat ê siā-hōe tāi-khài sī chit-khoán. Chit-khoán ê siā-hōe sī chhin-chhiūⁿ chi̍t poàⁿ ê soa, tāi ke lóng bô koan-liân, put-kò chi̍t-lia̍p chi̍t-lia̍p saⁿ-thah chò chi̍t-tui; nā-sī hong chhoe kàu, chiū chi̍t lia̍p soàⁿ chi̍t-lō͘. Chāi chit-khoán siā-hōe ē giú chèng-lâng ha̍p chò-hóe ê kin-goân, chiū-sī chhut tī ta̍k-lâng ê pún-lêng. (M̄-bián lâng kà, ka-tī ē-hiáu ê châi-lêng). Phì-lūn kóng, pak-tó͘ iau chiū ka-tī ē-hiáu ài tit-tio̍h mi̍h, tùi-te̍k á-sī gûi-hiám ê tāi-chì kàu chiū ē hiáu kiaⁿ-hiâⁿ siūⁿ beh hông-pī, á-sī ài sek-io̍k, ài thoân kiáⁿ-sun ê io̍k-bōng, che lóng sī pún-lâi chiū ē-hiáu-tit. Iá-bân lâng ê siā-hōe lóng sī chit-khoán pún-lêng kiò in chò-chiâⁿ--ê. Kok-lâng ê pún-lêng só͘ iau-kiû ê mi̍h nā-sī tit-tio̍h liáu, ia̍h chiū "Lí sī lí, góa sī góa;" bô siūⁿ koh kap lâng chò-hóe, bô khòaⁿ siā-hōe chò iàu-kín, kok-lâng chiū kiâⁿ kok-lâng só͘ ài kiâⁿ ê lō͘.

Khòaⁿ chit khoán sū chò eng-kai ê lâng chiū-sī lī-kí chú-gī ê lâng. Chū kó͘-chá kàu kin-á-ji̍t, chāi sè-kài só͘ ū bia̍t-bông ê siā-hōe kok-ka, to lóng sī chit-khoán lī-kí chú-gī ê lâng só͘ kiat-chiâⁿ--ê. Sui-jiân án-ni chāi chit-khoán, "Lí sī lí, góa sī góa," ê siā-hōe iā ū chi̍t hāng hó. In-ūi ta̍k-lâng sī siūⁿ "Lí sī lí, góa sī góa;" só͘-í hia bô chò kòe-thâu ê tāi-chì, bô kan-sia̍p lâng, bô sok-pa̍k lâng, iā bô óa-khò lâng, ka-tī chò ka-tī tng, put-chí ū to̍k-li̍p ê hong-khì, iā khah ū pêng-téng ê koan-liām, siā-hōe ê chō͘-chit iā sī khah káu-tan.

Tē-jī khoán, "Góa sī góa, lí iā sī góa." Chāi chit-khoán ê siā-hōe sī góa chò tiong-sim ê siā-hōe. Góa sī chi̍t lâng, lí sī chèng-lâng; só͘-í thang chai chit-khoán siā-hōe sī chi̍t lâng chò thâu, chèng-lâng chò kha-chhiú; sī chi̍t lâng koán chèng-lâng; thang kóng sī choan-chè chú-gī ê siā-hōe. Chāi

十項管見（原文）

chit-khoán siā-hōe, tē-it,—chò thâu ê lâng ài ū sìt-
le̍k chim-chiok; tē-jī,—tio̍h ū chin giâm ê hoat-tō·
thang hō· kha-chhiú ê lâng siú, chiah ē thang pó
pêng-an. Nā m̄-sī chiū tek-khak ē chin loān.

Tiong-kok chū kó·-chá kàu hiān-sî ê kok-ka, to
lóng sī ēng chit-khoán, "Góa sī góa, lí iā sī góa," ê su-
sióng lâi cho·-chit ê khah-chē. M̄-nā Tiong-kok, sè-
kài-tiong ê kok tāi-khài to iā sī sio̍k chit-khoán.
Chāi chit-khoán, kok-ka tek-khak bô pêng-téng, iā
bô chū-iû; nā-sī ū chū-iû chiū-sī kan-ta chi̍t lâng,
á-sī chi̍t sió pō·-hūn ê lâng nā-tiāⁿ.

Chāi chit-khoán siā-hōe sī bô kong-lí iā bô tō-tek;
nā-sī ū, chiū-sī chiong chi̍t lâng á-sī kúi ê lâng ê
su-khia chêng-lí, kiông-kiông ài chhih chèng-lâng
tio̍h ài sìn, tio̍h chiàu án-ni kiâⁿ. Chóng kóng, chāi
chit-khoán siā-hōe, "kiông-koân chiū-sī kong-lí." Ū
sè-le̍k ê lâng só· kóng ê chiū-sī kong-lí, chiū-sī tō-
tek lah! Bān-sū sī phín la̍t; kûn-thâu-bú khah
tōa-lia̍p ê lâng chiū chheng "Ông" chheng "Tè;" sè-
lia̍p ê lâng tiāⁿ-tio̍h sī kú-chāi i pâi-pí. In-ūi án-
ni, lâng khùi-la̍t bô kàu ê sî chiū lún-khì thun-siaⁿ,
sí-sim ho̍k-chiông hàu-sūn. M̄-kú kàu chi̍t-ji̍t sìt-
kó·-mn̂g nā hoat kàu-gia̍h, i chiū siūⁿ beh poe koân;
m̄-nā m̄ hō· pa̍t lâng koán, hoán-tńg sòa siūⁿ koán
pa̍t lâng. Thang chai chit-khoán ê kok-ka siā-hōe
sī put-sî bô pêng-an, put-sî tōa jiáu-loān.

Nā-sī tek-khak beh pó pêng-an, tók-tók ū chit-
pō·, chiū tio̍h chhòng hó ta̍k-lâng gông-gông, hō· i m̄-
bat pòaⁿ-hāng sū. Chhin-chhiūⁿ Bēng Hu-chú só· kóng,
"Lâng nā bô kà-sī, m̄-bat tāi-chì, chiū kap khîm-siù
tâng chi̍t-iūⁿ." Nā chhin-chhiūⁿ khîm-siù chiūm̄-bat
tāi-gī, iā bē-hiáu phah-sǹg khah chhim khah hn̄g ê
tāi-chì, tì-kàu chhin-chhiūⁿ tōa-chúi lâu chhâ, chi̍t
lâng sòaⁿ chi̍t tah, thang hō· kûn-thâu-bú khah tōa-
lia̍p ê lâng khah hó pâi-pí, khah khoài hō-lo̍h.

37

Chîn-sí-hông chiong thiⁿ-kha-ē ê tha̍k-chheh-lâng lóng lia̍h khì tâi, chiong chheh lóng poaⁿ khì sio, chiū sī án-ni ê chú-ì. Só͘-í thang chai, chèng-lâng nā-sī bô kàu-io̍k, m̄-bat tō-lí, chit-khoán "Góa sī góa, lí iā sī góa" ê siā-hōe chiū ē chiâⁿ; ia̍h chit khoán siā-hōe nā chiâⁿ, lâng ê sèⁿ-miā chiū m̄-ta̍t chi̍t chiah káu !

Khòaⁿ hiān-kim, lán ê ka-têng-lāi iā sī iáu-kú chiàu "Góa sī góa, lí iā-sī góa" ê chú-gī teh kiâⁿ. Lí khòaⁿ, chhái lán ê ka-têng lóng sī choan-chè chú-gī; lāu-pē chi̍t lâng chú-ì chhù-lāi it-chhè ê sū; lāu-pē í-gōa ê lâng, put-lūn lāu-bú á-sī kiáⁿ-jî sim-pū, to lóng sī kan-ta phōaⁿ-tòaⁿ tòe-pài. Phì-lūn hāu-siⁿ cha-bó͘-kiáⁿ ê hun-in, chit-hāng sī hāu-siⁿ cha-bó͘-kiáⁿ chi̍t-sì-lâng ê tōa tāi-chì, to iā tio̍h lāu-pē chú-ì; chò kiáⁿ ê lâng kah ná chhin-chhiūⁿ ka-lé ê khoán, kù-chài i thoa-tio̍h. Ang-bó͘ tī ha̍p-hun hit àm khí-thâu chiah sio-bat, tāi-ke ū sio ì-ài á-bô, sī tùi hit-tia̍p chiah sio tōng-bûn, thang kóng sī mi̍h chia̍h-liáu chiah kóng kè-chîⁿ ê chò-hoat. Lán chiok-gia̍h chai-iáⁿ chit khoán pè-hāi si̍t-chāi sī chin tōa. Koh-chài ta̍k lâng to lóng sī "Góa sī góa, lí iā-sī góa" ê chú-gī, khah kiông-ê chiū chiàm khah-iâⁿ; só͘-í ta-po͘-lâng chiū kóng, "Ta-po͘-lâng ê tāi-chì sī ta-po͘-lâng chú-ì, cha-bó͘-lâng ê tāi-chì iā-sī ta-po͘-lâng kā i chú-ì." Tùi án-ni, ta-po͘-lâng chiū ka-tī chú-ì, koh chhōa chi̍t-ê á-sī nn̄g-ê, he̍k-sī saⁿ-ê; lóng sī phīn i ê khùi-la̍t; cha-bó͘-lâng lóng bē thang kóng sím-mi̍h, kan-ta ē thang tiām-tiām chē chheng-êng chia̍h kàu sí. Tùi chit-khoán, "Góa sī góa, lí iā-sī góa" ê su-siúⁿ lâi chiâⁿ ê siā-hōe, si̍t-chāi sī thang kiaⁿ. Che kīn-kīn sī kóng lán ê tāi-chì, chóng-sī chit-khoán bô chun-tiōng lâng ê sim-koaⁿ, kap tùi chit-khoán pháiⁿ su-sióng lâi chiâⁿ-chit ê siā-hōe, khiok m̄-sī kan-ta lán chiah ū, kiám-chhái hiān-sî sè-kài khah chē ê siā-hōe to iáu-kú sī chit-khoán.

Tē-saⁿ khoán ê siā-hōe chơ-chit chiū-sī, "*Lí sī lí, góa iā-sī lí*" ê koan-hē. Chit-khoán sī chòe-hó chòe chìn-pōʹ. "Lí" ê ì-sù chiū-sī chí "Góa" chit lâng í-gōa ê chèng-lâng. Só-í, "Lí sī lí, góa iā-sī lí," chit kù-ōe ê ì-sù chiū-sī kóng, "Lín chèng-lâng só ū-ê chhiáⁿ lín chèng-lâng ka-tī tit, góa só ū--ê iā sī beh hō· lín chèng-lâng tit." Koh oāⁿ chit kù kóng, "Lín tāi-ke chhiáⁿ chò lín tāi-ke ê tāi-chì, góa ê tāi-chì góa ka-tī chò, chhiáⁿ lín bián thè góa; iáh lín nā ū ài góa kā lín chò, sui-jiân sī pàng-sak góa ka-tī, góa iā sī hoaⁿ-hí kā lín chò." Che chiū-sī chit lâng ka-tī hoaⁿ-hí chò chèng-lâng ê lō·-ēng, m̄-khéng ūi-tiòh ka-tī ê tāi-chì kap pàt-lâng sio-cheⁿ, iā m̄-khéng ūi-tiòh ka-tī ê hoaⁿ-hí, bē kì-tit chèng-lâng ê kan-khó.

Chit-khoán su-sióng sī chòe iàu-kín chòe ko-siōng; chóng-sī lâng éng-éng to ài ūi-tiòh pàt-chéng ê bê-hék sòa bē kì-tit. Chhin-chhiūⁿ Tiong-kok Khóng-chú kà lâng tiòh ū jîn-ài, In-tō· Sek-khia-bút kà lâng tiòh ū chû-pi, Iû-thài ê Iâ-so Ki-tok tōa-siaⁿ kiò lâng tiòh hóan hócc hōe sio-thiàⁿ. Chit saⁿ lâng só siat ê kà-sī, só kóng ê ōe sui-jiân sī bô siāng, chóng-sī in ê cheng-sîn thang kóng ū kiōng-thong, chiū-sī kà lâng m̄-thang khòaⁿ-tāng ka-tī, tiòh ài hoaⁿ-hí thè chèng-lâng chò kang. Che chiū-sī "Lí sī lí, góa iā sī lí" ê chú-gī, sī kiò lâng-lâng hoaⁿ-hí kòng-hiàn siā-hōe·

Kiám-chhái ū lâng kóng, "He káⁿ tiòh sèng-jîn chiah chò ē kàu; phó-thong lâng káⁿ chò bē lâi?" Che kiám-chhái ū-iáⁿ sī chin chió lâng chò ē kàu, chóng-sī lâng nā m̄ kèk-lèk khì chò chit-khoán, sit-chāi sī chin thang peh-pak. In-ūi lâng nā m̄-sī hoaⁿ-hí án-ni chò, siā-hōe sī tòan-jiân bē thang chìaⁿ, bē thang pó pêng-an. Lán nā chú-sè khòaⁿ chiū chai, nā ū chit ke-kháu á-sī chit hiuⁿ-lí, chit ê kok-ka teh

heng-ōng ê sî, chit-khoán ê sim sī tek-khak chin
ōng-sēng, kiáⁿ chit-khoán tāi-chì ê lâng, tek-khak
sī chin-chē. Ah! liat-ūi, kiám-chhái lán ê bak-chiu
ū-iáⁿ iáu m̄-bat khòaⁿ-kìⁿ chit-khoán lâng, chóng sī
lán ài chai-iáⁿ, lán ê siā-hōe sī í-keng tîm-lûn chin
kú, chin kú lah!

TĒ-SÌ HĀNG

Lūn Hàn-jîn tek-iú ê Sèng-chit

1. Lán sī sím-mih khoán lâng?

Kó͘-chá chāi Se-iûⁿ ū chit ê tōa gâu-lâng kà-sī
lâng kóng, "Lâng tioh ài chai-iáⁿ i ka-tī." Chit
kù-ōe sī kóng, lâng chāi sè-kan beh hó-hó kòe chit-
sì-lâng chiū tioh ài lêng-cheng, ū tì-hūi, cheng-
thong sū-lí, iah tē-it tāi-seng tioh chai-iáⁿ ka-tī.
Sit-chāi chai-iáⁿ ka-tī sī chai-iáⁿ bān-hāng ê khí-
thâu. M̄-kú chek-tâi ê ē-kha hoán-tńg sī khah àm;
lâng ê bak-chiu bē thang tit-chiap khòaⁿ-tioh i ê
bīn. Chhin-chhiūⁿ án-ni, lâng beh chai-iáⁿ ka-tī sī
siáⁿ-khoán, m̄-sī iông-īⁿ ê tāi-chì. Sui-jiân sī kan-kè,
chóng-sī m̄-chai sī tek-khak bē iông tit? Khóng-chú
ê tōa hak-seng Cheng-chú ū kóng, "Góa chit-jit ê
tiong-kan saⁿ-pái hoán-séng ka-tī ê só͘-chò." Lán
nā ài chai lán ka-tī, chóng tioh put-sî chhin-chhiūⁿ
Cheng-chú hoán-séng ka-tī ê só͘-chò só͘-siūⁿ. M̄-nā
án-ni, iáu-kú tioh put-sî sé-chheng lán ê hī-khang,
hi-sim thiaⁿ lâng phoe-phêng lán. Kóng lán hó, á-sī
kóng lán pháiⁿ, lán eng-kai hó-hó kā i khioh lâi chò
chham-khó.

Nā-sī kok-lâng ū sit-sim khì án-ni chò, ka-tī ê
chò lâng sī sím-mih khoán, ka-tī ê phín-keh sī

30　　CHÁP-HĀNG　KOÁN-KIÀN

koân á-sī kē, chiū chiām-chiām ē bêng-pék, sè-kan ê lō͘ iā chiū chiām-chiām kiảⁿ liáu khah ē chiàⁿ.

Góa tī-chia só͘ ài kap tái-ke gián-kiù ê m̄-sī beh kóng góa sī sím-mih khoán lâng, á-sī lí sī sím-mih khoán lâng. Che sī kò-jîn sī toaⁿ-sin lâng ê tāi-chì. Kò-jîn ê tāi-chì chiū tiỏh kò-jîn ka-tī khì gián-kiù, chiàu téng-bīn só͘ kóng ê hoat-tō͘ khì hoán-séng chiah tiỏh, chiah ē khak-chhiat.

Tī-chia só͘ ài gī-lūn ê sī "Lán sī sím-mih khoán lâng.?" Sī chiong lán Pún-tó lâng saⁿ-pah lák-chảp-bān hiaⁿ-tī kiōng-thong só͘-ū ê sèng-chit, ài lâi saⁿ-kap gián-kiù hō͘ bêng-pék.

Lán saⁿ-pah lák-chảp-bān hiaⁿ-tī chí-mōe sī saⁿ-kap cho͘-chit chit ê siā-hōe, saⁿ-kap siú chit khoán ê hong-siỏk síp-koàn, saⁿ-kap kóng siāng khoán ê ōe, saⁿ-kap sè-hē lék-sú, saⁿ-kap hiat-thóng, saⁿ-kap chó͘-sian. Chóng-kóng, lán sī siāng chéng-chỏk, sī siāng bîn-chỏk lah! Lán ê bîn-chỏk chiū-sī kiò-chò Hàn-bîn-chỏk. Só͘-í thang chai, kóng, "Lán sī sím-mih khoán lâng?" chiū-sī ài bêng-pék lán ê bîn-chỏk ê sèng-chit. Bîn-chỏk ê sèng-chit kiò-chò "Bîn-chỏk-sèng." Beh bêng-pék lán ê bîn-chỏk-sèng, chiū tiỏh siông-sè sím-chhat lán hiaⁿ-tī chí-mōe hiān-chāi kap kòe-khì ê siā-hōe seng-hỏat. Lán hiān-chāi ê siā-hōe seng-hỏat sī chí sím-mih neh? Chiū-sī chí lán chāi ka-têng só͘ chò sī sím-mih khoán, tī hiuⁿ-lí chèng-lâng ê tiong-kan só͘-chò sī sím-mih khoán, iảh lán tùi kok-ka só͘-chò sī sím-mih khoán, koh-chài tùi sè-kài bān-pang bān-kok, tùi thong thiⁿ-kha-ē só͘-chò só͘-siūⁿ sī chái ⁿ-iūⁿ? Chiah--ê sī hō͘ lán thang chai lán hiān-chāi ê siā-hōe seng-hỏat ê sìt-chè hong-biān.

Chóng-sī iáu-kú chit hong-biān lán tiỏh ài chai, chiū-sī khòaⁿ lán só͘ siú ê chong-kàu, lán só͘ kèng-pài ê sī sím-mih, lán tùi gē-sút ū sím-mih hèng-bī;

chiū-sī khòaⁿ lán só͘ ài khòaⁿ ê hì, só͘ ài thiaⁿ ê im-
gàk, só͘ ài sióng-goán ê su-ōe tiau-khek sī sím-mih
chéng-lūi. Koh-chài khòaⁿ lán só͘ ài thàk ài chò ê
si-bûn siáu-soat sī sím-mih iūⁿ. Koan-hē chong-kàu
gē-sut chit khoán chiū-sī su-sióng hong-biān ê tāi-
chì. Chóng kóng, ài chai lán hiān-chài ê siā-hōe
seng-hoàt sī siáⁿ-khoán, lán chiū tiòh chiàu téng-bīn
só͘-kóng tùi lán hiān-chài só͘-ū kiōng-thong sìt-chè
hong-biān kap su-sióng hong-biān ê seng-hoàt chú-
sè khe-khó. Nā-sī iōng chiah kàu-kang gián-kiù,
chiū tek-khak ē thang bêng-pèk lán ê bîn-chók-
sèng. Chóng-sī che sī kan-ta tùi lán hiān-sî ê seng-
hoàt teh-kóng nā-tiāⁿ, kiám-chhái ū̶-̶t̶e̶k̶-̶k̶h̶a̶k̶ bē   *ē lèhah*
thàu-thiat. Só͘-í tiòh ài koh khàm-chiok kòe-khì ê
lèk-sú chiah thò-tòng, lán kòe-khì ê lèk-sú sī kap
Tn̂g-soaⁿ Tiong-kok ê lâng kiōng-thong; só͘-í lâng
nā ài chai lán kòe-khì ê seng-hoàt sī cháiⁿ-iūⁿ, chū̶-
jiân tiòh thàk Tiong-kok ê lèk-sú.

    Í-siōng só͘ kóng ê iàu-tiám sī kóng lán hiaⁿ-tī
chí-mōe ài lán ê seng-hoàt khah hiòng-siōng, lan
chiū tiòh bêng-bêng chai-iáⁿ lán ka-kī, chiū-sī kóng
lán tiòh bêng-pèk lán ê bîn-chók-sèng. Iàh ài chai
lán ê bîn-chók-sèng, tiòh ài gián-kiù lán hiān-chài
siā-hōe seng-hoàt ê sìt-chè kap su-sióng, iū koh-chài
tiòh khàm-chiok kòe-khì ê sū-chek, só͘-í iā tiòh
thàk Tiong-kok ê lèk-sú. Góa kóng chiah-ê sī kan-
ta thê-bêng ài lán hiaⁿ-tī chí-mōe bêng-pèk lán ê
bîn-chók-sèng sī chin iàu-kín, iàh sòa kóng beh chai-
iáⁿ ê hoat-tō͘. Lán tī-chia nā beh chiàu só͘ kóng ê
hoat-tō͘ lòh-khì gián-kiù, chit-pún chheh ê chóa iā
sī siá bē liáu, lán chia iā bô hiah chē ê kang-hu.
Só͘-í siông-sè ê tāi-chì tán-hāu pàt ê ki-hōe. Góa
tī-chia kan-ta chiong góa só͘ gián-kiù ê kiat-̶h̶ó̶;   *kó*
khah tōa iàu-kín ê, kán-kán kóng hō͘ tāi-ke chò
chham-khó.

2. Aì hô-pêng

Lán ê bîn-chók-sèng ê tē-it tèk-sek, góa ká" kóng
sī ài hô-pêng. Sím-mih sī hô-pêng neh？Chiū-sī
chiàu Khóng-chú só kóng, "Lán só ài khiā ê só-
chāi tiòh hō pàt-lâng khiā, lán só ài kàu ê só-chāi
iā tiòh hō pàt-lâng kàu." Hoān-sū kap pàt-lâng
kong-ke, m̄-ká" ka-tī su-khia pà-chiàm, khòa" sū-hái-
lāi ê lâng chò hia"-tī chi-môe khoán-thāi. Lán chit
khoán ê sim-sèng sī chū chin-chá chiū ióng-sêng
lâi--ê. Tāi-ke só chai, lán ê chó-sian sī tiàm Tiong-
kok. Tiong-kok ê thó-tē sī hui-siông ê khoah-tōa,
ū lán Tâi-oân ê chha-put-to 282 pōe tōa, iáh ū Jit-
pún Lōe-tē ê 26 pōe khah ke. Tiong-kok ê jîn-kháu
tāi-iok ū sì-ek, tú chha-put-to sī lán Tâi-oân ê 110
pōe, iáh sī Jit-pún tè-kok ê chhit-pōe chē.
　Lán tùi án-ni chiū thang chai Tiong-kok ê siā-
hōe chū kó-chá chiū-sī chin hok-chàp. Chāi chit
khoán siā-hōe, koa"-hú ê iok-sok sī oh-tit chiu-
chì. Phái"-lâng iū chin-chē só-chāi thang thiu-
thè, sū-sū bèh kè-kàu, tek-khak sī bô chit-jit ê pêng-
chēng. Só-í chū-jiân lâng-lâng ka-tī siú pún-hūn,
chun-tiōng pàt-lâng ê tē-ūi, hàp khùi-làt sio chiàu-
kò. Khóng-chú ê kà-sī ū kóng, "Hô-pêng sī chòe
tē-it kùi-tiōng, chū kó-chá chiū-sī khòa" chit khoán
tō-tek chò siōng hó, put-lūn tōa sè-hāng sū lóng
chiàu án-ni khì chò." Lí khòa", lán ê lâng hoan
tāi-chì put-chí siú-kí an-hūn；nā kóng phái", ē iōng-
tit kóng sī khah bô chì-khì, chóng-sī nā khah jīn-
chin khòa"、chiū thang chai che sī chhut tùi ài hô-
pêng ê sèng-chit lâi.
　Chiông-lâi chāi Tiong-kok siông-siông ū sio-
thâi jiáu-loān, chhàt-bé iā chin-chē chhiú"-kiap lâng,
che sī sū-sit. M̄-kú tiòh khòa"-chin, só-ū sio-thâi
lóng sī chò koa"-lâng ê iá-sim-ka, chió-chió bô lōa-

chē lâng, sī kan-ta hiah ê lâng teh loān, kap choân-
thé ê peh-sèⁿ sī lóng bô koan-hē. Só·-ū chhì-chhì
ê chhảt-bé iā-sī in-ūi jịt-sịt bô kàu-giảh sớ pek.
Che í-gōa tōa pō·-hūn ê lâng lóng sī khín-biản chò
kang, m̄-káⁿ siuⁿ kòe-thâu phiⁿ-khảm lâng. Goân-lâi
Hàn-chỏk sī tiōng-bûn bô tiōng-bú, kap lâng cheng-
piàⁿ ê tāi-chì, sī pek--tiỏh ê sî chiah khéng chò.

Hàn-bîn-chỏk tùi pảt chéng-chỏk iā-sī chin tiōng
hô-pêng. Che khòaⁿ Hàn-chỏk kok sî-tāi ê su-sióng
chiū bêng-pẻk. In chòe soah-bóe ê lí-sióng m̄-sī
siuⁿ ài koán-hat thong thiⁿ-kha-ē. In sī chú-chhiòng
"Tāi-tông"——hi-bōng thong thiⁿ-kha-ē kàu-bóe lóng
sio-siāng, tāi-ke lóng phah chò chịt-hóe. Biản kóng
lâng kì-jiân tỉỏh chơ-chịt kok-ka kòe-jịt, tek-khak
ài ū thâu-lâng, ài ū chú-koân-chiá. Hàn-chỏk sī
ài hô-pêng ài tāi-tông, sớ-í in hoaⁿ-hí kap pảt-chéng
ê lâng hảp chò kok-ka; iā ū-sî in káⁿ chò-thâu, ū-sî
iā káⁿ hủ lâng chò-thâu bô kiàu-siàu. Tiong-kok
hiān-sî ū hiah-chē lâng, m̄-chai hảp kúi-chảp chéng-
chỏk tī-teh.

Koh-chài Tiong-kok chū kớ-chá chiū ài gâu koh
ū tek-hēng ê lâng chò kok-ka ê chú-koân-chiá; sớ-í
lí khòaⁿ, siōng kớ-chá Giâu-tè niū-ūi hỡ Sùm-tè,
Sùn-tè koh niū-ūi hỡ Ú-tè ; to lóng sī ūi-tiỏh chun-
tiōng hó tek-hēng. Kàu Siong-tiâu Tiū-ông bû-tō,
peh-sèⁿ chiū lī-khui i, hoan-gêng Bú-ông chiáng-
koân. Kàu Sòng-tiâu bóe, Goân-tiâu ê hông-tè
chiū téng khí-lâi chú-koân chiâⁿ-pah-nî kú. Lūn
Goân-tiâu ê hông-tè sī Bông-kớ· lâng, kap Hàn-jîn
koh-iuⁿ chéng ; chóng-sī i ū khùi-lảt thang hỡ peh-
sèⁿ pêng-an, móa thiⁿ-kha-ē ê lâng iā chiū lóng kam-
goān hủ i chò-thâu.

Iū-koh Chheng-tiâu ê hông-tè iā m̄-sī Hàn-bîn-
chỏk ê lâng, sī Boán-chiu-chỏk ; Hàn-bîn-chỏk to
iā kèng-jiàn hủ i, chheng "Hông," chheng "Tè," kàu

34 CHĀP-HĀNG KOÁN-KIÀN

chha-put-to saⁿ-pah-nî kú. Hō͘-lâi in-ūi Chheng-
tiâu só͘ pān ê chèng-tī m̄·hó, choân kok-bîn tùi án-
ni sit-liáu n̄g-bāng, chiong hông-tè hòe-bô, oāⁿ-chò
Tiong-hôa Bîn-kok. Tiong-hôa Bîn-kok khai-kok
kàu-taⁿ í-keng ū chāp-sì nî. In ê kok-kî sī gō͘-sek
ê pò͘ chò-chiâⁿ--ê. Chit-ki kî chiū-sī piáu-bêng
Tiong-hôa Bîn-kok sī gō͘-chéng-chók ê lâng, pêⁿ-pêⁿ
hāp-lāt cho͘-chit--ê. Góa káⁿ kóng, Chit ki kî chin
thang piáu-bêng Hàn-chók hô-pêng ê sim-sèng.
Lí khòaⁿ, chāi hiān-sî ê Tiong-kok, Hàn-chók sī
chiàm chòe chē lâng, chòe ū sè-lėk ; chóng-sī in bô
ká-chià án-ni pâi-thek pāt-chók, iáu-kú sī hoaⁿ-hí
kap pāt-chók siāng-khoán, chiàm chit-tè pêⁿ-tn̄g pêⁿ-
tōa ê pò͘-liâu hāp-chò chit ki ê kok-kî. Tùi án-ni,
iā chiū chiok-giàh thang chai Hàn-chók ài hô-pêng
sī kàu tó-lȯh mah ?

M̄-kú tiȯh koh siūⁿ chit-tiám. Hàn-chók ê ài hô-
pêng sī chìn-pō͘-tek--ê á-sī thè-siú-tek--ê ? Chiàu-
khòaⁿ sī thè-siú-tek ê hô-pêng khah tōa-bīn. Cháiⁿ-
iūⁿ kóng sī thè-siú-tek--ê neh ? In-ūi in só͘ chò ê
lóng ū khǹg chit ê "ka-tī" tī-teh. Put-kò sī nā ū
hó, hoaⁿ-hí kap lâng pun ; ka-tī hó, iā khéng hō͘
pāt-lâng hó, hit khoán ê hô-pêng nā-tiāⁿ. Kiù-
kèng chit khoán ê hô-pêng sī in-ūi ài kò͘ ka-tī, hō͘
lán ē-tit-thang pêng-ún khí-kiàn, só͘-í m̄-káⁿ chò
pháiⁿ hō͘ pāt-lâng bē kham-tit, tì-kàu lâi phòa-hāi
lán ê pêng-an, iȧh nā ū hó iā khéng pun pāt-lâng;
sī kiaⁿ nā bô án-ni chò, hō͘ lâng seⁿ-khí oàn-tò͘ kap
lán chok-koài chiū m̄-hó. Chit khoán ê hô-pêng sī
ka-tī ū hó chiah chò ē kàu--ê, ka-tī nā m̄-hó chiū
bē kiâⁿ--tit. Nā-sī chìn-pō͘-tek ê hô-pêng chiū m̄-sī
án-ni. Tiȯh m̄-thang thėh ka-tī chò phiau-chún, ūi-
tiȯh siā-hōe kok-ka ê hô-pêng; sui-jiân sī pàng-sak
lán ê hó, á-sī pàng-sak lán ê sèⁿ-miā, iā sī khéng
khì chò; chit khoán chiah sī chìn-pō͘-tek ê hô-pêng

Hàn-bîn-chòk kì-jiân sī ài hô-pêng, cháiⁿ-iūⁿ kin-á-jı̍t Tiong-kok ē chiah loān? Che chiū-sī in-ūi Hàn-chòk só͘ ài ê hô-pêng sī thè-siú-tek--ê; sī ūi-tiȯh ài kò͘ ka-tī pêng-an khí-kiàn--ê, m̄-sī chìn-pō͘-tek--ê, m̄-sī ūi-tiȯh ài hō͘ siā-hōe chèng-lâng ū pêng-an só͘ seⁿ-chhut-lâi--ê. Che sī in-ūi Tiong-kok lâng khah-chē lóng bô kàu-iȯk, in ê sim-sîn sit-liáu kng-bêng, kan-ta ū khòaⁿ-kìⁿ chhián-kīn ê tāi-chì, bô khòaⁿ-kìⁿ khah chhim, khah hn̄g--ê; kan-ta chai ū ka-tī, m̄-chai ka-tī kap chèng-lâng sī saⁿ-kap chı̍t-tiâu ê sèⁿ-miā; chí-ū chai-iáⁿ ka-tī ê ka-têng tiȯh kò͘, bô siūⁿ-tiȯh siā-hōe kok-ka sī iáu khah tiȯh ài kò͘. Só͘-í nā kóng chı̍t kù khah kàu-té, Tiong-kok lâng só͘ ū hô-pêng ê sim, in-ūi sī hō͘ kò͘ ka-tī ê sim phah ù-òe khì, só͘-í Tiong-kok tì-kàu chhin-chhiūⁿ kin-á-jı̍t hiah loān. M̄-nā án-ni, Tiong-kok lâng sı̍t-chāi ūi-tiȯh i ū hit ê lī-kí-tek ê hô-pêng-sim, hoán-tian-tò siū Gōa-kok lâng kheng-biȯk, kóng i sī nō͘-jiȯk bô hiat-sèng ê lâng. Só͘-í lán ài chai Hàn-bîn-chòk ū hô-pêng ê sim sī chin hó, koh-chài che sī in ê chó͘-kong kap lȧk-tāi ê sèng-hiân só͘ liû-thoân ê hó kà-sī. Khó-sioh chit ê sèng-chit ūi-tiȯh in kú-nî bô kàu-iȯk, tì-kàu sit-chin, hiān-sî sòa pîⁿ-chò in ê nō͘-jiȯk-sèng, iȧh lán hiaⁿ-tī chí-mōe sī kap in siāng chı̍t-tiâu chúi-mȇh lâu chhut-lâi ê lah.

3. Chun chó͘-sian

Hàn-chòk ê bîn-chòk-sèng tē-jī ê tȧk-sek sī gâu chun-kèng chó͘-sian. Kok bîn-chòk to lóng ū kèng-tiōng chó͘-sian, chóng-sī bô chhin-chhiūⁿ Hàn-chòk hit khoán hiah kàu-kak, hiah-nı̍h thiat-té. In-ūi Hàn-chòk chun-tiōng chó͘-sian ê sim chin chhiat, só͘-í in ê tō-tek sī iōng hàu-hēng chò kin-pún. Só͘-í ū kóng, "Tiong-gī ê lâng tiȯh tùi ū hàu-hēng ê

ka-têng chiah tit ē tióh." Iū-koh kóng, "Ū-hàu kap
ū tōa-sè, che sī chò lâng ê kin-pún."

Hàn-chók chun-tiōng chó·-sian ê hêng-ûi sit-chāi sī
sè-kài só· bô thang pí--ê. Chiàu Khóng-chú só· kóng
"Oàh tī sè-kan ê sî tióh chiàu lé-sò· hók-sāi--i; sí-khì
ê sî tióh chiàu lé-sò· an-chòng--i; an-chòng liáu-aū
tióh kú-kú chè-hiàn--i." Thang kóng chit ê lâng nā ū
thoân hō·-sû, i ê hō·-sû éng-oán tióh ē kì-tit tióh hàu-
kèng--i, só·-í thang chai Hàn-bîn-chók ūi-tióh in ê
chó·-sian í-keng ū hui-siông chē ê tāi-chì thang chò.

Chó·-sian oàh ê sî Hàn-chók ê lâng àn-chóaⁿ-iūⁿ
kèng-tiōng i? Chó·-sian oàh ê sî chò kiáⁿ-sun ê lâng
m̄-káⁿ hun-khui, che khiok iā-sī ūi-tióh kap lâng
cheng-piàⁿ ê sî, thang tit-tióh khah-chē kha-chhiú,
khah an-ún; chóng-sī khah-tōa ê lí-iû sī ūi-tióh ài
hōng-sêng sī-tōa-lâng hō· i ū thé-biān. Lán ū chit-
kù siòk-gú kóng, "Ióng-jî thāi-ló;" sī kóng chhī
kiáⁿ sī ūi-tióh beh hōng-sêng nî-lāu. Tùi án-ni Hàn-
jîn ê ka-chók chiàⁿ-chò chin tōa, sè-kài chha-put to
bô pí-phēng. Iàh hit ê ka-chók sī siāng-lāu--ê chò
tiong-sim, oán-jiân chhin-chhiūⁿ chit-kok ê hông-tè,
it-chhè ê tāi-chì lóng hit ê sī-tōa-lâng chú-ì.

Sī-tōa-lâng sí-liáu kiáⁿ-sun tùi i sī iōng sím-mih
lé-sò· neh? Tùi lāu-pē lāu-bú chiū tióh siú saⁿ-nî ê
sng-hà. Chit saⁿ-nî ê tiong-kan, só· tióh chò ê lé-
sek sī chin-chiàⁿ chē, chin-chiàⁿ îⁿ-tîⁿ; thang chai ūi-
tióh án-ni, tióh ài chin-chē ê sim-sîn kap phòa-hùi.
Koh-chài beh chò sī-tōa-lâng ê hong-súi, iū-sī tōa-
tōa hùi-khì. Tâi-oân kin-á-jit sui-sī ū khah kái,
khah-chē tùi hong-súi ê koan-liām iáu-kú sī chin
chhim. Ūi-tióh chit ê hong-súi khai sì, gō· bān gín
ê lâng; chhái góa ê pêng-iú ê tiong-kan to iáu ū. Nā
lūn kó·-chá ūi-tióh hong-súi seⁿ-chhut jîn-bēng ê tāi-
chì, he sī bô hi-hán. Chhái Tiong-kok ê kin-á-jit kiám
m̄-sī kóng in-ūi hong-súi ê chó·-tòng, tōa-lō· á-sī hóe-

chhia-lō͘ lóng bē thang chiàu i-sù khai-siat mah?
Ṃ-nā án-ni, Hàn-chók kèng-tiōng chó͘-sian ê sim,
tī chó͘-sian sí-liáu chin-kú ê í-aū, iā-sī bô bē kì-tit.
Khóng-chú iā ū kóng, "Nā ē hō͘ ta̍k-lâng ē-hiáu
kín-sīn sī-tōa-lâng ê bóc-ji̍t, koh-chhài siàu-liām sī-
tōa-lâng sòa kàu chin-kú chin-hñg, tùi án-ni peh-sè͘
ê tek-hēng chiū ē chiâ͘ chin hō͘-tiōng." Só͘-í kok-
lâng tī chhù-lāi ū siat kong-má-kham, á-sī ke-sîn-
pâi; khah tōa ê ka-chók chiū khí sù-tñg, múi-nî
chiàu sî-chūn kui-chók ê lâng pī-pān lé-mi̍h chè-hiàn.
   Uī-tio̍h chó͘-kong ê kì-sîn, Hàn-chók ê lâng kàu-
ta͘ só͘ hùi ê sim-sîn hùi-iōng m̄-chai ū lōa-chē? Ài
ē thang kú-tñg chè-hiàn chó͘-sian, chū-jiân tio̍h ài
ū hō͘-sû sī chòe iàu-kín; só͘-í lán kóng put-hàu ū
saⁿ-khoán, chiông-tiong bô kiáⁿ sī chòe-tōa. Tùi
án-ni sòa kóng, bó͘ nā bô seⁿ thèng hó lī-iân, á-sī
koh chhōa nñg-ê, saⁿ-ê, to sī khòaⁿ chò eng-kai.
Hū-jîn-lâng tùi án-ni siū chin tōa ê pháiⁿ khoán-thāi.
   Chiàu-khòaⁿ Hàn-chók ê lâng kah lán sī choan-
choan ūi-tio̍h beh hók-sāi chó͘-sian tī teh-oa̍h ê
khoán. Kèng-tiōng chó͘-sian ê sim si̍t-chāi sī jîn-
chêng ê eng-kai, sī hó ê tāi-chì. In-ūi kèng-tiōng
chó͘-sian ê liām-thâu hoat-ta̍t kàu chit khoán, Hàn-
jîn put-chí tì-tiōng jîn-chêng gī-lí, pò in liām-kiū ê
sim sī chin oa̍h-tāng. Só͘-í nā kóng hó, Hàn-jîn sī
put-chí tun-hō͘ phoh-si̍t; nā kóng pháiⁿ, sī put-chí
khah siú-kiū kò͘-chip. Sè-kài phoe-phêng Hàn-bîn-
chók sī pó-siú ê bîn-chók, che nā-sī ū-iáⁿ, hit ê
goân-in chiū-sī tī-chia.
   Jîn-chêng khah tun-hō͘ khah ū chong-tiōng ê
khì-khài. Che sī Hàn-chók úi-tāi ê sèng-chit,
chóng-sī hoān-sū siuⁿ kòe-thâu to lóng sī m̄-hó, lâng
siuⁿ kòe-thâu siú-kiū chiū pìⁿ-chiâ͘ goân-kò͘ bē chìn-
pō͘, bē-hiáu kái-kek, kàu-bóe siā-hōe lóng-chóng sí-
sí bô oa̍h-khì, it-khài ê si̍p-koàn hong-sio̍k to lóng

38   CHAP-HĀNG KOAN-KIÀN

chhiūⁿ-phú seⁿ-ko, hō· aū-tāi ê kiáⁿ-sun lóng pìⁿ-chiâⁿ
liáu-bóe-kiáⁿ. Liáu-bóe-kiáⁿ sī kan-ta ē-hiáu hióng-
siū chó-kong ê giảp-sán, tiàm chó-kong ê phòa-
chhù, chhēng chó-kong ê phòa-saⁿ, tì chó-kong ê
phòa-bō nā-tiāⁿ; kiû-kêng sī lóng bô pảt tiâu-lō·
thang kiâⁿ. Lí khòaⁿ, hiaⁿ-tī chí-mōe, lán chhiáⁿ
saⁿ-kap khòaⁿ, chhiáⁿ khòaⁿ lán siā-hōe ê bān-hāng.
Lán ê iỏh-tiàm só pâi--ê lóng sī "Chun kó-hoat
chè"--ê, sī sìn-lông ê sî-tāi só hoat-kiàn ê kū hng-
thâu. Pảt-lâng í-keng kiò lûi-kong teh kā in thoa-
chhia, kiò sih-nà kā in chhōa-lō·; m̄-kú lán ê hiaⁿ-
tī chí-mōe kiám m̄-sī iáu-kú chhiú-nîh kiảh-hiuⁿ,
chhùi teh kî-tó, kiû in ê ~~khoàn-hiân~~ pó-pì! Lán
só ū ê chheh chiū-sī kan-ta hit kúi-pún láu-lán-láu
ê "Sù-su Ngó-keng." Lán hit kúi-tè phòa pēⁿ-pang
ê téng-bīn, put-sî to sī kúi-ê bòng-thâu kài-bīn ê
phòa-pò-pan, teh chò Koan Hu-chú chiàn Ut-tî-
kiong ê chhut-thâu lah! Hiaⁿ-tī chí-mōe, lán tiỏh
jīn-chin. Lán ē-hiáu iōng lán ê khiân-sêng hầu-
kèng lán ê chó-sian sī-tōa-lâng, che sī chin hó ê
sèng-chit. M̄-kú nā gō·-kái Khóng-chú hit kù ōe
kóng, "Saⁿ-nî na bô kái-piàn lāu-pē ê só kiâⁿ só
chò, chiū ē thang chheng-chò sī ū-hàu." Nā-sī sí-
pán kò-chip chit kù-ōe ê siaⁿ-bóe, bô beh koh siūⁿ
pảt-khoán ê piàn-khiàu, lán káⁿ m̄-chí kàu kin-á-jít
ê lỏk-phek!

4. Gâu jím-nāi

Hàn-chỏk ê siā-hōe chiàu téng-bīn só kóng ê
khoán sī chin hok-chảp, in ê ka-têng iā-sī chin-chē
lâng chò-hóe khiā-khí; tùi án-ni lâng kap lâng ê
koan-hē sī chin î-tî. Tī chit ê tiong-kan kok lâng
to lóng ū kok lâng ê sèng-phiah, só-í gẻk-ì ê tāi-chì
tek-khak sī pí sūⁿ-ì ê khah-chē, nā-sī tảk lâng beh

thàn chū-kí ê ì-sù, tek-khak tāi-ke tiòh chit-lâng
hun chit-tah. Chóng-sī che sī in só· chò bē kàu ê
tāi-chì. Tī kú-kú ê tiong-kan siū chin-chē ê chhì-
liān, chū-jiân jî-jiân hoat-kiàn chit-tiâu kái-kiù ê
lō·, chiū-sī jím-nāi thun-lún ê lō· lah. · Ū chit kù
siók-gú kóng, "Ū chit-pah pái thun-lún ê ka-lāi,
tek-khak ū chin tōa ê hô-hó." Sit-chāi Hàn-chòk
ê lâng jím-nāi ê sèng·chit sī chin kian-kò·.
　Jím·nāi ê ì-sù ū nn̄g-khoán. Chit-ê sī chiàu téng-
bīn só· kóng thun-lún ê i-sù, ū chin bē kham-tit siū
ê tāi-chì, ēng kiông kā i siu--khì-lài. Iáu chit ê
ì-sù sī gâu tòng-kú, kú-kú bô piàn-oāⁿ khí-thâu só·
tiāⁿ-tiòh ê tāi-chì. Hàn-chòk ū chit khoán sèng-
chit chiah kian-kò·; tē-it sī tùi siā-hōe ê koan-hē
lâi; tē-jī sī tùi hong-thó· ê kám-hòa lâi. Tiong-kok
ê tē, pêⁿ-tē chiū-sī pêⁿ-tē, liân-sòa kúi-nā chheng-lí
lóng bô piàn-oāⁿ; soaⁿ chiū-sī soaⁿ, liân-liân kui tōa
phiàn; khì-hāu kôaⁿ tiòh kôaⁿ chin-kú, joàh iā-sī
joàh chin-kú; lòh-hō· khí hong lóng ū it-tēng ê sî-
kî; che kiò-chò tāi-liòk-sèng ê hong-thó·. Tiàm tī
chit tiong-kan put-ti put-kak siū i ê kám-hòa, sèng-
chit khah bē kip-sò, khah gâu tòng-kú; kóng hó
chiū·sī gâu jím-nāi; kóng pháiⁿ, chiū-sī thoa-nōa
tî-tūn, bô hiat-khì, bô sîn-keng. Tùi hó ê hong-
biān kóng Hàn-bîn-chòk ū chit khoán tōa jím-nāi,
kap téng-bīn só· kóng ū chin hô-pêng ê sim; só·-í
lâng put-chí tāi-hong tāi phiàn-phèk, ū chit-chéng
chhiong-iông put-pek ê khì-khài. M̄-kú nā tùi
pháiⁿ ê hong-bīn khòaⁿ, bē-bián sī chin tî-tūn chin
nō·-sèng, nōa-nōa chhin-chhiūⁿ thó·; hoān-sū bô-
iàu bô-kín ê khoáⁿ, kò·-chip chit khoán lóng bô
piàn-khiàu; pí-phēng chhin-chhiūⁿ Se-iûⁿ-kì ê lāi-bīn
só·-ū hit ê ti-ko-chiaⁿ, iōng i ê ti-ko-chhùi, mî-mî
teh giâ hit ê chhàu khī-kóe-soaⁿ chit-iūⁿ.
　Chò Hàn-bîn-chòk ê lâng, chhiáⁿ chhì-siūⁿ--khòaⁿ,

40 CHAP-HĀNG KOÁN-KIÀN

tàu-tí lán chit ê gâu jím-nāi ê sèng-chit sī ǹg tó
chit-bīn khah chē? Sī khoan-iông gâu pau-hâm
thun-lún, á-sī nō·-sèng, bô sîn-keng bô kám-kak,
lâng kā lán phùi-nōa tī bīn-ni̍h iā lia̍h-chò sī kā lán
hiù phang-chúi; m̄ hān-tiāⁿ m̄-ká" chhit--khí-lâi, tian-
tò tàm-thâu kā lâng seh lô·-la̍t. Koh-chài sī sim-sîn
ū pá-ak, ū chiat-chhò; chi̍t-pái koat-sim ê tāi-chì
kàu sí to bô piàn-ōaⁿ, á-sī goān-bê kò·-chip siú-kiū
bô piàn-khiàu, khit-chia̍h-óaⁿ pàng lóng bē-lì. Kiù-
kèng sī sio̍k ʼtī tó chi̍t-pêng?

5. Tiong sit-chāi

Lán ê thiaⁿ-thâu siông-siông ū kòa Chāi-chú-siū ê
tōa-chha̍k. Hó-gia̍h, chē kiáⁿ-sun, tn̂g hòe-siū, chit
saⁿ-hāng nā ē lóng chê-pī, lán ê lâng lia̍h án-ni chò
tē-it hó-miā, ū hok-khì. Tāi-khài sī khòaⁿ chit saⁿ-
hāng chò chi̍t-sì-lâng siang tōa ê só·-tit, thang kóng
lán ê lâng ji̍t-ji̍t teh khek-khîn khek-khó·, to lóng
sī ūi-tio̍h che khah-chē! He! ū chîⁿ, chē kiáⁿ-sun, tn̂g
hòe-siū, ū chit saⁿ-hāng ê só·-chāi m̄-chai kúi lâng
bô siūⁿ beh ài khàu.? Tāi-ke to sī khòaⁿ che kap i ê
sèⁿ-miā chha-put-to pêⁿ-tāng, sui-jiân sī tit bē tio̍h,
iáu-kú chiong he ōe tiàm chhak-á kòa-chiūⁿ piah-
téng khòaⁿ, to iā put-chí ē siū an-ùi ê khoán-sit.
Ò·-ah! kàu-gia̍h thang giú lâng ê sim-koaⁿ lah,
Chāi! Chú! Siū!

Tùi Hàn-bîn-cho̍k ê tiong-kan iáu m̄-bat thiaⁿ-kìⁿ
ū chhòng-siat sím-mi̍h chong-kàu. Ū Jû-kàu
(Khóng-chú-kàu), che bē iōng-tit kiò-chò sī chong-
kàu; che sī chi̍t-chióng káng tō-tek soat jîn-gī ê kà-
sī, chhiūⁿ-chhiūⁿ ha̍k-hāu ê sian-seⁿ kà-sī ha̍k-seng
tio̍h ū hàu, ū jîn-ài, ū lé-sò·, ū sìn-si̍t ê khoán, lóng
sī kà lâng si̍t-si̍t chāi-chāi ê tāi-chì, to sī sè-kan
lâng kap lâng chih-chiap ê sū, m̄-bat koan-hē sîn-
bêng aū-lâi ê tāi-chì.

Nā-sī chong-kàu tek-khak tiòh chí-bêng chit-
khoán ê sìn-bêng, tiòh ū keng-tián kì-bêng Sîn ê
chí-ì á-sī koan-hē Sîn ê sū-chek, tiòh ū it-tēng lé-
pài ê gî-sek. Iáu-kú só kà-sī ê tāi-chì khiok m̄-sī
lóng bô koan-hō hiān-chāi, chóng-sī lâng sí-liáu-aū
ê tāi-chì sī khòaⁿ iáu khah tāng, sī choan-tiōng kóng
hit-hō khah bî-biáu khah chhim khah éng-oán ê sū.
Só-í tùi án-ni khòaⁿ, thang kóng Jū-kàu (Khóng-
chú-kàu) m̄-sī chong-kàu.

Ló-chú (Lí-ló-kun) só kóng ê iā-sī chit-chéng ê
tiat-bâk, bōe iōng-tit kóng sī chong-kàu. Hō·-lâi ê
lâng liảh i (Lí-ló-chú) chò Kàu-chú, chhin-chhiūⁿ
chit-khoán kiò-chò Tō-kàu. He khí-thâu sī beh
gián-kiù chò sian ê hoat-tō·, kàu kin-á-jit sòa piⁿ-
chò chhin-chhiūⁿ chong-kàu ê khoán-sit. Í-gōa
chhin-chhiūⁿ pài Koan-tè-kun, Má-chó, Thó-tī-kong,
á-sī sím-mih Ông-iâ, Hu-jîn-má, che lóng sī chit-
chéng chun-kèng eng-hiông gâu lâng ê sim piàn-
chiâⁿ--ê, kap lán chèng-lâng teh kèng-pài kong-má
sī sio-siāng chéng-lūi. Kî-thaⁿ iā ū lâng teh pài tōa-
chhiū, tōa chiòh-thâu, pài jit-thâu pài goèh-niû,
chhin-chhiūⁿ chit-lūi tó bián kóng.

Chhāi Tiong-kok á-sī lán Tâi-oân hiān-sî só-ū ê
chong-kàu chiū-sī Pút-kàu, Hôe-hôe-kàu, Iâ-so·-kàu.
Chit kúi-chéng m̄-sī Hàn-bîn-chôk só chhòng-siat--
ê, lóng-sī tùi Gōa-kok thoân-lâi--ê. Chiah-ê chū
thoân lâi Tiong-kok í-aū m̄-nā bô khah hoat-tát,
tian-tò sī ū khah hūn-loān thè-pō· ê khoán-iūⁿ. Hàn-
bîn-chôk ka-tī bô chhòng-siat chong-kàu. Koh-chài
tùi pát-tah thoân--ê iā bē thang khah hoat-tát, chit-
hāng iā chiū chiòk-giảh thang chèng-bêng Hàn-
chôk sī tiōng sít-chāi, tiōng hiān-sî bâk-chiu-chêng
ê tāi-chì, bô siūⁿ koan-sim tī chiong-lâi éng-kiú ê
kui-kiòk. Hoān-nā khah hng khah bî-biáu ê chiū
khah bô chhù-bī ê khoán-sit. Só-í in só hi-bōng--ê

lâi

42　　CHAP-HĀNG KOÁN-KIÀN

chiū-sī Châi, Chú, Siū.　Só· kà-sī só· gī-lūn ê chiū-sī
siu-sin, chê-ka, tī-kok, pêng thian-hā hit-khoán sit-
sit chāi-chāi ê tāi-chì.
　　Hàn-chók chái"-iū" chiah hèng tì-tiōng sit-chāi
neh?　Chiàu góa siū", tē-it sī Tiong-kok ê thó·-tē
thài-tōa, lâng iū-koh sī chin-chē, tì-kàu bān-sū chin
hok-cháp, chin khoài hun-loān.　In-ūi án-ni, hō·
lâng m̄-ká" siū" khah hūg ê tāi-chì, chū-jiân sī khah
tiōng bák-chiu-chêng.　Chhin-chhiū" siók-gú só·
kóng, "Khóng-chú-kong m̄-ká" siu lâng ê keh-mê-
thiap," hoān-sū to ài hiān-tú-hiān, sit-tú-sit.

　　Tē-jī hāng hō· Hàn-chók khah hàu" sit-chāi ê
goân-in, chiū-sī ka-chók chè-tō·; chit ê ka-chók chè-
tō· ê iû-lâi sī tùi kèng-chó· liām-kiū ê su-sióng chhut.
Lán ê ka-chók chè-tō· ê tiong-sim-tiám sī chāi chè-
hiàn chó·-sian.　Tùi án-ni, chū-jiân hêng-tōng chiū
khah bē chū-iû, khah siú-kiū, chó·-kong á-sī chin-
chêng ê lâng só· kóng só· siat--ê chiū khah m̄-ká"
giâu-gî m̄-ká" kái-oā"; hō· lâng bô chìn-chhú ê sim-
koa", bô mō·-hiám ê sèng-chit, kiù-kèng iā-sī kan-ta
kiû pó hiān-sî ê pêng-an, m̄-ká" koh siū" beh thiam
chiong-lâi ê hok-siū.
　　Lán in-ūi tiōng sit-chāi kòe-thâu, tì-kàu hák-būn
chit hong-bīn m̄-nā bô hoat-tát, sòa thè-pō· chin-
chē; iáh jit-jit ê seng-hoát sòa chin bô chhù-bī.
Phì-lūn tùi chiáh mih kóng, lán ê lâng khah tiōng
hó-chiáh koh siók, lóng khah bô tì-tiōng hó-khòa"
ngá-khì.　Lí khòa", lán ê lâng teh bé-bē lóng sī
choan tiōng hit hāng mih ê chē-chió hó-phái", lóng
khah bô tiōng hit hāng mih ê khòa"-thâu.　Pê"-pê"
bé chit ê gîn ê piá" lâi kóng; nā-sī Lōe-tē-lâng á-sī
Gōa-kok-lâng, in chiū chiong hit ê gîn phe" chit-kak
á-sī kúi chiam-chî" chò àp-á pau chóa ê hùi-iōng,
pau hō· i hó-khòa", bē bak lâ-sâm, in khah hoa"-hí.

M̄-kú lán ê lâng chiū m̄-sī án-ni. Bé chit ê gín,
hit ê gín chiū lóng tiòh iōng tī piá"--nih, piá" nā ē
ke chit-tè sī ke chit-tè hó, pau-phôc lóng bô kờ,
kah-bàh iā-sī hó, sin-bûn-chóa iā-sī hó ; ū thang
pau thèh kàu chhù, bōe phah-ka-laùh chiū hó liáu-
liáu. Bān-sū to ū chit khoán ê kheng-biòng.

Thang kóng tùi chhù-bī chit hong-bīn ê koan-
liām, lán ê lâng sit-chāi chin bô hoat-tàt, su pàt-
lâng sit-chāi sī chin-chē. Chóng-sī che lóng sī tùi
lán tī-tiōng sit-chāi kòe-thâu só· tī lâi--ê. Góa ká"
toàn, lán ê hia"-tī chí-mōe ê tōa pē"-kin sī tī chit-
tiám. Hàn-chòk chāi kin-á-jit ê sè-kài chiòng bîn-
chòk ê tiong-kan bē thang khiā tī khah koân ê tē-
ūi, tùi.lâng thâu-khak kiàh lóng bē khí, che kui-ē
sī tùi chit ê phòa-pē" só· tài--lâi khah chē.

Hia"-tī chí-mōe! lán thia"-thâu hit pak *Châi, Chú,*
Siū sit-chāi m̄-sī kàu hiah súi ê mih lah. Goān tāi-
ke kín-kín pak--lòh-lâi, iàh chhiá" tāi-ke cheng-sîn
tōa kak-ngō·, thâu kiàh khah koân, bàk-chiu khoa"
khah hñg. Bàk-chiu chêng sit-chāi ê tāi-chì bián
kóng lán tiòh khòa"-tāng, chóng-sī chhiá" m̄-thang
ūi-tiòh bàk-chêng kin-á-jit ê tāi-chì sòa bē kì-tit
bîn-á-chài ê kè-bô·.

Lán ū chit kù chhiò-khoe ê ōe kóng, "Lū Tông-
pin, kờ-chhùi bô kờ-sin." Góa put-chí hoân-ló lán
tông-pau ê tiong-kan ū chin-chē Lū Tông-pin ê tô·-
tē, phah-sǹg lán nā m̄ kín-kín hòc-thâu ké-pì", ká"
ē hờ i tō·-khì hái-gōa chò sán-sian, bē-thang tiàm
tī chit ê sè-kài bûn-bêng ê siā-hōe kap lâng pê"-chē
pê"-khiā lah ! Hia"-tī chí-mōe ! tiōng sit-chāi sī hó,
chóng-sī m̄-thaňg tiōng kòe-thâu, nā tiōng kòe-thâu,
kàu-bóc sit-chāi sī ē pì"-chiâ" chò khang-khang.

Góa chit-tiàp teh siá chit-phi"-bûn, ū tú-tiòh
chit-chân chhù-bī ê tāi-chì. Góa ê lāu-bú kin-nî
69 hòe, chit-tiàp i tī thang-á-gōa teh ak kiok-hoe.

Góa pàng-lóh pit oá-khì khòaⁿ, kiok-hoe í-keng phah
chin-chē m̄ tī-teh. Góa chhun-chhiú chiong hiah
ê m̄-chiàⁿ-mih ê hoe-m̄ beh kā i liàm tàn-sak, thang
hō͘ hoe khui-liáu hó sè-bīn, iáh ē khah tōa-lúi. Lāu-
tōa-lâng chiong góa ê chhiú kā góa liàh-teh kóng,
"Aî--iô! Bô chhái lâng ê mih, m̄-thang lah." Liàt-
ūi, i sī góa ê sī-tōa-lâng, chóng-sī góa sìn i chit ê
sim-su káⁿ ē iōng-tit tāi-piáu lán ê hiaⁿ-tī chí-mōe-ê.
Lán tī chèng-hoe ê tiong-kan iáu-kú kàu tī chit ê
khoán, kan-ta khòaⁿ-kìⁿ hoe-m̄ chē lúi chiū hoaⁿ-hí,
kā i liàm khí--lâi chiū m̄-kam, án-ni kiat-kiók sī bô
hó hoe thang khòaⁿ lah !

------------►◄●►◄------------

TĒ GŌ͘-HĀNG

Bûn-bêng kap iá-bân ê
hun-piat

1. Bûn-bêng lâng kap iá-bân lâng

Pêⁿ-pêⁿ to sī lâng, chóng-sī lâng ê tiong-kan sit-
chāi ū bûn-bêng lâng, koh ū iá-bân lâng, nā-sī kóng
khah chin, ē-thang kóng iáu ū chit-chóng poàⁿ bûn-
bêng poàⁿ iá-bân ê lâng tī-teh. Ū lâng teh kóng,
Bûn-bêng lâng kap iá-bân lâng ê hun-piat, ē thang
iōng lâng ê bah-sek chò phiau-chún. Bah-sek jú
péh--ê sī jú bûn-bêng, jú o͘--ê sī jú iá-bân. Só-í
kóng Eng-kok lâng, Bí-kok lâng, á-sī Hoat-kok lâng,
Tek-kok lâng (chiah ê phó͘-thong kiò-chò Aṅg-mn̂g-
lâng), bah-sek sī chin péh, chiū-sī bûn-bêng lâng.
Iáh tiàm tī A-hui-lī-ka ê o͘-lâng (phó͘-thong kiò-chò
O͘-kúi-á-hoan), á-sī Lâm-iûⁿ ê chang-sek lâng kap
tiàm tī Bí-kok ê soaⁿ-lāi hit hō chhiah-sek ê lâng,
chiah-ê chiū-sī iá-bân lâng.

Nā chiàu án-ni khòaⁿ, lán tāi-ke sī siók bûn-bêng ê á-sī siók iá-bân ê neh？ Lán ê bah-sek kóng o͘ khiok m̄-sī o͘, kóng péh iā m̄-sī péh (lán sī n̂g-sek lâng). Án-ni lán chiū-sī m̄-chiàⁿ bûn-bêng, koh iā m̄-chiàⁿ iá-bân ê lâng mah？ Chit khoán ê hun-piat ná chhin-chhiūⁿ bô thò-tòng ê khoán-sit. Kiàn nā péh-sek ê lâng kiám chiū tek-khak ták-ê sī chin gâu, chin bûn-bêng mah？ Iáh kiàn nā o͘ ê lâng kiám ū tek-khak lâng-lâng lóng sī gōng sī iá-bân mah？ Lán n̂g-sek ê lâng kiám kò-kò lóng sī m̄-chiàⁿ gâu koh m̄-chiàⁿ gōng--ê mah？ Péh-sek lâng ê tiong-kan mā ū hit hō chiáh-lâng chiáh-hoeh tióh khì koaiⁿ-kaⁿ ê lâng chin-chē. O͘-sek lâng ê lāi-bīn mā ū tōa phok-sū tōa gâu-lâng. Chiū-sī lán n̂g-sek lâng ê tiong-kan mā ū chhut sèng-jîn, Khóng-chú siáⁿ-lâng káⁿ khòaⁿ i chò m̄-chiàⁿ gâu koh m̄-chiàⁿ gōng？

Lūn-chin kóng iōng phôe-bah ê sek-tī sī bē-thang hun-piat lâng ê gâu á-sī gōng, bûn-bêng á-sī iá-bân. Chóng-sī nā tùi tāi-thé khòaⁿ khiok tām-pőh ū-iáⁿ；chāi hiān-sî ê sè-kài, phôe-bah péh ê chéng-chók sī khah bûn-bêng, phôe-bah khah o͘ ê lâng sī siók iá-bân ê khah chē. Lí khòaⁿ, péh-sek lâng chāi hiān-kim ê sè-kài, bān-sū to lóng sī in teh thèh-thâu. In giám-jiân chhin-chhiūⁿ thong sè-kài ê thâu-hiaⁿ, put-lūn bút-chit hong-biān á-sī cheng-sîn hong-biān ê bûn-bêng to lóng sī tùi in chhòng-siat chhut-lâi--ê khah chē.

Iōng phôe-bah ê sek lâi hun-piat lâng ê bûn-iá sit-chāi sī bô thò-tòng. Ū lâng kóng, iōng thâu-khak kut ê hêng-chōng iā ē thang hun-piat, chóng-sī che iā m̄-sī ū chiok-giáh khak-sit ê hoat-tō͘. Chiàu góa ê gû-kiàn, nā iōng ē-bīn só͘ beh kóng chit saⁿ-tiám chò phiau-chún lâi hun-piat, phah-sǹg chiū tek-khak bē cheng-chha.

2. Khòaⁿ sī thàn Chin-lí á-sī thàn Su-sim

Bûn-bêng lâng kap iá-bân lâng cheng-chha ê thâu chı̍t-tiám, bûn-bêng lâng sī thàn chin-lí, iá-bân lâng sī thàn su-sim. "Chin-lí" sī sím-mı̍h? Chiū-sī kap phó͘-thong só͘ kóng, "Chêng-lí," "Tō-lí," chha-put-to sio-siāng ì-sù. "Chin-lí" m̄-sī lâng liap-chō--ê, sī thiⁿ-tē kan pún-lâi só͘ ū--ê. Kóng chı̍t kù khah-bêng, "Chin-lí" chiū-sī "Thian-lí," sī thiⁿ só͘ siat-lı̍p ê lí-lō͘ lah. Jı̍t-thâu nā chhut chiū ē kng, chhâu-ba̍k bô chúi bô pûi bē tōa-châng, lâng tio̍h saⁿ thiàⁿ-thàng. Che m̄-sī lâng kóng án-ni chiah án-ni, to lóng sī thiⁿ só͘ siat-lı̍p tiāⁿ-tio̍h ê chin-lí. Chin-lí bô thàn lâng, lâng tio̍h thàn chin-lí. Gâu thàn chin-lí chiū-sī bûn-bêng lâng, i ê chı̍t-sì-lâng tiāⁿ-tio̍h sī chin êng-kng. Bē-hiáu thàn chin-lí kan-ta lı̍p-ì thàn ka-tī ê kám-chêng, ka-tī ê chú-ì, chit-khoán lâng ê chı̍t-sì-lâng tiāⁿ-tio̍h sī o͘-àm, sī chin m̄-ta̍t pòaⁿ ê chîⁿ.

Goân-lâi chin-lí sī thiⁿ-tē-kan ê tōa-tiâu lō͘, bān-hāng lóng tio̍h chiàu chit-tiâu-lō͘ ūn-choán, che sī éng-éng oán-oán bē-ē hō͘ lâng î-e̍k-tit. Iáⁿ su-sim sī sím-mı̍h neh? Kán-tan kóng chı̍t-kù, su-sim sī kan-ta chı̍t-lâng ê su-siúⁿ, sī tùi chı̍t-lâng ê sin-thé hoat-chhut-lâi--ê. Thang kóng chin-lí ê chú-lâng sī Thiⁿ, su-sim ê chú-lâng sī Jio̍k-thé. Chin-lí sī.hō͘ lâng bōe î-e̍k-tit, m̄-kú su-sim sī tòe lâng ê jio̍k-thé piàn-oāⁿ. Pêⁿ-pêⁿ to sī chha̍p-gō͘-àm ê goe̍h, cháiⁿ-iūⁿ Tiong-chhiu-mê ê goe̍h-lûn lêng-gōa te̍k-pia̍t khah-ē giú lâng ê sim neh? Koh-chài pêⁿ-pêⁿ tó sī kng ê goe̍h, cháiⁿ-iūⁿ chhāi chhù ê lâng ūi-tio̍h goe̍h ê kng, chio i ê ka-cho̍k chò-hóe hoaⁿ-hí khòaⁿ kàu m̄-chai soah, cháiⁿ-iūⁿ chhut-gōa-lâng tian-tò ūi-tio̍h goe̍h ê kng siūⁿ-tio̍h i ê ka-hiong teh siong-sim lâu ba̍k-sái neh? Cháiⁿ-iūⁿ tùi lán só͘ chhī ê chiáu-á, lán

BÛN-BÊNG KAP IÁ-BÂN Ê HUN-PIAT 47

sim choeng ê sî chiū hùi-sim hùi-sîn ài i thang ke
háu chit siaⁿ, iảh lán nā ut-náu ê sî-chūn, i háu chit
siaⁿ lán chiū biâm lô-chô, ut-náu jú khah tāng. Che
sī sím-mih iân-kò neh? Chiū-sī tùi lâng ê jiỏk-thé
sớ chhut ê sim-su bô it-tēng, sī chin khoài piàn-oāⁿ.
Sớ-í thang chai chit-lâng ê sim-su sī khó chin bē
thang chū; tiỏh--ê m̄-sī bô, kiám-chhái m̄ tiỏh--ê sī
khah chē, bô bảp chin lí--ê sī khah tōa pô·-hūn.
Lâng sī chin loán-jiỏk chin bô khùi-lảt, sím-mih
sī chin-lí sit-chāi sī bat chin oh-tit kàu. Sûi-jiân
nā-sī jīn-chin gián-kiù chiảp-chiảp keng-giām khe-
khó, chiū chiām-chiām ē thang hoat-kiàn tām-pỏh.
Thang chai, nā beh chò bûn-bêng lâng thàn chin-lí
khì oảh-tāng, tāi-seng tiỏh ỏh bat chin-lí. Beh bat
chin-lí tiỏh khò-tiōng kàu-iỏk ê khùi-lảt. Sớ-í kàu-
iỏk jú chhiong-sēng ê sớ-chāi sī jú bûn-bêng; iá-
bân lâng sī chha-put-to lóng bô kàu-iỏk. Bô siū
kàu-iỏk siūⁿ beh chò bûn-bêng lâng, bô koh-iūⁿ kan-
ta phō chhiū-thâu kiò thờ-á ka-tī cháu chhut-lâi hờ
lán liảh, che sī toàn-toàn bô ê sū.
Bûn-bêng lâng pí-phēng chhin-chhiūⁿ tōa-lâng,
iá-bân lâng chiū ná chhin-chhiūⁿ gín-ná. Tōa-lâng
chē iat-lẻk chē gián-kiù, ū siū khah chē ê kàu-iỏk;
gín-ná iù-sè, khah bô keng-giām bô iat-lẻk iā bô
thảk-chheh. Chóng-kóng, tōa-lâng khah ū chhin-
kīn chin-lí, gín-ná chiū khah bô. Sớ-í gín-ná teh
chò sū m̄-sī siūⁿ chêng-lí chiah chò, koh-chài i iā-sī
bē-hiáu-tit; gín-ná lóng sī chiàu i ê kám-chhiok,
chiàu i ê sớ ài teh kiâⁿ. Sớ-í gín-ná sớ chò ê tāi-
chì sī bô-thâu bô-bóe, chit tiap-á-kú chò chit-hāng,
liâm-piⁿ chiū chò hit-hāng. In-ūi i sī chiàu i ê
kám-chêng ka-tī chú-l chò sū, i bô koán pảt-lâng ê
phah-sǹg. Sớ-í lí nā jīn-chin khòaⁿ chiū chai, kiàn
nā ū kúi-ê gín-ná chò-hóe thit-thô, tek-khak chiū
chin loān-chảp bô liâu-lỏk, bô ū sím-mih tiảt-sū,

iảh bô lōa-kú tek-khak chiū oan-ke ; in-ūi in lóng
khah ài thàn ka-tī, chū-jiân chiū seⁿ-chhut chhiong-
tút.

Iá-bân lâng iā-sī án-ni. In m̄-bat chin-lí sī símm-
mih, kiám-chhái in sī liảh ka-tī sớ siūⁿ--ê chò chin-
lí, sớ-í iā sòa m̄ oh pảt-lâng sớ bat ê lâi chò chbam-
khó, tùi án-ni in lóng bô hảk-būn, bô ū kàu-iỏk ê
siat-pī. Iá-bân lâng tāi-khài sī thàn ka-tī ê sớ siūⁿ
chū-ki ê kám-chêng, sớ-í in sớ chò ê tāi-chì sī hui-
siông ê kán-tan. In ê chhù sī khui thô-khang á-sī
tah sì-kha têng-á chiū chiâ". In ê saⁿ-á-khờ sī iōng
chhiū-hiỏh chò-chiâ", á-sī iōng chin chhơ bô símm-
mih sek-tī ê pờ-liâu tîⁿ tiàm seng-khu chiū kàu-giảh.
In ê chiảh-mỉh sī thẻh chhiū-kin kóe-chí, á-sī soaⁿ-
khîm cháu-siù ê bah chhī"-chhiⁿ chiảh, bô ū símm-
mih liāu-lí hoat, iā bô oáⁿ-pôaⁿ ke-si, sûi-piān iōng
gớ-jiảu-lêng lảk-tiỏh chiū chiảh. In iā bô bûn-jī
thang kau-oāⁿ ì-kiàn, koh iā bô chíⁿ-gîn chóa-phiò
thang chò bé-bē ê khì-khū. In iā bô tiàm-phờ iā
bô kang-tiûⁿ.

Chóng-kóng, iá-bân lâng sī chhin-chhiūⁿ tú chiah
ē-hiáu kiâ", ē-hiáu thẻh mỉh, ē-hiáu kóng chảt-pòaⁿ
kù ōe ê gín-ná, m̄-chai thiⁿ m̄-chai tē, put-kò chhùi
nā ē thang tín-tāng nā ū thang tiô-thiàu, i ê sim-
goān chiū chiok. Thiⁿ-tē sī îⁿ á-sī pîⁿ i lóng bô koán
i, kok-ka siā-hōe sī símm-mih i iā bô beh tì-ì, chiū-sī
i ka-tī chảt ke chảt-sin ê tāi-chì i iā bô siuⁿ ū phah-
sǹg. Kīn-kīn jit-àm tó-teh chiū khùn, nā-sī ē sio
chháu-tui mā sī bô iàu-kín ; pak-tớ nā iau sa-khí
chiū chiảh ; nā-sī bô thang sa, pek-tiỏh chiū kiâ",
khòaⁿ sī phah lỏk á-sī jiok soaⁿ-ti ; ū tang-sî-á thâi
lâng i mā sī liảh-chò phớ-thong phớ-thong.

Iá-bân lâng ūi-tiỏh i ê su-sim i ê sớ ì-ài í-gōa bô
siūⁿ beh thàn pòaⁿ-hāng, nā kīn-kīn tùi chảt-tiám
kóng, iá-bân lâng ē iōng-tit kóng sī chin chū-iû. Ū

chit pǒ-hūn ê lâng kiám-chhái put-chí sim-liām chit-
khoán ê chū-iû, chóng-sī góa koat-toàn kóng, sè-kan
bān-hāng phái" ê tiong-kan, chiū-sī chit-khoán chū-
iû chò tē-it.

Bûn-bêng láng láu-sıt gâu sūn chin-lí. Chóng-sī
bûn-bêng lâng tiong ê bûn-bêng lâng—chiū-sī chòe
tē-it bûn-bêng ê lâng, chit-khoán lâng m̄-nā gâu
sūn chin-lí kiâ", i iáu-kú kam-goān ūi-tiòh chin-lí
sí, ūi-tiòh chin-lí pàng-sak i ê tē-ūi châi-sán, á-sī i
ê sè"-miā. Hoa"-hí thàn chin-lí ê bûn-bêng lâng, sè-
kài-tiong khiok bē chió; m̄-kú khéng ūi chin-lí
pàng-sak sè"-miā--ê, sıt-chāi bô chē. Chit hō chiū-
sī eng-hiông gī-sū tōa sèng-jîn.

Sè-kan it-chhè ê chın-pō· hoat-tàt lóng sī chit-
khoán lâng ê kōa" kap huih lâi kiat-chiâ"--ê. Khóng-
chú ūi-tiòh beh hō· jîn-gī ê tō-lí sıt-hêng tī sè-kan,
hō· lâng pháin khoán-thāi, iā bat tī Tîn-kok ê só·-
chāi bô bí-niû. Sek-khia Jû-lâi khòan-tiòh chiòng-
seng teh siū-khó͘, lún bē-tiâu, tōa khí chû-pi ê sim-
koa", ài kiù chiòng-seng thoat-chhut khó·-lān ê
tiong-kan, só·-í kam-goān pàng-sak i ê ông-ūi, pàng-
sak i ê kiong-tiān, pàng-sak i ê pē-bó bó·-kiá", jıp-
soa" khì siu-hêng; aū-lâi sì, gō·-chàp-nî ê tiong-kan,
ūi-tiòh chû-pi ê tō-lí siū kòe bô-hān ê hong-song.
Iâ-so͘ Ki-tok thiàn-sioh lâng, khòa"-kì" sè-kan lâng
ūi-tiòh chōc-giàt teh-beh biàt-bông, iu-ūi beh kiù-
lâng thoat-lī chōe, kà lâng tiòh pài kan-ta chıt ê
chin ê Sîn, kàu-bóe sòa hō· lâng kū i liàh khì tèng
Sıp-jī-kè. Chóng-sī ūi-tiòh i só͘ lâu ê huih tit-tiòh
kiù, thoat-lī chōc-ok, hióng-siū hok-khì ê lâng, thong
thin-kha-ē m̄-chai ū lōa-chē, ká" sǹg bō-liáu. Khóng-
chú, Sek-khia chit nn̄g lâng sī sè-kài ê tōa sèng-jîn.
Ki-tok Iâ-so͘ sī sè-kài tiong ê tōa Kiù-chú, í-gōa ūi-
tiòh beh chèng-bêng tē-kiû sī în--ê, lâi liáu sè"-miā iā-
ū, ūi-tiòh chhì-giām phòa-pē" tiòng-tòk sí--ê iā-ū, ūi-

tiòh hoat-bêng ki-khì hō˙ lâng lī-piān, tì-kàu kheng-
ka tōng sàn- ê mā sī ū. Sè-kài ê bûn-bêng, thiⁿ-kha-
ē chèng-lâng hiâu-sî teh hióng-siū ê hok-khì, sit-chāi
lóng sī chit téng-hō lâng, khéng ūi-tiòh chin-lí lâi
lô-lėk piàⁿ sèⁿ-miā chhòng-siat chhut-lâi--ê. Chit-
tiåp nā-sī kam-goān chò iá-bân ê lâng to bô kóng;
nā-sī m̄-kam, chóng ài chhim-chhim ū hiáu-ngō˙,
chhiat-chhiat lòh-khì chò, ke chit-ê chit khoán lâng,
sè-kan ê bûn-bêng hok-khì ke bô hān.

3.   Khòaⁿ sī koán mìh á-sī hō˙ mìh koán

Hun-piat bûn-bêng kap iá-bân tē-jī ê phiau-chún,
sī khòaⁿ hit ê lâng sī teh koán mìh, á-sī hō˙ mìh
koán. Koán mìh--ê sī bûn-bêng lâng, hō˙ mìh
koán--ê sī iá-bân lâng.

Siáⁿ-hòe sī mìh neh? Góa kā i hō, lâng í-gōa thiⁿ-
tē-kan só˙ ū it-chhè to lóng sī mìh. Jit-thâu sī mìh,
goèh-lûn chheⁿ-siù sī mìh, san-súi sī mìh, chháu-bàk,
thó˙, chiòh, mā sī mìh; khîm-siù, thâng-thōa, hî, hê,
to lóng iā sī mìh. Mìh kap mìh sio koan-hē chiū
hián-chhut chit-chéng ê hiān-siōng. Phì-lūn kóng,
chhiú kap chhiú thut-thut--leh chiū hoat-sio, sio
chiū-sī chit chéng ê hiān-siōng. Hong hóe tē-tāng
to lóng sī hiān-siōng. Mìh pún-lâi ka-tī ū, hiān-
siōng chiū m̄-sī, hiān-siōng tiòh ū mìh chiah ū; só˙-í
hiān-siōng ē thang pau chhāi mìh ê lāi-bīn chò chit-
ê kóng. Iá-bân lâng put-sî to siū bān-hāng-mìh
kap tàk khoán ê hiān-siōng koán-hat. Chóng-sī sè-
kan siā-hōe nā jú bûn-bêng, bān-hāng-mìh kap hiān-
siōng chiū tiam-tò hō˙ lâng koán-hat chú-ì. Jit-thâu
goèh-niû chheⁿ-siù, chiah-ê to lóng sī mìh, iá-bân
lâng liàh chiah-ê chò sîn-bêng. Ū-ê khí biō hók-sāi
i, ū-ê pī-pān lé-mìh hàu-kòng--i, ūi-tiòh chiah ê sîn-
bêng thoa-bôa chit-sì-lâng, to sī siūⁿ chò eng-kai.

Ji̍t á-sī goe̍h sit ê sî-chūn, chiū lia̍h-chò thiⁿ-hoán tē-loān, phah-lô phah-kó͘ kòng-kòng-chhó, ia̍h nā khòaⁿ-kìⁿ tn̂g-bóe-chheⁿ chhut-hiān, chiū lia̍h chò beh hoán-loān, khòaⁿ-kìⁿ chheⁿ tūi-tē, chiū lia̍h-chò sī pháiⁿ-tāi teh-beh kàu.

Bûn-bêng lâng chiū bô án-ni, in bô ūi-tio̍h chia̍h-ê hùi sim-sîn, liáu châi-sán; in tian-tò beh koán-hat chia̍h-ê. Ji̍t-thâu in chiū kā i hiòng phak-mi̍h hō͘ i ta; goe̍h-lûn nā chhut, in chiū lia̍h i chún chò súi ê mi̍h lâi goán-sióng; khòaⁿ-kìⁿ chheⁿ-siù in chiū kiò i chò teng, chhōa hái-tiong ê chûn-chiah o̍ng-lâi. Iá-bân lâng thiaⁿ-kìⁿ lûi tân chiū khû-kha, khòaⁿ-kìⁿ sih-nà sih chiū phòa-táⁿ. Lí kiám bô khòaⁿ-kìⁿ bûn-bêng lâng tian-tò lia̍h lûi-kong teh thoa-chhia, tio̍h ki-khì; lia̍h sih-nà lâi lán ê chhù-lāi, chò lán ê teng, kā lán chiò-kng mah?

Iá-bân lâng tī soaⁿ-lāi pài soaⁿ-sîn, tī chúi-piⁿ pài chúi-sîn; kìⁿ-tio̍h chio̍h, chiū pài i chò chio̍h-thâu-kong, kìⁿ-tio̍h chhiū, chiū pài i chò chhêng-chhiū-ông; thang kóng kàu tó-lo̍h to ū siū koán-hat. Khui-soaⁿ kiaⁿ soaⁿ-sîn siū-khì, ku̍t-thô͘ chiū kiaⁿ tāng-thó͘ tek-chōe Thó͘-tī-kong; lóng m̄-káⁿ chhun-kha chhut-chhiú. Só͘-í iá-bân lâng ê seng-oa̍h sī chin khu-sok, in sī chin oh-tit kòe-ji̍t; khòaⁿ chit ê sè-kan chò chi̍t ê tōa khó͘-hái. Bûn-bêng lâng chiū m̄-sī án-ni khòaⁿ; in siūⁿ beh keng-êng chit ê sè-kan chò chi̍t ê an-lo̍k-hn̂g. Só͘-í in kìⁿ-tio̍h soaⁿ chiū khui, tōa-chhiū chiū chhò chhut-lâi khí chhù, chō kiô. Ū kim, gîn, tâng, thih á-sī chio̍h-thòaⁿ, chiū ku̍t khí-lâi chò ki-khì, chō hóe-chûn hóe-chhia; chio̍h-thòaⁿ chiū chò hiaⁿ-hóe ê lō͘-êng, hō͘ hóe-chhia hóe-chûn ē pháu-lō͘, hō͘ ki-khì tín-tāng, chit-pò͘, thè lâng chhè-chō mi̍h. Ia̍h ū thó͘-tē in chiū lī-iōng, lóng m̄-bián khòaⁿ tē-lí, iā bô hoân-ló ē tāng-thó͘ hoān soah-sîn, kai khui chiū khui, kai ku̍t chiū ku̍t,

nā-sī ū khiàm-iōng khah tōa tiâu ê lŏ͘ iā chō, khah
tōa keng ê chhù iā khí, lóng m̄-bián khòaⁿ sì-ji̍t;
nā ē ū lī-piān to lóng m̄-biáu khòaⁿ hng-hiòng.

Hiān-kim ê bûn-bêng khiok iáu-bōe chìn kàu ke̍k
khám. Só͘-í lâng iáu tio̍h siū mi̍h ê koán-hat, sok-
pa̍k chin-chē. M̄-kú nā chiong bûn-bêng lâng kap
iá-bân lâng lâi pí-kàu, si̍t-chāi sī ū thian-ian ê
cheng-chha. Tē-it iá-bân lâng bān-sū to lóng sī
iōng i ê khùi-la̍t chò kang; bûn-bêng lâng kui-ē to
sī ēng ki-khì. Iá-bân lâng beh kiâⁿ lō͘ sī ēng kha;
choh-chhân, choh-hn̂g, chò-saⁿ, chò-kang to lóng sī
ti̍t-chiap ēng kha ēng chhiú ê khùi-la̍t.

Bûn-bêng lâng chiū m̄-sī; jú bûn-bêng jú gâu ēng
ki-khì. In kiâⁿ lō͘ sī ēng hóe-chhia, chū-tōng-chhia
á-sī tiān-chhia. Choh-si̍t ū choh-si̍t ê ki-khì; chò-
saⁿ ū chò-saⁿ ê ki-khì; chò-kang, chi̍t-pò͘ iā-sī ū ki-
khì, siá-jī iā-sī ēng ki-khì, sàu chhù-lāi iā-sī ki-khì,
chú-pn̄g, sé-saⁿ, mā-sī ēng ki-khì; joa̍h-thiⁿ beh ia̍t-
hong ê sî iā-sī iōng ki-khì lah.

Taⁿ hiān-sî ê bûn-bêng lâng i nā-sī siūⁿ ài chiūⁿ-
thiⁿ, iā í-keng ū chiūⁿ-thiⁿ ê ki-khì; beh chǹg-tē iā ū
chǹg-tē ê ki-khì; beh kiâⁿ chúi-bīn iā ū chúi-bīn ê
ki-khì; beh kiâⁿ chúi-té kap hî, hê, chúi-chut, cháu
sio-lia̍h iā to lóng ū hoat-tō͘. I nā ài, sui-jiân sī
keh soaⁿ keh hái tī chhian-lí gōa ê hn̂g, i iā ē thang
sûi-piān kap lâng chhiu-chhiūⁿ tùi-bīn kóng-ōe gī-
lūn tāi-chì. Kóng, "Jîn ûi bān-bu̍t chi lêng;"
lâng sī bān-hāng-mi̍h ê thâu. Chiàu án-ni khòaⁿ,
hiān-kim ê bûn-bêng lâng í-keng teh-beh kàu tī-
hia. Hiān-sî ê bûn-bêng lâng, tī-sî beh thàu-hong,
tī-sî beh lo̍h-hō͘, in lóng ē tāi-seng chai, iā ū hoat-
tō͘ thang siám-pī. M̄-nā án-ni, nā-sī sió-sió ê hong-
hō͘ iā-sī í-keng kiò ē lâi, khah tōa ê chiū bô hoat-
tit. Bûn-bêng lâng thang kóng sī lóng bô siū mi̍h
sok-pa̍k.

4. Khòaⁿ sī kap lâng háp á-sī kap lâng khui

Hun-piat bûn-bêng kap iá-bân ê tē-saⁿ tiám, tiòh khòaⁿ hit ê lâng tùi siā-hōe chèng-lâng ê chûn-sim sī sím-mìh khoán; khòaⁿ i kiat-kiòk sī lìp-ì kap lâng kap siā-hōe háp chò chìt-thé teh oàh, á-sī chú-ì kap lâng lī-khui; khòaⁿ lâng kap siā-hōe chò i beh tō· chìt-sì lâng ê kiô á-sī koáiⁿ-á ê khoán, sī chìt-sì ê i-óa, kàu nā bô lō·-ēng chiū hiat-kák khòaⁿ bô tiòh.

Tī tē-saⁿ hāng í-keng ū kóng-bêng kap lâng ê koan-hē ū saⁿ chéng. Tē-it chéng, "Lí sī lí, góa sī góa." Tē-jī chéng, "Góa sī góa, lí iā-sī góa." Tē-saⁿ chéng, "Lí sī lí, góa iā sì lí." Chit saⁿ chéng-lūi ê tiong-kan, tē-it, tē-jī to lóng sī iá-bân ê koan-hē. Tē-saⁿ chéng khí-thâu chiah sī bûn-bêng ê kiat-háp. Só·-í bûn-bêng lâng sī chin hô-pêng; nā bô pōe tō-lí tiāⁿ-tiòh kap lâng bô kè-kàu, chóng-sī ūi-tiòh chèng-lâng choân siā-hōe ê hoat-tàt chìn-pō·, hoaⁿ-hí chiong i ê it-chhè chò hi-seng, chiong i ê oàh-miā koàn-chù tī hit lāi-té.

Tāi-khài lâng kok-kok ū tèk-piàt ê sèng-chit. Sè-kan sī bô chàp-chñg ê lâng. Siòk-gú kóng, "Lám-lám bé iā ū chìt-pō·-that," Iū-koh kóng, "Phang-hoe bē âng, âng-hoe bē phang." Chhin-chhiūⁿ án-ni, lâng kok-kok iú só· tiông, iú só· toán. Só·-í chò lâng nā kap lâng ē hô, gâu kap lâng háp khùi-làt, tek-khak chē-chē ū saⁿ pó·-ek, ū saⁿ pang-chān ê só·-chāi. Chit-khoán lâng chò-bók kiat-chiáⁿ ê siā-hōe, tek-khak ē gím-siōng thiam-hoa; hó koh thiⁿ hó, tìt-tìt bûn-bêng tìt-tìt chìn-pō·.

Kóng chit kù khah sìt-chāi ê ōe, chiū lán tāi-ke lâi kóng. Lán tāi-ke ê hàk-bûn chin bô; i-tī phòa-pēⁿ ê hoat-tō·, lán lóng chin-chē m̄-chai; tiān-teng tiān-ōe sī cháiⁿ-iūⁿ siat, lán iā bē hiáu; hóe-chhia lán to teh chē, chóng-sī m̄-sī lán chhòng-siat--ê; hóe-chhâ

lán to teh ēng, chóng-sī m̄-sī lán hoat-bêng--ê. Che
to lóng sī Gōa-kok-lâng, Se-iûⁿ-lâng hoat-bêng--ê,
lán sī tùi in thèh lâi iōng. Chóng-sī lán iáu-kú ē-
hiáu beh tùi in óh ; lán bô chip-koat, lán khéng
chiap-kīn in, khéng kap in kau-pôe, iảh in kèng-jiân
iảh bô khṅg-pō˙, só˙-í lán chiah ē thang kap in pêⁿ-
pêⁿ hióng-siū chin tōa ê hok-khì. Kan-ta sī kiàn-
siàu, lán bô ū sím-mỉh hó--ê thang hō˙ in óh thang
lī-ek in, put-kò chiong lán tām-pỏh ê chhut-sán,
chiū-sī tê kap chiuⁿ-ló, kap in kau-oāⁿ chò in ê lō˙-
iōng.

Soaⁿ-lāi lâng kap lán chiū bô siāng, in m̄-khéng
kap lâng kau-pôe, bô kap gōa ūi chiap-chhiok, só˙-i
in khah-kú to bē chìn-pō˙, put-sî to sī hit-hō khoán-
sit. In nā ài chìn-pō˙, taⁿ tek-khak tiỏh kín-kín
khui in ê sim-koaⁿ, bỏh-tit khòaⁿ lâng chò siû-tėk,
hoaⁿ-hí kap lâng hảp-sim jīn chò hiaⁿ-tī chí-mōe ;
nā-sī ūi-tiỏh chin-lí kap chèng-lâng ê chìn-pō˙, liân
i ê sèⁿ-miā iā tiỏh hoaⁿ-hí hiàn kap chèng-lâng
kong-ke.

Chóng-sī iá-bân ê lâng phiah-phìⁿ sī chin ko˙-tảk,
in pún-lâi ê chûn-sim sī khòaⁿ lâng chò tùi-tėk
khoán-thāi, siat-sú sī kiò i poẻh chỉt-ki thâu-mn̂g
khí-lâi thang lī-ek lâng, i iā-sī m̄-khéng. I sī chhin-
chhiūⁿ gû-pi, ū jip bô chhut ê kha-siàu; bān-sū to
lóng tùi ka-tī ê lī-ek seng lảk-tiâu, put-sî to sī phāu
hit chéng "Jit-thâu chhiah-iāⁿ-iāⁿ, sûi-lâng kò˙ sèⁿ-
miā" ê sim-tn̂g. Só˙-í iá-bân lâng sớ chơ-chit ê siā-
hōe, nā m̄-sī put-sî ū sio-phah sio-thâi, chiū-sī sòaⁿ-
phóng-phóng, lóng bô liân-lỏk. Nā-sī bûn-bêng ê
lâng chiū-sī khòaⁿ siā-hōe choân-thé ê chìn-pō˙ chò
ka-tī ê chìn-pō˙. In ê siā-hōe phì-lūn chò seng-khu,
in kok-lâng chiū chhin-chhiūⁿ seng-khu ê kok pō˙-
būn, lóng ū chhin-bit ê koan-hē. Chāi bûn-bêng ê
siā-hōe, chỉt ê lâng nā ū hó ê keng-giām, hó ê ì-kiàn,

chiū thoân hō͘ chèng-lâng chai, hō͘ chèng-lâng
chiàu i ê khoán khì chò. Nā ū hó ê hoat-bêng,
chhòng-siat hó ê mih-kiāⁿ chiū kà chèng-lâng, kap
chèng-lâng chò-hóe iōng. Chhin-chhiūⁿ chit-khoán,
chêng ê lâng só͘ bat só͘ tit-tiȯh--ê, lóng hiàn hō͘ aū-
tāi lâng kong-ke tit, só͘-í aū-tāi ê lâng tit-tiȯh
chêng-tāi ê só͘ tit chò ki-chhó͘, ō thang chū-chāi
chhòng-siat sin ê mih, koh-chài ke-thiⁿ khah koân
khah chhim ê hȧk-būn, hō͘ aū-lâi ê lâng khah chìn-
pō͘. Iá-bân lâng chiū bô chit-khoán, in-ūi i ê chú-ì
sī kap lâng khui, bô kap lâng hȧp; ka-tī keng-giām,
ka-tī bat; ka-tī keng-êng chhòng-siat, ka-tī hióng-
siū; bô thoân hō͘ chèng-lâng, bô kap chèng-lâng
pun; só͘-í i nā sí, i ê tāi-chì kap i pêⁿ-pêⁿ siau bô--
khì, Kò-kò nā lóng sī án-ni, kiat-kiȯk aū-lâi ê
lâng kiám m̄-sī lóng tiȯh têng-sin phah-khí mah?
Chit-khoán siā-hōe éng-oán bē chìn-pō͘, chit-chéng
lâng éng-oán bē chhiau-thoat; put-sî tiȯh chò gín-
ná, tiāⁿ-tiāⁿ tiȯh chò iá-bân ê seng-oȧh, che-sī chêng-lí
só͘ eng-kai--ê, sī chhian-kó͘ put-ėk ê li-lō͘! Siūⁿ khui
bô siūⁿ hȧp ê lâng lâi chò-chiáⁿ ê siā-hōe, tiāⁿ-tiȯh
bô ū sím-mih hȧk-būn thang liû-thoân, iā bô sím-
mih kàu-hòa ê ki-koan tī-teh.

Lí khòaⁿ, hiān-sî chāi Sè-kài só͘-ū ê hȧk-būn, só͘-
ū ê bûn-bêng, lóng sī chip-hȧp choân Sè-kài ê gâu-
lâng ê lȧt lâi chhòng chiáⁿ--ê. Put-lūn sím-mih
pō͘-hūn ê tāi-chì, nā-sī ū hó-ê, tiāⁿ-tiȯh sī hȧp
chèng-lâng ê lȧt lâi chhòng-chiū, tek-khak m̄-sī chi̍t
lâng só͘ chò ē kàu. Siȯk-gú kóng, "It hô bān-sū
sêng." Lâng nā jú gâu kap lâng hȧp, chèng-lâng
ê sim-koaⁿ nā hô-hȧp ē tit kàu, sè-kan bān-hāng
bô ū chò bē-thang lâi--ê lah! Hô-hȧp sī chòe iàu-
kín, hô-hȧp sī bān-hāng bûn-bêng, bān-hāng hok-
khì ê kin-goân.

TĒ-LĀK HĀNG

Lūn Lú-chú ê tāi-chì

1. Lâm-chú khah kùi-khì á-sī Lú-chú?

Chin kî-koài! lâng chái²-iūⁿ ē ū ta-po koh ū cha-
bó? Che sī chin kî-koài, iū-koh sī chin chhù-bī.

Tī Lâm Thài-pêng-iūⁿ ū chi̍t ê tó-sū kiò-chò Ta-
hi-ti. Tī-hia ê iá-bân lâng ū liû-thoân kóng, Khí-
chhơ chō-hòa ê Sîn the̍h âng-thô chò chi̍t ê ta-po-
lâng. Kàu chi̍t ji̍t chiong hit ê lâng kā i bê hō͘ i
khùn--khì, chiah tùi hit ê lâng ê seng-khu the̍h chi̍t
tè kut-thâu khí-lâi chò chi̍t ê cha-bó-lâng.

Iû-thài lâng só sìn-gióng ê kàu sī tōa-tōa ē thang
hō͘ Sè-kài chò bô-hoān. In ê keng-tián ê lāi-bīn
iā ū kì-bêng chhin-chhiūⁿ chi̍t-khoán ê ōe. In kóng,
Siōng-tè chhòng-chō thi² tē bān-mi̍h í-aū, chiàu I ê
hêng-siōng ê khoán iōng thô chhòng-chō chi̍t-sian
ang-á. I chiū chiong I ê khùi pûn ji̍p-khì hit sian
ang-á ê phī²-kbang, hit sian ang-á chiū oa̍h-khí--lâi,
kiò-chò A-tong, sī ta-po-lâng. Siōng-tè chiū chiong
A-tong chhòng hō͘ i khùn-khì, chiong i ê hia̍p-kut
the̍h chi̍t-ki khí-lâi chò chi̍t ê hū-jîn-lâng, kiò-chò
Hā-oa. Che iā sī chi̍t chéng ê liû-thoân. Chóng-sī
nā chiàu chit-khoán ê kóng-hoat, kiám m̄-sī bêng-
bêng piáu-sī lâm-chú sī chú, lú-chú sī chiông. Lâm-
chú kbah kùi-khì, lú-chú kbah hā-chiān mah? In-
ūi kóng ta-po-lâng sī tāi-seng ū, cha-bó-lâng sī
the̍h ta-po-lâng seng-khu ê chi̍t-pơ-hūn-á lâi chò-
chiâ²--ê.

Chhin-chhiū² chit-khoán ê kóng-hoat kiám-chhái
ū lâng beh piân-pok kóng, Kó͘-chá ê tāi-chì tāi-ke
to lóng bô khak-si̍t ē chai-iá². Chiàu lán só chai--ê
lâi kóng, ta-po-lâng kiám m̄-sī lóng tùi cha-bó-lâng
ê pak-tó͘ nǔg-cbhut--lâi mah? Só-í i beh kóng lú-

chú sī khah kùi-khì, che khiok iā m̄-sī choân-jiân
bô chêng-lí.

Lán koh thiaⁿ Lâm-iûⁿ Hô-chiu (Australia) ê o·-
sek lâng kóng, Chō-hòa ê Chú kiò-chò Phún-jī, kiàh
i ê to-á pak saⁿ-tiuⁿ ê chhiū-phôe chhu tiàm thô·-
kha, thèh chit-oân ê liâm-thô· khòa-hē hit téng-bīu,
chò nn̄g-sian ang-á. I chò liáu chin tek-ì, peh--khí-
lâi thiàu-bú seh hit nn̄g-sian ang-á kúi-nā lìn. I
chiū koh pak chit khoán ê chhiū-phôe, thiu-sī liâm
tiàm ang-á ê thâu-khak, chò ang-á ê thâu-mn̂g. I
khòaⁿ-liáu iū chin tōa tek-ì. Koh tiàm ang-á ê
chiu-ûi thiàu-bú kúi-nā lìn, chiong i ê khùi pûn tùi
ang-á ê phīⁿ-khang, pûn chit tōa-ē lòh-khì, iàh chiū
koh thiàu koh seh. Lō·-bóe chiong nn̄g-sian ang-á
ián-khí-lâi khiā, ang-á chiū sòa chhiò hi-hi, chò-hóe
kóng-ōe chin chhin-bi̍t!

Tāi-ke só· chai, lán chit-pêng kóng lâng sī Pô-
chiá-bó chhiók-thô· chò-chiâⁿ--ê, chóng-sī ta-po· cha-
bó· sī àn-chóaⁿ hun-piat chò, khiok sī bô kóng-bêng
sī siāng-sî chò--ê, m̄-sī tùi ta-po· ê seng-khu lâi chò-
chhut cha-bó·-lâng; chit-tiám sī bêng-pe̍k.

Chiàu téng-bīn chit nn̄g khoán ê liû-thoân khòaⁿ,
ta-po· cha-bó· sī siāng-sî chiâⁿ--ê, khiok m̄-sī kóng
tó chit-pêng khah tāi-seng. Tùi án-ni ná chhin-
chhiūⁿ ē iōng-tit kóng m̄-sī ta-po· khah kùi-khì, iā m̄-
sī cha-bó· khah hā-chiān, sī pêng-téng bô cheng-chha.

2. Chiông-lâi Lú-chú sī hō·-lâng khòaⁿ chin khin

Téng-bīn só· kóng sī kúi chām ê chhiò-khoe-ōe
nā-tiāⁿ, sī bē-chún-pîn-tit. M̄-kú nā chiàu le̍k-sú
siōng si̍t-chāi ê sū-chek lâi lūn, kàu kin-á-ji̍t hū-jîn-
lâng siū lâng khòaⁿ-khin sī chin-chē lah. M̄-sī kóng
kan-ta tó chit tah sī án-ni, choân Sè-kài to lóng sī
chit-iūⁿ.

Hiān-sî chāi Se-iûⁿ tùi lú-chú, phēng lán chit-
pêng sī ke chin chun-tiōng. Chóng-sī che sī kīn-
lâi ê tāi-chì. Khah chá sī kap lán bô cheng-chha.
Lú-chú ê tē-ūi phēng lâm-chú ê sī khah kē, sī chha
chin-chē. Lâm-chú sī chú, lú-chú sī chhin-chhiūⁿ
kin-sûi ê lâng. Khah kek-toan ê sî-tāi, iā bat khòaⁿ
lú-chú chò chi̍t chéng ê châi-sán, ē iōng-tit chiàu
lâm-chú ê ì-sù kā i chhe-sái bé-bē, chhin-chhiūⁿ bē
ti bē iûⁿ ê khoán-sit. Iā koh-chài khòaⁿ lú-chú chò
kó·-goán ang-á ê khoán, thang hō· lâm-chú thit-thô
khòaⁿ-hóng. Koh-chài it-poaⁿ sī liah hū-jîn-lâng
khòaⁿ-chò chin ù-òc, khòaⁿ-chò chhin-chhiūⁿ iau-chiⁿ
ē hām-hāi lâng hoān-chōe.

Chāi Sè-kài ê tiong-kan, Ki-tok-kàu sng-sī tē-it
chun-tiōng lâng ê jîn-keh. Iâ-so· pún-sin m̄-nā m̄-
bat kóng hit hō khòaⁿ-khin hū-jîn-lâng ê ōe, I tùi
hū-jîn-lâng ê thāi-tò· sit-chāi sī chin kong-pêⁿ. Sui-
jiân sī án-ni, aū-lâi I ê ha̍k-seng ê lāi-té, ū chit lâng
kiò-chò Pó-lô; i sī chin jia̍t-sim chin gâu chhián-
bêng Ki-tok ê kà-sī ê tōa sù-tô·. Chóng-sī i bat
kóng, "Hū-jîn-lâng tio̍h ài tiām-tiām ha̍k-sip tō-lí,
tio̍h it-bī sūn-chiông. Góa m̄-chún hū-jîn-lâng
kóng tō-lí, iā m̄-chún i koán-hat ta-po·-lâng. I tio̍h
kan-ta tiām-tiām chiah hó, in-ūi. A-tong sī seng
chhut-sì, Hā-oa sī tò-bóe; koh-chài m̄-sī A-tong siū
bê-he̍k, sī Hā-oa siū bê hām-lo̍h chōe." Nā kan-ta
chiàu chit kù ōe khòaⁿ, che bêng-bêng sī khòaⁿ hū-
jîn-lâng khah khin ê chèng-kù.

Sìn Pu̍t-kàu ê lâng khòaⁿ hū-jîn-lâng sī iáu-kú
koh-khah m̄-khí. M̄-nā pài-pu̍t ê lâng sī án-ni,
Pu̍t-chó· pún-sin iā-sī khòaⁿ hū-jîn-lâng m̄ khí.
I khòaⁿ hū-jîn-lâng kap ta-po·-lâng tiong ê pháiⁿ-
lâng tâng chit téng; kóng in bōe iōng-tit kap
phó·-thong ê ta-po·-lâng tâng chit khoán ê kà-sī;
só·-í te̍k-pia̍t siat chit chéng hā-téng ê kà-sī, kiò

chò "Hā-sēng ê Pút-kàu," choan-choan teh kà-sī
in chiah ê hā-téng ê ta-po͘-lâng kap it-chhè ê cha-
bó͘-lâng; iā i teh kà phó͘-thong ê ta-po͘-lâng chiū lóng
iōng khah siōng-téng ê tō-lí, kiò-chò "Siōng-sēng ê
Pút-kàu." Pút-chó͘ pún-sin tùi hū-jîn-lâng sī í-
keng tōa-tōa ū bô kong-pê͘, so͘-í aū-lâi hông i ê kà-
sī ê lâng sī iáu koh-khah kòe-thâu. In kóng hū-
jîn-lâng sī ù-òe; tì-kàu hôe-siu͘ bô chhōa bó͘; iáh
kìm hū-jîn-lâng bē iōng-tit jíp Pút-sī pài-pút.
Chāi Jû-kàu pài Khóng-chú-kong ê lâng iā sī ū chit
khoán ê kiàn-kái, kóng hū-jîn-lâng bē iōng-tit jíp
Sèng-biō chè-sèng.

Ū góa ê pêng-iú, i beh chioh tiàm Khóng-chú
biō-lāi ê Bêng-lûn-tông, kòa Khóng-chú ê sèng-siōng
háp-hun. Chin-chē kū-phài ê lâng tùi chit chân
hui-siông hoán-tùi. In kóng chhōa hū-jîn-lâng jíp
Sèng-biō sī ù-òe--tiòh Sèng-jîn. Sin-phài ê lâng
thia͘-liáu chin siū-khì; hiám-hiám lōng-chhut sin
kū nn̄g-phài ê tōa chhiong-tút. Chiū-sī Khóng-
chú pún-sin iā ū án-ni kóng, "Î lú-chú ú siáu-jîn
ûi lân-ióng" (tòk-tòk cha-bó͘-lâng kap bô tek-hēng
ê lâng chòe tē-it oh khan-sēng). Chit khoán kiám m̄-
sī tùi kin-té lâi khòa͘-khin lú-chú ê kóng-hoat mah?

Í-chêng ê tāi-chì chhiá͘ bô kóng, chiàu hiān-sî
chāi lán ê siā-hōe, khòa͘ tāng ta-po͘, khòa͘-khin
cha-bó͘ ê hong-khì, iáu-kú sī chin sēng. Lâng nā
se͘ ta-po͘-kiá͘ ka-tī iā chin tek-ì, chhin-chhiá͘ pêng-
iú kò-kò móa-chhùi kā i kóng, "Kiong-hí!" iáh
nā se͘ cha-bó͘-kiá͘, chiū liáh ū chún-chò bô ê khoán.
Chhin-chhiá͘ pêng-iú nā ū mn̄g, iú liáu chiū khah bô
lát, bô sia͘-bóe; mn̄g ê lâng iā m̄-ká͘ koh tē-jī kù,
liòk-liòk kóng chít-kù, "Iā-hó!" chiū chún soah.
Khah kèk-toan ê lâng nā se͘-tiòh cha-bó͘-kiá͘,
thoa--leh, chiū hō͘--lâng, ná chhin-chhiu͘ tàn chít-tè
hāu-phia͘-phòe hiat-kàk ê khoán-sit.

Chiông-lâi ê lâng kóng, Chò hū-jîn-lâng tiòh ū sam-chiông sù-tek chiah ē-iōng-tit chheng-chò hó. Sím-mih kiò-chò. "Sam-chiông" neh? Chiū-sī kóng, lú chú chit-sì-lâng ê tiong-kan, tiòh ài ū saⁿ-khoán ê chiông-sūn. Tē-it : iáu-bōe chhut-kè ê sî tiòh sūn-chiông lāu-pē. Tē-jī : kè-liáu chiū tiòh sūn-chiông tiōng-hu. Tē-saⁿ : tiōng-hu sí-liáu chiū tiòh sūn-chiông i ê kiáⁿ-jî. Chit saⁿ-chéng sūn-chiông ê ì-sù, phah-sǹg káⁿ sī choan chí kóng, hū-jîn-lâng it-seng tiòh kap chit saⁿ-khoán lâng chò-hóe kòe-jit seng-oáh, m̄ eng-kai ka-tī khiā tiàm bô bêng-pék ê só-chāi. Chóng-sī phó-thong ê kái-soat sī kóng chò hū-jîn-lâng hoān-sū m̄ eng-kai, ka-tī phah-sǹg, ka-tī m̄-thang chip ì-kiàn, tiòh chò bô ì-kiàn ê lâng; jīm-pîn lāu-pē, tiōng-hu, kiáⁿ-jî ê ì-sù thoa--tiòh m̄-thang tùn-te. Só-í siòk-gú ū kóng, "Lú-chú bô-châi piān sī tek,"—kóng hū-jîn-lâng nā bô châi-chêng bô chú-ì chiū-sī ē-iōng-tit chheng-chò ū hó tek-hēng.

Chit-khoán ê sim-su kiám m̄-sī khoaⁿ cha-bó-lâng chò sí-mih, chò ki-khì teh khoán-thāi mah? Móa-thiⁿ-kha-ē ê chí-mōe m̄-chai khéng jīn án-ni chò eng-kai bô? Nā beh sī m̄-khéng, chháiⁿ-iū kúi-nā chheng-nî í-lâi, chiàu sū-sit khoaⁿ, chí-mōe thài lóng hō lâng khoaⁿ chin khin, tīt-tīt sòa kàu kin-á-jit meh? Chit tiong-kan ê úi-khiok góa hi-bōng chèng chí-mōe tiòh chhim-chhim ka-tī hoán-séng khoaⁿ.

3. Lú-chú cháiⁿ-iūⁿ hō· lâng khoaⁿ-khin neh?

Chiàu góa khoaⁿ lú-chú siū lâm-chú khoaⁿ-khin ê lí-iû ū saⁿ-hāng :—

Tē-it : In-ūi lâng ê tō-tek-sim bô hoat-tát, kò· ka-tī bô kò· pat-lâng, tiōng su-iòk bô tiōng kong-lí; siuⁿ thèh-jip siuⁿ pà chiàm, bô siuⁿ thèh-chhut kap lâng pun. Tùi án-ni khoaⁿ lâng ê sèⁿ-miā chhin-

chhiūⁿ chiáu-mng hiah khin, khòaⁿ ka-tī ê sèⁿ-miā
chhin-chhiūⁿ Thài-san hiah tāng, lóng bē-hiáu sio
thé-thiap ; kiông chiảh jiỏk, ū lảt--ê khiā-thâu tián-
ui ; loán-jiỏk--ê chiū tiỏh thun-lún hỏk-chiông, siū
lâng hơ-hat. Lú-chú goân-lâi ê seⁿ-chò kap lâm-
chú tōa-tōa bô sio-siāng. I ê sin-chhâi khah sió-sè,
iảh chỉt-goẻh-jỉt ài chỉt pái ê bô chū-iû ; i ê kú-chí
khah iù-siù, kin-kut khah bô lảt. Só-í chāi hit hō
bô tō-tek, phín khùi-lảt phín ióng ê sî-tāi, lú-chú
tiỏh niū lâm-chú saⁿ-pớ, tiỏh siū hơ-hat, che sī
khoài-siūⁿ ê tāi-chì.

Tē-jī ê lí-iû sī in-ūi gín-ná to lóng sī tùi hū-jîn-
lâng ê pak-tớ nng--chhut-lâi ; koh-chài gín-ná tiỏh
chiảh i ê leng chiah ē oảh, put-sî to bē iōng-tit lī-
khui i. Tùi án-ni bó-kiáⁿ ê ài-chêng sī pí pē-kiáⁿ
khah chhim. Hū-jîn-lâng sui-sī siū lâm-chú ê khòaⁿ-
khin pháiⁿ khoán-thāi, ūi-tiỏh thiàⁿ kiáⁿ ê iân-kờ,
bān-sū lóng thun-lún. Ta-pơ-lâng chai-iáⁿ hū-jîn-
lâng ū siū ài-chêng sok-pảk, tùi án-ni chiū sòa jú
khờ-siỏk jú hòng-sù.

Tē-saⁿ ê lí-iû sī chāi hū-jîn-lâng pí ta-pơ-lâng
khah bô kàu-ióng, khah bô chhâi-chêng, chit-tiám sī
hū-jîn-lâng siū ta-pơ-lâng kheng-sī chòe tōa ê goân-
in. Lú-chú phēng lâm-chú, ū thang siū kàu-ióng ê
ki-hōe sī ke chin chió. Chiàu téng-bīn só kóng, lú-
chú ê sin-thé siông-siông ē m̄ tú-hó, koh-chài i tiỏh
iúⁿ-chhī kiáⁿ-jî, chē-chē bē thang chiàu ì-sù. M̄-nā
án-ni, lâm-chú ūi-tiỏh ài hòng-hù koán-hat hū-jîn-
lâng, i bô ài hū-jîn-lâng kap i pêⁿ-pêⁿ gâu; só-í m̄-
nā bô chióng-lē lú-chú thảk-chheh siū kàu-ióng,
hoán-tńg chớ-tòng hū-jîn-lâng ài hảk-būn ê sim sī
khah chē.

Ū siat tō-tek hờ lú-chú siú, kiò i tiỏh ū sam-
chiông sù-tek chiah hó ; bān-sū tiỏh sūn-chiông ta-
pơ-lâng, m̄-thang su-khia ū chú-ì ; só-í m̄-bián bat

sím-mih hák-būn, kan-ta gâu khoán-thāi ta-po·-lâng
chiū hó. Tî-kàu hū-jîn-lâng ka-tī iā sòa sĭp-í ûi-
siông, bô siūⁿ beh chĭn-pō͘, beh kap ta-po·-lâng siāng
khoán, chin-chiàⁿ sòa sìn, kóng, "Lú-chú bô châi,
piān sī tek;" sìn chit-kù sī chin-lí, it-chhè ê hák-
būn lóng pàng hō͘ lâm-chú khì óh, bān-hāng ê kang-
gē iā it-chīn jīm-pîn ta-po·-lâng khì tìt.

    Kàu-bóe hū-jîn-lâng sòa pìⁿ-chò chĭt-chióng bô
chì-khì ê mih, kan-ta ē-hiáu chńg súi, ňg-bāng tìt-
tiòh ta-po·-lâng ê lîn-bín ; sĭt-chāi thâu-khak-oáⁿ-
lāi khang-lo-so, m̄-bat hoâiⁿ-tĭt; tû-khì chú-chiáh,
pó͘-thīⁿ, sé-sàu í-gōa, to bô ū khah kiàn-tiông ê só͘-
chāi. Tùi án-ni khòaⁿ, lú-chú ka-tī bē thang chò
sím-mih; nā m̄-sī óa-khò ta-po·-lâng ê tì-ìm, ka-tī
bē thang oáh. Bē thang tòk-lĭp seng-oáh ê lâng,
m̄-bián kóng sī lú-chú, chiū-sī lâm-chú iā sī tek-
khak hō͘ lâng khòaⁿ-khin lah !

    Lú-chú siū lâm-chú khòaⁿ-khin ê lí-iû í-gōa khiok
sī iáu ū, chóng-sī téng-bīn só͘ kóng chit saⁿ-tiám sī
chòe chú-iàu. Sî-sè í-keng piàn-oāⁿ liáu, kok-hāng
tāi-chì to lóng kap chêng tōa-tōa ū cheng-chha,
chiū-sī hū-jîn-lâng ê tē-ūi iā í-keng koân chin-chē.
Chāi Se-iûⁿ lú-chú kap lâm-chú ê tē-ūi sī chha-put-
to kàu beh pêⁿ-pêⁿ. Tian-tò ū só͘-chāi lú-chú ê tē-ūi
khah koân ê iā sī ū. Iáh ē tì-kàu án-ni ê goân-in,
bô pát-hāng, chiū-sī in-ūi sî-sè ê chĭn-pō͘; lâng ê
tō-tek-sim ū khah koân, ē-hiáu chun-tiōng lâng ê
jîn-keh, tì-kàu m̄-káⁿ ūi-tiòh lú-chú loán-jiòk chiū
khòaⁿ-khin i. Chóng-sī chòe tōa ê goân-in, chòe
tìt-chiap ê lí-iû, sī in-ūi hū-jîn-lâng ka-tī ū chū-kak,
m̄-goān put-sî khiā lâng ê bóe-aū, kiàn-siàu put-sî
siū lâm-chú ê tì-ìm, ka-tī siūⁿ chĭn-pō͘ hùn-hoat
bián-kióng ; put-lūn thák-chheh, hèk-sī chò kang,
lóng bô beh su ta-po· lâng. Chit-tiám chòe ū koan-
hē, chòe iàu-kín.

Téng-pang Au-chiu tōa sio-thâi ê sî, lâm-chú lóng
chò-peng khì chhut-tīn, tì-kàu kok-lāi bān-hāng ê
tāi-chì lóng bô lâng thang pān. Hit-tiáp chāi Eng-
kok, á-sī Hoat-kok, Tek-kok ê hū-jîn-lâng chiū lóng
ióng-iók chìn-chêng tam-jīm bān-hāng ê sū-bū. Ū-
ê sái hóe-chhia chài lâng-kheh, ū-ê chò kéng-chhat
pó-hō͘ tē-hng ê pêng-an, ū-ê thèh iû-piān, ū-ê ìn
sin-bûn hō͘ chèng-lâng ē-thang thong siau-tit. M̄-
nā án-ni, iā ū ji̍p kang-tiú" chè-chō hóe-ióh kap tōa-
chhèng, ji̍p ha̍k-hāu kà ha̍k-seng, ji̍p gê-mn̂g chò
koa" pān kong-sū mā-sī ū; put-lūn chhơ-iú koân-kē,
chit-pang hū-jîn-lâng to lóng ū pān--tiȯh. La̍h pān-
liáu to bô khah-su ta-pơ lâng, tian-tò ū-ê pān-liáu
iáu khah hó. Tùi chit-pang ê tāi-chì, chāi Se-iû" ê
hū-jîn-lâng hián-bêng in ê châi-chêng chin-chē,
chē-chē ê lâm-chú put-chí tiȯh tōa-kia", m̄-ká" koh
khòa" hū-jîn-lâng khin, iōng pêng-téng ê thāi-gū
khoán-thāi in. Se-iû" ê hū-jîn-lâng chāi kin-á-ji̍t
í-keng chìn kàu kap ta-pơ-lâng bô ū tōa hun-piat,
chò tōa-koa" iā-ū, chò gī-oân piān-hō͘-sū iā-ū; chò
ha̍k-hāu ê sian-se", á-sī khui-tiàm chò seng-lí, í-ki̍p
sái-chhia chò chhơ-tāng ê kang, chhin-chhiū" chē
hui-hêng-ki chhut-tīn kap tùi-te̍k sio-thâi ê tāi-chì
in to ká" chò. Hoān-nā lâm-chú chò ē kàu ê tāi-
chì, hiān-sî Se-iû" ê lú-chú to lóng m̄-jīn-su, to lóng
ū siū" beh khì chò. Se-iû" ê lú-chú ta" lóng sī oân-
choân ê lâng lah; m̄-nā bô siū lâm-chú ê tì-ìm, ka-
tī ē thang oa̍h, tian-tò iáu-kú sī siū" beh tì-ìm lâng.

Góa só͘ kèng-ài tâng-chȯk ê chí-mōe, lín kin-á-ji̍t
só͘ khiā ê tē-ūi sī lōa-koân? Lín hiān-sî ê khùi-la̍t
ū lōa-tōa? Chhìm-goān chí-mōe tāi-ke chha̍p-hun
hoán-séng khòa". Lín nā bô lia̍h lâm-chú chò koái"-á,
ka-tī khiā-khí ē chāi á-sī bē, chhiá" siang-chhiú pàng
khui chhì khòa"-bāi!

4. Lú-chú ê Thian-chit

Lú-chú m̄-sī lâm-chú ê kin-sûi. Lâm-chú nā hiah
koân, lú-chú iā sī hiah koân ; lâm-chú nā hiah tōa
lú-chú iā sī hiah tōa lah. Lú-chú bô lâm-chú khiok *咯*
bē-iōng-tit, chóng-sī lâm-chú bô lú-chú iā sī pêⁿ-pêⁿ
chi̍t-poaⁿ-iūⁿ. Sui-jiân sī án-ni kóng, lú-chú kap
lâm-chú seⁿ-chhò bô sio-siāng, só͘ kiàn-tiôug ê hong-
bīn iā sī ū koh-iūⁿ, só͘-í lú-chú chi̍t-sì-lâng eng-kai
chhut-la̍t khì chò ê gia̍p-bū, chiū-sī lâm-chú só͘ chò
bē kàu--ê, góa siūⁿ m̄-nā chi̍t-nn̄g-hāng. Chhì chiong
góa só͘ siūⁿ ē kàu--ê pâi-lia̍t tī chhèng chí-mōe hiaⁿ-tī
ê bīn-chêng.

Thâu chi̍t chân. Hū-jîn-lâng tio̍h ióng-io̍k kiáⁿ-jî.
Ta-po͘-lâng khah chē sī chhāi gōa-bīn pān gia̍p-bū.
Ióng-io̍k kiáⁿ-jî ê tāi-chì to ài hū-jîn-lâng choan-chú
khì chò, góa siūⁿ chit-hāng éng-oán sī sio̍k lú-chú ê
thian-chit. Seng-io̍k gín-ná m̄-sī biah khin-khoài ê
tāi-chì. Si̍t-chhāi seⁿ-kiáⁿ sī chin oh, chóng-sī chhī-
kiáⁿ sī kèng-ka koh-khah oh.

Khí-chho͘ gín-ná tī lāu-bó ê pak-tó͘-lāi ê sî, si̍t-
chhāi hit-sî sī nn̄g lâng sio-kap chi̍t-tiâu sèⁿ-miā.
Thang kóng lāu-bó ê sim chiū-sī kiáⁿ ê sim, lāu-bó
ê bah chiū-sī kiáⁿ ê bah. Só͘-í hit ê sî-chūn chò lāu-
bó ê lâng tio̍h chái-iūⁿ, chí-mōe tāi-ke m̄-chai ū
bêng-pe̍k bô ? Gín-ná chhut-sì liáu chòe ū koan-
hē--ê sī lāu-bó ê leng. Lín tio̍h chái-iūⁿ kò͘ hō͘ leng
hó, ia̍h chi̍t ji̍t tio̍h hō͘ i chia̍h kúi-pái, chí-mōe m̄-
chai ū gián-kiù á-bô.?

Chiàu góa só͘ khòaⁿ hiān-sî ê chí-mōe khah chē
kan-ta ē-hiáu seⁿ, bē-hiáu chhī. Gín-ná ê sim-lí,
khoeh-khiàm, gín-ná ū iau, ū kôaⁿ á-bô, bē-hiáu-tit
ê sī khah tōa pō͘-hūn. Lán ê gín-ná in-ūi iúⁿ-chhī
ê lâng bē-biáu-tit, tì-kàu lâi sí-si̍t ê sī chin chē.
Chhāi lán Tâi-oân Pún-tó-lâng chiàu Tāi-chèng 11 nî

ê tiäu-cha, chit-nî sí chha-put-to ū 9,5000 lâng. Chiông-tiong chit-hòe kàu gō·-hòe ê gín-ná chiàm bèh kàu tùi-pòaⁿ, sī chiong-kīn 4,4000 lâng. Chit 4,4000 ê sí gín-ná ê lāi-té, kàu chit-hòe teh chiảh-nî ê, chiàm chha-put-to 2,7000 lâng. Lí siūⁿ, kiám m̄-sī chin thang ài tiỏh kiaⁿ? Che lóng sī in-ūi iúⁿ-chhī m̄ tú-hó só· tài lâi--ê chhi-chhám lah.

Lú-chú m̄-nā tiỏh chò gín-ná ê lāu-bó, iáu-kú tiỏh chò gín-ná ê sian-seⁿ. Gín-ná iáu-bōe jíp hàk-hāu ê tiong-kan, bān-hāng to sī pài lāu-bó chò sian-seⁿ, tùi lāu-bó ỏh. M̄-nā sī tùi lāu-bó ỏh kóng-ōe, chit-sì-lâng ê sèng-chêng siū lāu-bó ê kám-hòa sī hui-siông tōa. Jit-pún Lōe-tē ū chit-kù siòk-gú kóng, "Saⁿ-hòe gín-ná ê cheng-sîn sòa kàu chit-pah hòe." Se-iûⁿ iā ū siòk-gú kóng, "Iô iô-nâ ê chhiú ē thang iô-tāng thiⁿ-kha-ē." Chit-khoán ōe lóng sī chheng-chàn lú-chú ê tōa khùi-làt, chí-bêng lāu-bó tùi gín-ná ê kám-hòa sī chhim koh tōa. Lán nā khòaⁿ lèk-sú só· kì-chài ê eng-hiông, tōa gâu-lâng só· chò ê tāi-chì, koh-chài khe-khó hiah ê lâng ê lāu-bó ê châi-chêng tek-hēng kap tùi i ê kiáⁿ ê iōng-sim, lán chiū chiok-giảh ē thang bêng-pèk lāu-bó tùi gín-ná ê kám-hòa ū lōa-tōa, chò lāu-bó ê chek-sêng sī lōa-tāng neh? Só·-í góa kóng ē seⁿ-kiáⁿ bē-ē kà-kiáⁿ, sī bô koh-iūⁿ ē-hiáu chai-hoe bē-hiáu ak-chúi; ē-hiáu pò·-tiū bē-hiáu bán-chháu. Chit chéng hū-jîn-lâng bē-kham-tit chò gín-ná ê lāu-bó, chí-hó chò ke-á-kiáⁿ ê ke-bó. Seⁿ-kiáⁿ sī chin oh, iúⁿ-kiáⁿ koh-khah oh, chóng-sī kà-kiáⁿ sī iáu-kú koh-khah oh!

Hū-jîn-lâng beh chīn iúⁿ-chhī kiáⁿ-jî ê pún-hūn, i tiỏh koh chù-ì chit hāng. Chit-hāng sī lán chió-chió siūⁿ ū kàu ê tāi-chì. Lán ê lâng m̄-nā tùi hòe-siū chîⁿ-châi ū tham-sim, tùi kiáⁿ-jî iā sī to-to ek-siāu, lóng bô hiâm. Lūn seⁿ-kiáⁿ ê sū khiok sī chò lâng ê tōa pún-hūn, lâng-lâng to tiỏh ū.

Chóng-sī tio̍h siūⁿ chin. Seⁿ-kiáⁿ kap lia̍p thô͘-ang-á sī bô siāng. Thô͘-ang-á lia̍p koh-kha̍h chē sian, kā i pái kui-lia̍t, i chiū tiām-tiām tiàm hia chhāi, m̄-bián chia̍h iā bē phòa-pēⁿ, koh-chài bē oan-ke chò pháiⁿ-sū. Gín-ná kú m̄-sī án-ni leh; bô ū hiah súi-piān. Gín-ná seⁿ jú chē, bó-sin tek-khak sī jú lám. Bó-sin lám, nā-sī gín-ná ē thang ióng, kiám-chhái iáu-kú ē iōng-tit. Lám lāu-bó ē thang chhī ióng-kiáⁿ, tāi-ke m̄-chai khòaⁿ-kìⁿ ū lōa-chē? Koh-chài gín-ná kan-ta chhī-ióng kiám chiū ē liáu-kio̍k. Bēng Hu-chú kóng, "Lâng bô siu kàu-io̍k, lī cheng-seⁿ bô hn̄g." Ū châi-tiāu thang seⁿ-kiáⁿ, bô châi-tiāu thang hō͘ kiáⁿ siu kàu-io̍k chiáⁿ-chò chit ê phó͘-thong ê lâng-khoán, thang kóng sī tōa-tōa bô chek-sêng.

Lí khòaⁿ, chāi lán tiong-kan chit-khoán bô chek-sêng ê lāu-pē lāu-bó kiám chió-chió mah? Tāi-ke tio̍h ài chai, ke seⁿ chit ê bô kà-sī ê gín-ná, sī ke pàng chit tàⁿ tāng-tàⁿ hō͘ chèng-lâng taⁿ, kiám-chhái sī ke pàng chit chiah hó͘ kā lâng! Só͘-í seⁿ-kiáⁿ sī hó, sī chin thang kiong-hí; chóng-sī iā tio̍h chún-chat, ē-hiáu liōng khùi-la̍t, ē seⁿ-kiáⁿ iā tio̍h ē khan-sêng kiáⁿ chiah hó. Nā bô liōng khùi-la̍t, loān-loān seⁿ, kàu-bóe tio̍h pàng teh kù-chāi i, che m̄-nā sī hāi kiáⁿ-jî, hāi siā-hōe sī chin chē!

Lú-chú tē-jī ê thian-chit sī liāu-lí ka-sū. Lâm-chú nā pí-phēng chò chiòng-kun, lú-chú chiū-sī siòng-iâ. Chiòng-kun sī choan-chú kò͘ gōa-bīn, siòng-iâ sī choan-chú lí lāi-bīn. Koh-chài tùi liāu-lí ka-sū chit tiám kóng, lú-chú sī ka-têng-lāi ê ông, in-ūi ka-têng lāi-bīn ê tāi-chì eng-kai lóng-chóng tio̍h ài i chiáng-koán.

Téng-chām ū kóng Se-iûⁿ lú-chú ê tē-ūi put-chí koân, put-pí lán chit-pêng, in chin siū lâm-chú ê chun-kèng. Che sī ū chiòng-chiòng ê goân-in. Se-iûⁿ ê hū-jîn-lâng tùi liāu-lí ka-sū chit-chân si̍t-chāi

chin giám-ngē ; in lóng goân-choân, m̄ bián ta-po·-
lâng chhap-chhùi, pān-lí chảp hun chiu-chì kàu-
kak. Se-iûⁿ ê lú-chú sit-chāi oân-choân sī ka-têng
ê lú-ông, choân-pō͘ ê ka-sū lóng sī in chú-chiáng.
Ta-po·-lâng tùi gōa bīn tńg-lâi, giám-jiân chhin-
chhiūⁿ chò lâng-kheh, sī kan-ta siū an-ùi hióng-hok
nā-tiāⁿ. Tī gōa-bīn siū hong-song, tńg-lâi kàu chhù-
mn̂g-kháu, chiū ū léng-lī chhiò-hi-hi ê hū-jîn-lâng
tī-hia tán-hāu i; i kan-ta chiong i tī gōa-bīn phah-
piàⁿ só͘ tit--ê thẻh kau hū-jîn-lâng, í-gōa i tī chhù-
lāi kan-ta thí-khui-chhùi chiảh-pn̄g chiū hó, m̄-bián
hoân-ló bí-kè koân á-sī kē. Iảh i kan-ta teh chē,
ha sio-tê, thâu khi-khi khòaⁿ chheng-hiu ū chéng-tùn
ê chhù lāi-bīn ; phō i ê oảh-tāng kẻk khiáu khì ū
kui-kí ê hāu-seⁿ cha-bó͘-kiáⁿ; thiaⁿ in liām "Goẻh
kong-kong, siù-châi lông, khiâ pẻh-bé, kòe làm-tông
........." hit khoán ê gín-ná koa, hẻk-sī thiaⁿ i ê hū-
jîn-lâng pò-kò chhin-chhek óng-lâi ê siau-sit, pêng-
iú ê phoe-sìn. Á-sī i tī gōa-bīn só͘-chò bē tiâu-tit
ê tāi-chì, chiū kóng lâi kap i ê hū-jîn-lâng chham-
siông, thiaⁿ hū-jîn-lâng khin-siaⁿ sè-soeh ê khoán-
khǹg, sé--khì i sim-lāi ê ut-chut.
　Ū-tang-sî hong-chheng jit-loán ê sî ang-bó͘ sio-
khan á-sī chhōa kiáⁿ khì kong-hn̂g kiâⁿ-sóa, hẻk-sī
khì iá-gōa khòaⁿ kéng-tì. Ū-tang-sî goẻh-kng, chheⁿ-
bêng ê sî-chūn, ang chiū toâⁿ, bó͘ chiū chhiùⁿ, kiáⁿ-
jî chiū thiàu-bú, sio-kap chheng-chàn jîn-seng ê hô-
lỏk, kám-siā ka-têng ê hok-khì. Ta-po·-lâng só͘ siū
ê hong-tîn, thang kóng chit-pái tńg-lâi kàu chhù-lāi,
in-ūi hū-jîn-lâng ê iông-sim lóng-chóng sé chheng-
khì. M̄-nā án-ni, iáu-kú sī ke-tit pah-pōe ê ióng-khì
thang chhut-khì siā-hōe tōa tín-tāng. Ah! Se-iûⁿ-lâng
ē ū kin-á-jit, kiám lóng sī ta-po·-lâng gâu--ê mah ?
　Chhéng chí-mōe hiaⁿ-tī, Se-iûⁿ lâng khòaⁿ i ê ka-
têng chhin-chhiūⁿ Thian-tông, chhin-chhiūⁿ Se-thian

68 CHAP-HĀNG KOÁN-KIÀN

kėk-lók ê só·-hāi. Iảh hiān-sî lán ê ka-têng khah-
chē sī chhin-chhiūⁿ sím-mȧh khoán? Kiám m̄-sī
chhin-chhiūⁿ kaⁿ-gȧk á-sī tē-gėk--ê sī khah tōa pō·-
hūn? Tùi bȧk-chiu só· khòaⁿ-kìⁿ ê kóng, chāi lán
ê ka-têng ta-po·-lâng khah-chē sī chhin-chhiūⁿ ông-
iâ-kong, hū-jîn-lâng sī chhin-chhiūⁿ cha-bó·-kán.
Thang kóng lán ê ka-têng sī lâm-chú choan-chè ê
kok-tō·. Liȧt-ūi, lán ê siā-hōe sī chin bô chhin-
chhiūⁿ lâng, chóng-sī lán tiȯh chai, lán ê ka-têng sī
iáu khah m̄-chiâⁿ-mȧh. Lán ê siā-hōe soe-thè ê
goân-in chē-chē sī tùi lán ê ka-têng hú-pāi só· tì--lâi
ê lah! Hiaⁿ-tī chit-tiám lín ū tông-ì, bô? Chí-
mōe lín ū sêng-jīn, bô?

Góa chhim-chhim ǹg-bāng tāi-ke chit-hoan tōa
kak-ngō·, kín-kín sȧt-hêng tōa kái-kek. Iȧh chèng
chí-mōe tiȯh tȧk-piȧt tōa hùn-hoat tōa bián-kióng,
chhì-chhió lín tiȯh chò kàu hō· ka-têng pìⁿ-chiâⁿ lín ê
ông-kok chiah ē iōng-tit.

Lú-chú tē-saⁿ ê thian-chit sī pó jîn-lūi ê pêng-hô,
siā-hōe ê bí-koan, hō· thong thiⁿ-kha-ē ū sek-chhái
ū kng-thang, ū sio-khì. Goân-lâi lú-chú ê sèng-chit
kap lâm-chú put-chí ū cheng-chha. Hū-jîn-
lâng ê kám-chêng sī khah bín, khah nńg-sim khah
un-hô, khah gâu thé-thiap lâng. Koh-chài i ê thài-
tō· sī chin iù-siù un-jiû nńg-lūn, ē thang sàu-tú it-
chhè ê chho·-iá. Hiān-kim lú-chú ê khùi-lȧt tōa-
pō·-hūn sī chò tī ka-têng-lāi, tȧt-chiap chò tī siā-hōe
iàu-kú sī sió-khóa. Kim-aū siā-hōe iau-kiû hū-jîn-
lâng tȧt-chiap chhin-lȧt ê só·-chāi sī chin-chē.

Kí chit chân kóng. Eng-kok ū chhut chȧt ê hū-
jîn lâng kiò-chò Nái-tin-gé (Florence Nightingale).
Tú-tiȯh Eng-kok pang-chān Thó·-ní-kî kap Gô-lô-su
sio-thâi. Hit-sî m̄-nā tiȯh-siong ê peng bô lâng kiù,
ū hoat un-ȧk tiȯh-pēⁿ ê peng iā sī chin-chiàⁿ chē.
Nái-tin-gé thiaⁿ-kìⁿ chit khoán sū, chȧp-hun siū chhì-

kek, koat-sim pàng-sak ka-tī, kàu chiàn-tiū^n pang-
chờ tióh-siong kap phòa-pē^n ê peng-sū, bô hun-piat
pún-kok ê peng kap tùi-tėk. Chio-chíp sio-tâng
chí-khì ê hū-jîn-lâng, pôa^n-soa^n kòe-hái kàu chiàn-
tīn ê só·-chāi, siū-liáu chin-chōe ê gûi-hiám, kiù-chō·
chē-chē sè^n-miā. Aū-lâi kap i sio-siāng chí-khì ê
lâng chiām-chiām.ke, in khiā chít ki âng-sek síp-jī
ê kì chò kì-hō. Kàu hiān-kim thong sè-kài bān-kok
lóng ū sêng-jîn chit-bāng sū-giáp chin iàu-kín, só·-í
bān-kok ê koa^n-hú chò-hóe líp-iok chhòng-siat "Bān-
kok Chhiah-síp-jī-siā." Kì^n-nā ū khiā chít ki Chhiah-
síp-jī kì ê só·-chāi bē iōng-tit phah tōa-chhèng. Chū
Nái-tin-gé siat-líp Chhiah-síp-jī-siā í-lâi, lâng m̄-
chai ke oáh ū lōa-chē, koh-chài lâng-lâng jîn-chû ê
sim-koa^n m̄-chai ke-thi^n ū lōa-chē? Sè-kài ūi-tióh
án.ni sít-chāi ke-thi^n chin-chē ê kong-chhái!

5. Kiat-hun ê tāi-chì

Lâng nā sī ū tėk-piåt ê chì-khì, ūi-tióh beh chò i
ê sū-giáp, thang kòng-hiàn siā-hōe, hō· chèng-lâng
ē thang tit-tióh hó, ūi-tióh án-ni chít-sì-lâng m̄ kiat-
hun, kam-goān toa^n-sin chít lâng, che khiok-sī tōa-
tōa thang pó-sioh ê hó-sū. Chóng-sī tû-khì án-ni
í-gōa, chò lâng tiā^n-tióh sī ài kiat-hun.

Chiông-lâi ū kóng, "Kap-pâng chò tōa-lâng."
Sít-chāi lâm-lú nā bô háp-hun bē iōng-tit sǹg-chò
sī ǵoân-choân ê lâng, in-ūi in bē thang chiâu-chǹg
chò lán lâng só· ài chò ê pún-hūn. Só·-í thang chai
kiat-hun sī chin sîn-sèng ê sū.

M̄-kú lán iū ū chít kù-ōe kóng, "Bô oan bô ke,
bē chiâ^n hu-chhe." Kóng ang-bó· chêng-sì-lâng sī
oan-siû, chít-sì-lâng chò ang-bó· sī beh pò-siû sa^n
hoân-chè. Nā chiàu chit-khoán ê khòa^n-hoat, kiat-
hun kiám m̄-sī chhin-chhiū^n jíp ka^n-lô giâ-kê chít-

iūⁿ, sī chin thang iàm-khī ê tāi-chì. Kai-chài toàn-toàn m̄-sī án-ni; che sī khòaⁿ-phian chit-pêng ê kóng-hoat.

Iā ū kóng, "Chhōa-bó· sī sió teng-kho;" chiū-sī kóng chhōa-bó· ná chhin-chhiūⁿ tiòng chiōng-goân hiah-tōa thang hoaⁿ-hí. Chiàu góa khòaⁿ, che iā-sī kóng liáu ū khah-phian. Kiat-hun ê tāi-chì khiok m̄-sī tùi-thâu oan-ke sio hoân-chè, iā m̄-sī chiōng-goân cham-hoe teh iû-ke, put-kò sī lâng chit-sì-lâng tiòh chò chit-pái ê pún-hūn. Kīn-kīn tùi kiat-hun kóng, hit lāi-bīn bô kan-khó· iā-sī bô khoài-lȯk, sī lán lâng eng-kai tiòh kiâⁿ chit-tiâu ê tōa-lō·, kan-khó· á-sī khòaⁿ-oȧh chiū tiòh khui-pō· kiâⁿ-khì chò-khòaⁿ chiah ē chai.

Chiàu lán chiông-lâi ê keng-giām sȧt-chāi lâi kóng, lâng kiat-hun liáu kan-khó· sī khah chē, khoài-lȯk sī khah chió. Che in-toaⁿ sī lán tùi kiat-hun ê hoat-tō·, tōa-tōa ū m̄-tiòh, iȧh hit ê m̄-tiòh teh hō· lán kan-khó· nā-tiāⁿ. Goân-lâi ang sī bó· ê ang, bó· sī ang ê bó·, kiat-hun sī ang-bó· nn̄g lâng ê tāi-chì, pêng m̄-sī pȧt-lâng ê. M̄-kú lán tùi chá í-lâi ê kiat-hun, m̄-sī ang chhōa-bó·, bó· teh kè-ang, sī chhin-ke tùi chhin-ke ê kiat-hun, chheⁿ-m̄ tùi chhe·-m̄ ê kè-chhōa nā-tiāⁿ. Aⁿ-ne kiám-chhái kóng-liáu ū khah kòe-thâu, chóng-sī sȧt-chêng sī chit-khoán, sī tāi-ke só· chai ê sū-sȧt. Lí khòaⁿ, m̄-bián kóng cha-bó·-gín-ná, chiū-sī ta-po·--ê nā tī lâng ê bīn-chêng kóng-tiòh chhin-chiâⁿ ê tāi-chì, kiám m̄-sī bīn chiū ài âng--khí-lâi, ná chhin-chhiūⁿ chin kiàn-siàu; nā-sī cha-bó·-gín-ná bīn chiū kiàh bô tàng thang khì chhàng.

Che sī chái·-iūⁿ neh? Chiū-sī kú-nî ê tiong-kan chhin-chiâⁿ ê tāi-chì, lóng sī sī-tōa-lâng teh chú-ì; hāu-seⁿ cha-bó·-kiáⁿ lóng bē iōng-tit chhut-chhùi, chiū-sī lāu-pē lāu-bó kòe-thâu chú-tiuⁿ chò sī-tōa-lâng ê koân-lī, kàu-bó·k sòa pìⁿ-chiâⁿ koân-sì, siàu-

liân-lâng sòa liảh-chò m̄-sī in só eng-kai chhap ê sū.
Tùi án-ni chiū seⁿ-khí hui-siông ê pè-hāi. Sin-niû ê
hó-bái sī chiàu sī-tōa-lâng ê bảk-chiu teh khòaⁿ,
kiáⁿ-sái ê hó-bái iā sī chhut-chāi pē-bó teh kàm-
tēng. Chēng kàu-taⁿ, kiáⁿ-sài kap sin-niû kàu kap-
pâng hit-àm chiah saⁿ-bat ê lâng m̄-chai ū lōa-chē?

Thang kóng chiông-lâi ê kiat-hun, ná chhin-
chhiūⁿ chhe-mê teh liam-khau-á, choân-jiân sī tó
jī-ūn ê chò-hoat. Kiám-chhái ē thang kóng sī chhin-
chhiūⁿ poảh tâu-káu ê khoán; lảk-bīn chiah ū chit-
bīn thang ǹg-bāng, gō-bīn sī su, kan-ta chit-bīn ū
thang iâⁿ, sít-chāi sī chin-chiàⁿ bô thò-tòng. In-ūi
chit-khoán ê ang-bó sī tùi pē-bó ê bēng-lēng, m̄-sī
tùi nn̄g-lâng ê ài-chêng lâi kiat-chiâⁿ--ê, só-í sèng-
chêng bē hảp sī khah-chē.

Koh-chài cha-bó-lâng bô thảk-chheh bô siu-ióng ê
sī khah tōa-pō-hūn, sim-koaⁿ bô siūⁿ ū kng-thang, bô
piàn-khiàu, khah bô thong-tảt chêng-lí, bē-hiáu ū
chhù-bī;) chit-chōng chhin-chhiūⁿ chit-oân ê àu-hong
kiâm chhiū-chí. Chit-pêng ta-pō-lâng ê liông-sim
iū bô chìn-pō, kong-pêⁿ ê sim bô hoat-tảt, chiàu
téng-bīn só lūn ê khoán, khoàⁿ hū-jîn-lâng khin;
kan-ta ē-hiáu iau-kiû hū-jîn-lâng ê cheng-chiat,
chóng-sī ka-tī ê cheng-chiat lóng bē-hiáu siú. Bó
hó, siōng-chhiáⁿ tiàm chhù-lāi bē tiâu, hô-hòng hū-
jîn-lâng sèng-chit bô chhong-bêng, bô léng-lī, bô
piàn-khiàu, bô chhù-bī. tì-kàu kek-chiâⁿ ta-pō-lâng
ê pháiⁿ phín-hēng. Kàu-bóe sòa ín-kúi jíp-thẻh,
sè-î chit-ê chhōa kòe chit-ê; kàu chia ang-bó sòa pìⁿ-
chiâⁿ oan-ke. Chit-khoán ê chhōa-bó kî-sít sī giả-
kê, chit-khoán ê kè-ang sī khah chhám lỏh seⁿ tē-
gẻk! Kiông-chè kiat-hun ê hāi-tỏk sẽ kàu chit-
khoán chiah lī-hāi.

Só-í góa kóng, m̄-sī góa kóng, sī chin-lí teh iau-
kiû. Kiat-hun sī ang kap bó ê tāi-chì, eng-kai tiỏh

jîm-pîn beh chò ang-bó͘ ê lâng khì chú-ì; pìn-a ê
lâng put-lūn sī lāu-pē lāu-bó lóng bē iōng-tit thè in
koat-tēng, á-sī kiông-chè in khì chò.   Che sī chin-
lí; nā bô thàn chit-tiâu chin-lí ang-bó͘ kàu-bóe tiỏh
chiân-chò oan-ke. Chóng-sī m̄-thang ū gō͘-kái. Góa
kóng pông-pìn ê lâng bē iōng-tit thè in koat-tēng,
kiông-chè in khì chò ; che m̄-sī kóng pông-pìn ê lâng
lóng bē iōng-tit chhap-chhùi, chham-siông, tàu phah-
sǹg.   Nā-sī siàu-liân-lâng kòe-thâu chú-tiun in ê
koân-lī, liàh chiu-ûi ê lâng chún-chò lóng sī bô koan-
hē ê khoán-thāi, che sī siàu-liân-lâng ê m̄-tiỏh, tek-
khak siông-siông ē sit-pāi.

Chóng-kóng chit kù, ta-po͘-gín-ná kap cha-bó͘-
gín-ná tāi-ke ū san thiàn-thàng á-sī bô, nn̄g-lâng beh
kiat-hun á-sī m̄, chit-hāng chòe-aū ê chú-ì, tek-khak
ài pàng hō͘ in nn̄g lâng, iàh chiu-ûi ê sī-tōa-lâng
put-kò sī chò in ê kò͘-būn, chò iu ê kun-su, kap in
tàu phah-sǹg, kóng ì-kiàn hi-bōng khó͘-khǹg hō͘ in
chò chham-khó. Chit-khoán ê kiat-hun chiū-sī chū-
iû loân-ài ê kiat-hun.

Kiat-hun nā ē thang iōng chin ê chū-iû loân-ài
lâi chiân, nn̄g lâng ê sèng-chêng ē khah san-kīn, ang
khòan bó͘ tāng, bó͘ niû ang koân, nn̄g-lâng sit-sim
san-kèng san-thiàn; i ūi i siá-sin, i ūi i piàn-miā, san
pang-chān san thé-thiap, tâng-tin tâng-khó͘, kàu pah-
nî-aū san-kap an-chòng chò chit khut, nn̄g tiâu ê
lêng-hûn chhin-chhiūn Niû San-pek kap Chiok Eng-
tâi ê khoán, pìn-chiân nn̄g-chiah pèh-hỏh liȧt-pâi
poe chiūn-thin, éng-oán bô san-lī.   Nā-sī án-ni kiat-
hun ê hoan-hí, kiám chiah kan-ta sī chhin-chhiūn
"Sió teng-kho ?"

Ē thang kóng, kiat-hun sī nn̄g ê kò͘-sèng iōng ài-
chêng kiat-liân chò chit-thé ê piáu-hiān.   Só͘-í bô
ài-chêng kiat-hun sī bē chiân, iàh nā kiông-kiông hō͘
i chiân sī chōe-ok.   Chóng-sī ài-chêng m̄-sī ē ka-tī

seⁿ-chhut--lâi, chiū tiȯh nn̄g-lâng tāi-seng chai-iáⁿ kok lâng ê sèng-chêng. Koh-chài nn̄g-lâng ê sèng-chêng tiȯh ē hȧp, chiah ē seⁿ-chhut ài-chêng lâi, nā bē hȧp chiū-sī bô su-iâⁿ.

Tùi án-ni thang chai ū chȧt hāng bē iōng-tit bô ê tāi-chì. Chiū-sī tùi pêng-sò·-sî tiȯh siat thò-tòng ê ki-hōe, hō· ta-po·-gín-ná kap cha-bó·-gín-ná ē thang saⁿ kau-pôe, saⁿ chai-iáⁿ. Chit-hāng sī chòe iàu-kín, iū-koh sī chòc kan-kè chò. Chit-hāng chiū tiȯh chò sī-tōa ê lâng pêng-sò· chhȧp-hun thè sī-sè iōng-sim gián-kiù siat-hoat. Ta-po· cha-bó· lióng-pêng khí-thâu ê kau-pôe tiȯh ài bô ì-sù, chiah hó. Khí-thâu sī hō· in chò pêng-iú kau-pôe, sī-tōa-lâng tiȯh gâu chún-chat, m̄-thang hō· in seⁿ-chhut ū kòe-sit, iā m̄-thang kam-tok siuⁿ giâm-tiōng, tì-kàu hō· in bô chū-iû bô chū-jiân.

Tùi án-ni iū-koh thang chai chȧt hāng. Lán chiông-chêng ū kóng, "Lâm-lú chhit-hòe chiū m̄-thang chhò-hóe chiȧh;" á-sī kóng, "Lâm-lú siū-siū put-chhin,"— ta-po· cha-bó· tāi-ke tiȯh m̄-thang saⁿ tú-thâu saⁿ chioh-mn̄g. Che sī hui-siông tōa chhò-gō· ê phah-sǹg.

Pêⁿ-pêⁿ sī sò· seⁿ ê kiáⁿ-jî, ta-po·-kiáⁿ cha-bó·-kiáⁿ sī ū sím-mȧ̍h koh-iūⁿ, nch? Ta-po· ê nā tiȯh ū kàu-iȯk, cha-bó· ê iā sī tiȯh kap i siāng-khoán. Ta-po· cha-bó· pêⁿ-pêⁿ sī ū tek-hēng, pêⁿ-pêⁿ ū kiàn-sek. Nā-sī án-ni, ta-po· chiū tek-khak bē khòaⁿ-khin cha-bó·, cha-bó· iā chiū bē bô chú-ì, chȧt-ē chiū hō· ta-po· sut--khì. Nā-sī chiàu biān-sî, kàu-iȯk bô sím-mȧ̍h heng, tō-tek, tì-sek, bô sím-mȧ̍h chìn-pō· ê sî-tāi, chò chȧt-khûn chiū pàng hō· ta-po· cha-bó· chū-iû lām chò-hóe; góa sui-sī khah hó-táⁿ, che khiok iā sī m̄-káⁿ chú-tiuⁿ.

Góa kan-ta ài chhut-lȧt chú-tiuⁿ chȧt hāng, chiū-sī ta-po· cha-bó· ê hȧk-seng chū sè-hàn, chiū hō· in lām chò-hóe thȧk-chheh. Hō· in tī bô-ì bô-sù ê tiong-kan saⁿ-bat, chò tông-chhong ê pêng-iú. Chit-hāng nā bē thang khoài-khoài sit-hêng, góa chiū ài hi-bōng chò pē-bó sī-tōa ê lâng, khah bô iōng sok-pak cha-bó-gín-ná, kiò i put-sî tiàm lāi-té; tioh siông-siông hō͘ i kap in chò-hóe chhut-gōa, che sī hui-siông ê iàu-kín. Iáh chāi-chhù ū lâng-kheh chhut-jip ê sî, hō͘ cha-bó gín-ná chhut-lâi èng-chiap, iā-sī put-chí sim-sek ū lī-ek ê hoat-tō͘.

Koan-hē ta-po͘ cha-bó kau-chè kap kiat-hun ê tāi-chì, góa só͘ ài kóng ê ōe khiok sī iáu chin-chē, tán-hāu aū-pái ū hó ki-hōe chiah lēng-gōa koh kóng khah siông-sè, góa chia sī kan-ta kóng kúi-kù ài tāi-ke tùi chit-tiám chhim-chhim lâi gián-kiù, kín-kín chù-ì sió-sim khì sit-hêng.

———◆———

TĒ-CHHIT HĀNG
Lūn Oah-miā

1. Bī ti seng, ian ti sú?

Sí kap oah ê tāi-chì, tùi hoān-nā ū oah-miā ê mih lâi kóng, sī chòe tiōng-tāi ê būn-tê. Koh-chài oah-miā jú chhiong-móa, jú ko-siōng--ê, khòaⁿ chit ê sí-oah ê būn-tê sī jú koan-chhiat jú iōng-sim. Lâng sī chhēng oah-miā ê thâu, só͘-í sí-oah ê būn-tê, chāi chhēng oah-mih ê tiong-kan, chiū-sī lâng kám-kak chòe chhim, gián-kiù chòe bêng-pek.

Sí-oah ê tāi-chì, sī bān-hāng tāi-chì ê thâu it-téng tōa--ê. Koh-chài iā sī chòe kan-kè ē thang kái-koat. Lâng nā bat chit ê būn-tê jú thiat-té thang kóng chiū-sī jú bûn-bêng, jú chìn-pō͘, jú gâu, jú úi-tāi.

Sí kap oah chit nñg-hāng, sī choân-jiân tò-péng ê tāi-chì. Sí nā phì-lūn chò àm, oah chiū-sī kng.

Iáh sí nā phì-lūn chò bô, oáh chiū-sī ū; koh-chài
sí nā-sī lóh-kē, oáh chiū-sī chiūⁿ-koân lah. Tùi án-
ni thang chai sí kap oáh sī tùi-pí, nn̄g-hāng saⁿ tùi-
chiò. Só·-í nā ē thang bêng-pék chít-pêng, koh
chít-pêng chiū chū-jiân ka-tī ē thang chai. Phì-lūn
kóng, nā chai-iáⁿ tang-pêng, chū-jiân sai-pêng chiū
ē hiáu-tit. Sí kap oáh nn̄g-hāng kó-jiân sī bô siāng,
chóng-sī in-ūi in sī saⁿ tò-péng, só·-í nā chai oáh,
chiū ē thang chai sí; iáh nā chai sí, iā ē thang chai
oáh. Só·-í Khóng-chú ê hák-seng Chú-lō· mn̄g sí
ê tāi-chì ê sî-chūn, Khóng-chú kan-ta ìn i, kóng,
"Bī ti seng, ian ti.sú?" Sī kóng, Lí to iáu-bōe bêng-
pék cháiⁿ-iūⁿ kiò-chò oáh, beh thài ē-hiáu sáⁿ-hòe
hō-chò sí? Chhai Khóng-chú ê ì-sù chiū-sī kóng,
lí nā ē bêng-pék oáh ê tāi-chì, chū-jiân sí ê tāi-chì
ka-tī aū-lâi chiū ē-tit thang bêng-pék.

Oáh, sī chèng-lâng só· hí-ài; sí, sī bān-lâng só·
iàm-khī. Ài oáh, m̄-ài sí, che sī chò lâng kiōng-
thong ê sim-lí. In-ūi sī ài oáh, só·-í lâng-lâng to
sī siūⁿ ài kú-kú ē tit-tióh; sí, sī lâng-lâng só· m̄-ài,
só·-í lâng-lâng to sī siūⁿ ài kú-kú ē thoat-lī. "Chhut-
sí, jíp-seng" ê hoat-tō·, che sī lâng-lâng tùi sim-koaⁿ-
té só· ài tit-tióh--ê; chóng-sī tit-tióh liáu ê lâng,
chū khai thian-tē í-lâi, m̄-chai ū kúi-lâng?

Nā chiàu bák-chiu só· khòaⁿ-kìⁿ ê lâi kóng, kàu
chit jit tāi-ke to iā lóng tióh sí ê khoán. Sui-jiân
sī án-ni kóng, lâng iā to lóng sī m̄-sí-sim, tiāⁿ-tióh
put-sî m̄-khéng pàng-sak chit-chân sū. M̄-sī m̄-
khéng pàng, chiū-sī beh pàng iā sī pàng-bē khui.
Thang kóng tùi chit ê sí-oáh ê būn-tê, chò-lâng
tiāⁿ-tióh ài bêng-pék. M̄-nā sī án-ni; oáh, lóng ài
kùi-tiōng pó-chhî; sí, lóng ài.siám-pī iàm-ò·; che
kah-ná chhin-chhiūⁿ sī chò lâng ê gī-bū. Koh-chài
iā sī chò lâng ê koân-lī ê khoán-sit. Só·-í thang
chai, ài beh chhut-sí jíp-sèng ê sim-koaⁿ, sī chòe tē-it

pėk pek-chhiat. Chit ê sim-koaⁿ só͘ ū hoat-tōng ê sî-chūn, bān-sū sī tek-khak bô chhó-chhó; ṁ-sī o͘, chiū-sī pėh; ṁ-sī kng, chiū-sī àm; ṁ-sī oáh, chiū-sī sí. Lóng sī chin to, chin kiàm ê tāi-chì; chit ê sim chin-chiàⁿ sī pó-pòe, koh-chài iā sī chin gûi-hiám. Só͘-í chò-lâng toàⁿ-jiân ṁ-sī chhin-chhiūⁿ teh poaⁿ-hì, chit-sî chng chò seng, khah-thêng chng chò tòaⁿ; tī pêⁿ-téng tāi-ke chò-liáu put-kiòng tài-thian ê siû-tėk, lóh-pêⁿ-ē sûi-sî pìⁿ-chiâⁿ lí hiaⁿ góa tī ê hó pêng-iú. Chò-lâng tiāⁿ-tióh ṁ-sī án-ni lah! Chhùi-chhiu hoat-chhut-lâi, beh kiò i koh kiu-jíp-khì, sī tek-khak bē iōng-tit; thâu-mn̂g pėh, chái̍ⁿ-iūⁿ ē thang kiò i koh o͘, neh?

Tāi-ke tióh ài chai, lâng it-seng ê tiong-kan, chhoán chi̍t ê khùi, á-sī phah chi̍t-ē kha-chhiùⁿ, hah chi̍t-ê hì, to lóng ū ì-sù, kap sí-oáh ê būn-tê to lóng ū koan-hē; toàn-toàn bē iōng-tit hô͘-tô͘ chhìn-chhái chò.

Sí-oáh chit nn̄g chân-sū sui-jiân sī siong-tùi-chiò, chóng-sī in ū chheng-aū kín-bān ê hun-piat. Oáh, sī tī tāi-seng; sí, sī tī tò-bóe; oáh, sī tī hiān-chāi; sí, sī tī chiong-lâi. Lán beh giám-kiù sí-oáh ê būn-tê, sui-jiân sī kóng put-lūn bêng-pėk tó chit pêng, koh chit-pêng chhū-jiân chiū ē thang bêng-pėk; ṁ-kú sí ê tāi-chì sī siók tī aū-lâi, si̍t-chāi sī pí oáh ê tāi-chì ū khah oh bêng-pėk; só͘-í Khóng-chú chiah kóng, "Iáu-bōe chai oáh, chái̍ⁿ-iūⁿ ē thang chai sí?" Chiū-sī kóng, tióh tāi-seng bêng-pėk oáh ê būn-tê, jiân-aū sí ê tāi-chì chiū ka-tī ē hiáu-tit.

2. Tàu-tí chái̍ⁿ-iūⁿ chiah sī oáh?

Tàu-tí chái̍ⁿ-iūⁿ chiah sī oáh? Kán-tan ē thang ìn chi̍t-kù, chiū-sī kóng, ū oáh-miā--ê chiū-sī oáh. Nā-sī án-ni, koh mn̄g chi̍t-kù, oáh-miā sī seⁿ-chò sím-mi̍h khoán, neh? Beh ìn chit kù-ōe khiok sī bô hiah-khoài; ṁ-sī chit-kù nn̄g-kù chiū ìn ē lâi. Chhiáⁿ tāi-ke tēng-sîn saⁿ-kap giám-kiù khòaⁿ.

LŪN OAH-MIĀ 77

Chhiáⁿ seng tùi lán ê bák-chiu sớ ū khòaⁿ-kìⁿ ê
oah-miā siông-sè kiám-tiám chit-pái khòaⁿ. Hoān-
nā oah ê mih tē-it tioh ài ū piàn-oāⁿ, chiū-sī ài sî-sî
seng-tióng ū hoat-tát. Chhin-chhiūⁿ chháu-bák
khí-thâu sī chéng-chí, aū-lâi chiū hoat-gê, seⁿ-kin,
hoat-ki, chiām-chiām tōa-khí-lâi, put-sî to ū piàn-
oāⁿ, ū hoat-tát. Á-sī hái-lāi ê hî hê chúi-chók, soaⁿ-
téng ê khîm-siù thâng-lūi, chiū-sī lán lâng iā sī án-
ni put-sî ū piàn-oāⁿ hoat-tát. Thang chai ū piàn-
oāⁿ, ū hoat-tát, sī oah-miā thâu chit tiâu ê iàu-kiāⁿ.
Chhiu-chhiūⁿ í, toh, chhng-á, chióh-thâu, chit-lūi siat-
sú ū piàn-oāⁿ, i ê piàn-oāⁿ m̄-sī chìn-pō͘ hoat-tát ê piàn-
oāⁿ, sī chiām-chiām siau-bô thè-pō͘, sī ná piàn ná
pháiⁿ; chit-lūi sī bô oah-miā, sī kiò-chò bô-miā ê mih.

Chhiu-bák kap khîm-siù pêⁿ-pêⁿ to sī put-sî ū
piàn-oāⁿ ū hoat-tát, sớ-í to lóng sī oah-mih. M̄-kú
chhiu-bák ê oah kap khîm-siù thâng-thōa ê oah
tōa-tōa ū bô siāng ê sớ-chāi. Hui-khîm cháu-siù
thâng-thōa ê oah, pí chhiu-bák hoe-chháu ê oah ū
khah-koân chit khám. Chhiu-bák hoe-chháu sui-
jiân sî-sî ū piàn-oāⁿ hoat-tát, chóng-sī i nā m̄-sī láng
kā i kút, kā i kng, i tek-khak sī bē thang sóa kòe-
ūi. Thâng-thōa chiáu-chiah chiū m̄-sī án-ni; in ka-
tī ē thang sóa-ūi khì-chia khì-hia. Thang chai khah-
koân ê oah-miā iáu ū chit-tiâu ê iàu-kiāⁿ, chiū-sī
tioh ài ē thang iōng ka-tī ê sim-su chū-iû kiāⁿ-cháu
tín-tāng.

Lí khòaⁿ, hé-chhia chin gâu cháu, gâu tín-tāng;
án-ni hóe-chhia kiám sī ū oah-miā? Toàn-toàn bô.
Hóe-chhia sui-jiân sī ū teh cháu, teh tín-tāng, he
m̄-sī chhut chū i ka-tī, sī sái hóe-chhia ê lâng kiò i
tī-teh cháu; sái hóe-chhia ê lâng nā-sī m̄, chit-chhùn
hng i to bē thang sóa chìn-chêng. Ū oah-miā ê m̄-
sī án-ni; ū oah-miā ê tín-tāng tek-khak sī chhut chū
ka-tī ê ì-sù. Chhī gû gín-ná khan gû khì chúi-piⁿ

beh hǒ͘ gû lim-chúi. Gû chhùi-ta chiū lim; chóng-
sī nā í-keng lim kàu-giáh, sui-jiân sī gín-ná tōa-siaⁿ
hoah i tiỏh koh lim, gû iáh sī chò i chāi-ngó͘ chāi-
ngó͘; beh-lim m̄-lim sī chhut-chāi gû ka-tī chú-ì,
pàt-lâng bē thang kā i kan-siảp. Gû ê tín-tāng sī
chhut-chāi i ka-tī, só͘-í gû sī ū oáh-miā. Koh-chài
chit-khoán ê oáh-miā sī pí chhiū-bák ê khah-koân
chit-khám. Gû chit lūi sī kiò-chò tōng-bút, chhiū-
bák sī kiò-chò sit-bút.

Lâng kap tōng-bút to lóng sī ē thang chū-iû kiâⁿ-
cháu tín-tāng, chóng-sī lâng ê oáh kap tōng-bút ê
oáh iū-sī tōa-tōa ū cheng-chha. Lâng ê oáh-miā
iū-sī ū koh koân chit-khám. Lâng ê sim-lí put-chí
khah hok-chảp, khah lêng-thong; i ē hiáu-tit kè-ẻk
chióng-chióng ê tāi-chì, chhòng-siat tảk-hāng ê sū-
giảp, chè-chō chheng-chheng bān-bān ê mih-kiāⁿ.
Chóng kóng, lâng m̄-nā ē thang chai i ka-tī ê chìn-
thè hêng-tōng, iáu-kú ē thang chai-iáⁿ chiu-ûi ê
chōng-hóng, ē-hiáu kā i an-pâi hō͘ i khah hó-sè, hō͘
i khah chìn-pō͘; che chiū-sī lâng ê tì-sek ū khah-iâⁿ
tōng-bút.

Lâng m̄-nā tì-sek ū khah-iâⁿ tōng-bút, tō-tek-sim
iā ke-koân bô tàng sǹg. Tōng-bút ê tiong-kan
khiok m̄-sī lóng bô tō-tek ê sim-koaⁿ. Lán chai káu-
hiā sui-jiân sī chin sió-sè ê tōng-bút, iáu-kú i chin
ū kong-kiōng-sim. Lán bat khòaⁿ-kìⁿ káu-hiā teh
sio-thâi, o͘-sek--ê thâi âng-sek--ê. Tī káng chheng-
bān chiah ê tiong-kan, in iáu-kú sī put-chí hô-hiảp;
ūi-tiỏh sio-siāng chéng-chỏk ê heng-ōng, piàⁿ-miā
chhut-lảt kàu-sí, lóng bô thè. M̄-nā án-ni, pêng-sî
tùi chiảh-mih in put-chí ū-pun-tiuⁿ; nā-sī ū chit-
chiah thó bô chiảh, pak-tó͘ iau ê sî, pàt-chiah tâng-
phoāⁿ chiảh-pá ê káu-hiā nā khòaⁿ-kìⁿ, i chiū kha
thián-khui, chiong i pak-lāi só͘ ū ê chiảh-mih thò͘-
chhut--lâi pun hit chiah iau--ê chiảh. Che kiám

m̄-sī chin ū tō-tek, chin ū kong-kiōng ê sim mah?

Koh-chài māi-sī chhin-chhiūⁿ ke-bó teh tok-bí hō·
ke-á-kiáⁿ chia̍h, á-sī lāi-hio̍h teh-beh boa̍h ke-á-kiáⁿ
ê sî, ke-bó chhàng-mn̂g kók-kók-kiò, chhut-chīn i ê
khùi-la̍t kap lāi-hio̍h tó· sèⁿ-miā; che sī lán ba̍k-
chiu só· siông-siông chhin khòaⁿ-kìⁿ--ê, chiū thang
chai ke-bó thiàⁿ kiáⁿ ê sim kàu tó-lo̍h.

Sui-jiân sī án-ni, kóng tōng-bu̍t ê tō-tek-sim iáu
sī chin iú-tī, toàn-toàn bē-thang pí-tit lâng, bô
chhin-chhiūⁿ lâng hiah ko-siōng, hiah chìn-pō·.
Tōng-bu̍t ê tō-tek lóng sī tùi i chhit-sin, á-sī tùi i ê
tâng-lūi tâng-cho̍k ê lī-ek seⁿ--chhut-lâi--ê. Só·-í
chit-chéng tōng-bu̍t ê tō-tek kap pa̍t-chéng--ê, sī
tek-khak bē siong-thong, thang kóng tōng-bu̍t ê
tō-tek sī chhián-pȯh, chin ȯh-teh. Lâng ê tō-tek
tùi tī lī-kí-sim seⁿ--chhut-lâi--ê, khiok iā m̄-sī bô,
chóng-sī he sī iá-bân lâng ê tāi-chì. Chū kó·-chá
kàu kin-á-ji̍t só· ē thang chheng-chò sèng-jîn hiân-
jîn, chiū-sī sì-chiàⁿ ê lâng. Chit khoán lâng ê tō-
tek, tek-khak m̄-sī tùi lī-ek lâi chiàⁿ--ê. Lâng ê
tō-tek sī tùi liông-sim kap thian-lí lâi--ê lah, pí
tōng-bu̍t ê sī put-chí ū khah chhim, khah khoah,
khah ko-siōng.

Lâng pí tōng-bu̍t ê oa̍h-miā iáu ū khah chìn-pō·
ê só·-chāi. Chiū-sī lâng ū hun-piat súi-bái ê sim; in-
ūi chit-tiám ê koan-hē lâng kap tōng-bu̍t sī ū thian-
ian ê cheng-chha.

M̄-bián kóng lâng pí tōng-bu̍t, kan-ta chiong
bûn-bêng lâng lâi pí iá-bân lâng, chiū í-keng chha
chiu-chē. Chāi iá-bân lâng ê tiong-kan, chit-hāng
hun-piat súi-bái ê sim-chêng, sī chin-chiàⁿ bô hoat-
ta̍t. Góa bat ji̍p-soaⁿ khì khòaⁿ Soaⁿ-lāi lâng ê chhng-
siā, khòaⁿ in ê chhù sī chin chhìn-chhái, ta̍k-keng
lóng siāng-khoán, ū chi̍t-sut-á piàn-khoán to bô.
Ia̍h in ê chhù-lāi sī ho̍e-ho̍e hiat-hiat, lóng bô ū sím-

mih an-pâi chéng-tùn chong-sek, kan-ta sì phi"-piah
tàu chit-ê chhù-téng, iảh ū ian-thûn ti-tu-si pòe-
pòe liâm-liâm nch. Koh-chài khòa" in ê chhù-gōa-
kháu, tē-bīn sī khâm-khâm khiảt-khiảt, in só· ēng-
liáu ê lâ-sâm chúi chek kui-khut tī-teh chhâu;
chiỏh-thâu kap chháu-sap hoe-hiat kàu móa sì-kè.
In só· chhī ê ke káu sái-jiō pàng kàu chia ū, hia iā ū.
Góa khòa"-liáu sim-thâu kah-ná kiông-kiông beh
chảt-khì. Kiá" kàu lī-khui in ê siā-gōa, tảh-tiỏh
chhe"-chháu tē, chiap-tiỏh soa"-téng chhoe--lâi ê
liâng-hong, khòa"-tiỏh chhiū-ki tī-teh iô, thia"-kì"
chiáu-chiah tī-teh háu, teh gîm, góa ê sim khí-thâu
chiah chiām-chiām khui. Ah! iá-bân lâng ê só·-
chāi sī pí bô lâng ê khòng-iá khah-bái, khah ~~khiap-~~
~~sì~~, ū bān-bān pōe. *m hó khòa"*

Jit-pún Lōe-tē góa iā sī bat khì kúi-nā nî. Góa
khòa" in ê ke-lō· kap chhù choảh lán chit pêng sī
bô lōa-chē. M̄-kú in ê chhù-pi" nā-sī ū khàng-tē, in
tiā"-tiỏh, nā m̄-sī chai chhiū, chiū-sī chèng hoe, á-sī
hō· i hoat chhe"-chháu. Iảh nā chit chảng chhiū,
tiā"-tiỏh bô pàng hō· i loān-loān hoat, chiū kā i
chián-biỏh tiau-ki hō· i khah hó-khòa". Nā-sī bô tē-
tiū", in iā tek-khak khòa chit ê kha" á-sī tháng, chiū
chai-hoe á-sī pò·-kéng tī hit-nih thang sióng-goán.
In ê chhù sui-sī bô tōa-keng, chóng-sī put-chí chhê-
chhéng ngá-tì, pîn nā bảk-chiu só· khòa" ē kàu ê só·-
chāi, tiā"-tiỏh sī bô soa-thô·, ti-tu-si thang khòa"-kì".
Hoān-nā chhiú chhng ē kàu ê só·-chāi, put-lūn sī
toh-téng, mûg-sì", thang-á-chí, á-sī thiāu-á, hō·-tēng,
in put-sî to ū jiû ū sé. Só·-í thiāu-á, pang-tó· ê sam-
bah sī put-sî chhiah-lảh-lảh, hō· lâng khòa"-liáu sim-
koa" sī chin chheng-sóng. Koh-chài in chhù-lāi tiā"-
tiỏh ū hē hoe-kan kó·-poâ", chhah-hoe chhah-chháu
tī hit-lāi, iảh chhah ê hoat-tō· sī put-chí téng-chin
ū káng-kiù. Kan-ta kà lâng chit hāng chhah-hoe

ê hoat-tō˙ teh kòe-jı̍t ê lâng sī hui-siông chē. Iū in
ê hū-jîn chē-chē ē hiáu ga̍k-khì, á-sī chhiù˙-koa
thiàu-bú. Chóng-kóng, Lōe-tē-lâng put-chí tì-tiōng
súi, put-chí ài ngá-tì.

Nā lūn-kàu Se-iù˙-lâng tiōng-súi ê sim-sèng sī iáu
koh-khah chhim khah koân chı̍t kip. Góa tī téng-
chām ū˙kóng iá-bân lâng ê só˙-chāi sī pí bô lâng kàu
ê khòng-iá khah bái bān-bān pōe. Tī-chia góa koh
kóng, bûn-bêng lâng ê só˙-chāi sī pí bô lâng kàu ê
khòng-iá khah súi bān-bān pōe. Chū-jiân ê kéng-
tì khiok sī súi, chóng-sī ū bûn-bêng lâng teh koáu-
kò˙ ê kéng-tì sī it-hoat koh-khah súi. Lâng kap
lâng ê tiong-kan, siōng-chhiá˙ ū chı̍t-khoán ê cheng-
chha, tùi án-ni chiū chai-iá˙ lâng kap tōng-bu̍t ê
tiong-kan cheng-chha ū lōa-chē.

Lán ê gī-lūn kàu chia chin loān-cha̍p. In-ūi kia˙-
liáu siu˙ loān-cha̍p, só˙-í lán tī-chia tio̍h lâi chóng-
kiat chı̍t pái. Chiū-sī lán í-keng ū kóng, oa̍h-miā
ê tē-it iàu-kiā˙ sī ài put-sî ū piàn-oā˙, ū chìn-pō˙;
Tē-jī iàu-kiā˙ sī tio̍h ē thang iōng ka-tī ê sim-su chū-
iû lâi oa̍h-tāng. Ia̍h tē-sa˙ ê iàu-kiā˙ sī kóng, tio̍h
ài ū sim-khiàu, chiū-sī put-lūn tì-sek ê sim, tō-tek ê
sim, á-sī hun-piat súi-bái ê sim. (Lâng ê sim-khiàu
chí-ū chı̍t sa˙ chéng-lūi). Chit sa˙-khoán ê sim-khiàu
tio̍h lóng chin bêng-bín, chin ko-siōng, chin chhiong-
chiok, koh-chài tio̍h put-sî oa̍h-tāng bô thêng-khùn.

Téng-bīn ū kóng lâng ê sim-khiàu ē thang hun-
chò sa˙ chéng-lūi. Chı̍t-chéng sī *tì-sek* ê sim, chı̍t-
chéng sī *tō-tek* ê sim, koh chı̍t-chéng sī hun-piat
súi-bái ê sim. Koan-hē chit sa˙-khoán sim-khiàu, lán
tī-chia siū˙ ài lâi kóng khah chheng-chhó tām-po̍h.

Tì-sek ê sim sī sím-mı̍h? Chit ê sim-koa˙ sī teh
bat chèng pah-hāng mı̍h-kiā˙ kap tāi-chì, kap ta̍k-
hāng ê lí-khì. Chóng-kóng chı̍t-kù, chit ê sim sī

teh hun-piat sū-bu̍t kap tō-lí ê chin-ké. Koh kóng
chi̍t-kù khah kán-tan, tì-sek ê sim chiū-sī bat chin-
lí ê sim lah. Bat chin-lí ê sim sī tī lán ê sin-thé-
lāi, sī sió̤k lán-ê; m̄-kú chin-lí m̄-sī sió̤k lán-ê. Chin-
lí nā kan-ta chi̍t-lâng ê, hit-ê toàn-jiân bē iōng-tit
kóng sī chin-lí; hit-ê sī su-khia ê chêng-lí. Chin-lí
sī chún lâng bat, m̄-chún lâng su-khia. Chin-lí sī
kah-ná hong kap hō͘, sī chi̍t thiⁿ-tē-kan pún-lâi
chiū ū--ê. Bōe ū lâng í-chêng, chiū í-keng ū liáu lah.

  Thiⁿ-tē-kan ū chúi iā ū hóe, che sī chin-si̍t, sī
chin-lí. Chúi kìⁿ-tio̍h hóe ē kún, ē ta, che iā-sī
chin-lí. Chúi kiàn-nā kìⁿ-tio̍h hóe chiū put-sî ē
kún, che kiám iā-sī chin-lí mah? Chúi nā kìⁿ-tio̍h
hóe, ū-tang-sî ē kún; chit chân sī chin-lí. M̄-kú
nā jīn chò chúi kiàn kìⁿ-tio̍h hóe put-sî to ē kún,
chit chân chiū m̄-sī chin-lí, sī ū chhò-gō͘. Cháiⁿ-iūⁿ
ū chhò-gō͘? Ke ōe m̄-bián kóng, che sī kok-lâng
siông-siông só͘ keng-giām. Nā beh hō͘ chúi kún,
hóe tio̍h chiok, hiâⁿ kàu chúi ê sio ū chi̍t-pah-tō͘,
chiah ē kún. Só͘-í nā kan-ta kóng chúi kìⁿ-tio̍h
hóe, sī ū-tang-sî ē kún, m̄-sī put-sî tek-khak ē; án-
ni chiū bô chhò-gō͘; chit-ê sī chin-lí.

  Kiàn-nā tú-tio̍h chin-lí, put-lūn siáⁿ-lâng to ài
sêng-jīn hâng-ho̍k. Chāi chin-lí ê bīn-chêng lâng
bô koân thang kóng sī-hui, chí-hó sêng-jīn thàn-
chiông nā-tiāⁿ. Sêng-jīn chin-lí ê sim sī chhāi lán ê
sin-thé-lāi, chit-ê chiū-sī tì-sek ê sim, á-sī kan-ta
chheng-chò "Tì-hūi." Ū tì-hūi--ê, chiū-sī gâu
lâng, būn-bêng lâng; bô--ê, chiū-sī gōng-lâng, iá-
bân lâng.

  Tō-tek ê sim iā sī ta̍k-lâng só͘-ū ê, kan-ta sī ū
tōa-sè, chhim-chhián khoah-e̍h ê hun-piat. Lâng ū
tō-tek ê sim, chiah ē-hiáu hun-piat bó-pháiⁿ. Só͘-í
tō-tek ê sim ē iōng-tit kiò-chò siâu-ok ê sim. Siâu

chiū-sī hó, ok chiū-sī pháiⁿ. Siān sī lâng-lâng só·
ì-ài, ok sī lâng-lâng só· m̄-ài. Sui-jiân sī án-ni kóng,
siān-ok m̄-sī chhin-chhiūⁿ chin-lí kàu tó-ūi to sio-
siāng, iā m̄-sī kàu sím-mi̍h sū-tāi to-bô piàn-ōaⁿ.
Pêⁿ-pêⁿ chi̍t-hāng-mi̍h, á-sī chi̍t-chân sū, hó-pháiⁿ sī
bē iōng-tit khin-khin kā i phòaⁿ-toàn. Tio̍h khòaⁿ
hit-hāng mi̍h, hit-chân sū sī chhut-tī sím-mi̍h sū-
chūn, ia̍h sī tī tó-lo̍h. Sū-tāi kap só·-chāi nā bô tiāⁿ-
tio̍h, sū-bu̍t ê hó-pháiⁿ sī oh-tit toàn-tēng.

Phì-lūn kóng, pháiⁿ-nî-tang, ngó·-kok lóng bô siu,
bô tàng thang bé chia̍h-mi̍h ê sū-chūn, hó-gia̍h-lâng
ê chhù ū chin-chu, ū bí-niû; i kóng beh piáu-bêng i
ê hó tek-hēng, chiong i só· ū ê chin-chu niû kui-
chin kui-táu, pun hō· chhù-piⁿ bô thang chia̍h ê
lâng. Chit-khoán chái-iūⁿ, neh? Sī hó á-sī pháiⁿ?
Nā-sī hó nî-tang ê sî tek-khak sī chin hó; koh-chài
nā-sī kau-thong lī-piān, chiong hiah ê chin-chu ū
tàng thang khì bē, khì ōaⁿ bí-niû, sui-jiân sī pí niû-bí
hō· i khah hùi-khì, iā iáu-kú ē thang kóng sī kiâⁿ hó-
sū. M̄-kú nî-tang sī pháiⁿ lah, ta̍k-tah to lóng pháiⁿ,
ta̍k-lâng to lám-pak-tó· teh khòaⁿ chhⁿ seⁿ sian; chāi
chit-hō ê sū-chūn, chi̍t-táu chin-chu kiám m̄-sī pí chi̍t
lia̍p bí-chhek khah m̄-ta̍t, khah bô lō·-ēng mah?

Só·-í thang chai hó-pháiⁿ ê tāi-chì sī bē iōng-tit
khin-khin toàn, tio̍h ài khòaⁿ sū-sè kap khòaⁿ só·-
chāi. Sui-jiân sī án-ni kóng, hó-sū sī tek-khak put-
sī ū, koh-chài hó-pháiⁿ iā m̄-sī kóng ē iōng-tit loān-
loān liap-chò-tit. Nā-sī in-ūi hó-pháiⁿ siān-ok ê
gōa-phòe put-sī ōaⁿ, ia̍h chiū sòa kóng sè-kan bô
siān-ok, put-kò ~~ē kóng-iā~~ ~~chhiú-iā~~ chiū-sī hó, án-
ni chiū hāi lah. Tāi-ke khòaⁿ lán kha-ē ê khe-chúi
put-sī tī-teh lâu, chit-khek só· khòaⁿ ê khe-chúi kap
aū-khek só· khòaⁿ ê khe-chúi táng-chin sī bô-siāng,
chóng-sī chúi to iû-goân sī chúi lah. Chúi-goân nā
bô ta, khe-chúi kiám m̄-sī put-sî oang-oang-lâu.

84　CHAP-HĀNG KOAN-KIÀN

Sì-jìt kap só·-chāi sui-jiân sī tiāⁿ-tiāⁿ ài piàn-oāⁿ,. chóng-sī hó ê tāi-chì éng-oán sī bē siau-bô.

Lâng ê sim-khiàu ū saⁿ-bīn. Chìt-bīn sī bat chin-lí, chìt-bīn sī bat siān-ok, koh chìt-bīn chiū-sī piat *súi-bái*. Hun-piat súi kap bái ê sim, chìt-miâ kiò-chò gē-sùt-sim. Bat chin-lí kap siān-ok ê, m̄-bián kóng iá-bân lâng, chiū-sī tōng-bùt iā sī ū tām-póh, chóng-sī chit-ê gē-sùt-sim chiū-sī tòk-tòk lâng chiah ū. Lâng nā ná chìn-pō·, gē-sùt ê sim-khiàu sī ná chhim, ná oàh-tāng. Phì-lūn chia ū chìt-tè tùi soaⁿ-níh tú-chiah thèh-chhut--lâi ê gèk. Gèk to sī gèk, khoàⁿ-kìⁿ kap chiòh-thâu bô koh-iūⁿ; thèh hō· ti, i iā káⁿ m̄-phìⁿ; thèh hō· iá-bân lâng, kiám-chhái khioh khì kóe toh-kha. Chóng-sī lí nā thèh kau bûn-bêng lâng, i chiū hoaⁿ-thiⁿ hí-tē, chiong hit-tè hèk-sī bôa, hèk-sī tok, chiū khek-chiâⁿ chióng-chióng ê mìh-kiāⁿ; hèk-sī gèk chhiú-khoân, hèk-sī gèk-poe, gèk sai-á, gèk Koan-im; hêng-chông khiáu-biāu, sek-tì chin-súi, kng-chhái ē giú lâng ê bàk-chiu. Kàu chia chiòh-thâu chiū pìⁿ-chiâⁿ chìt-hāng tōa pó-pòe, hō· lâng khòaⁿ-liáu tìt-tìt ū chhù-bī. Thang chai bat chin-lí kap siān-ok ê sim, kó-jiân sī oàh-miā iàu-kín ê pō·-hūn. Chóng-sī nā bô gē-sùt ê sim, hit ê oàh-miā sī chin ta-sò bô chhù-bī, bô koh-iūⁿ hó-gèk chiâⁿ-chò chhơ chiòh-thâu. Khóng-chú chú-tiuⁿ iōng im-gàk thóng-tì thiⁿ-kha-ē ê goân-in sìt-chāi chiū-sī tì chit-tiám. [khòaⁿ-chhut iòng-sêng lâng ê gē-sùt-sim sī iàu-kín, sī ē thang hō· thiⁿ-kha-ē hô-pêng. Chit-tiám sī i ū tōa kiàn-sek ê só·-chāi.

Oàh-miā ê tē-saⁿ iàu-kiāⁿ chiū-sī tiòh ài ū sim-khiàu, chit ê sim sī tùi saⁿ pō·-hūn lâi chiâⁿ--ê, lán í-keng ū kóng-bêng. Chóng-sī chit saⁿ pō·-hūn ê sim-khiàu toàn-jiân m̄-sī saⁿ lī-khui, sī tùi chìt ê oàh-miā hoat-chhut lâi ê chok-iōng, pí-chhú sī lóng ū saⁿ koan-liân. Chit saⁿ pō·-hūn ê chok-iōng nā-sī

ū chit-pō͘ khah bô oa̍h-tāng, pa̍t pō͘-hūn iā ē siū i
ê khian-lūi. Tùi án-ni hit-tiâu oa̍h-miā chiū bē iōng-
tit sǹg sī goân-choân--ê.　Iáh chit sa͘ pō͘-hūn ê
chok-iōng nā-sī ū tiau-hô, lóng pê°-pê° ū oa̍h-tāng.
Tùi án-ni hit tiâu oa̍h-miā chiū ē hoat-ta̍t kàu tī bô-
hān ê só͘-chāi.　Chāi chit ú-tiū ê tiong-kan, to̍k-
to̍k lán lâng ū chi̍t chéng ê oa̍h-miā, só͘-í kóng
lâng sī bān-hāng oa̍h-miā ê lêng-tióng.

3. Eńg-oán ê oa̍h-miā

Tī téng-chat só͘ lūn ū hiah-tn̂g, kiat-kio̍k sī kóng
chái°-iū° chiah ē iōng-tit kóng sī oa̍h.　Sī kīn-kīn
kóng tio̍h án-ni chiah ē iōng-tit sǹg-chò oa̍h, pèng
m̄-sī kóng kàu oa̍h-miā ê ke̍k-tiám.　Oa̍h-miā nā-sī
kàu tī ke̍k-tiám, oân-choân ê tē-pō͘, m̄-nā ka-tī put-
sī oa̍h-thiàu-thiàu, iáu-kú ē thang hō͘ lâng ūi-tio̍h
i lâi oa̍h, tāi-ke ê oa̍h-miā beh sòa kàu tī bô hān-
liōng ê kú. Chit-chióng kiò-chò éng-oán ê oa̍h-miā.
Eńg-oán ê miā, chiū-sī kap Sîn-lêng chit-iū°.

Lâng ê oa̍h-miā sī bô lōa-kú. Sio̍k-gú kóng,
"Chhit-cha̍p ê hòe-siū chū kó͘-chá í-lâi chiū chin
chió." Ji̍t-pún Lóe-tē ū chi̍t ê chhut-miâ lâng kiò-
chò Tāi-ōe Tiōng-sìn (Ōkuma). I pêng-sò͘ kóng i
tio̍h chia̍h kàu chi̍t-pah jī-cha̍p-gō͘ hòe chiah beh sí.
Chóng-sī i sui-jī gâu, to iā chò bē kàu, kīn-kīn peh-
cha̍p-gōa-hòe chiū tn̄g-khùi. Tī bô lōa-kú ê sin-bûn
ū pò, kóng, Tiong-kok ū chi̍t ê lāu hū-jìn-lâng
chia̍h kàu chi̍t-pah peh-cha̍p hòe. Koa°-hú lia̍h-chò
chin hán-iú, tú chún-pī teh-beh sàng mih kā i chiok-
hō; pī-pān iáu-bōe chiâ° ê sî, chiū kòe-sin khì.

Iáh kó͘-chá Chîn-sí-hông tham-tio̍h i ê hông-tè-
ūi, chit-sim iū chai lâng-lâng ê sè°-miā bô lōa-kú,
só͘-í sim-liām ài tit-tio̍h tiông-seng put-ló ê hoat-
tō͘. I ê jîn-sîn ū chi̍t lâng kiò-chò Chhî Hok hiàn-

96

kè, kóng, "Tang-pêng hái-tiong Hông-lâi-tó sī sian-
kéng ê só·-chāi, tī-hia ū sian teh liān-tan; lâng nā
chiảh-tiỏh hit-hō sian-tan, chiū éng-oán bē sí.
Chhiáⁿ pè-hā kau gō·-pah miâ tông-lâm, tông-lú,
kap khah-chē ê chin-chu, pó-gẻk, n̂g-kim, pẻh-
gîn, hō· góa tòa-khì Hông-lâi-tó. Tek-khak ē thang
kiû-tiỏh sian-tan, thang lâi hō· pè-hā chiảh." Chîn-
sí-hông tham-tiỏh tn̂g sèⁿ-miā, kó-jiân chiū chiong
Chhî Hok só· chhéng ê lâng kap mỉh kau-tài hō· i
khì. Chóng-sī Chhî Hok it-khài bô hôe-thâu. Chîn-
sí-hông koh bô lōa-kú, sui-jiân sī hông-tè, to iā tiỏh
chiàu phó·-thong lâng ê khoán sí. Aū-lâi lâng chai
Chhî Hok m̄-sī chin-sim beh kiû sian-tan lâi hō· i,
sỉt-chāi sī khòaⁿ-kìⁿ Chîn-sí-hông bû-tō ē hāi-lâng,
só·-í sūn i ê iá-sim, phiàn i ê chîⁿ kap lâng tòa-khì
hái-gōa Hông-lâi-tó (chiū-sī hiān-sî Jỉt-pún Lōe-tē),
chheng-êng kòe jỉt-chí.

　　Chū kó·-chá kàu-taⁿ, lâng ūi-tiỏh ài ka-tī ê sèⁿ-
miā khah-tn̂g chỉt-khek kú, m̄-chai chò-chhut lōa-
chē ê pháiⁿ-sū to m̄-chai. Sui-jiân sī án-ni, kiat-
kiỏk tảk-lâng khùi-si to ài tn̄g, bah to ài nōa, kut
to ài hu : m̄-kú tùi chit ê éng-oảh ê oảh-miā, ~~tiāⁿ-
tiỏh lâng~~ lâng to ~~ǎⁿ~~ m̄-sí-sim, chiū-sī góa iā-sī hit-
lāi ê chỉt-lâng.

　　Éng-oán ê oảh-miā m̄-sī chhin-chhiūⁿ Chîn-sí-
hông gōng-siūⁿ hit khoán ê mỉh lah ; m̄-sī tiàm-tī
bah kap kut só· chiâⁿ ê seng-khu, iā m̄-sī ē sái-tit
iōng nî-hòe kè-sǹg-tit. Ē-sái-tit iōng nî-hòe kè-
sǹg ê oảh-miā, siat-sú ē thang chhin-chhiūⁿ lâu
Phê·-chó· oảh peh-pah nî, nā lâi pí-phēng éng-oán,
sī khah m̄-tảt sî-cheng tiảk chỉt-ē ê kú : Lán ài
chai éng-oán ê oảh-miā sī bē sǹg-tit kú ê oảh-miā ;
siat-sú sī oảh chỉt-chheng nî, chảp-bān nî, á-sī
chheng-chheng bān-bān nî, iā iáu-kú sī ē sǹg-tit,
tek-khak bē iōng-tit kóng sī éng-oán.

Éng-oán ê oáh-miā bē thang tiàm tī chit-ê ê seng-
khu. Tiàm-tī chit ê sin-thé ê oáh-miā sī chhiú-bàk ê
oáh-miā, cheng-seⁿ ê oáh-miā, thâng-thōa ê oáh-miā.
Chit-khoán oáh-miā ê siang kèk-khám, chiū-sī lâng
ê oáh-miā lah, Chiah ê oáh-miā chóng-kóng sī ū
hān-liōng ê. Éng-oán ê oáh-miā chiū m̄-sī án-ni, sī
bô hān-liōng ê, sī bē iōng-tit kiok-hān tī chit-ê ū
hān-liōng ê hêng-thé. Bē thang hān-tiāⁿ ê oáh-miā
Chiah chiū-sī éng-oán ê oáh-miā; Sè-kan só· ū it-chhè ū
hān-liōng ê oáh-miā lóng sī tùi chit-ê chhut. Ū hān-
liōng ê oáh-miā chòe koâu chòe hoat-tàt ê chiū-sī lâng
ê oáh-miā. Bô hān-liōng ê oáh-miā, éng-oán ê oáh-miā
chiū-sī Sîn (Siōng-tè). Sîn kóng sī ú-tiū ê chú-cháiⁿ,
bān-mih kap lâng kóng sī Sîn chhòng-chō--ê; chit ê
ì-sù, chiū-sī chiàu téng-bīn só· kóng; ū hān-liōng ê
oáh-miā sī tùi bô hān-liōng ê oáh-miā lâi ê iân-kò·.
   Téng-bīn ū kóng, lâng ê sim-koaⁿ-té lóng teh ǹg-
bāng tit-tiòh éng-oán ê oáh-miā.) Chit kù-ōe sī sím-
mih ì-sù? Tiòh ài thiah khah-bêng. Éng-oán ê oáh-
miā chiū-sī Sîn. Kóng beh hi-bōng tit-tiòh éng-oán
ê oáh-miā, sī kóng ǹg-bāng beh chò Sîn á m̄-sī?
Nā-sī chit ê ì-sù, sī tek-khak m̄-bián bāng, sī toàn-
toàn bē-ē ê tāi-chì. Chhì-siūⁿ-khòaⁿ, chit-tih chúi
cháiⁿ-iūⁿ ē thang chiâⁿ-chò tōa-hái, neh? Chit-tih
chúi só· chò ē kàu ê, put-kò sī chham tī tōa-hái ê
chúi-lāi, thang koan-hē tī chhī tōa-hî, phû tōa chûn
ê tāi-chì nā-tiāⁿ. Chit-tih chúi sit-chāi sī bē thang
chiâⁿ-chò chit tōa-hái ê chúi; chóng-sī chit-tih chúi
sui-jiân sī sió-sió, iā sī ē thang lâu-jip tī tōa-hái ê
lāi-té, tàu chò tōa-hái só· ē thang chò ê sū.
   Kap chit ê phì-jū siāng ì-sù, lâng nā siūⁿ beh chò
Sîn, che sī bô koh-iūⁿ gín-ná chhun-chhiú beh thèh
goèh; m̄-nā kha nè-koân, chiū-sī giâ thui peh-chiūⁿ
khì chhù-téng iā sī m̄-bián bāng ; che sī toàn-toàn
bē-ē.

88   CHAP-HĀNG KOÁN-KIÀN

Lâng só· chò ē kàu, só· hi-bōng ē kàu ê só·-chāi,
chiū-sī thoat-lī chit ê ū hān-tiāⁿ ê jiòk-thé, tò-túng
khì Sîn ê só·-chāi kap Sîn háp chò-hóe nā-tiāⁿ; iáh
nā kàu hit ê tē-pō·, ē thang kap Sîn chò siāng-
khoán ê sū-giáp. Án-ni chiū-sī jìp tī éng-oán ê oàh-
miā, chiū-sī tit-tiòh éng-oán ê oàh-miā. Kàu chia
chiū-sī oàh-miā ê kėk-khám, chiū-sī bô sí bô kan-
khó· bô sok-pák, bô iu-būn, kėk khoài-lók ê sè-kài.

Sîn sī Sîn, lâng sī lâng. Chiàu téng-bīn só· kóng,
chit-tih chúi ē thang lâu jìp hái, kap hái pêⁿ-pêⁿ tī-
teh; chóng-sī hit tih chúi toàn-toàn m̄-sī hái. Chiàu
chhin-chhiūⁿ chit ê khoán, lâng sui-sī ē-tit chiap-
kīn Sîn, kiāⁿ Sîn ê koân-lêng, chóng-sī lâng tiāⁿ-tiòh
bē thang chiâⁿ chò Sîn. Sîn sī Sîn ka-tī; lâng toàn-
toàn bē thang kā i thiⁿ chit-hun, á-sī kiám chit-hô.

Téng-bīn hit ê phì-lūn sī kan-ta chioh lâi teh
soat-bêng chit-tiám ê ì-sù nā-tiāⁿ, m̄-sī kóng chit-
tih chúi kap chit tōa-hái ê koan-hē, sī choân-jiân
chham lâng kap Sîn ê koan-hē sio-siāng lah. Chit-
tih chúi sui-sī chió, chit-tih chàp-tih pah-tih bān-
tih, chiām-chek chiām-chē, kàu bóe chiū ē pìⁿ-chiâⁿ
hái. Chit-tih chúi kó-jiân sī m̄-sī hái, m̄-kú hái sī
chin-chiàⁿ chē ê chúi-tih só· chek-chiâⁿ--ê, che sī hō·
lâng bē kiông-chèⁿ--tit. Chit-tiám sī sū-sıt.

Sîn kap lâng ê koan-hē chiū m̄-sī chit-khoán.
Chúi-tih chek-chē ē chiâⁿ hái, chóng-sī chiong thong
thiⁿ-kha-ē ê lâng, lóng kā i chıp óa-lâi, kiat-kiòk iā
sī lâng lah, toàn-jiân bē thang chiâⁿ-chò Sîn. Sîn sī
Sîn ka-tī, toàn-jiân m̄-sī tùi lâng lâi chò-chiâⁿ ê mìh.
Lán í-keng chai lâng ê oàh-miā sī ū hān-liōng. Sîn
sī bô hān-liōng. Ū hān-liōng--ê chıp khah chē, iā
sī ū hān-liōng; khah cháiⁿ-iūⁿ to bē thang pìⁿ-chiâⁿ
bô hān-liōng. Tùi án-ni, nā chhim-chhim siūⁿ khah
kàu, chiū káⁿ ē thang bêng-pėk lâng bē thang
chiâⁿ-chò Sîn ê lí-khì.

Tī-chia, góa ài koh phì-jū chit hāng kóng. Tùi chit ê phì-jū Sîn kap lâng ê koan-hē, kiám-chhái ē khah-bêng. Sîn phì-jū chò lâng, iȧh lâng phì-jū chò ōe. Lâng ū bô hān-liōng ê sim-su. (Chit-kù sió-khóa tiȯh chim-chiok, put-kò sī chún-chò án-ni kóng). Koh-chài lâng ê sim-su sī bô hêng-chōng, lâng beh piáu-hiān i ê sim-su chiū-sī iōng ōe kóng. Sim-su kì-jiân piáu-hiān tī ōe--nih, hit ê sim-su chiū piàn-chiâⁿ ū tiāⁿ-tiȯh, ū it-tēng, ū hêng-chōng, ū chí chi̍t-hāng ê tāi-chì, ē chiâⁿ chi̍t hāng ê sū-giȧp. Lán chai ōe sī tùi lâng chhut, chóng-sī ōe tek-khak m̄-sī lâng, chiū-sī khioh chheng-chheng bān-bān kù ê ōe oá--lâi, iā-sī tek-khak bē thang chiâⁿ-chò lâng. M̄-nā án-ni; ōe kap lâng sī choa̍t-tùi bô koan-liân mah? Chit kù-ōe nā kóng-liáu, iȧh chiū poe bô--khì, á m̄-sī? Toàn-toàn m̄-sī lah. Ū chit kù-ōe, tek-khak ū chi̍t-ê ê sù-bēng, tiȯh chiâⁿ chi̍t hāng ê tāi-chì. Hit kù-ōe ê sù-bēng sui-jiân tiȯh chiâⁿ chi̍t hāng ê tāi-chì, chóng-sī ē-chiâⁿ iā-sī ū, bē-chiâⁿ--ê mā m̄-sī bô. Bē-chiâⁿ, bē sêng-kong ê ōe, tùi hit kù-ōe lūn, hit kù sòa piàn-chiâⁿ bô ì-sù ê phàⁿ-ōe; tùi kóng hit kù-ōe ê lâng lâi lūn, hit ê lâng ê sim-su bô sêng-chiū, só͘-í tē-it tiāⁿ-tiȯh, i sī iu-būn bô pêng-an; tē-jī, i tek-khak ē koh oāⁿ i ê só͘-siūⁿ, têng-thâu koh kè-e̍k. Án-ni khí-thâu hit kù-ōe sǹg-sī lī-khui hit ê lâng, bē thang koh chò símmi̍h. Hit kù-ōe ê sù-bēng nā-sī ū sêng-kong, ū chiàu kóng hit kù-ōe ê lâng ê sim-chì si̍t-hiān, án-ni hit kù-ōe kap hit ê lâng ê sim ū hȧp, hit ê lâng ê sim m̄-bián koh chhiau-chhȧk. Hit kù-ōe hȧp tī hit ê lâng ê sim, iȧh hit ê lâng ê sim sī éng-oán kap hit ê lâng chò-hóe; só͘-í thang kóng hit kù-ōe sī éng-oán kap hit ê lâng pêⁿ-pêⁿ tì-teh.

Góa m̄-bián koh thiah, phah-sǹg tāi-ke í-keng bêng-pȧk liáu. Tāi-ke, téng-bīn ê phì-jū nā sī bô m̄-tiȯh, lán ē kì-tit hit ê lâng chiū-sī phì-jū chò Sîn, hit kù-ōe phì-jū chò lâng lah. Oē ē thang kap lâng tī-teh, chiū-sī ì-bī lâng ē thang kap Sîn chò-hóe ê ì-sù. Aú-ni hit ê lâng chiū-sī tit-tiȯh éng-oán ê oȧh-miā. Tiȯh chit-khoán éng-oán ê oȧh-miā, chiah sī chin ê oȧh-miā lah.

4. Eńg-oán ê oȧh-miā cháiⁿ-iūⁿ chiah tit ē tiȯh?

In-ūi ài hō͘ lán tī-chia beh lūn ê tāi-chì khah ē bêng, lán bȯh-tit hiâm hùi-khì, chiong lán só͘ kóng liáu--ê, tī-chia koh lâi hoan chit-piàn. Lán tī pún-hāng ê tē-jī tiâu ū mn̄g chit-kù, kóng, "Tàu-tí cháiⁿ-iūⁿ chiah sī oȧh?" Tùi chit kù lán í-keng ū ìn sì-kù. *Tē-it*: tiȯh ū piàn-oāⁿ, ū chìn-pō͘. *Tē-jī*: tiȯh ē thang chhut tī ka-tī ê sim lâi oȧh-tāng. *Tē-saⁿ*: tiȯh ū sim-khiàu. *Tē-sì*: tiȯh ū hȧp tī éng-oán ê oȧh-miā.

Chhāi góa ê gū-kiàn, chiū-sī jīn chit sì-tiâu chò oȧh-miā ê phiau-chún goân-chek. Thong chit thiⁿ-kha-ē ê oȧh-miā ū chióng-chióng, ū khah koân--ê, iā ū khah kē--ê; che lóng ē thang iōng chit sì-tiâu goân-chek lâi hun-piat. Chhiū-bȧk, hoe-chháu (chiū-sī sit-bȯt) ê oȧh-miā sī kīn-kīn hȧp tī tē-it tiâu ê goân-chek; khîm-siù, hî, thâng, hit téng-lūi (chiū-sī tōng-bȯt) ê oȧh-miā sī hȧp tī tē-it, tē-jī, nn̄g-tiâu ê goân-chek; chhin-chhiūⁿ kâu chit-lūi, sui-jiân iā-sī siȯk tī tōng-bȯt, chiàu lán só͘ khòaⁿ i ê oȧh-miā, pí pȧt-hāng tōng-bȯt ná-chún ū khah koân ê khoán, in-ūi i tām-pȯh iā ū hȧp tī tē-saⁿ tiâu ê goân-chek.

Kàu lán lâng, tē-it, tē-jī, tē-saⁿ, chit saⁿ-tiâu ê goân-chek chiū lóng ū hȧp; chóng-sī chit chéng sī pêng-siông lâng, pí pêng-siông lâng khah kàng chȧt-kip, chiū-sī khah bô hȧp tī tē-saⁿ ê goân-chek. Chit khoán lâng, sī hō͘ lâng kiò-chò cheng-seⁿ, in-ūi i lī tȯng-bȯt bô lōa-hn̄g. Iȧh lâng nā-sī m̄-nā ū hȧp tī

tē-it, tē-jī, tē-saⁿ ê goân-chek, iā-sī ū hảh tī tē-sì ê
goân-chek; chit hō chiū m̄-sī pêng-siông lâng, chiū-
sī sèng-jîn gī-sū; chit téng lâng chiū-sī kap Sîn pêⁿ-
pêⁿ tiàm. Pêng-siông lâng éng-éng ài pài chit hō
lâng chò Sîn. Che khiok sī ū chhò-gờ, nā-sī chheng
i chò Sîn ê kiáⁿ, chiū bô m̄-tiỏh. Ē thang chò kàu
Sîn ê kiáⁿ, chiū-sī oảh-miā chìn-pờ ê kẻk-khám, chò
lâng it-seng ê bỏk-tek, chiū-sī chãi tī-chia.

Taⁿ tiỏh cháiⁿ-iūⁿ chò, chiah ē hảp tī éng-oán ê
oảh-miā? Tiỏh cháiⁿ-iūⁿ chò, éng-oán ê oảh-miā
chiah tit ē tiỏh? Tāi-ke choan-sim koh lâi siūⁿ.

Éng-oán ê oảh-miā sī sím-mỉh, lán í-keng bêng-
pẻk liảu; iảh beh tit chit ê oảh-miā ū bāng bô, lán iā
í-keng chai. Chóng-sī beh cháiⁿ-iūⁿ tit, cháiⁿ-iūⁿ chò?
Chhin-chhiūⁿ Chîn-sí-hông ê khoán, sái lâng iông
chíⁿ bé ē-tiỏh bē? Toàn-toàn bē, toàn-toàn bô bāng
lah. Lán ē kì-tit éng-oán ê oảh-miā, chiū-sī bô hān-
liōng ê oảh-miā, sī bē sái-tit iông sím-mỉh thang
kā i chè-hān, iā-sī bē sái-tit iông sím-mỉh thang kā i
chhek-liōng. Nā-sī ē thang iông nî-goẻh thang kā
i chhek-liōng, khòaⁿ sī tn̂g á-sī té, hẻk-sī iông
seng-khu kā i chè-hān, khòaⁿ sī lí-ê góa-ê, á-sī pảt-
lâng ê; hit khoán chiū m̄-sī éng-oán ê oảh-miā.

Koh-chài lán ū chai, éng-oán ê oảh-miā sī bē
iông-tit hō· sím-mỉh thang kā i thiⁿ chit-hun, kiám
chit-hô, i sī i ka-tī. M̄-nā án-ni, i sī bān-hāng ê
goân-thâu, sī it-chhè ū hān-liōng ê oảh-miā ê thâu;
m̄-kú lán m̄-sī lán ka-tī, lán sī tùi Éng-oán ê oảh-
miā chhut, lán ê it-chhè sī siū i chiáng-koán.

Lâng pí tōng-bùt khah chhut-sek ê tiám chiū-sī ū
sim-khiàu. Lâng ê sim-khiàu só· oảh-tāng ê só·-chāi,
chiū-sī hun-piat chin ké (tì-sek ê sim), hó-pháiⁿ
(tō-tek ê sim), súi-bái (gē-sủt ê sim), chit saⁿ hong-
bīn. Chóng-sī sím-mỉh sī chin, neh? sím-mỉh sī hó,
neh? iảh sím-mỉh sī súi, neh? Chit saⁿ-hāng sī tùi

tó-lóh-lâi,? sī lâng ka-tī liap-chō--ê á m̄-sī? Toàn-
toàn m̄-sī. Chit saⁿ-hāng kap thiⁿ-tē-kan it-chhè ê
sū-bút sio-siāng khoán, lóng sī tùi tī éng-oán ê oáh-
miā chhut-lâi--ê. Chit saⁿ-hāng chiū-sī Sîn ê sim-
su lah.

Lâng ê sim-khiàu chit-chōng sī chhin-chhiūⁿ kiàⁿ.
Chit saⁿ-hāng chin--ê, hó--ê, súi--ê, tùi Sîn hoat--
chhut-lâi. Lâng ê sim-kiàⁿ nā ū hiòng hia khì,
chiū ē kiat i ê hêng-chōng tī lâng ê sim-kiàⁿ lāi;
lâng tùi án-ni ū kám-kak, chiah ē-hiáu hun chin-
ké, piat siān-ok, kéng súi-bái. Lâng ê sim-khiàu
ē-hiáu hun-piat chin-ké, siān-ok, súi-bái, hit ê lâng
chiū-sī kiò-chò ū jîn-keh.

Hiaⁿ-tī chí-mōe, lán lūn-kàu chia, beh tit-tiòh
éng-oán ê oáh-miā ê lō͘-kèng khí m̄-sī bêng-pék
liáu mah? Chiū-sī án-ni lah: lâng tiòh ēng i ê
jîn-keh chò ki-chhó͘, bô siū it-chhè ê khu-sok, thoat-
lī lóng-chóng ê chè-hān, bô phau pát-chéng ê sim-
su, kan-ta hi-bōng sêng-chiū Sîn ê ì, piáu-hiān Sîn
ê tō, chīn-sim chīn-lát bô biòh-khùn chò Sîn ê kang,
kàu khùi-tn̄g chiah pàng-soah. Liàt-ūi, chit kúi-
kù ōe sui-sī kán-tan pêng-siông pêng-siông, chóng-
sī chit kúi-kù sít-chāi chiū-sī lâng ê liông-sim ê
kiat-chiⁿ, beh tit-tiòh chin ê oáh-miā ê pì-koat. Lán
nā-sī khak-sít tùi tī lán ê sim-koaⁿ-té ū sìn chit kúi-
kù sī beh chhōa lâng chìn-jíp éng-oán ê oáh-miā,
chiông-kim í-aū koat-sim hoaⁿ-hí chiàu án-ni chò.
Chit-khoán lâng siat-sú sī chū chit-tiáp sí, iā sī
í-keng jíp tī éng-oán ê oáh-miā, i ê sim tiāⁿ-tiòh ū
bē kóng-tit ê hô-lók.

Lán ē kì-tit Khóng-chú ū kóng, "Tiau bûn-tō
sek sú khó--ì." Chiū-sī kóng, lâng nā-sī chá-khí-sî
ē thang tit-tiòh tō-lí, sêng-chiū jîn-keh, ē-po͘-sî lâi
sí, iā sī thang. Chit-kù ōe chiū-sī kap lán só͘ kóng
ê siāng ì-sù. Éng-oán ê oáh-miā m̄-sī hit hō ài ka-

---

tī put-sî bảk-chiu kim-kim, tńg hòe-siū ê lâng sớ
tit ē-tiỏh, chiū tiỏh chīn-sim chīn-lảt chò Sîn ê kang
ê lâng chiah ū hūn.

5. Hiān-kim ê Tâi-oân sī Oảh á-sī Sí?

Chái"-iū" chiah sī oảh? chit ê būn-tê thang kóng
lán í-keng tāi-liỏk soat-bêng liáu. Se" ê lō˙ nā-sī kì-
jiân chai, sí ê lō˙ chiū-sī hit-ê ê tò-péng. Lán nā
chiong téng-tiâu sớ kóng-bêng hit sì hāng ê goân-
lí kì-tiâu tī lán ê sim-lāi, lán ka-tī to bián-kóng,
chiū-sī siā-hōe chèng-lâng ê sí-oảh lán to phoà"-toàn
ē hun-bêng, ē thang hoat-kiàn kái-kiù ê hong-hoat.

Hiān-sî ê Tâi-oân sī sí á-sī oảh? Chit ê būn-tê
pí lán chit-lâng chit ka hỏk ê sí-oảh m̄-chai ke tōa
ū lōa-chē? Chóng-sī goa tī-chia tiỏh koh phoe-bêng
kóng chit-kù, í-aū sớ beh kóng--ê sī kīn-kīn thẻh lán
Pún-tó-lâng hong-biān ê châi-liāu kóng; khiok m̄-sī
kóng chit-khoá" ê pè-pēng sī kan-ta lán chiah ū.
Koh-chài kan-ta Pún-tó-lâng hong-biān ê châi-liāu
mā-sī ū chin-chē, góa sī kīn-kīu thẻh kúi-tiám khí-
lâi kóng nā-tiā".

Tē-it. Aì kap lán liảt-ūi tùi Tâi oân ê hảk-būn
hong-biān kiám-tiám khòa". Hảk-būn sī sím-mỉh?
Tāi-liỏk thang kóng, hảk-būn sī beh chhián-bêng
chin-lí ê hêng-ûi. Hảk-būn ê bỏk tek sī beh kiû
chin-lí. Sớ-ài kiû ê chin-lí, nā-sī kiû ū tiỏh, chhián
ū bêng, hit ê hảk-būn í-keng chiū-sī sêng-kong
liáu. Chóng-sī, liảt-ūi, chhāi lán ê tiong-kan kiám m̄-
sī khòa" hảk-būn sī beh kiû lī-ek ê khah-chē, kiû
hảk-būn sī beh kiû chò-koa" kiû thàn-chî", sớ-í nā-
sī bē thang chò-koa" kap thàn-chî", iảh chiū liảh-
chò thảk-chheh sī bô lō˙-ēng.

Bēng Hu-chú kiám m̄-sī í-keng ū kóng-liáu. I
kóng, "Hảk-būn ê bỏk-tek, m̄-sī beh kiû pảt-mỉh,

十項管見（原文）

94 CHAP-HĀNG KOÁN-KIÀN

sī kan-ta beh kiû lán só͘ phah-m̄-kì" ê sim-khiàu tò-
túg-lâi." Lán só͘ phah-m̄-kì" ê sim-khiàu sī siá"-hòe?
Chiū-sī lán sim-koa" ê kià" ū chhiū"-sian, chin-lí ê
iá" chiò bē bêng tī lán ê sim-lāi ê ì-sù. Iảh lán o̍h
ha̍k-bûn chiū-sī beh chhit lán ê sim-kià" hō͘ i bêng,
hō͘ chin-lí ê iá" chiò ē hiän tī lán sim-lāi. Ká̤ó-lîn;
m̄-kú phó͘-thong lán teh khòa" ha̍k-bûn m̄-sī án-ni
khòa". Khah-chē liảh ha̍k-bûn chún-chò beh tit lī-ek
ê hoat-tō͘, tì-kàu lán ê ha̍k-bûn í-keng ko͘-tâ sí--khì
chin-kú, chin-kú lah! In-ūi kóng tha̍k-chheh sī beh
tit lī-ek, só͘-í nā bô lī-ek thang tit chiū siū" kóng,
M̄-bián tha̍k! Lán ê lâng tha̍k-chheh--ê chin-chió,
chiū-sī tùi án-ni lâi.

Koh-chài, chin-lí sī chhiá" chi̍t pi̍", lī-ek chò thâu-
chêng; só͘-í tāi-khài ê lâng to sī kó͘-chhiá" hô-tò͘. Lóng
sī khioh kó͘-chá lâng ê chau-phoh, m̄-ká" chhut-la̍t
sin-khui pa̍t-tiâu ê hó-lō͘, hoat-bêng khah-chhim ê
chin-lí. Só͘-í nā kóng tha̍k-chheh, chiū-sī Sù-su,
Ngó͘-keng, Kó͘-bûn; lóng sī kúi-nā chheng-nî ê hòe-
té. Hit kúi-pún chheh, m̄-nā chheh-phôe jú-jú kàu
iû"-kô͘-kô͘, lāi-bīn ê jī iā í-keng hō͘ chèng-lâng ê
chhiú-siòh kô͘ kàu beh bô-bêng khì. Lán kóng piàn-
oā" chìn-pō͘ sī oa̍h-miā tē-it ê tiâu-kiā". Lí khòa",
lán ê ha̍k-bûn sī kīn-kīn hān-tiā" tī hit kúi-pún
chheh, oa̍h-miā tī tó-lo̍h, neh? M̄-nā án-ni, iáu-
kú ū chin-chē ê siáu-jîn, m̄-nā i bô khòa" chin-lí
tāng, bô beh chhut-la̍t khì kiû sin, chiū-sī chêng ê
gâu-lâng khó͘-sim só͘ hoat-bêng--ê, i to m̄ sêng-sim
siú, hoán-túg ūi-tiòh chi̍t-sî ka-tī ê lī-ek, chiong
tit-tit ê chin-lí áu-chò kúi-nā chat, chò i kòe-kiô ê
koái"-á. Aî--ah! Tâi-oân ê ha̍k-bûn sī sí á-sī oa̍h?

Tē-jī. Chhiá" kap tāi-ke lâi siū" lán Tâi-oân ê
chong-kàu. Lán Tâi-oân ê chong-kàu sī oa̍h á-sī sí?
Lia̍t-ūi chhì-siū" khòa". Lán tông-pau ê tiong-kan

105

hōng Pút-kàu ê iā ū, hōng Tō-kàu ê iā ū, hōng Ki-
tok-kàu ê iā ū ; pài chióng-chióng ê chảp-chhùi-sîn
iā sī ū ; koh-chài liảh Khóng-chú chò sîn tī-teh pài
ê iā sī ū ; chhāi ka-tī ê chó-sian ê sîn-chú teh pài ê
iā sī ū. Siỏk-gú kóng, "Chêng-lí ū chit, sī bô nn̄g."
Chiah-chē hāng chong-kàu ê tiong-kan tek-khak ū
tiỏh--ê, iā ū m̄-tiỏh--ê. Tiỏh m̄-tiỏh, lán tī-chia
chhiáⁿ mài-tit lūn; lán chhiáⁿ chiàu kok-lâng số sìn-
ê, lóng kā i jīn-chò tiỏh. Lán số ài lūn--ê, chiū-sī
kok-lâng số-sìn ê chong-kàu sī oảh á-sī sí ?

Chhì·siūⁿ-khòaⁿ, sím-mih sī chong-kàu ? Lán nā
hian jī-tián khí--lâi khòaⁿ, chiū chai-iáⁿ "Chong"(宗)
sī "Chú"(主) ê ì-sù, iảh "Chú"(主) chiū-sī chòan chú
chit-hāng ê ì-sù. "Kàu"(教) chiū-sī kà-sī ê ì-sù. Só·í
thang chai "Chong-kàu," nn̄g-jī hảp chò-hóe ê ì-sù,
chiū-sī "Choan·chú chit-hāng ê kà-sī." Kóng chit
kù khah-bêng, Chong-kàu chiū-sī lâng choan-sim
khiân-sêng kèng-pài Sîn, thé-liōng Sîn ê ì-sù, hiàn
ka-tī chit sin siú Sîn ê kà-sī, chò Sîn ê sū-giảp. Ē-
tit chiàu án-ni chò, ka-tī ê sim-koaⁿ-té lóng bô hun-
hô ê gî-gā, chiong choân·sim choân·miā lóng kau-
tāi hō· Sîn chiáng-koán, chit-sút-á to m̄-káⁿ théh-
chhut ka-tī ê su-sim. Tùi án-ni chū-jiân chiū ē seⁿ-
chhut chin tōa ê pêng-an. Chit khoán ê chong-kàu,
chiah sī ū oảh-miā ê chong-kàu.

Chāi lán Tâi-oân só·-ū chē-chē hāng ê chong-kàu,
láu-sit kóng, tùi kin-té í-keng chiū chhò-gō·--ê sī
chin-chē, chiū-sī i só· kèng-pài ê Sîn m̄-tiỏh ê ū
chin-chē. Chit-hāng chiàu-sit tiỏh ài gī-lūn chin,
in-ūi kiaⁿ-chò gī-lūn liáu siuⁿ khoah, tian-tò khah
m̄-hó, só·-í chiàu téng-bīn ê iok-sok chit-tiám chhiáⁿ
mài kóng. Lán kan-ta lâi khòaⁿ teh pài ê lâng, pài
liáu sím-mih khoán, sī oảh ê pài-hoat, á-sī sí ê pài-
hoat ?

Tē-it, pài ê lâng bô-bêng i só͘ pài ê Sîn sī sím-mih. Chái^n-iū^n i thài-tiòh kèng-pài bit ê Sîn, pài ê lâng kap Sîn sī ū sím-mih koan-hē. Pài ê lâng chit-tiám lóng bô bêng-pe̍k sī khah-chē; put-kò sī kan-ta thia^n-kì^n lâng kóng Koan-im khah ū sià^n, chiū pài Koan-im; thia^n-kì^n Má-chó͘ khah ū sià^n, chiū pài Má-chó͘; thia^n-kì^n tiòh hē Sêng-hông, chiū pài Sêng-hông. Nā kóng sī hoān-tiòh tó chit-hng ê Ông-iâ iàh chiū khí-lâng khí-bé beh chhiá^n Ông-iâ, kan-ta loān-pài chit-tiû^n. Hit sian Sîn ê chí-ì sī tī tó-lòh, pài ê lâng lóng bô thé-thiap, lóng bô tì-ì beh chun-siú.

Ka-tī chò-hó á-sī chò-phái^n, ū chōe á-sī bô chōe, ē kham-tit Sîn ê ài-sioh pó-hō͘ á-sī bē, lóng bô siū^n; kīn-kīn siū^n chò ū sio-kim chiū tek-khak ū pó-pì, loān-loān pài, loān-loān kiû, chiū-sī. Sio chit-pah kim, tiàm chit-tùi chek, chhah sa^n-ki hiu^n; iàh chiū beh kiû se^n-kiá^n, se^n-sun, choân-ke pêng-an tńg hòe-siū.

Ū-ê hē, kóng, Chit-tù chî^n nā pó-pì thàn kòe-chhiú, chiū beh chò hì lâi siā; khah hiong-thái--ê, iā ū hē; nā ē poah iâ^n-kiáu, chiū beh thâi-ti tó-iû^n lâi kèng-hiàn. Siat-sú tī Sîu ê bīn-chêng teh bē hiah ê ōe, mài-tit tiàm tī chhù-lāi liām, nā khui-sia^n kóng bêng-bêng hō͘ lâng thia^n, ka-tī bē siū^n kiàn-siàu ê lâng, m̄-chai ū kúi-ê! Chit-khoán kiám m̄-sī liàh Sîu chún-chò chiàh-chî^n-koa^n teh khoán-thāi mah?

Uī-tiòh ka-tī ê lī-ek tùi Sîn teh kèng-hiàn, kap phái^n peh-sè^n teh siap ok koa^n-lī ê aū-chhiú ū sím-mih cheng-chha? Chit-khoán ê sim-lí kiat-kiòk sī sí á-sī oàh, goān lán chhim-chhim ài séng-chhat! Koh chhiá^n tāi-ke lâi khòa^n hòe-siū^n, tō-sū, tâng-ki, ang-î ê só͘-kiâ^n só͘-chò sī chái^n-iū^n?

Chiah ê lâng sī tī Sîn kap lâng ê tiong-kan, chit-pêng thè Sîn thoân chí-ì, chit-pêng thè lâng hòk-sāi Sîn, piáu-bêng lâng ê sim-goān, hō͘ lâng ē thang

khah-khoài chiap-kīn Sîn. Só͘-í chit hō sū chiū tiȯh
chin-chiàⁿ chheng-khì ū tek-hēng ê lâng chiah ē
kham-tit tng. Sek-khia, Iâ-so͘, chiū-sī chit khoán lâng
ê chòe lí-sióng, chòe hó ê bô͘-hoān. Sek-khia ūi-tiȯh
ài chīn i ê pún-būn, ông-kiong m̄-káⁿ tòa, hông-tè-
ūi m̄-káⁿ chē, làk-chȧp gōa nî ê tiong-kan siū-liáu
bô-hān ê hong-song, kiâⁿ-sóa piàn thiⁿ-kha-ē soeh-
bêng kiù-khó͘ kiù-lān ê chin-lí. Nā lūn Iâ-so͘ ê it-
seng, sī iáu-kú khah hō͘ lán thang kám-kek, I ūi-tiȯh
beh thoân Thiⁿ ê chí-ì, ài kiù choân-jîn-lūi put-lūn
sím-mȧh kok ê lâng chhut chōe-ok, jȧt-jȧt kiâⁿ hó-sū,
pāng-chān kan-khó͘ lâng. Lâng ū oàn-hīn I, khún-
tiȯk I, I iā tek-khak bô hīu-lâng. Kàu bóe hō͘ lâng
tèng-sí tī Sȧp-jī-kè, hō͘ lâng iōng chhiuⁿ-to͘ chhȧk
heng-khám; khùi-si beh tn̄g ê sî-chūn, I iáu-kú sī
m̄-káⁿ bē-kì-tit Sîn, iáu-kú sī thè lâng kiû sià-chōe,
iáu-kú sī choan-sim kiâⁿ jîn-ài. Chóng-sī hiān-sî
chhāi lán Tâi-oân ê hôe-siūⁿ, tō-sū, chit chéng-lūi ê
lâng só͘ chòe sím-mȧh khoán, bián kóng bō͘ lán chin
thang siong-sim thó͘ tōa-khùi, chiū-sī Ki-tok Kàu-
hōe ê thoân-tō sian-seⁿ khah-chē ê só͘-chò sī sím-mȧh
iūⁿ? Hôe-siūⁿ kap tō-sū khiok sī kap in bē pí-tit, m̄-
kú in ê chhùi-lāi só͘ liām ê keng-bûn kap in ê kha-
chhiú só͘ chò chhut-lâi ê sū-chek, pí-kàu khòaⁿ sī
chhái-iūⁿ khah chē? In só͘-kóng kap só͘-chò ê kiám
m̄-sī tōa-tōa bô sio-siāng?

Aî--ah! Chit chéng-lūi ê kang sȧt-chhāi sī Sè-kan
chòe tōa ê thian-chit. Khó-lîn! chhāi lán Tâi-oân sòa
chha-put-to sī piàn-chiâⁿ chhin-chhiūⁿ chȧt hāng
thàn-chîⁿ ê seng-lí.

Chit-phiⁿ í-keng lūn thài-tn̄g liáu, phah-sǹg m̄-
bián koh kóng sím-mȧh, liȧt-ūi iā í-keng kàu-giȧh
bêng-pȧk liáu. Chóng-sī chhiáⁿ koh hō͘ góa kóng
chit-kù chò chit-phiⁿ ê chóng-kiat. Góa kóng, kin-
á-jȧt ê Tâi-oân sī chhin-chhiūⁿ chȧt-phiàn ê thióng-

po͘. Thióng-po͘! Thióng-po͘ sī siá" só͘-chāi? Thióng-
po͘ chiū-sī sí-khut lah, chiū-sī bô oảh-miā ê só͘-chāi.
Liảt-ūi ê tiong-kan kiám-chhái ū lâng beh mē góa
kóng siáu-ōe! Góa m̄-sī kóng siáu-ōe, sī kóng
sit-chāi. Chhiá" thia" góa hun-thiah.
Liảt-ūi, thióng-po͘ só͘ ū-ê sī sím-mih? Bōng!
kut-thâu!! teh nōa ê sin-sî!!! Chiah-ê í-gōa iáu-ū
sím-mih bô? Ū, iā ū chhe"-chháu tī-teh iô-hong,
thâng tī-teh chhia, chôa tī-teh sô, káu tī-teh phī",
lāi-hiôh tī-teh kho͘, teh séh. Í-gōa nā-sī iáu-ū chiū-
sī kúi-ê-á ín-bûn thàm-bōng chhi-chhám ê lâng nā-
tiā". Chāi thióng-po͘ sī bô ū oảh-miā lah, bô ū oảh-
tāng khoài-lók ngá-tì sûn-kiat ê oảh-miā, kan-ta sī
peh-kut sí - si hòe - bōng piàn - piàn móa-móa sī.
Chóng-kóng, thióng-po͘ sī ū-hêng bô-miā ê só͘-chāi.
　Góa kóng hiān-sî lán Tâi-oân khó-pí chhin-chhiū"
chit-phiàn ê thióng-po͘, chiū-sī ài kóng chāi lán Tâi-
oân hiān-sî kan-ta ū hêng-sek bô cheng-sîn ê ì-sù.
Tāi-ke nā liảh-chin kiám-tiám khòa", phah-sǹg tek-
khak ē kap góa tông-kám.　Góa koh chhì kí chit-
nn̄g hāng chèng-bêng khòa".　Liảt-ūi chhiá" khòa"
lán ê hì. Lūn chò-hì khiok tōa pō͘-hūn sī beh hō͘
lâng khòa" hoa"-bí, chóng sī hì ê hāu-kó m̄-nā kan-
ta án-ni, hì ē ióng lâng ê sèng-chêng, tióng lâng ê
kiàn-sek, sī chit-chéng siā-hōe kàu-hòa ê ki-koan. M̄-
kú, lí khòa", lán Tâi-oân hiān-sî ê hì sī chái"-iū"?
Chò-hì ê lâng ka-tī ū kám-kak chit ê tōa sù-bēng,
bô?　Chò-hì--ê ū liáu-kái i só͘ chò tảk-chhut hì ê
iàu-tiám oảh-miā, bô? Bô lah! m̄-nā i bē-biáu che,
chiū-sī i só͘ kóng ê khàu-peh só͘ chhiù" ê khek-bûn,
ē bêng-pék ê m̄-chai ū kúi lâng? Chiū-sī khòa"-hì
ê lâng iā sī chit-iū". Pê"-kha ê lâng khó-pí ah-á
teh thia" lûi, pê"-téng iū oán-jiân chhin-chhiū" chit
kūn siáu-lâng teh loān-chôh. Só͘ poa" ê chhut-thâu
iū sī chhian-phian it-lút choân bô piàn-oā" kap chìn-

pō͘, lóng sī kúi-pah nî chêng ê kū ~~hòe-sek~~. *chhut-thâu* Koh-chài chhiáⁿ thiaⁿ lán ê im-ga̍k khòaⁿ, hiân-phó͘ nā m̄-sī "Tōa khui-mn̂g," chek-sī "Chiong-kun-lēng;" Pak-koán chiū-sī "Thian-súi-koan." Bān-hāng to lóng sī kap Hàn-io̍h siang chi̍t khoán, lóng sī chun-siú kó͘-hoat chè-chō--ê, m̄-nā sī ta-sò bô bī-sò͘, kî-si̍t lóng sī seⁿ-phú chhàu-sio̍h la̍h!

Lia̍t-ūi hiaⁿ-tī chí-mōe! góa m̄-sī ài loān-kóng, láu-si̍t góa sī bô-tâ-ôa. Góa taⁿ put-jím koh ke kóng, chí goān tāi-ke sio-kap tōa koat-sim, gián-kiù chū-sin chìn-chhú ê hong-hoat, bo̍h-tit ka-tī lóe-chì, bo̍h-tit bān-hāng kan-ta sûn-kui tō-kí kia̍h-hiuⁿ tòe-pài. Nā-sī án-ni tāi-ke beh chìn-pō͘, ē tha̍ng kap lâng tâng-chē-khiā, tek-khak sī bô lōa-kú. Aî--ah! Lia̍t-ūi, láu nā beh koh m̄-sī án-ni chò, nā koh m̄ sî-sî chù-ì ka-tī kái-kek ōaⁿ-sin, kan-ta gōng-siú chiông-chiân ê hoat-tō͘, chai chit-ê ji̍t-ji̍t teh chìn-pō͘ ê Sè-kài, lán tek-khak tio̍h chò lâng ê bóe-aū tó-teh hō͘ lâng thoa. Lia̍t-ūi, lán ê chó͘-sian só͘ pàng hō͘ lán ê bûn-bêng ki-gia̍p, si̍t-chāi sī pí pa̍t-lâng ê ū khah-súi khah-tōa. M̄-kú chhut lán aū-tāi chiah ê put-siàu kiáⁿ-sun kan-ta ē-hiáu khùn, chia̍h, chē; bē-hiáu lô-le̍k keng-êng hō͘ i súi koh-khah súi, tòa koh-khah tōa. Chit-pêng, lâng sī ná ko͘-tâ ná n̂g-sng; chit-pêng, ki-gia̍p sī ná hong-hòe ná phòa-sńg, oán-jiân chhin-chhiūⁿ hó-gia̍h-lâng ê liáu-bóe-kiáⁿ. Lâng-kan-ta tó tiàm bîn-chhn̂g teh lán-si, tōa-chhù pàng teh hō͘ hong-soa eng, ti-tu keⁿ-bāng, chiáu-á chok-siū, pe̍h-hiā chhn̂g-khang; bô lōa-kú nā m̄-sī tōa-chhù tó lo̍h-lâi, kā i khàm-ba̍t--khì, tek-khak iā sī hō͘ soaⁿ-khîm iá-siù kā i thoa-khì chia̍h.

Aî--ah! taⁿ lán beh chái-iūⁿ chiah hó, neh? Tâi-oân taⁿ tio̍h chái-iūⁿ chiah ē thang tùi tī beh sí, koh lâi oa̍h?

TĒ-PEH HĀNG

Lūn Jîn-ài

1. Chò lâng ê Hoân-ló

Lâng oảh tī chit Sè-kan, m̄-chai kúi-lâng ē thang bô hoân-ló? Tû-khì sèng-jîn kap pẻh-chhi í-gōa, phah-sǹg bô lâng ē thang bô hoân-ló. Sèng-jîn ê tek-hēng kap thiⁿ pêⁿ-koân, i ê khùi-lảt kap Sîn siong-thong. Só͘-í i ê só͘ chò chū-chāi, i ê sim-lāi hô-lỏk. Iảh pẻh-chhi ê lâng thang kóng choân-jiân bô kám-kak, i bô ū sím-mih hi-bōng; put-kò thiⁿ-kng chiū khí--lâi, jit-àm chiū tó--lỏh-khì khùn; pak-tó͘ iau, bô hó-pháiⁿ, thẻh-tiỏh chiū chiảh; chhùi-ta, bô sio-léng, kìⁿ-tiỏh chiū lim. Chit chông chhin-chhiūⁿ hái-gōa ê sàn-siàn. Chóng-sī chit nn̄g-chéng í-gōa ê lâng, m̄-chai iáu ū bô hoân-ló ê lâng, bô?

Lâng tứ-khì pẻh-chhi, sui-sī khah gōng, thiⁿ-tē ê khoah-tōa i ū khòaⁿ-kìⁿ, i ka-tī ê sió-sè loán-jiỏk iā sī ū kám-kak. Chiong lâng lâi pí thiⁿ-tē ê khoah-tōa, láu-sít m̄-tảt-tiỏh thiⁿ-thang ê jit-iáⁿ-lāi teh poe chit-liảp ê thô͘-soa-liảp-á-kiáⁿ! Koh-chài lâng ê hòe-siū khah-tńg iā sī oh-tit thang kòe chit-pah. Tì-sí chit ê chheng-chhun siàu-liân ê tōa hó-hàn, bô chit tiảp-á-kú ê tiong-kan, tiỏh pìⁿ-chiâⁿ chit ê ún-ku kiảp koái-á ê lāu-lâng. Chit pêng, lâng ê sim chhơ chhin-chhiūⁿ hái, táⁿ tōa kah beh pau thiⁿ; i só͘ hi-bōng--ê, sít-chāi sī chhim; só͘ beh chò--ê, sít-chāi sī chē. Aîⁿ--ah! Lō͘-tô͘ chhia-khí beh tú-thiⁿ, jit-thâu cháiⁿ-iūⁿ kiòng-kiòng lỏh tùi soaⁿ-aū khì! Lâng m̄-bián kóng sī ū chò pháiⁿ-tāi, kīn-kīn tùi lâng ka-tī ê loán-jiỏk, khùi-lảt m̄ chiòng i ê sim-goān, tảk lâng tek-khak to tiỏh iỏ-thâu thớ tōa-khùi.

Góa ū chit ê pêng-iú, i sī thàk-chheh lâng, i sī put-chí ū chì-khì. I khòan-kìn lán ê siā-hōe chit jit chit jit hāi ; i siông-siông thó͘-khùi kóng, "Tiȯh ài kái-kiù." M̄-kú i kám-kak sit-chāi iú-sim khò-ē-chū ê lâng sī chin-chió; koh-chài i iū chai-iáⁿ hoān-sū kan-ta ū lâng chò bē lâi, ū lâng í-gōa tiȯh koh ài ū chîⁿ. Kàu-bóe i chiū tōa koat-sim : chit chhiú lám gín, chit chhiú khan kiáⁿ, lī-khui ke-koàn kut-jiȯk khì tī hūg-hūg ê só͘-chāi chò seng-lí. Hiah ê gín sī i ê châi-sán ê tōa pō͘-hūn, hit ê kiáⁿ sī i tȯk-tȯk chit-ê ê sè-kiáⁿ. I iōng hiah ê gín chò seng-lí, sī beh chè-chō aū-lâi oȧh-tāng ê chu-kim ; iȧh i chhōa hit ê kiáⁿ tī i ê sin-piⁿ ka-tī kà, sī siūⁿ beh ióng-sêng sit-chāi tiòng-iōng ê jîn-châi. Lí khòaⁿ i ê kè-ȯk, khí m̄-sī kin-chat mah?

Khó-lîn! i kan-ta ū chit hāng chún-pī bē thang kàu, chiū-sī khó-sioh i ê sèⁿ-miā ū khah té. I chò bô nñg saⁿ nî ê seng-lí ; sui-jiân sī put-chí ū lī-ek, chóng-sī kàu i beh kòe sin ê sî-chūn, i ê gín-ná iú-goân sī sè-hàn, i ê sim-chì chāi i ê sim-lāi khang-khang tī-teh kú! Lí siūⁿ, i ê sim-koaⁿ hô-téng ê kan-khó͘? *teh chhiâ*

Ū chin-chē ê gâu-lâng án-ni kóng, "Lâng it-seng só͘ kiâⁿ só͘ chò, kan-ta sī tùi chit khoán ê su-iȯk lâi." Chit ê su-iȯk sī sím-mih? Chiū-sī ài pó ka-tī ê pêng-an. Lâng ūi-tiȯh beh pó ka-tī ê pêng-an, chiū koh seⁿ-chhut nñg chéng ê liām-thâu : thâu chit-ê sī ài tit-tiȯh mih, tē-jī-ê sī ài tit-tiȯh kiáⁿ. Tit mih, sī beh hō͘ i ê seng-khu ióng-kiāⁿ ; pak-tó͘ nā iau ū thang chiȧh, seng-khu nā koâⁿ ū thang chhēng, hō͘ lâi, jit phȧk ê sî ū thang tòa. Tit kiáⁿ, sī ài beh ū hō͘-sú, in-ūi kiáⁿ sī tùi i ê seng-khu seⁿ-chhut lâi ê, só͘-í liȧh-chò sī i ka-tī ; kiáⁿ teh oȧh chiū-sī i ê oȧh, kiáⁿ-sun nā ióng-kiāⁿ, i khòaⁿ chò chiū-sī i ê pêng-an lah.

102　CHAP-HĀNG　KOAN-KIÀN

Beh tit mih, m̄-kú mih ū hān, iū-koh bē iōng-tit khin-khin tit ē tiòh. Tùi chia, lâng kap lâng tiòh ài kèng-cheng; m̄-nā sī phín khùi-làt, iā sòa tiòh phín tì-sek. Khah ióng ê lâng chhiúⁿ khah-iâ̍ⁿ, khah khiáu ê lâng tit khah chē. Iah chi̍t pêng ài seⁿ-kiáⁿ, só͘-í tiòh chhōa bó͘. Bó͘, tiòh ióng-kiáⁿ koh-chài súi koh gâu; m̄-kú sè-kan chit hō cha-bó͘-gín-ná sī khah chió, só͘-í tì-kàu ài saⁿ-cheⁿ. Láu-si̍t, kó͘-chá chhōa bó͘ sī khí lâng chhiúⁿ lâi--ê; hiān-sî chhāi iá-bân lâng ê tiong-kan, iā sī iáu ū chit-khoán ê hong-siòk.

M̄-bián kóng sī iá-bân lâng, chhāi bûn-bêng lâng ê tiong-kan, ūi-tiòh beh chhōa-tiòh hó ê bó͘, m̄-chai tiòh hùi-liáu lōa-chē ê khó͘-sim; che sī lâng-lâng ti̍t-chiap só͘ ū keng-giām ê tāi-chì. Chiàu chit khoán ê ha̍k-chiá ê só͘ kóng, lâng put-lūn kàu sím-mih sî-tāi, to lóng tiòh ài sio-thâi sio-chhiúⁿ-toa̍t, chiū-sī kóng lâng pún-lâi sī eng-kai tiòh cheng-piàⁿ; lâng tiòh ū cheng-piàⁿ, chiah sī ū chìn-pō͘.

Lán nā hian kòe-khì ê le̍k-sú khòaⁿ, chiū chai-iáⁿ téng-bīn ê só͘ kóng m̄-sī choân-jiân bô iáⁿ-chiah; thang kóng sū-si̍t khah chē sī án-ni. Thang chai kòe-khì ê lâng, ūi-tiòh beh pó oa̍h-miā ê iân-kò͘, m̄-chai hùi-chīn lōa-chē ê sim-sîn, siū-liáu lōa-chē ê hoân-ló.

Chóng-sī téng-bīn hit-chat ê ì-kiàn ū chin tōa chhò-gō͘. I kóng kòe-khì ê lâng khah chē lóng sī saⁿ cheng-piàⁿ, chit tiám sī sū-si̍t; kóng lâng pún-lâi tiòh ài ū cheng-piàⁿ, ū cheng-piàⁿ sī eng-kai, chit tiám chiū-sī tōa-tōa ê chhò-gō͘. Nā-sī án-ni, lâng kiám m̄-sī éng-oán lô-khó͘ ut-būn mah? Kiù-kèng chò lâng sī bô sim-sek, tit mih iā sī bô lō͘-ēng; seⁿ-kiáⁿ iáu-kú sī khah hùi-khì. Thang kóng lī-tō͘ lâng chhut-ke siu khó͘-hēng, m̄ hān-tiāⁿ m̄ chiàh-mih, pàng teh hō͘ i gō; iáu-kú tian-tò sī chē teng-

chhñg, chìm khe-chúi, thiàu hóe-tui, thang hō· i
khùi-si khah kín tñg; án-ni iáu-kú sī khah-tiòh,
khah thiat-té. Kai-chài jîn-seng m̄-sī eng-kai ài
saⁿ cheng-piàⁿ; chit tiâu pháiⁿ-lō· sī lâng gû-gōng ê
sî chiah ū kiâⁿ. Lâng nā jú gâu, jú chìn-pō·, i chū-
jiân ka-tī ē-hiáu oảt-thâu kiâⁿ tùi khah koân khah
pêⁿ-tháⁿ ê só·-chāi khì. Hit tiâu sī sím-mih lō·?
Lō·-bóc sī kàu tó-lòh?

2. Jîn-seng ê chiàⁿ-lō· chiū-sī Ài

Lâng oảh chit-sì-lâng tī Sè-kan, sī beh chò sím-
mih? Lán tī téng-hāng í-keng ū kóng sī beh kiâⁿ
Sîn ê chí-ì, chò Sîn ê su-giảp. Nā-sī án-ni, Sîn ê
chí-ì sī sím-mih? Sîn ê su-giảp sī siáⁿ-hòe? Lán
chāi-chêng iā í-keng ū kóng-liáu; Sîn ê chí-ì, chiū-
sī *Chin, Siān, Bí*. Sîn ê su-giảp ū chin-chē, chin
tōa, sǹg bē liáu; it-chhè thiⁿ-téng tē-ē ê bān-hāng,
to lóng sī I só keng-êng--ê, chiū-sī lán lâng ê sí-oảh
hoat-tián, iā to lóng siók tī I ê keng-êng. Iảh I
chiong chit ê tē-bīu-chiūⁿ só·-ū ê bān-mih kau-tài
hō· lâng chiáng-koán. Thang chai lâng nā ē thang
pang-chān pảt-lâng ê hoat-tián; á-sī hō· tē-bīn bān-
hāng khah tiau-hò, ē thang piáu-hiān kok hāng ê
ì-gī, che lóng to sī chò Sîn ê su-giảp.

Chiàu án-ni khòaⁿ, Sîn ê chí-ì sui-jiân sī kóng ē
thang hun chò *Chin, Siān, Bí*, saⁿ hong-biān; m̄-
kú sáⁿ-hòe sī *Chin*, sáⁿ-hòe sī *Siān*, sáⁿ-hòe sī *Bí*;
che sit-chāi sī oh-tit thang hun-piat, lán láu-sit sī
oh-tit thang bat chiâu-kàu.

Iū koh-chài tī chit tē-bīn-chiūⁿ, lán só ài chò ê
tāi-chì sī ū chheng-chheng bān-bān hāng, lán tiỏh
tùi tó chit hāng seng chò-khí, lán sit-chāi chin-chiàⁿ
oh-tit thang koat-tēng. Tùi án-ni, lán lâng kiám
m̄-sī iû-goân sī chin tiỏh hoân-ló mah? Aî--ah!

Lán chhiá" bián hoân-ló, bián gông-ngiảh. Chū
kớ-chá í-lâi, sớ ū chhut-thâu ê tōa gâu-lâng tōa
sèng-jîn, to í-keng ū thè lán siū" piān-piān. Iáu-
kú thang kóng sī Sîn í-keng ū chí-bêng hỡ lán liáu.
Lâng sớ tiỏh kiâ" ê chiâ"-lỡ, put-lūn kàu tó-ūi, á-sī
kàu sím-mih sî-tāi, to lóng sī kan-ta ū chit tiâu.
Chit tiâu sī sím-mih lỡ? Chiū-sī Ài ê tōa-lỡ lah!
Ū lâng kóng, "Bān-hāng mih sī tùi chit ê kin-pún
se"--chhut-lâi." Iū ū kóng, "Bān-hāng kok-iū" ê sū-
bùt, kui-bóe sī tńg-khì chit sớ-chāi." Sit-chāi sī
chiàu chit nñg kù-ōe ê ì-sù. Lâng ê it-seng sui-jiân
ū chin-chiā" chē ê tāi-chì thang hó pān, kiù-kèng sī
kan-ta beh chīn-sim thià"-thàng lâng nā-tiā".

Kì-jiân sī án-ni, "Ài" sī sím-mih? Chái"-iū" chiah
ē thang kóng chò sī thià"-thàng? Chit ê būn-tê sī
bān hāng būn-tê ê chòe tē-it tōa--ê. Góa sui-sī
koá"-bûn chhián-kiàn, goān chiong góa sớ thia"-kì"
chêng ệ gâu-lâng sớ kóng--ê, kap góa ka-tī sớ ū
siông-sè siū"-liáu ê kiat-kó, hun-thiah tī liảt-ūi ê
bīn-chêng, nā ē thang chò tāi-ke sia-siáu ê chham-
khó, chiū-sī góa ê tōa hok-khì.

3 Chái"-iū" chiah sī Ài?

Ài ê chok-iōng sī hui-siông tōa, Khóng-chú kà
lâng tiỏh ū jîn-tek, Sek-khia kà lâng tiỏh ū chû-pi,
jîn-tek kap chû-pi ê chok-iōng thang kóng sī kap
Ài ê chok-iōng chha-put-to siāng-khoán. Chóng-sī
Ài ê chok-iōng sī chòe chhim chòe thiat-té. Nā-sī
án-ni, chái"-iū" chiah sī Ài? Í-hā chhiá" hun-chò
gō·-chām lâi hun-thiah. In-ūi Ài ū sa"-hāng ê iàu-
sò· kap ū nñg-hāng ê tiâu-kiā".

A. Ài ê tē-it iàu-sò· sī Si-ú (施與), chiū-sī
chiong lán só· ū--ê thẻh hō· pảt lâng, chò hit ê lâng
ê lō·-ēng. Koh kóng chit kù khah chhiat, chiū-sī

kóng, Tùi siók tī lán ka-tī ê mih-kiāⁿ kap lán ê lêng-
lék, lán m̄-káⁿ ka-tī su-khia ū, chiong it-chhè hiàn
tī lán só· ài thiàⁿ i ê lâng ê bīn-chêng, chò i ê lō·-
ēng. Iáh nā chò kàu liân i ê seng-khu sèⁿ-miā iā
khéng hiàn hō· lâng ê sî, hit chhun ê Ài sī chòe tē-
it-téng tōa.

Lán chai pē-bó ài kiáⁿ ê ài sī kék chhim. Cháiⁿ-
iūⁿ án-ni kóng? Tē-it, pē-bó tùi i ê kiáⁿ-jî bô sioh
i ê mih-kiāⁿ châi-sán. Pē-bó it-seng só· chek-thiok-ê
bô chit-hāng m̄-sī beh pàng hō· i ê kiáⁿ-jî. Pē-bó
m̄-sī kan-ta chiong mih hō· kiáⁿ-jî; kiáⁿ-jî nā phòa-
pēⁿ, i chiū bē kò·-tit chiáh kap khùn, choan-sim ǹg-
bāng kiáⁿ-jî ê pêng-an. Koh-chài ūi-tióh kiáⁿ-jî ê
kàu-iók, ài i kap lâng pêⁿ-chē khiā, chiū thè i chhōe
sian-seⁿ, kéng hák-hāu. Ū-sî kiáⁿ-jî khì tī hn̄g-hn̄g
ê só·-chāi, tú-tióh thàu-hong chò tōa-chúi, á-sī ū
sím-mih thian-chai ê sî-chhun, chāi-chhù ê pē-bó
chiū sim-sim liām-liām; ūi-tióh kiáⁿ-jî, chē, tó, lóng
bē chāi. Chhin-chhiūⁿ kū-nî káu-goéh chhe-it, Tang-
kiaⁿ tōa tē-tāng ê sî, ūi-tióh khì Tang-kiaⁿ thák-
chheh ê chú-tē, chāi lán Tâi-oân chin-chē ê pē-bó,
hoân-ló kàu sim-koaⁿ beh hún-chhùi. Góa ū khòaⁿ-
kìⁿ ū lâng hoân-ló kàu ná chhin-chhiūⁿ beh khí-
siáu; ū-ê iáu-bōe chiap-tióh siau-sit ê tiong-kan,
jit-jit háu bē soah. Thang chai pē-bó m̄-nā chiong
it-chhè ê châi-sán pàng hō· kiáⁿ, chiū-sī in ê sim-
sìn iā-sī ūi-tióh kiáⁿ teh ēng. Pē-bó ê ài kiáⁿ m̄
chí-sī án-ni; pē-bó chiong i ê sin-thé sèⁿ-miā ūi-tióh
kiáⁿ pàng-sak--ê sī bē chió. Che sī lâng-lâng só·
chai-iáⁿ, m̄-bián koh chèng-bêng. Thang chai pē-bó
sī chiong i só· ū--ê bô chit-hāng bô hō· i ê kiáⁿ.

Lán lâng tī Sè-kan, nā-sī kan-ta kóng in-ūi sī lán
ê kiáⁿ-jî, á-sī chì-chhin ê kut-jiók, só·-í chiah khéng
chiong lán ê mih lâi hō· i, pát-lâng chiū-sī bē chhut-
tit; chit-khoán m̄-sī chin ê ài, sī chin éh-téh ê

106 CHAP-HĀNG KOÁN-KIÀN

phian-ài. Lâng beh kiâⁿ jîn-ài tùi khah chhin--ê
tāi-seng, aū-lâi chiah kìp kàu khah se--ê, che khiok
sī chū-jiân ê sūn-sū. M̄-kú, nā-sī kóng tùi chhin ê
lâng chiah khéng, pàt-lâng chiū-sī bē chhut-tit.
Chit-khoán lâng, sui-sī ū mi̍h hō͘ i ê kiáⁿ-jî kap
chhin-lâng, thang kóng he m̄-sī tùi jîn-ài ê sim lâi
hō͘ i, sī tùi pàt-hāng ê sim-lí; chit-khoán lâng sī
iáu-bōe ē hiáu jîn-ài sī sím-mi̍h. Ài ê tē-it iàu-sò͘ sī
Si-ú, sī chiong it-chhè khéng hō͘ lâng; koh-chhài m̄-
thang hān-tiāⁿ tī chi̍t pō͘-hūn, tio̍h tùi lóng-chóng
ê lâng siāng-khoán sim. Che chiah sī chin-chiàⁿ ê
jîn-ài.

B. *Ài ê tē-jī iàu-sò͘ sī tio̍h ū kèng-tiōng ê sim-
koaⁿ.* Nā bô kèng-tiōng ê sim-koaⁿ, sui-jiân sī the̍h
sím-mi̍h khah hó ê mi̍h hō͘ lâng, to bē iōng-tit kóng
sī Ài. Lí khòaⁿ, lâng siông-siông ū chhī chiáu-á tī
chhù-lāi. Ū chhòng chin súi ê lam-á hō͘ i tiàm. Ū
siông-siōng iúⁿ-chúi hō͘ i sé. Iàh ū tiāⁿ-tiāⁿ the̍h
mi̍h hō͘ i chia̍h. Thang kóng hit chiah chiáu-á tùi
lâng só͘ tit--ê sī chin-chē; kiám-chhái phēng i tī
khòng-iá só͘ ē thang tit-tio̍h--ê sī ke khah hó bô
thang sǹg. M̄-kú chhiáⁿ siūⁿ-khòaⁿ, hit khoán sī ài
á m̄-sī? Toàn-toàn m̄-sī lah. Chit-khoán m̄-sī ài;
ài tio̍h ū kèng-tiōng ê sim-koaⁿ. Lâng tùi i só͘ chhī
ê chiáu-á, thài ū sím-mi̍h kèng-tiōng, neh? Chiáu-á
pún-lâi sī chiáu-á, i ê liông-pêng ū hoat-si̍t, i ê
thian-sèng seⁿ-sêng sī ài poe tī thiⁿ-koàn tē-khoah ê
só͘-chāi. Chóng-sī lâng ūi-tio̍h i ka-tī ê sim-sek, ū
si̍t m̄ hō͘ i poe, ū só͘-chāi m̄ ín-chún i khì, ji̍t-ji̍t kā
i koaiⁿ tī lam-á-lāi. Lâng nā oāⁿ-chò chiáu-á, m̄-chai
beh chháiⁿ-iūⁿ kiò kan-khó͘; tek-khak ē kóng, "Lí
chin bô chun-tiōng góa, lí sī beh siu-si̍p góa ê sèⁿ-
miā lah!" Chhin-chhiūⁿ chit-khoán lâng the̍h mi̍h
hō͘ i só͘ chhī ê chiáu-á, bē iōng-tit kóng sī ài.

Aì, tiȯh chhin-chhiū" pē-bó teh hō· kiá", á-sī kiá"-
jî teh khoán-thāi sī-tōa-lâng, chiah sī. Kiá"-jî thẻh
mȋh hō· sī-tōa-lâng, m̄-sī kan-ta biah ê mȋh nā-tiā";
mȋh í-gōa iáu ū pí hiah ê mȋh khah kùi-khì ê kèng-
tiōng ê sim tī-teh. Chiū-sī pē-bó teh kàu-ióng kiá"-
jî iā sī án-ni. Pē-bó teh tùi-thāi kiá"-jî sī khòa" chò i
ka-tī, kiám-chhái khòa"-chò pí i khah tùi-tiōng.
Tiȯh chhin-chhiū" ū chit hō ê sim thẻh-mȋh hō· lâng
chiah sī ài.

Phì-lūn ū khit-chiảh khì nn̄g ê lâng ê chhù pun-
chî". Tāi-seng hit ê khah hó-giảh--ê, khòa"-kì"
khit-chiảh lâi, chȋt-sin choân-choân liảp-á, chin lâ-
sâm; chiū put-chí bô hoa"-hí, kia"-liáu ù-òe-tiȯh i
ê mn̂g-kha-kháu. Khit-chiảh iáu-bōe kàu-mn̂g ê
í-chêng, chiū kiò sin-lô koá"-kín tàn chȋt-kak gîn
hō· i, kiò i tiȯh kín-kín lī-khui--khì, m̄-thang tiàm-
hia phah ù-òe. Chit ê khit-chiảh chiū kín-kín lī-
khui hia, koh-chài khì chȋt lâng ê chhù-mn̂g-kháu
pun. Hit keng chhù ê chú-lâng, seng-khu tú-hó
bô lân-san chî", kīn-kīn chiah ū chȋt-chiam, sim-koa"
siū"-liáu put-chí m̄ kòe-sim, tùi hit ê khit-chiảh
kóng, "Pêng-iú ah! góa chit-chūn tú bô piān; chȋt-
chiam chî" sī chin sió-khóa; lí chhiá" siu--khì, aū-jȋt
chhiá" koh lâi, góa chiah ke sàng lí tām-pȯh, hō· lí
thang i-pē"; iảh khah khì ū chȋt chiảh káu ē kā
lâng, lí chhiá" khah sió-sim."

Tāi-ke, lán siū" chit nn̄g lâng, tó chȋt-ê sī khah
ū jîn-ài? Bián kóng sī tò-bóe-aū ê lâng khah ū.
Chit ê lâng pí tāi-seng hit ê lâng sui-jiân sī kiám
thẻh chin-chē hō· khit-chiảh, sȋt-chāi i ê sim-koa"
m̄-sī kan-ta ài hiah-ê hō· i nā-tiā": in-ūi sī hit chūn
bô tòa chî",· só·-í bē thang chiàu i ê sim; koh-chài
i bô khòa" hit ê kā i pun-chî" ê lâng chò khit-chiảh,
bô khòa"-khin--i, tùi sim-koa"-té hui-siông khó-
lîn hit ê pun-chî" ê lâng ê kan-khó·. Tùi án-ni

khòaⁿ, chit ê lâng sui-jiân sī kan-ta thểh chit-chiam
chíⁿ chhut-khì; chóng-sī chit-chiam chíⁿ pí hit kak
gîn sī ke tāng kúi-nā chảp-pōe lah. Tāi-seng hit ê
lâng sui-sī tìm chit-kak chhut-lâi, i sī iōng tàn--ê, i
sī in-ūi i ê chíⁿ ū liōng-sēng. Hit kak gîn sī ná-
chún chhin-chhiūⁿ chit-kak chng-á hiat--khì, chiū
ē thang kín-kín kóaⁿ hit ê lâ-sâm khit-chiảh cháu.
Chit khoán m̄-nā kóng sī chit-kak gîn, siat-sú sī
tàn chit-pah gîn chhut--lâi, iảh sī kap tàn chit-tè
chiỏh-thâu bô koh-iūⁿ. Che tek-khak bē ēng-tit
kóng sī Aì. Aì, tiỏh ū hâm kèng-tiōng ê sim-koaⁿ.

C. Aì ê tē-saⁿ iàu-sò· sī bô siūⁿ pò-tap. Lán
só ū-ê khéng hō· pảt-lâng, koh-chài m̄-sī chhin-
chhiūⁿ hiat bah-kut hō· káu chiảh ê khoán teh hō· lâng;
lán sī tùi tī sim-koaⁿ-té ū chûn kèng-tiōng ê sim-
koaⁿ. Ē thang chò kàu án-ni, khiok sī chin hó;
chóng-sī kan-ta án-ni, iáu m̄-sī chiâu-chñg ê ài.
Lán koh chhì kí chit ê lē lâi siūⁿ-khòaⁿ.

Chái lán ê tiong-kan siông-siông ū chit kù-ōe
kóng, "Ióng-jî thāi-ló." Chit kù-ōe chiū-sī kóng,
lâng chhin-siⁿ chhin-lảt iúⁿ-chhī kiáⁿ-jî, sī ūi-tiỏh nî-
lāu ka-tī bē tín-tāng ê sî, thang hō· i hōng-sēng.
Nā m̄-sī ū ióng-sēng kiáⁿ-jî hō· i piān, aū-lâi nî-lāu
bô lâng thang oá-khò, chiū tiỏh ài kan-khó·. Chiū-
sī kóng kiáⁿ-jî tōa-hàn nā bô hōng-sēng pē-bó, pē-
bó ióng-sēng kiáⁿ-jî sī bô lō·-ēng.

Tāi-ke chhiáⁿ siūⁿ-khòaⁿ. Ū lâng kóng pē-bó ê
thiàⁿ-kiáⁿ sī thiⁿ seⁿ-chiâⁿ, sī chū-jiân ê sèng-chit.
M̄-kú nā chiàu chit kù, "Ióng-jî thāi-ló" ê ì-sù lâi
siūⁿ, kú chiū bē iỏng-tit kóng sī thiⁿ-seⁿ chū-jiân--ê.

Chiàu chit kù-ōe só· pau-bâm ê ì-sù chiū-sī kóng,
lâng m̄-sī pún-lâi tiỏh iúⁿ-chhī kiáⁿ-jî; put-kò nā-sī
ū ǹg-bāng ài aū-lâi khah khòaⁿ-oảh, chiū tiỏh ài iúⁿ-
chhī; nā bô, chiū khó-í m̄-bián. Góa khòaⁿ chit

kù·ōe nā-sī chin, pē-bó khòaⁿ kiáⁿ ê chêng-ài chiū
m̄-sī thiⁿ-seⁿ chū-jiân--ê. Thang kóng pē-kiáⁿ ê
tiong-kan sī bô ài-chêng, pē-bó m̄-sī in-ūi thiàⁿ-
thàng teh chhī-kiáⁿ; sī in-ūi beh tit ka-tī ê an-lȯk,
só͘-í teh chhī-kiáⁿ. Che sī kap chò chi̍t chéng ê
seng-lí bô koh-iūⁿ.

Khí-thâu chhī-kiáⁿ, sī chhin-chhiūⁿ teh hē pún-
chîⁿ. Hē chiah ê pún-chîⁿ, chiū-sī ǹg-bāng aū-lâi
tit-tio̍h tōa lī-ek, chiū-sī ē thang tit kiáⁿ-jî ê hōng-
sêng, an-ún chhheng-êng chia̍h kàu sí. Chi̍t khoán
ê sim, sī kap tùi the̍h-mi̍h hō͘ lâng ê sî, i-keng chiū
ū siūⁿ pò·tap--ê sio·siāng. Che bē iōng-tit kóng sī
chin ê ài. Chin ê ài sī bô siūⁿ pò-tap. Kóng chhī
kiáⁿ sī beh hōng-sêng lāu, che sī kap ēng chi̍t-bī
beh tiò tōa-tāi siang sim-koaⁿ. Chi̍t khoán m̄-sī ài.
Ài sī kan-ta ū siūⁿ-chhut, bô siūⁿ-ji̍p.

Iâ-so͘ kóng, "Lí chiàⁿ-chhiú the̍h mi̍h hō͘ lâng,
tio̍h m̄-thang hō͘ tò-chhiú chai." Ài, sī chòe thâu-
it-téng ê tek-hēng, tio̍h chin chheng-khì chin sûn-
choân ê sim-koaⁿ chiah ē seⁿ-chhut chit chéng ài.
Kî-si̍t chit hō ài m̄-sī tùi lâng ê sim-koaⁿ-lāi ē
thang seⁿ-chhut--lâi; sī tùi thiⁿ-téng thoân-lâi ê
siaⁿ, phah-tio̍h lâng ê sim-hiân, hiáng-liāng chhut-
lâi ê sian-ga̍k lah.

Ài sī chòe-tōa chòe-koân ê lêng-le̍k, só͘-í ū-ê
kóng, "Ài, chiū-sī Sîn." Thang chai ē kiaⁿ ài ê
lâng m̄-sī siȯk tī siό-sió.

Iōng chhùi *kóng ài* sī kbah khòai, si̍t-chāi *kiáⁿ ài*
sī chin oh; tùi lâng ê jiȯk-thé khòaⁿ, chin ê ài m̄-sī
lâng só͘ chò ē kàu. Cháiⁿ-iūⁿ kóng? Nā tha̍k-tio̍h
seng-lí-ha̍k ê lâng chiū chai-iáⁿ, lán lâng ê sin-thé
sī put-sî ū piàn-oāⁿ, sin-thé-lāi só͘ ū kū ê mi̍h, put-
sî tio̍h iōng sin--ê thùi, che kiò-chò "Sin-tîn tāi-siā"
(新陳代謝) ê chok-iōng. Sin-thé-lāi hiah ê kū--ê
put-sî tio̍h pìⁿ-chò tāi-piān, siáu-súi, koaⁿ, á-sī iû·

káu, káu-keh-sian ; hit chióng-lūi ê mı̍h pâi-siat
chhut-lâi gōa-bīn.

Tùi án-ni chiū seⁿ-chhut chhùi-ta, ià-siān chióng-
chióng ê kám-kak. Che chiū-sī sin-thé-lāi ū khiàm-
khoeh ê kì-jīn, lán chiū tio̍h chia̍h chin-chē hāng ê
mı̍h, á-sī lim-chúi, chhoán-khùi, suh-hong lo̍h-khì
pớ. Koh-chài lâng ê phôe-bah, seⁿ-chiâⁿ joa̍h lâi,
tio̍h ū ù-liâng; koaⁿ kàu, tio̍h chhēng-sio. In-ūi án-
ni, chia̍h, chhēng, tòa, chit saⁿ-hāng sī lâng sớ bē
iông-tit khiàm-khoeh ê mı̍h-kiāⁿ. Chit saⁿ-hāng
chhāi chit tē-bīn-chiūⁿ, m̄-kú bô thang ta̍k tah ū
chhiong-chiok. Tùi án-ni, lâng nā-sī kan-ta thàn
sin-thé ê khiàm-khoeh, lâng chiū tio̍h tı̍-kàu saⁿ
chhiúⁿ-kiap, saⁿ hām-hāi.

Hộ-hòng sin-thé ê lāi-bīn iáu ū chin-chē chéng-
lūi ê io̍k-liām, hờ͘-sek, ài miâ-siaⁿ, ài pí lâng khah
koân, ài chheng-êng, m̄-ài chò kang. Tùi án-ni,
lâng kap lâng sı̍t-chāi oh-tit thang chò-hóe, tāi-ke
siàu-siūⁿ beh koán lâng, beh pheⁿ-khàm lâng; ū siūⁿ-
jı̍p, sī tek-khak bô siūⁿ-chhut ; tı̍-kàu sì-sî ū oan-
ke, saⁿ-phah, tōa saⁿ-thâi. Lia̍t-ūi, lán kàu-gia̍h
chai-iáⁿ, lâng nā choan-choan thàn jio̍k-thé, bô koh
siūⁿ pa̍t hāng, chit ê sè-kan chiū tio̍h káu-chà, chho͘-
sim, ióng-béng, ū la̍t ê tōa pháiⁿ lâng, chiah ē thang
pêng-an khiā-khí kòe chı̍t-sì-lâng. Chit khoán thàn
jio̍k-thé ê siā-hōe chiū-sī kiò-chò tē-ge̍k ê Sè-kài.
Chhāi chit ê Sè-kài ê lâng, chiū-sī kúi, ok-mô͘, bē
iông-tit kóng sī lâng. In-ūi kúi ê sim-lāi bô jîn-
ài, sớ chò sī chhiúⁿ-toa̍t hām-hāi.

Lâng sī kin-bah lâi chiâⁿ-ê. Chiàu kin-bah ê
pún-sèng, sī iau-kiû the̍h-jı̍p bô the̍h-chhut. Sớ-í
téng-bīn sớ kóng, Chhī kiáⁿ sī n̄g-bāng hông-sêng
lāu, chit-khoán ê su-sióng, tùi kin-bah ê pún-sèng
lâi kóng sī eng-kai ê tāi-chì. M̄-kú, lâng m̄-sī kan-
ta bah lâi seⁿ-sêng--ê ; bah-sèng (á-sī kóng hiat-

sèng) í-gōa iáu ū pát-chéng khah-koân ê sèng-chit,
chiū-sī lêng-sèng.

Tī téng-hāng lūn "Lâng ê Oáh-miā" hit só·-chāi ū
kóng, Lâng pí pát-hāng oáh-mǐh ū ke chit chéng ê
sim-sèng. Chiū-sī lâng lēng-gōa ū sim-khiàu, lâng
in-ūi ū chit ê sim-khiàu, só·-í chiah ē-hiáu tit hun-
piat chin-ké, hó-pháiⁿ kap súi-bái; Tùi án-ni lâng
kìⁿ-tióh chin--ê, hó--ê, súi--ê chiū lēng-gōa ū chit
chéng hí-ài ê kám-kak, tit-tít ài hiòng tùi hit chióng
ê só·-chāi khì. Iáh nā kìⁿ-tióh ké--ê, pháiⁿ--ê, á-sī
khiap-sì--ê, chiū chū-jiân ū iàm-ò· ê sim seⁿ--chhut
lâi, chiū ài kín-kín lī-khui he. Chit ê sim-khiàu
chiū-sī lâng ê lêng-sèng ê chit pō·-hūn.

Lâng ê lêng-sèng ê chòe-chhim ê só·-chāi, chiū-sī
hi-bōng ài siok tī éng-oán oáh-miā ê lāi-té. Chit ê
lêng-sèng sī kap bah-sèng (chiū-sī hiat-sèng) saⁿ tùi-
péng. Lâng ū chit nn̄g chéng ê pún-sèng; bah-sèng
sī kīn tōng-bút kīn ok-kúi, lêng-sèng sī kīn Sîn.
Bah-sèng khah kiông ê lâng só· chò kap tōng-bút
(chiū-sī ti, káu, gû, bé, hit chit lūi) bô koh-iūⁿ, bān-
hāng to sī siūⁿ-jip, bô siūⁿ-chhut. Lêng-sèng khah
kiông ê lâng só· chò sī khah kīn Sîn, choan-sim kiâⁿ
jîn-ài; siat-sú tióh sún-hāi ka-tī ê seng-khu, i to
hoaⁿ-hí sêng lâng ê hó-sū.

Lán lâng ē thang kiâⁿ chin-chiàⁿ ê jîn-ài, chiū-sī
lán khéng hiàn lán só· ū ê bān-hāng hō· pát-lâng;
koh-chài sī chhut tī kèng-tiōng ê sim lâi hō· lâng,
iā m̄-sī ū siūⁿ ài sím-mih pò-tap chiah án-ni chò.
Chit khoán ê jîn-ài sī tùi lêng-sèng chiah chò ē kàu.
Bah-sèng sī tùi lâng ê sin-thé hoat-chhut; lêng-
sèng chiū m̄-sī, lêng-sèng sī tùi chin ê sìn-sim lâi.
Só·-í ài ê būn-tê kap chong-kàu ū chòe-tòa ê koan-
hē, koh-chài sī tùi Ki-tok-kàu, ài ê ì-gī chiah ē-tit
thiat-té, kiâⁿ-ài kiâⁿ liáu chiah ē kàu-kak.

D. *Aì ê pún-chit, nā ū téng-bīn só· kóng saⁿ-hāng ê iàu-sò·, thang kóng í-keng ū chê-pī.* Iàu-sò· sui-jiân ū chê-pī, nā m̄-sī koh ū nn̄g-hāng ê tiâu-kiāⁿ lâi tiau-chiat, bē thang kóng sī cha̍p-chn̂g ê ài. Phì-lūn kóng, téng-bīn só· kóng hit saⁿ-hāng ê iàu-sò· sī kah-ná chhin-chhiūⁿ khí-chhù ê chhâi-liāu ; ū hiah ê chhâi-liāu, chi̍t keng Aì ê chhù chiū khí ē chiâⁿ. M̄-kú hit keng chhù nā beh chiâⁿ-chò chi̍t keng goân-choân ê hó chhù, chiū tio̍h ~~kah-pu̍t~~-hāng ê tiâu-kiāⁿ. Tē-it : tē-ki tio̍h ū châi ; tē-jī : hng-hiòng sūn-sū tio̍h ài hó. Chit nn̄g ê tiâu-kiāⁿ nā-sī bô chê-pī, sui-sī ū khah hó ê chhâi-liāu, iā-sī bô chhái-kang. Tī-chia seng lâi kóng-bêng tē-it ê tiâu-kiāⁿ.

Lâng beh kiâⁿ ài, tio̍h ū ha̍p it-tēng put-piàn ê lí-sióng. Chit hāng sī beh kiâⁿ jîn-ài ê tē-ki. Lí-sióng sī sím-mi̍h ? Lí-sióng chiū-sī lâng ēng sim-khiàu siūⁿ, chòe-āu ē thang kiâⁿ-kàu ê só·-châi. Kóng chi̍t kù khah bêng, Sîn chiū-sī chòe-āu ê lí-sióng. Kóng tio̍h ha̍p it-tēng put-piàn ê lí-sióng, chiū-sī kóng tio̍h ha̍p Sîn ê sim. Sîn ê sim só· ài--ê, chiū-sī *Chin, Siān, Bí.* Kiat-kio̍k sī kóng lâng beh kiâⁿ jîn-ài, tio̍h ài thàn-chiông Chin, Siān, Bí, chiah thang chò. Nā m̄-sī án-ni, só· kiâⁿ ê jîn-ài ē pìⁿ-chiâⁿ tōa kòe-sit.

Phì-lūn kóng, pē-bó khòaⁿ kiáⁿ sī chhin-chhiūⁿ ka-tī, khòaⁿ kiáⁿ sī chin tāng. In chiong só· ū-ê bô chi̍t hāng m̄-kam hō· in ê kiáⁿ, koh-chài in iā m̄-sī kóng, sī in-ūi beh ǹg-bāng kiáⁿ thang hōng-sêng in ê nî-lāu, lóng sī jīm kiáⁿ ka-tī khì chú-ì ; put-kò pē-bó sī siūⁿ kóng kiáⁿ kì-jiân sī ka-tī seⁿ-ê, ka-tī ū iông-sêng i chiâⁿ-lâng ê chek-jīm nā-tiāⁿ.

Pē-bó iōng chit-khoán sim tùi kiáⁿ, thang kóng sī ū ài, ū thiàⁿ-thàng. Kiáⁿ aū-lâi tek-khak ē chhin kám-kek, tek-khak it-hoat koat-sim tio̍h chin chò

kiáⁿ ê gī-bū, hōng-sêng pē-bó kàu pah-nî. Liát-ūi, án-
ni tióh. Chóng-sī tióh koh chhim-siūⁿ, kan-ta án-ni
sī iáu-kú bô kàu-giáh. Chhiáⁿ siūⁿ, pē-bó khòaⁿ-tāng
kiáⁿ sī tióh; m̄-kú nā bān-sū lóng chiàu kiáⁿ ê só·
ài cháiⁿ-iūⁿ? Phì-lūn kiáⁿ iáu sè-hàn, ka-tī bē chún-
chat, put-sî ài chiáh-mih. Chò pē-bó ê lâng in-ūi
chun-tiōng kiáⁿ kòe-thâu, chiū lóng chiàu i ê só·
kiû thèh hō· i, tì-kàu kiáⁿ phòa-pēⁿ ńg-sng bē sêng-
khì. Che sī chin chhián-kīn ê lē; m̄-kú chāi lán
ê tiong-kan sī siông-siông ū khòaⁿ-kìⁿ. Aⁿ-ni kiám
m̄-sī ài kiáⁿ, tian-tò sún-hāi kiáⁿ?

Só·-í thang chai ū mih hō· lâng, koh ū kèng-tiōng
lâng, iā bô siū lâng ê pò-tap, án-ni khiok ē jóng-tit
kóng sī ū jîn-ài; chóng-sī toàn-jiân m̄-sī cháp-chiok
ê jîn-ài. Cháp-chiok ê jîn-ài tióh koh ū chit ê tiâu-
kiāⁿ chiah ē jóng-tit. Chit ê tiâu-kiāⁿ chiū-sī kóng
tióh ài ū háp it-tēng put-piàn ê lí-sióng. Chiàu
chhī-kiáⁿ ê sū lâi kóng, lâng chhī kiáⁿ ê lí-sióng sī
sím-mih? Chiū-sī tióh ióng-sêng kiáⁿ chò chit ê
chiâu-chńg ê lâng, kiàn nā ū kiáⁿ ê lâng, to lóng
tióh ū chit ê lí-sióng; nā m̄-sī, pē-bó tùi kiáⁿ só
kiāⁿ ê jîn-ài, tek-khak ē piàn-chiâⁿ tōa chai-bō.

Siók-gú kóng, "It lí thong, pek lí thong." Tùi
kiáⁿ ê jîn-ài kì-jiân tióh ū háp it-tēng ê lí-sióng;
tùi chèng-lâng só· beh kiâⁿ ê ài, iā-sī tióh án-ni. In-
ūi chit Sè-kan ū hó, iā ū pháiⁿ; ū chin, iā ū ké; ū
súi, iā ū bái. Lán lâng tiāⁿ-tióh ài chiông hó khì
pháiⁿ, kiû chin siâ-khì ké, chhú súi pàng-sak bái--ê.
Che sī chò lâng ê lí-sióng, lâng eng-kai tióh án-ni.
Só·-í lâng nā bē-kì-tit i goân-lâi ê lí-sióng, tùi pháiⁿ
ê tāi-chì kap pháiⁿ-lâng iā lóng bô hun-piat, lóng ū
kèng-tiōng i, chiong it-chhè só· ū ê mih-kiāⁿ cheng-
sîn iā lóng sàng i ēng; lí siūⁿ, kàu bóe ē cháiⁿ-iūⁿ?

Pháiⁿ-lâng kiám m̄-sī tùi án-ni siū chióng-lē piàn
jú pháiⁿ, káu-koài loān-lâi ê tāi-chì sòa **móa-móa** tī

piàn thiⁿ-kha-ē. M̄-nā pháiⁿ-ê piàn jú pháiⁿ, liân
hit hō kiâⁿ jîn-ài hō͘ pháiⁿ ê lâng, mā sòa chiâⁿ-chò
pháiⁿ; iu-ūi ài pháiⁿ ê lâng chiū-sī pháiⁿ-lâng! Só͘-í
tiỏh ài ē kì-tit, kiâⁿ jîn-ài ê lâng tiỏh put-sî ū siú
it-tēng ê lí-sióng. Nā m̄-sī, só͘ kiâⁿ ê jîn-ài sī beh
piàu-chò chit ki to á-sī kiàm, tāi-seng thâi pảt lâng,
jiân-aū beh thâi ka-tī!

E. *Í-siōng só͘ kóng saⁿ ê iàu-sò͘, chit ê tiâu-
kiāⁿ nā ū chê-pī, thang kóng chiū-sī goân-choân
ê ài.* Che m̄-sī góa án-ni kóng, sī thiaⁿ bảk-chiá ê
ōe, kap tùi só͘ tbảk ê chheh, chiàu lâng só͘ gián-
kiù liáu ê kiat-kó, iōng góa ê pit siá pò liảt-ūi chai.
Chóng-sī góa ka-tī iā ū siūⁿ-khòaⁿ. Góa siūⁿ téng-
bīn só͘ kóng saⁿ-hāng ê iàu-sò͘ kap chit hāng ê tiâu-
kiāⁿ, nā ū lóng chê-pī, khiok sī ē iōng-tit kóng sī
chiâu-chn̂g ê ài. M̄-kú góa siūⁿ chit khoán ê ài, sī
kīn-kīn ē iōng-tit kóng chha-put-to sī chiâu-chn̂g.
Góa ka-tī sit-chāi sī bô siūⁿ kóng án-ni í-keng sī
chin chảp-chiok. Chiàu góa siūⁿ, kiám m̄-sī tiỏh
koh ū chit ê tiâu-kiāⁿ, chiah ē thang sit-chāi kóng
sī kàu-giảh chiâu-chn̂g ê ài. Pảt-lâng m̄-chai ū án-ni
siūⁿ á bô, góa m̄-chai; kiám-chhái góa beh kóng chit
tiâu sī ke--ê, sī "Oā-siâ thiam-chiok," iā bô tek-khak;
chóng-sī góa kóng hō͘ liảt-ūi chim-chiok khòaⁿ.

Góa kóng tiỏh koh chit ê tiâu-kiāⁿ, chiū-sī kiàⁿ
ài ê lâng, i tiỏh m̄-thang siūⁿ kóng i sī teh kiâⁿ ài.
Kóng chit kù khah bêng, lán sim khiok sī beh kiâⁿ
ài; tān sī lán só͘ kiâⁿ--ê, sī ài á m̄-sī ài, chit-ê lán
m̄-thang siūⁿ, m̄-thang ka-tī toàn; lán tiỏh hi-sim
pàng hō͘ chèng-lâng khì phòaⁿ-toàn. Put-kò lán sī
kan-ta put-sî tiỏh siūⁿ khòaⁿ lán ū sím-mih hō͘ lâng
bô? Lán sī kan-ta hoaⁿ-hí hō͘ lâng, bô siūⁿ lâng ê
pò-tap, bô? Koh-chài lán ê só͘ chò ū hảp it-tēng ê
lí-sióng, bô? Lán kan-ta án-ni siūⁿ chiū hó, láu-sit

ū chiàu án-ni kiâⁿ, lán chū-jiân ka-tī ē an-sim. Iàh
pàt-lâng tùi lán ê só͘ kiâⁿ só͘ chò beh chái°-iūⁿ phòaⁿ-
toàn, lán tiòh it-jīm lâng khì kóng. Aì, nā ē tit
kiâⁿ kàu tī chit ê tē-pō͘, chiū thang kóng sī kàu tī
kèk-tiám goân-choân ê só͘-chāi.

Tī-chia siūⁿ tiòh chit-kù put-chí ū chhù-bī ê ōe.
Tī chit pún chheh kiò-chò "Liâu-chai Chì-īⁿ" ê
lāi-bīn ū kóng, ū chit ê lâng bāng-kiⁿ i khì im-kan
khó Sêng-hông. Chú-khó chiū mn̄g i, kóng, "Sêng-
hông nā-sī hō͘ lí chò, siúⁿ-hoàt ê tāi-chì beh chái°-
iūⁿ pān?" Hit ê lâng chiū ìn, kóng, "Iú-sim ûi-siān,
sui-siān put-sióng; bû-sim ûi-ok, sui ok put-hoàt."
Chit-kù ōe put-chí chhù-bī. Chiū-sī kóng, Nā-sī ū
chûn pàt-hāng ê sim-koaⁿ teh chò hó, i ê só͘-chò
sui-sī hó, iā m̄ siúⁿ--i; iàh nā-sī bô chûn pháiⁿ-ì chò
m̄-hó, i ê só͘-chò sui-sī pháiⁿ iàh tek-khak bô hoàt--i.
Chit-kù ōe kap lán só͘ lūn ê ì-sù ū àm-hàp. Lâng
chò hó sī èng-kai, ka-tī tek-khak bē iōng-tit in-ūi ū
sió-khóa hó, chiū seⁿ-khí chū-hū ka-tī o-ló ê sim;
nā-sī ū phāu chū-hū ê sim-koaⁿ só͘ chò ê hó, chiū-sī
bô chheng-khì.

Lâng teh kiâⁿ jîn-ài, nā-sī ka-tī bô hí-sim, chū-
hū sī teh kiâⁿ jîn-ài hō͘ lâng, hit chéng ê ài sī bô
sûn-kiat, siū ê lâng tek-khak bô kám-siā. Só͘ kiâⁿ
ê ài, nā-sī ū sûn-kiat goân-choân, khí-thâu lâng
kiám-chhái ē m̄-chai; chóng-sī tek-khak bē biàt-bô--
khì. Sî nā kàu, tek-khak ē chhin-chhiūⁿ jit-thâu ê
khoán, kng-sih-sih chiò tī lâng ê bàk-chiu-lāi.

4. Aì ê chok-iōng

Aì ê chok-iōng sī hui-siông khoah; ài, sī bān-hāng
it-chhè ê kin-goân. Só͘-í ū lâng kóng, "Sîⁿ chiū-sī
Aì." Tāi-khài ài só͘ ū chûn-chāi ê só͘-chāi, hia chiū
ū seng-iòk chìn-pō͘ hoat-tián hô-lòk chhin-siān.

Pē-bó kap kiáⁿ-jî ê tiong-kan nā-sī ū ài, tùi pē-bó
kóng, hit ê pē-bó sī ū chû-sim; tùi kiáⁿ-jî kóng, hit
ê kiáⁿ-jî chiū-sī ū hàu-sūn. Ang-bó· ê tiong-kan nā-
sī ū ài, hit ê ang-bó· chiū-sī ū hô-hiàp. Hiaⁿ-tī ê
tiong-kan nā ū ài, hit ê hiaⁿ-tī ū tōa-sè ū hô-hó.
Pêng-iú ê tiong-kan nā-ū ài, hit ê pêng-iú·chiū ū
sìn-sìt. Iảh chịt ê lâng tùi chèng-lâng nā-sī ū ài,
hit ê lâng chiū-sī gī-khì. Chit ê lâng tùi siā-hōe, tùi
kok-ka nā-sī ū ài, hit ê lâng chiū-sī ū chīn-tiong ê
sim-koaⁿ. Koh-chài lâng tùi bān-hāng oảh-mỉh,
chiū-sī cheng-seⁿ chháu-bảk, nā ū phāu jîn-ài ê sim,
tek-khak bô loān-loān cheh-thoah húi-hoāi; tian-tò
iōng-sim pó-hō· chiàu-kò·, hō· i ē thang an-choân
seng-iỏk. Chit hō lâng chiū-sī ū chû-pi.

Thang chai ài sī pah hāng tek-hēng ê kin-pún. Ū
ài ê sớ-chāi tek-khak sī ū seng-iỏk, ū hoat-tảt, ū
hô-bó, ū khoài-lỏk. Ài, sī it-chhè ê khí-goân, ài ê
chok-iōⁿg, láu-sỉt sī khoah-tōa kàu tī bô hān-liōng.
Sớ-í Ki-tok-kàu ê Sèng-chheh ū kóng, "Sîn sī Ài."
Lâng nā kiaⁿ jîn-ài jú chiâu-chñg, i ê khùi-lảt tek-
hēng sī jú tōa, sī jú chiap-kīn Sîn. Chit chéng lâng
ē khạm-tit kóng sī thè thiⁿ teh chò sū, ē thang chò-
chiâⁿ chin tōa ê sū-giảp, hō· chèng-lâng hióng-siū bô
hān-liōng ê hok-khì. Sek-khia chāi Iṅ-tō· sớ kiàⁿ ê
chû-pi, Khóng-chú chāi Tiong-kok sớ chhiòng ê jîn-
gī, kap Ki-tok chāi Iû-thài sớ lâu phok-ài ê jiảt-hoeh,
ṁi-tiỏh in sớ kiâⁿ ê jîn-ài hui-siông tōa, choân Sè-
kài ê lâng, kiám m̄-sī chū nñg, saⁿ chheng nî í-chêng
kàu kin-á-jỉt iáu-kú sī teh siū in ê in-ìm !

Sè-kan bān-hāng sī bô tiāⁿ-tiỏh, put-sî ū piàn-
oāⁿ, sớ-í kiò-chò bû-siông ê Sè-kài. Chóng-sī tỏk-
tỏk ū chit hāng bē piàn--ê tī-teh: chit hāng chiū-sī
Ài. Sîn sī sím-mỉh khoán, bat Sîn kàu thàu-thiat
ê lâng, sỉt-chāi sī iáu-bōe ū; sui-jiân sī án-ni, lán sī

bêng-bêng sìn ū Sîn. Che sī tùi sím-mih hō· lán
sìn? Chiū-sī tùi Sîn ê Aì. Thiⁿ-tē ê tiong-kan,
bêng-bêng ū ài ê sū-chek thang hō· lâng khòaⁿ-kìⁿ.
Bān-hāng lóng tiòh piàn·oáⁿ, tiòh siau-biat; tòk-
tòk ài, chit hāng kàu tī tó-ūi to sī khia-tiâu-tiâu.
Ū ài ê só·-chāi, tiāⁿ-tiòh ū oàh-miā, tiāⁿ-tiòh ū hô·-
lòk. Chit hāng sui-sī kàu thiⁿ-pang tē-lih ê sî-chūn,
tiāⁿ-tiòh to sī chit ê khoán.

Lâng ê it-seng sui-sī kóng ū chhit-chàp peh-chàp
ê hòe-siū; chóng-sī nā phēng thiⁿ-tē ê kú-tńg sī m̄-
tàt bàk-chit-nih ê kú. Tāi-ke tiòh bêng-pèk, lâng ê
it-seng sī bô sím-mih; nā ū, chiū-sī thiàⁿ lâng kap
hō· lâng thiàⁿ nā-tiāⁿ. Tû-khì chit-hāng ài, í-gōa
to lóng sī khang-khang lah! Kóng chit kù khah
bêng, bô ài ê lâng sī bô sèⁿ-miā, bô ài ê só·-chāi
tiòh tîm-lûn. Tòk-tòk ài sī éng-oán kap Sîn pêⁿ tī-
teh, m̄-nā ka-tī bē kiám-chió, sit-chāi sī kú-kú ē
thang hō· chèng-hāng oàh-miā ē khah oàh, koh-chài
khah ke-thiⁿ.

Liàt-ūi, chia ū chit ê lâng; chit ê lâng ê só·-chò
sī siáⁿ-khoán, kiat-kiòk sī cháiⁿ-iūⁿ, chhiáⁿ tāi-ke
chēng-chēng siūⁿ chit-ē khòaⁿ. Lâm-iūⁿ ū chit ê só·-
chāi kiò-chò Pò·-oa Pò·-oa ê koán-lāi ū chit ê tó-
sū kiò-chò Mo·-lo·-kai. Pò·-oa ê jîn-kháu chóng-
kiōng ū jī-chàp-gō·-bān lâng, chiong-tiong tiòh thái-
ko-pēⁿ ê lâng put-chí chē. In-ūi kiaⁿ-liâu thoân-
jiám jú khoah, só·-í chiong hiah ê tiòh thái-ko-pēⁿ
ê lâng, lóng chhōa khì Mo·-lo·-kai-tó-lāi. Tāi-ke
chai chit hō chèng-thâu sī tàk lâng só· m̄-ài oá-kīn--ê,
só·-í tī Mo·-lo·-kai-tó-lāi hiah ê pēⁿ-lâng sī chin-
chiàⁿ chàp-hun ê kan-khó·. Ū chit ê Pèk-ní-gî lâng
kiò-chò Ta-mi-eng (Damien). Chit ê sian-siⁿ sī tùi
in ê kok hng-hng lâi Pò·-oa beh thoân tō-lí. Thiaⁿ-
kìⁿ kóng hiah ê thái-ko-lâng teh kan-khó·, i jím-sim

bē tiâu, chiū koat-sim kap i ê chhin-lâng lī-piȧt.
Ka-tī chȧt ê hó-hó lâng, thiàu jȧp khì thái-ko-lâng
ê lāi-bīn, kap hiah ê lâng tâng-chiȧh tâng-khùn kàu
chȧp-lȧk nî ê kú, lō·-bóe ka-tī iā sòa tiȯh hit hō pēⁿ
sí. Ta-mi-eng Sian-siⁿ sí hit nî, nā tùi kin-nî sǹg-
khí, tú sī 36 nî chêng. Hiān-sî tī Mo·-lo·-kai-tó-lāi
teh chiàu-kò· thái-ko lâng ê siat-pī, khiok sī put-
chí chiâu-pī ; m̄-kú Ta-mi-eng Sian-siⁿ chho·-chho·
khì ê sî, sī lóng bô sím-mı̍h, khí-thâu lóng sī tiàm
tī tōa chhiū-kha khùn. Iȧh Ta-mi-eng Sian-siⁿ só·
chò ê kang, kā hiah ê pēⁿ-lâng jiû, sé, kô·-iȯh to
bián kóng, iā tiȯh kap in tàu khí-chhù, chèng-choh,
iā kóng tō-lí hō· in thiaⁿ. Nā ū lâng sí, m̄-nā tiȯh
kā in tâi, iā tiȯh kā i chò koaⁿ-chhâ. Kan-ta Ta-
mi-eng Sian-siⁿ chȧp-lȧk nî kú só· chò ê koaⁿ-chhâ
kóng ū 1500 khū. Ta-mi-eng Sian-siⁿ sí liáu-aū, iā
ū chin-chē lâng hoaⁿ-hí khì chiap i ê khoeh. Hiān-
sî ū chı̍t-ūi kiò-chò Tȧt-tong Sian-siⁿ lâi Mo·-lo·-
kai-tó í-keng ū saⁿ-chȧp nî ; phah-sǹg chit-ūi mā-sī
tiȯh chò kàu sí chiah khòaⁿ ū soah, bô! Chhāi Mo·-
lo·-kai-tó ê thái-ko-lâng, put-sî kóng ū 1000 lâng
í-siōng.

Aî--ah ! Sè-kan iáu ū pí chit-khoán thiàⁿ-thàng
khah tōa--ê á bô ? Lâng-lâng nā-sī ē thang chhin-
chhiūⁿ chit-khoán lâi thiàⁿ lâng, lí siūⁿ chit ê sè-kan
kiám iáu ū sím-mı̍h thang hoân-ló ? Aî--ah ! Chin-
chiàⁿ tōa, Aì ê lȧt ! Ū Aì, khí-thâu chiah ū sèⁿ-miā,
ū ài khí-thâu chiah ū an-sim, khí-thâu chiah ū hô-
pêng !

TĒ-KÁU HĀNG
Lūn Kiān-khong

1. Kiān-choân ê Cheng-sîn tiàm tī Kiān-choân ê Seng-khu

"Kiān-choân ê cheng-sîn tiàm tī kiān-choân ê seng-khu" (Mens sana in corpore sano). Chit kù sī Se-iûⁿ ê kek-giân, sī bián-lē lâng tiȯh gâu hùn-liān chiàu-kò͘ seng-khu hō͘ i ióng; ê chhut-miâ ê ōe. Se-iûⁿ lâng kò-kò to sī kah-ná chhin-chhiūⁿ chiong chit kù-ōe khek tī in ê náu-kin-lāi, in tȧk lâng put-lūn ta-po͘, cha-bó͘, tōa-lâng gín-ná, lóng sī hui-siông gâu hùn-liān seng-khu. Só͘-í in ê lâng m̄-nā seng-khu ê kin-bah sī chhin-chhiūⁿ thih phah--ê, in ê cheng-sîn kò-kò to sī oȧh-thiàu-thiàu.

Lán ê lâng m̄-chai sī ūi-tiȯh sím-mih iân-kò͘, kok-lâng ê seng-khu to sī bē-hiáu-tit chiàu-kò͘--ê khah-chē, tì-kàu thé-chit hui-siông lám, cheng-sîn lóng bô kàu-giȧh. Phó͘-thong nā chiȧh kàu gō͘-chȧp hòe, chiū giám-jiân ū chȧt ê lāu-lâng khoán. Se-iûⁿ lâng tùi gō͘-chȧp hòe khí, tú-chiah sī beh tōa-tōa chò tāi-chì; in hit-tiȧp ê cheng-sîn chha-put-to sī kap lán jī-saⁿ-chȧp hòe ê lâng tâng chȧt-iūⁿ, kui seng-khu móa-móa to sī chòng-liân ê khì-khài.

Ū lâng kóng Tang-iûⁿ kap Se-iûⁿ ê bûn-bêng kok-kok ū tȧk-sek, bô tek-khak Se-iûⁿ ū khah-iâⁿ. Góa siūⁿ lióng-pêng ê bûn-bêng kok ū tȧk-sek, che khiok sī sȧt-chāi; chóng-sī kóng Tang-iûⁿ ê bûn-bêng bē khah-su Se-iûⁿ, che kiaⁿ chò kóng-liáu siuⁿ chū-khoa. Koh-khah àn-chóaⁿ siūⁿ, góa to m̄-káⁿ kóng Tang-iûⁿ ê bûn-bêng bē khah-su. Lâng kóng, Tang-iûⁿ ê bûn-bêng sī chāi tī cheng-sîn; Se-iûⁿ sī

chāi bút-chit. Án-ni sī ū-iáⁿ; chóng-sī m̄-thang
tùi án-ni chiū liáh-chò Se-iûⁿ ê cheng-sîn bô bûn-
bêng, á-sī kóng Se-iûⁿ ê cheng-sîn bûn-bêng sī khah-
su Tang-iûⁿ--ê. Nā-sī chit-tiám tú chit-tiám lâi
phēng, Tang-iûⁿ ê cheng-sîn bûn-bêng, lāi-té pí Se-
iûⁿ--ê khah chhut-sek iā sī ū; m̄-kú nā tùi tāi-thé
khòaⁿ, thang kóng m̄-nā Se-iûⁿ ê bút-chit bûn-bêng
ū khah-iâⁿ Tang-iûⁿ, cheng-sîn bûn-bêng iáh sī pí
lán khah chhut-tioh.

Chóng-kóng, Se-iûⁿ bûn-bêng sī khah chek-kek,
lán Tang-iûⁿ bûn-bêng sī khah siau-kek. Se-iûⁿ--ê
sī khah hiòng-chiân khah oáh-tāng; lán--ê, sī khah
siú, khah tîm-chēng, khah thè-pī, khah iu-ut ê
khoán. Phì-lūn kóng: Chāi lán sī kóng, "Ka-tī só͘
m̄-ài--ê m̄-thang hō͘ pát-lâng, án-ni chiū-sī ū jîn-ài."
Chāi Se-iûⁿ chiū m̄-sī án-ni. In kóng, "Tioh chiong
ka-tī só͘ ài--ê, hoaⁿ-hí hō͘ lâng, chiah sī ū jîn-ài."

Kīn-kīn tùi chit kù-ōe chiū ē thang chai-iáⁿ Se-
iûⁿ ê cheng-sîn khah chek-kek, khah thiat-té.
Chhiáⁿ jīn-chin siūⁿ-khòaⁿ leh, lán só͘ m̄-ài--ê bóh-
tit thèh hō͘ lâng sī khah-khoài, chiong lán só͘ ài--ê
thèh hō͘ lâng, sit-chāi sī khah-oh. Koh-chài chiong
lán só͘ m̄-ài--ê bô thèh hō͘ lâng; tùi hit ê lâng kóng
sī bô ūi-tioh án-ni ke-thiⁿ sím-mih hòe, sī pêng-
siông ê tāi-chì. M̄-kú nā chiàu lán só͘ ài-ê thèh hō͘ i,
hit ê lâng ūi-tioh án-ni ke-thiⁿ lī-ek sī khah chē.

Se-iûⁿ ê chong-kàu (Ki-tok-kàu) kà lâng kóng,
Lâng ê seng-khu sī Sèng-lêng ê pó-tiān, só͘-í tùi
seng-khu lāi só͘ hoat-chhut it-chhè ê kám-kak, nā
siū Sèng-lêng ê chí-tō, tioh lóng hō͘ i oáh-tāng
chiah hó. Tang-iûⁿ ê chong-kàu (Pút-kàu) kà lâng
kóng, Sè-kan bān-sū sī khang-khang, chiū-sī lâng
seng-khu kiat-kiók iā sī bô; nā chiong bô-ê khòaⁿ
chò ū, chiū-sī chip-bê, só͘-í tùi seng-khu só͘ hoat it-
chhè ê kám-kak, tioh kā i kìm-chè hō͘ i siau-bô--khì.

Tùi án-ni sìn Pút-kàu ê lâng ū-ê bô chhōa bó˙, ū-ê
kìm bô khùn, bô chiảh-pn̄g, kóng iảh ū káu-nî kú
kan-ta tiām-tiām chē khòaⁿ-piah, iā ū-ê chē teng-
chhn̂g, kiảh chng-á chhảk seng-khu, hō˙ pảt khoán
ê liām-thâu bē hoat-seⁿ, hō˙ jiók-thé ē thang khah
kín bô--khì, thang sêng Pút. Liảt-ūi, chhiáⁿ siūⁿ-
khòaⁿ, chit nn̄g khoán chong-kàu, sī Tang Sai nn̄g-
pêng cheng-sîn bûn-bêng ê tōa tẻk-sek. Chiàu án-
ni pí-kàu khòaˊ, Tang-iûⁿ Pút-kàu sóˊ kóng kiám
m̄-sī hui-siông siau-kẻk mah?

Koh-chài Se-iûⁿ-lâng tùi thiⁿ-tē-kan bān-hāng-
mih lóng sī bô kiaⁿ-hiâˊ; in lóng káⁿ oá-kīn kā i
gián-kiù kàu chhⁿ, kā i thẻh-lâi chò lâng ê lō˙-ēng.
Lán Tang-iûⁿ-lâng chiū m̄-káⁿ; tāi-khài ê mih to sī
m̄-káⁿ khì bong--i. Phì-lūn kóng, lán Tang-iûⁿ-lâng
kiảh-hiuⁿ teh pài ê lûi-kong sih-nà; Se-iûⁿ-lâng in
lóng bô kap i sè-jī, kā i chhōa--lâi, chiū kiò i chò
gû thoa-chhia, chò teng chiò-lō˙. In Se-iûⁿ lâng
chāi chit tē-bīn-chiūⁿ bô chit tah in m̄-káⁿ kàu; lán
ê lâng sī kan-ta chhiúg-kah lâu tn̂g-tn̂g, tiàm chhù-
lāi kiâⁿ-lâi kiâⁿ-khì, siàu chng-á, thit-thô kòe-jit.

Lūn kin-á-jit ê Tang-iûⁿ lâng su Se-iûⁿ lâng ê
tiảm sī chin-chē lah. Lán Tang-iûⁿ lâng ê chì-khì
sī chin siau-tîm, chin bô oảh-tāng. Lán lóng chin
khoài lāu, chin khoài sí. Che lóng sī tùi lán ê sin-
thé chin loán-jiók, tì-kàu cheng-sîn bô chhiong-
chiok. Sóˊ-í sū-sū to sī m̄-káⁿ hiòng-chêng chò,
lóng sī thè˙-pō˙ siú nā-tiāⁿ. "Kiān-choân ê cheng-sîn
sī tiàm tī kiān-choân ê seng-khu."

Liảt-ūi, chhiáⁿ lán ê bảk-chiu thí-khui khòaⁿ, lán
ê lâng ū chiâⁿ chit ê lâng-khoán--ê, ū kúi lâng?
Khah-chē kiám m̄-sī bīn-sek koˊ-tâ, phôe-bah siau-
sán, ún-ku, chhiⁿ-mê, pái-kha--ê móa-móa sī mah?
Tùi chit khoán thé-keh bô kiông-chòng ê cheng-sîn
thang hoat-hiān, sit-chāi sī eng-kai.

2. Ē thang hō͘ seng-khu ióng-kiāⁿ ê hoat-tō͘

Lán beh giàn-kiù hō͘ seng-khu ē thang kiông-chòng ê hoat-tō͘ ê í-chêng, lán tio̍h seng ē kì-tit chi̍t hāng : Chiū-sī lán ài seng-khu ióng, m̄-sī beh ài tn̂g-hòe-siū ê ì-sù, sī beh ài lán chhin chò lâng ê pún-hūn, chò hō͘ i thiat-té. Nā m̄-sī án-ni siūⁿ, kóng hō͘ seng-khu ióng, sī choan-choan ūi-tio̍h beh ài tn̂g-hòe-siū ê iân-kò͘, án-ni chiū tōa-tōa ū chhò-gō͘, koh lo̍h-khì sǒ beh kóng ê gī-lūn chiū sòa bē bêng-pe̍k.

Chhiáⁿ siūⁿ-khòaⁿ, chia ū chi̍t ki to. To, m̄-sī beh pâi khòaⁿ-hóng. To, sī beh chhiat mi̍h. To, nā ē thang chhiat jú-chē khoán, koh jú-chē ê mi̍h, sī jú hó. To, kan-ta sok tī to-siù, sui-jiân sī khǹg ū kúi-nā chheng nî ê kú, kiat-kio̍k ū sím-mi̍h ì-gī? To, tio̍h chhiat mi̍h, chhiat jú-chē jú-hó. Só͘-í to, tē-it iàu-kín tio̍h ū kùg; tē-jī, tio̍h ài lāi. To, beh ài ū kùg tio̍h ài ēng hóe pû, ēng thûi liān, ēng chúi gàn, ia̍h beh hō͘ i lāi chiū tio̍h siah, tio̍h bôa. Nā-sī án-ni, bit ki to tiāⁿ-tio̍h ē khah khoài liáu ; ia̍h kiaⁿ khoài liáu, chiong to bô siah bô bôa, kan-ta siu khì khǹg, kiù-kèng sī chiâ ͣ sím-mi̍h? Chit ê ì-gī nā ū bêng, beh hō͘ seng-khu ē ióng-chòng ê hoat-tō͘ chiū khah khoài chheng-chhó.

A. Hioh-khùn kap chò-kang.

Hioh-khùn kap chò-kang, chún-chat hō͘ tú-hó, beh hō͘ seng-khu ióng, chit hāng sī chòe iáu-kín. Lán pêng-siông ê lâng put-chí khìn-biān, lóng sī ē-biáu siūⁿ chò-kang, bē-hiáu siūⁿ hioh-khùn. Se͘-iû͘ ū chi̍t kù sio̍k-gú kóng, "Bô hioh-khùn lóng chò-kang, khiáu-khiáu gín-ná to ē pìⁿ gōng-lâng." Lán it-pōaⁿ ê lâng chiàu-khòaⁿ khah-chē sī chò-kang kòe-thâu, siau-sán tit-tit beh ta-khì--ê sī chin-chē.

Iáh chit pêng ū giáp-sán ū tē-ūi ê lâng, put-chí m̄-
ài tín-tāng, choan-choan sī hioh-khùn. In ê hioh-
khùn thang kóng sī chin ké̤k-toan ê chò-hoat, i ê
kha-chhiú chha-put-to kui-sì-lâng lóng m̄-bat hơ i
tín-tāng; i ê mn̂g-kúg-khang, tû-khì phòa-pē" hoat-
jiát á-sī lák-goéh thin í-gōa, thang kóng sī lóng m̄-
bat ū lâu-koā" chhut-lâi. Só͘-í khah-chē sī kap
pêng-siông lâng siāng-khoán, iû-goân sī chit têng-
phôe nê chit ki kut, nn̄g ki kha chài chit ê seng-
khu to sòa beh bē chāi. Lán ê lâng thang kóng sī
ké̤k-toan kàu-ké̤k, chò-kang--ê tit-tit chò kàu sí, iáh
hioh-khùn--ê bī it-tit khùn kàu khùi-si tn̄g. Che sī
i ê kéng-gū kiò i án-ni iáh sī ū; chóng-sī tōa ê lí-
iû sī bē-hiáu chò-kang kap hioh-khùn ê ì-gī.

Tāng kha-chhiú, bē iōng-tit kóng sī teh chò-kang;
tiām-tiām chē, iáh bē iōng-tit kóng sī teh hioh-
khùn. Chò-kang kap hioh-khùn ê hun-piat, khòa"
sī ūi-tió̤h tāi-chì teh chò tāi-chì, á-sī ūi-tió̤h sim-ài
teh chò tāi-chì. Ūi-tió̤h tāi-chì teh chò tāi-chì sī
chhut tī bô-tâ-oâ, sī ū kám-kak kan-khó͘. Ūi-tió̤h
sim ài chò tāi-chì, sī chhut tī sim-koa" ka-tī boeh,
só͘-í ū an-ùi. Thé̤h iû-piān ê lâng teh cháu-lō͘, cháu
sio-liáh ê lâng iáh sī teh cháu-lō͘; sui-jiân sī pê"-pê"
teh cháu-lō͘, thé̤h iû-piān--ê sī teh chò-kang, cháu
sio-liáh ê lâng sī teh hioh-khùn. Seng-lí lâng ūi-
tió̤h seng-lí phóng chhùi-ē-táu tī-teh siū", kap kiá"-
kî ê lâng ūi-tió̤h kî-jí liân chhùi-chhiu tī-teh siū",
pên-pê" to sī tī-teh siū"; chóng-sī chit-ê sī teh chò-
kang, chit-ê sī teh hioh-khùn. Chò-kang sī bô-tâ-
oâ, sī bián-kióng chò, sī ûi-pōe sim-koa" ê só͘ ài, só͘-í
tōa-tōa ū sún-hāi seng-khu ê khong-kiān. Hioh-
khùn sī chhut tī sim só͘ ài, ū an-ùi, só͘-í tùi seng-
khu ê kiān-khong ū lī-ek. Chò-kang sī siū tāi-chì
só͘ pek tī-teh chò, tāi-chì nā bōē-liáu, kang chiū bē
thang soah.

Só͘-í lô-tōng siu" kòe-thâu, tì-kàu hāi seng-khu. Hioh-khùn sī chhut-chāi sim chú-ì, ài chò chiū lâi chò, ài hioh chiū ē thang hioh, chún-chat ē tú-hó ; só͘-í tùi seng-khu ū lī-ek. Koh-chài chò-kang sī khah ài choan-chú tī chi̍t hāng, siu" tāi-chì--ê tio̍h put-sî choan-choan tī-teh siu", chhut-la̍t--ê, chhut kàu la̍t chīn, to tio̍h ài koh chhut, iōng chhiú--ê tio̍h put-sî iōng chhiú, iōng kha--ê put-sî tio̍h iōng kha, tī gōa-bīn--ê tio̍h hō͘ ji̍t-thâu pha̍k kàu beh ta--khì, tī lāi-bīn--ê tio̍h ìm kàu beh n̂g-sng.

Chóng-kóng chò-kang sī iōng seng-khu ê chi̍t-pō͘, tì-kàu choân-thé bē tiâu-hô, pi"-chiâ" chi̍t chéng phòa-siù" ê khoán-sit. Hioh-khùn ē thang chiàu lán seng-khu ê khoat-khiàm, tiau-hô hō͘ hó-sè, só͘-í seng-khu ē khong-kiān, ē ná cheng-ka.

Lán tī-chia kóng hioh-khùn, bián kóng m̄-sī kan-ta tó teh khùn ê ì-sù. Chóng-kóng, chhut tī sim-koa" ê sớ͘ ài lâi chò chiū-sī hioh-khùn lah ! Seng-khu iā-siān, sim-koa" siu" ài khùn, iā̍h chiū tó--lo̍h-khì khùn, án-ni chiū-sī hioh-khùn ; che sī an-chēng ê hioh-khùn. Seng-khu iā-siān, sim-koa" siu" ài tín-tāng, iā̍h chiū chhut-khì gōa-bīn kiâ"-cháu, á-sī phah-kiû, peh-soa", che sī kiò-chò ūn-tōng ê hioh-khùn. Phó͘-thong, lán ê lâng nā kóng hioh-khùn, chiū-sī chí an-chēng ê ì-sù, lóng bô ūn-tōng ê ì-sù tī hit nih.

Chit kù ūn-tōng ê ōe sī kīn-lâi chiah khah ū ēng, khah-chá lóng bán-tit thia"-kì". Che sī chèng-bêng lán tùi ūn-tōng bô chhù-bī, bô koan-sim. Chiông-lâi khòa" ūn-tōng sī chò chi̍t chéng m̄ chèng-keng ê tāi-chì, gín-ná chò n̂g kók-ke bih sio-chhōe, á-sī tioh kòe-hûn, chha̍t ûi-kun, che to lóng sī chi̍t chéng ê ūn-tōng. It-poa" ê lâng khòa" che kóng sī gín-ná teh sńg teh chok-gia̍t, lia̍h-chò m̄ eng-kai ê tāi-chì ; tōa-lâng choa̍t-tùi m̄-bat chò, iā m̄-khéng hō͘ gín-ná khì chò.

Kàu chia, lán í-keng ē thang bêng-pèk lán ê lâng sin-thé loán-jiòk ê lí-iû. Lán ê lâng thang kóng sī ū lô-tōng, bô ūn-tōng. Lô-tōng, chiàu téng-bīn só· kóng ū hāi seng-khu sī khah chē; beh hō· seng-khu ióng, ài ūn-tōng chiah ē iōng-tit. Sui-jiân kóng lán m̄-sī bô hioh-khùn, lán sī kan-ta ū an-chēng ê hioh-khùn nā-tiāⁿ. An-chēng, khiok sī iàu-kín; chóng-sī nā kan-ta an-chēng, sī hō· lâng ê kin-bah jú bô khùi-làt, hō· lâng ê cheng-sîn jú siau-tîm, jú nńg-chiáⁿ.

Tāi-ke chèng hiaⁿ-tī chí-mōe! Lán siū chin kú pháiⁿ síp-koàn ê chek-pè chin chhim, hō· lán seng-khu loán-jiòk, í-keng kàu kèk-khám, lán ê cheng-sîn siau-tîm í-keng kàu tī kèk-thâu. Chò lâng eng-kai siū-tiòh ê hok-khì, lán sít-chāi pàng-sak chin-chiàⁿ chē, chha-put-to bô tàng thang sǹg-khí. Che lóng sī tùi lán bē-hiáu chò-kang kap hioh-khùn ê ì-gī, bē-hiáu ūn-tōng ê iàu-kín só· tì--ê. Lán tiòh chhiat-chhiat kín-kín séng-gō·, kan-ta chò-kang bô hioh-khùn, kàu-bóe sī ē bô kang chò. Iàh koh-chài nā-sī kan-ta an-chēng bô ūn-tōng, kàu-bóe tiòh ài pìⁿ-chiàⁿ nńg-kha nńg-chhiú ê siān-lâng-á!

M̄-ài ūn-tōng, sī Tang-iûⁿ-lâng kiōng-thong ê sèng-chit. Chit chàp-gōa nî í-lâi, siū Se-iûⁿ ê hong-khì tōa kám-hòa, ūn-tōng ê chhù-bī í-keng chit-nî chit-nî tióng. Chāi hàk-hāu tàk-jìt to ū kà ūn-tōng ê hoat-tō·, múi-nî ū siat chióng-chióng ê ūn-tōng-hōe teh kó·-bú. M̄-nā tàk kok tiàm tī i ê kok-lāi ka-tī teh chióng-lē, kok tú kòk ê tiong-kan iā ū siat-hōe teh kó·-chhui.

Chāi lán Tang-iûⁿ, Jìt-pún, Tiong-kok, Hui-lī-pin chit saⁿ kok chū sì, gō· nî chêng ū siat chit ê hōe, kiò-chò "Kèk-tang Ô·-lin-phek." Nn̄g nî chiàu-lûn tī chit kok khui chit pái. Thong Sè-kài bān-kok iā ū sio-kap siat chit ê Sè-kài Ô·-lin-phek ê hōe, káⁿ-sī múi sì-nî khui chit pái. Kin-nî (1924) sī tiàm Hoat-kok ê Tè-to˙ Pa-lí khui, chit pái sǹg-sī tē-peh pái. Tī téng-goéh (4 goéh 27 jit) tùi lán kok-lāi iā ū kéng jī-cháp-gōa lâng phài khì hù hit ê hōe, tióh chē sì gō˙-cháp jit ê chûn chiah ē kàu-ūi. Chhin-chhiūⁿ án-ni, chit khoán ê hōe, só˙ khai ê chîⁿ kap só˙ iōng ê sim-sîn, sit-chāi sī m̄-sī sió-khóa. Ū-tang-sî m̄ tú-hó tī hit tiong-kan ū lâng tióh-siong, ū lâng liáu sèⁿ-miā--ê iā sī bô hi-hán.

Láu-sit, chit khoán ê tāi-chì hō˙ lán ê lâng tek-khak sī chò bē-tit-thang kàu ; chóng-sī ūi-tióh án-ni, kó˙-bú hō˙ thong Sè-kài ê lâng, lóng-chóng chai-iáⁿ ūn-tōng ê iàu-kín, lóng-chóng tùi ūn-tōng ū chhù-bī ; lâng-lâng lóng khì chò. Tùi án-ni, thong Sè-kài ê lâng sin-thé kap cheng-sîn chiū chiām-chiām ē khah ióng-chòng.

Se-iûⁿ lâng tùi chit khoán ūn-tōng ê chhù-bī, sit-chāi sī hui-siông. In tī chhù-lāi ū chhù-lāi ê ūn-tōng, tī gōa-bīn ū gōa-bīn ê ūn-tōng ; tī soaⁿ-nih, ū soaⁿ-nih--ê ; tī chúi-nih, ū chúi-nih--ê ; ū-ê chit lâng chò--ê, iā ū chē-chē lâng chò-hóe chò--ê ; ū chheng-chheng pah-pah khoán. Kan-ta ūi-tióh chit hāng ūn-tōng, in ta̍k-nî só˙ khai ê chîⁿ m̄-chai ū lōa-chē ?

Ūi-tióh ka-tī beh ūn-tōng bián-kóng ài iōng chîⁿ, chiū-sī beh khòaⁿ lâng ūn-tōng iā m̄-sī sui-piān ē sái-tit. Thiaⁿ-kìⁿ kóng tī kū-chûn-nî chāi Bí-kok Niú-iok-chhī, Sè-kài chòe chhut-miâ ê kûn-tò˙-ka tī-hia pí-ián, chip-oá lâi khòaⁿ ê lâng ū cháp-bān lâng, chē it-téng ūi ê jip-tiûⁿ-liāu chit-pah kho˙. Tùi hit ê thâu-chhiú sai-hū án-ni chit-pái ê siā-lé, kóng sī la̍k-cháp-bān kho˙ gîn, che sit-chāi sī hō˙ lán só˙ bē-hiáu siūⁿ, hō˙ lán thiaⁿ-liáu ē tióh-kiaⁿ.

Koh-chài ū khòaⁿ-tióh chêng tī lán Tâi-oân chò Chóng-bú-tiúⁿ-koaⁿ Hā-chhoan Hông Sian-siⁿ ê chheh ū siá, kóng i tī cháp-nî chêng ū chhâ Eng-

kok lâng pêng-kin chit lâng chit-nî kan-ta ūi-tiòh
ūn-tōng, tiòh khai jī-chàp-kho˙ gîn ; iàh in choân-
kok chóng-kiōng tiòh khai káu-ek chit-chheng-bān
gîn. Che sī chàp-gōa nî chêng ê tāi-chì ; hiān-sî
bián kóng, sī koh-khah chē. Káu-ek chit-chheng
bān gîn kiám m̄-sī chin-chē mah? Lán Tâi-oân
Chóng-tok-hú hiān-sî chit-nî ê hùi-iōng sī chiong-
kin chit-ek gîn. Chàp-nî chêng˙Eng-kok chit-nî só˙
iōng ê ūn-tōng- hùi, hō˙ lán hiān-sî Tâi-oân ê koaⁿ-
hú ē thang khai káu-nî kú lah! Lí khòaⁿ, thang kiaⁿ
á m̄-thang kiaⁿ?

Ah! Se-iûⁿ-lâng pí lán khah ióng ū pah-pōe, pí
lán khah gâu ū chheng-pōe ; sit-chāi m̄-sī ngó˙-jiân
ê tāi-chì. Goān lán tùi ūn-tōng tiòh koh chit-hoan
ê iōng-sim.

Sit-chāi "Bô hioh-khùn lóng chò-kang, khiáu-
khiáu gín-ná to tiòh pìⁿ gōng-lâng." Chhiáⁿ put-sī
chò-kang ê tông-pau tiòh ài ē kì-tit. Koh-chài Lô-
má-lâng ū kóng, "Kiān-khong tī mn̂g-gōa." Só˙-í
góa hó-táⁿ chhiáⁿ ūi-tiòh put-sī kan-ta an-chēng
hioh-khùn, tì-kàu phòa-pēⁿ teh kan-khó˙ ê tông-
pau, chhiáⁿ lín sìn Lô-má-lâng chit ˙kù ōe, sî-sî
chhut-khì mn̂g-kháu-gōa kiâⁿ-kiâⁿ cháu-cháu khòaⁿ,
kiān-khong ióng-kiāⁿ teh-khak tī-hia tán-hāu lín !

B. *I, Sit, Chū.*

I-chiûⁿ, chiàh-mih kap chū-ki, chit saⁿ-hāng sī
lâng beh pó-chhî sèⁿ-miā só˙ pit-iàu--ê. Chóng-sī
lâng ūi-tiòh chit saⁿ-hāng tian-tò sún-sit sèⁿ-miā--ê
iā sī ū. M̄-nā sī ū nā-tiāⁿ ; chiàu sit-chāi khòaⁿ, lán
ê lâng ūi-tiòh tùi chit saⁿ hāng "I, Sit, Chū," an-pâi
liáu ū m̄ tú-hó, chhek-té só˙ eng-kai hióng-siū ê hòe-
siū sī chin-chē.

(1) I-chiûⁿ ê lō-ēng, tē-it sī beh tiau-chiat kôaⁿ-
joàh, kàu-pòh chhēng ē tú-hó, sī hui-siông iàu-kíu

Chē-chē lâng kóng saⁿ-á-khờ chhēng pỏh khah ài
kám-tiỏh hong, chhēng kāu chiū khah bē. Bô tek-
khak tú-tú sī án-ni. Khiok m̄-sī kóng kāu-pỏh lóng
bô koan-hē; chóng-sī chòc ū koan-hē sī chāi thé-
chit ê kiông-jiỏk, put-chāi saⁿ-á-khờ ê hun-liōng.
Lâng ê kám-kak ē hùn-liān-tit, ē koàn-sì. Siông-
siông chhēng-kāu ê lâng kàu-bóe sòa koàn-sì, phôe-
hu tùi án-ni chiū piàn-chiâⁿ bē kham-tit léng, sió-
khóa kôaⁿ to tiỏh chhēng chin kāu.

M̄-kú nā-sī tùi khí-thâu chiū chú-ì chhēng khah
pỏh, kàu bóe koàn-sì, sui-jiân sī chiu kôaⁿ, iā
sī m̄-bián chhēng siuⁿ kāu. Góa ê chhin-lâng, pêng-
iú ê tiong-kan, chò i-seng ê lâng put-chí nn̄g saⁿ
lâng, góa siông-siông khì in ê só·-chāi, khòaⁿ-kìⁿ
chin-chē tōa-lâng phō i ê gín-ná beh hờ sian-siⁿ
khòaⁿ. Hiān-hiān sī lȧk-goȧh thiⁿ chin joȧh, iā kā
i ê gín-ná chhēng kúi-nā niá saⁿ koh thȧh hiû,
thâu-khak kā i tì bō-am. Sian-siⁿ beh kā i chín-
chhat, chhỉt-ē kā i thǹg-saⁿ khòaⁿ, khó-lîn hit ê gín-
ná hờ· m̄-bat chêng-lí ê tōa-lâng, kā i hip kàu chhỉt
seng-khu choan-choan kōaⁿ, chhàu-kōaⁿ-sng ê hiàn
chha-put-to beh kek-tó lâng.

Lâng ū nn̄g-chéng ê chhoán-khùi, chhỉt chéng sī
tùi phīⁿ-khang kap chhùi, koh chhỉt chéng sī tùi
mn̂g-kńg-khang. Chhin-chhiūⁿ chiah joȧh ê sî, kā
gín-ná pau kàu hit khoán, che kiat-kiỏk sī
chiong hiah ê mn̂g-kńg-khang lóng kā i sat-bȧt, m̄
hō· i chhoán-khùi, gín-ná m̄-bián kám-tiỏh hong,
í-keng tiỏh ài phòa-pēⁿ chiah ū hȧp chêng-lí. I-
chiūⁿ ê lō·-iōng, bián kóng chhỉt-pō· sī beh pó-chhî
tùi lâng ê lé-sò·, iā chhỉt-pō· sī beh hó-khòaⁿ chng-
súi; chóng-sī chòe tōa ê lō·-iōng sī beh pang-chān
phôe-hu tiau-chiat thiⁿ-khì ê kōaⁿ-joȧh. Chhiáⁿ tiỏh
koh ē kì-tit chhỉt-hāng: khì-hāu léng ê sî chū-jiân
tiỏh ài chhēng khah kāu; chóng-sī nā tùi pêng-sî

chú-ì, ē thang chhēng jú-póh sī jú-hó, hō· seng-khu
ē jú-ióng. Gín-ná joàh-thiⁿ teh khùn ê sî, kan-ta
kā i pau pak-tó·, kha-chhiú heng-khám hō· i liâng sī
bô iàu-kín.

É, thang kóng iā sī chit chéng ê saⁿ-á-khò·. Lán ê
hiaⁿ-tī kha thǹg chhiah-chhiah ê lâng chin-chiàⁿ chē,
chit hāng sī chin thang kiàn-siàu, chin thang hoân-
ló. Àn-ni m̄-nā sī iá-chōng pháiⁿ-khòaⁿ, ūi-tiòh án-
ni kha-kut seⁿ liàp-á kan-khó· ê lâng sī chin-chē.
Kīn-lâi hiong-chhoan ê chí-mōe liú-kha liáu, che sī
tōa-tōa thang hoaⁿ-hí; chóng-sī sòa òh ta-po·-lâng
thǹg chhiah-kha, chit hāng chin-chiàⁿ ài chhiáⁿ tāi
ke siūⁿ! Taⁿ m̄-chai beh àn-chóaⁿ lâi kái-kiù?

(2) Chiàh mih ê tāi-chì, lán ài koan-sim ê tiám ū
chin-chē. Lán ê lâng put-lūn chiàh á-sī lim, lóng
tiòh kòe chú, kòe hiâ, kòe kún chiah khéng chiàh,
chit hāng sī chin hó ê hoat-tō·. In-ūi mih-niû siông-
siông ū tiâu chin iù-sè ê thâng kiò-chò sè-khún,
lâng ê phòa-pēⁿ tùi chiàh tiòh chit hāng lâi--ê sī
chin-chē. Nā chit pái kā i kòe chú kòe-khì, i chiū
sûi-sî sí--khì, chiàh-liáu chiū bô iàu-kín.

Chóng-sī lán tùi chit hāng chiàh, chòe m̄-hó ê sìp-
koàn chiū-sī ài loān-loān chiàh, lóng bô chiàu sî-
chūn. Chiàu i-seng ê gián-kiù kóng, lâng tùi chhùi-
lāi chiàh mih jìp pak, tiòh keng-kòe jī-chàp-saⁿ
tiám-cheng chiah ē pàng chhut-lâi. Chiàh-mih thun
lòh-khì ūi ê lāi-té (ūi, phó·-thong kiò-chò tō·) tiòh
keng-kòe chit tiám-cheng chiah choán jìp khì sió-
tn̂g, tiòh chhit tiám-cheng kú hiah ê mih chiah ē
thong-kòe sió-tn̂g ê só·-chāi. Thong-kòe sió-tn̂g í-āu
choán jìp-khì tōa-tn̂g lāi; tī-hia ū chàp-gō· tiám-
cheng kú, jiân-āu chiah ē siau chhut-lâi gōa-bīn.

Tī téng-chat ū kóng, Chò-kang kap hioh-khùn
tiòh ài chún-chat ē tú-hó; tī-chia chit hāng iā sī
iàu-kín. Chiàh-mih jìp-khì pak-tó·-lāi, pak-lāi ê ki-

130　CHÁP-HĀNG KOÁN-KIÀN

koan chiū-sī ūi, sió-tńg, tōa-tńg; í-gōa, koaⁿ, io-chí,
ūi-tióh beh hǒ hiah ê chiàh-mi̍h ē thang siau chò
seng-khu ê lō·-ēng, lóng tio̍h ài chò kang; nā-sī bô
hioh-khùn, kàu chi̍t sî la̍t chhut chīu, iáh chiū tó-
lo̍h--khì, iáh chiū hoat phòa-pēⁿ. Se-iûⁿ ū chi̍t kù
sio̍k-gú kóng, "Tn̂g-chhài ē chò té sèⁿ-miā." Lán
iā ū chi̍t kù kóng, "Tiùⁿ ti pûi, tiùⁿ káu sán, tiùⁿ
lâng ńg-sng-thán." Bô mi̍h thang chiàh gō·-sí ê lâng
si̍t-chāi sī chin-chē; chóng-sī hō· mi̍h tiùⁿ-sí ê lâng
ta̍k ji̍t m̄-chai ū lōa-chē? Koh-chài chò chi̍t pái
chiàh siuⁿ chē tiùⁿ-sí--ê ē thang kóng sī bô, só· ū hō·
mi̍h tiùⁿ-sí--ê lóng sī tùi tī bô siú sî-kan, chhùi put-
sî tāng, chi̍t chhùi chiàh kòe chi̍t chhùi--ê khah chē.
Iau-kúi chiū-sī gō·-kúi ê chhiok-hō, chhiáⁿ ū thang
chiàh ê lâng tio̍h sió-sim!

Chhùi put-sî tāng ê lâng, m̄-nā ē chhek-té hòe-
siū, iáu-kú hō· thâu-náu hūn-tūn bē hiáu siūⁿ tāi-
chì. Tāi-ke ka-tī chhì-gia̍m khòaⁿ, tāi-khài pak
khin, sim chiū khin, pak-tó· nā pá ba̍k-chiū chiū
beh ài-khùn. Só·-í khah bô chhơ-tāng siông-siông
iōng thâu-náu ê lâng, kīn-lâi hiâm chi̍t ji̍t chiàh saⁿ
tn̄g siuⁿ kòe chē, só·-í chi̍t ji̍t chhek chiàh nn̄g tn̄g-
ê ū chin-chē. Ū lâng chhek chá-khí tn̄g bô chiàh,
ū lâng chhek ē-tàu tn̄g. Chit khoán lâng góa chai-
ê put-chí chē.

Góa ka-tī chhū-gō·. La̍k nî chêng tī Tang-kiaⁿ ê sî
khí, chiū kan-ta chiàh tiong-tàu tn̄g kap àm-tn̄g,
chá-khí tn̄g sī chha-put-to bô chiàh, kan-ta lim
chiân óa ám-môe chiū soah. Góa keng-giām liáu
kám-kak put-chí hó. Só·-í chhiáⁿ ūi-tióh sàn-hiong
ê iân-kò· chiàh nn̄g tn̄g ê lia̍t-ūi m̄-bián siong-sim,
ū thang chiàh ê lâng iā teh o̍h lín ê hó bô-iūⁿ.
Chiàh-mi̍h ū-sî chi̍t pòaⁿ-pái chiàh hō· i chin chiok
pá, hō· pak-tó· lāi khah lâu-jia̍t iā sī hó; chóng-sī
pêng-sò·-sî chiàh kàu peh-hun káu-hun iáu khah hó.

Nā-sī án-ni m̄ hūn-tiāⁿ pak-tó͘ khah khoàⁿ-oàh, só͘
chiàh--ê lóh khì liáu ê mih ê hó bī, iàh beh kú-kú
tī-teh phang.

Koan-hē chiàh-mih tiòh koh siūⁿ chi̍t hāng:
chiàh-mih ji̍p chhùi-lāi tiòh jīn-chin pō͘ hō͘ iù, lóh
khì pak-tó͘ chiah khoài-siau. Tùi án-ni chiū thang
chai-iáⁿ chhùi-khí sī chin tiòh chiàu-kò͘. Lán ê lâng ê
chhùi-khí chin khoài chiù, khoài lak. Che lóng sī tùi
bē-hiáu chiàu-kò͘ só͘ tì--ê. Chiàu-khòaⁿ m̄-bat sé chhùi
ê lâng sī chin-chē. Chhùi, nā bô ta̍k ji̍t sé,¹ só͘
chiàh ê mih ē tiâu tī khí-hōaⁿ, chhùi-khí tùi án-ni
chiū khoài lak. M̄-nā án-ni; chhùi-lāi ê bī si̍t-chāi
sī bô hó, chhùi nā thí-khui iā-sī bô ngá-khì.

Kīn-lâi tāi-ke chiām-chiām ū bêng-pe̍k chi̍t hāng,
ta̍k chá-khí sé bīn ê sî sòa sé chhùi. Sé chhùi ê sî
tāi-khài sī iōng khí-bín kap khí-hún. Khí-bín sī
tek-khak ài; khí-hún sī m̄-bián tek-khak, kan-ta
iōng khah iù ê Iâm chiū chiok-giàh. Iâm, ū khì
tók-khì ê la̍t. Koh-chài ta̍k tǹg chiàh-pá aū tiòh
ài iōng chúi sóa-kháu, chiong tiâu tī chhùi-khí hiah
ê mih sé hō͘ i lī, chiah hó. Chit hāng tek-khak
tiòh si̍t-hêng, beh hō͘ chhùi-khí ióng, chit hāng sī
chin ū kong-hāu. Beh khùn ê sî nā-sī ū koh sóa
chi̍t pái chhùi, sī iáu khah téng-chin. Nā-sī kóng
lāu-lâng ū chhùi-khí sī ē pō͘-sí kiáⁿ-sun, che sī
chi̍t chéng ê bê-sìn, sī chin put-kīn jîn-chêng ê ōe.

Lán ê chiàh-mih ê chú-hoat kap chāi hiān-sî
choân Sè-kài pa̍t-lâng phēng, si̍t-chāi sī bē su--lâng.
Chóng-sī góa khòaⁿ hó-chiàh, sī hó-chiàh, m̄-chai ē
khah bô ōe-seng á-bē? Góa siūⁿ, kiaⁿ-liáu ē khah
oh siau-hòa, in-ūi lán iōng iû siuⁿ kòe chē, koh-chài
mih siông-siông chú-liáu siuⁿ kòe-thâu, tì-kàu oh
tit siau. ChhiN-chhiūⁿ ló͘-nǹg khiok sī chin hó-
chiàh; m̄-kú sī chin bē siau. Lán chiông-lâi chiàh-
pn̄g, iàh sī chin m̄-tiòh hoat-tō͘, lán lóng sī chiàh

hō͘--ê, kan-ta thèh hiah ê bí-phoh khí-lâi chiàh, bí-
chhóe lóng tī ám-lāi, chiong hiah ê chu-ióng ê ám
chiah thèh khì chhī ti, chiuⁿ-saⁿ; sit-chāi sī chin m̄-
tio̍h. Iáh lán Tâi-oân kóe-chí chhut chin-chē, tāi-
ke m̄-chai sī ūi-tio̍h sím-mi̍h in-toaⁿ, lóng chin hán-
tit chiàh; che iáh-sī chin khó-sioh. Kóe-chí m̄-nā
ū hâm chin-chē ê chu-ióng-hun tī-teh, chiàh liáu iā
put-chí ē pang-chān pa̍t-hāng mi̍h siau-hòa.

 Chū-ki ē thang kóng iā sī chi̍t chéng ê saⁿ-á-khò͘,
sī kui ka-cho̍k ê lâng kong-ke tī-teh chhēng--ê. Só͘-í
tī téng-chām lūn i-chiûⁿ ê só͘-chāi só͘ kóng ê ōe, tī-
chia ē iōng-tit koh kóng. I-chiûⁿ sī beh chò chún-
chat kôaⁿ-joa̍h kôaⁿ-joa̍h ê lō͘-ēng, chū-ki iā sī án-ni. I-chiûⁿ
sī beh chān lâng ê bí-koan, hō͘ lâng hó-khòaⁿ; chū-
ki iā sī ū chit hāng ê lō͘-ēng. Koh-chài i-chiûⁿ sī
lâng tùi lâng ê lé-sò͘ lâi kóng, tek-khak tio̍h ài ê
mi̍h, chū-ki mā-sī tâng chi̍t-iūⁿ. I-chiûⁿ sī kan-ta
ū chit saⁿ-khoán ê lō͘-ēng; chóng-sī chū-ki m̄-nā sī
án-ni, iā beh hông-pī chha̍t-á ê thau-thèh. Lán ê
chhù chē-chē ài khí hiòng-sai, che sit-chāi sī siuⁿ
pek-joa̍h, put-chí m̄-hó. Put-kò iā tio̍h khòaⁿ só͘-
chāi, khiok bē iōng-tit it-khài lūn.~~~~~*chhùi*

 M̄-kú nā-sī chiàu chiong-lâi ~~thih~~ tē-lí-su an lô-
keⁿ chiah tēng hong-hiòng, hit khoán sī chin chhò-
gō͘. Beh khí-chhù ê sî tē-it iàu-kín tio̍h kéng ta-
sang ê só͘-chāi, tio̍h khòaⁿ sì-ûi ê só͘-chāi chiah tēng
hong-hiòng, ài hō͘ ji̍t chiò ē tio̍h, hong thong ē kàu,
só͘-í thang-á tio̍h khui khah chē khah tōa--ê. Chhù
ê chiu-ûi nā-sī ū tē-tiûⁿ thang chai chhiū-ba̍k hoe-
chháu sī chin hó, in-ūi chhiū-ba̍k ê hio̍h ē sé chheng
lâng tùi phīⁿ-khang teh suh ê khong-khì.

 Chhù-lāi ê mi̍h-kiāⁿ nā-sī ē jú chió jú hó. Lán ê
chhù-lāi siông-siông ū bô lō͘-ēng ê mi̍h thīn kàu móa-
móa, sit-chāi sī chin thīn-tè, chin bô hó-khòaⁿ. Só͘-
hùi kiaⁿ-liáu siuⁿ tāng chò bē kàu; nā beh m̄-sī,

chhù-lāi lóng-chóng pho͘ tē-pán, ta̍k ji̍t iōng chúi
jiû sé hō͘ i chheng-khì, tī gōa-bīn só͘ chhēng ê hia,
ê, ba̍k-kiâh lóng mài-tit chhēng khí-lâi téng-bīn,
án-ni chhù-lāi chiū ē chin chheng-khì, tōa-sè tek-
khak ē khah chió pēn-thiàn. Chiong chit pō͘ ūi-tióh
pēn-thiàn ê ióh-chîn, kap kiám chò kang ê sún-sit,
phah-sǹg chiū í-keng chiok-gia̍h, ē thang chò chéng-
tùn chhù-lāi ê hùi-iōng. Koh chi̍t hāng : chhù-téng
ê kak-á bóh-tit pho͘ khui-khui, hō͘ thô͘-soa ē thang
seh lóh-lâi, nā lóng ēng pang pho͘ hō͘ ba̍t chiū chin
ha̍p lí-sióng, chhin-chhiūn Lōe-tē-lâng kap Gōa-
kok-lâng ê chhù, kòa hit khoán thian-pông ; nā-sī
tùi lán ê chhù ê khí-hoat kóng, góa siūn sī bô pit-iàu.
　　Lán ū ài tiàm chhù-lāi chhī cheng-se n ê si̍p-koàn.
Hiān-sî ke-chhī khiok khah bô, chāi chng-siā sī
chin-chē lâng ū chhī. Lūn chhī cheng-sen sī chi̍t
hāng tōa sū-gia̍p, sī chin iàu-kín ; chóng-sī tióh m̄-
thang ài beh hō͘ cheng-sen pûi, tì-kàu hō͘ lâng sán
chiah ē iōng-tit. Nā-sī tī chhù ê tiân-thâu tiân-bóe,
lēng-gōa siat chi̍t só͘-chāi chhī sī chin hó, m̄-kú
chiâu só͘ khòan-kìn, sī pàng kap lâng teh lām ê khah
tōa pō͘-hūn. In-ūi án-ni tiân-nih ê thô͘-kha to bián
kóng, chiū-sī thian-nih lāi-bīn iā sī put-sî ū ke, ah,
á-sī ti, iûn tī-teh lām, chám-jiân bô chheng-khì.
　　Ia̍h chng-siā lāi ê lō͘-nih, chit-tah hit-tah khah
chē lóng sī ū m̄-hó ê bī thang kek-tó lâng. Hit hō
m̄-hó ê bī, chiū-sī ū to̍k-khì ê chèng-kù, he put-chí
ē hāi lâng ê seng-khu, ē hō͘ lâng khoài phòa-pēn.
Lán to bô kā i chhì-giâm khòan, chāi hit só͘-chāi in-
ūi chhī cheng-sen só͘ thàn ê chîn-gîn, m̄-chai ū kàu
thiah ióh á-bô ?
　　Góa nā ji̍p-khì chng-siā ê sî, tiân-tiân to sī siūn
kóng, chng-gōa ê chhân-iûn nā phì-lūn chò ke̍k-lo̍k
ê Thian-kok, chng-lāi chiū-sī kan-khó͘ ê Tē-ge̍k.
In-ūi chhân-iûn kui phiàn lóng sī chhen-leng-leng,

134 CHAP-HĀNG KOÁN-KIÀN

chhân-thâu chhân-bóe ū oáh-thiàu-thiàu ê chúi teh
lâu; tùi tī chhân-bīn chhoe--lâi ê hong iū liâng, iū
phang, tiū-á-bóe hō͘ hong chhoe tàm--leh, giáh--leh;
chi̍t chōng chhin-chhiūⁿ le̍k ê chúi teh ek.

Bô tiuⁿ-tî, tùi bīn-chêng ê chháu-á-lāi, ū lán só͘
bē hiáu-tit ê thâng-thōa chhoe-chhiùⁿ gêng-chiap lán;
thêng-chēng, chi̍t-ē thiaⁿ--khòaⁿ, m̄-chai tī tó chi̍t
kak, tùi koân-koân ê só͘-chāi ū pòaⁿ-thiⁿ-á ê siaⁿ sè-sè
tī-teh hiáng. Thêng-kha kiáh-thâu chi̍t-ē khòaⁿ, hńg-
hńg ê soaⁿ ti̍t-ti̍t kàu beh tú-thiⁿ; chāi-chāi kah-ná
chhin-chhiūⁿ tī-teh khùn. Ah! Súi ah! chū-chāi ah!
khoài-lo̍k ah! lán ê chhân-iûⁿ ê hó kéng-tì!

M̄-kú nā ji̍p-kàu lán ê chng-siā lâi, thâu chiū ài
hîn, ba̍k chiū ài hoe. Só͘ ū khòaⁿ-kìⁿ--ê, chiū-sī tek-
chhì ê phòa lî-pa, jû kàⁿ-kàⁿ ê chháu-tui, ti teh kō-
e̍k ê chhàu-chúi-khut, thô͘-pùn-tui, chiùⁿ-lo̍k-lo̍k ê
ti-tiâu. Ke, káu ê siaⁿ loān-chhau-chhau, bū-jîn-
lâng háu-hoah ê siaⁿ hō͘ lâng chhàng mn̄g-kn̄g.
Ba̍k-chiu só͘ ū khòaⁿ-kìⁿ lóng sī hong-hòe, hī-khang
só͘ ū thiaⁿ-kìⁿ, to sī lô-chô; tōa-lâng chheⁿ-gîn-gîn,
kan-ta ūi-tio̍h saⁿ-tn̄g chia̍h, thoa-bôa m̄-káⁿ sió-
khóa thêng, gín-ná bô lâng thang koán-kò͘, kap ke,
káu siāng tī thô͘-kha teh pê teh háu. Ah! Chit
khoán ê kéng-hóng, beh kā phì-jū chò sím-mi̍h?
Sui-sī tē-ge̍k, iā káⁿ mā sī chit ê iūⁿ!

Tāi-ke chiòng-ūi tông-pau! Put-hēng téng-bīn
só͘ kóng--ê, nā kó-jiân sī lán ê chng-siā lâng teh
kòe-ji̍t ê hiān-chōng, lán pàng hō͘ i chiàu chit ê sè-
bīn khì ē iông-tit bē? Toàn-toàn bē iông-tit! Lán
tek-khak tio̍h siūⁿ chi̍t hāng kái-kiù ê hoat-tō͘.
Chiàu góa ê gû-kiàn, chit khoán phàiⁿ kéng-gū ê
goân-in, tē-it, sī chāi lán kú nî kàu-io̍k bô phó͘-ki̍p;
tē-jī, choân-jiân sī tùi pîn-sàn ê iân-kò͘. Phàiⁿ si̍p-
koàn kap bô kàu-io̍k, che tio̍h bān-bān lâi kái-kek,
pîn-sàn sī khah khoài thang kái-kiù,

Lán ê chng-siā lâng sī chin khîn-biān, koh-chài
tùi ka-tī chit sin ê hùi-iōng, iah sī chin khiām-phok.
Án-ni sī bô pîn-sàn ê lí-iû. M̄-kú chiàu sit-chāi,
tōa pō·-bûn sī chin kêng. Che sī in-ūi cháu-lāu ê
só·-chāi hui-siông chē. Cháu-lāu ê lō· lín ka-tī
chhiáⁿ siūⁿ-khòaⁿ. Tī-chia góa só· m̄-ài kóng--ê ū
chin-chē, góa kan-ta kóng kúi-tiâu khah phó·-thong
khah khòai kái-kiù ê tiám.

Thâu chit hāng : kèng-pài sîn-bêng ê hoat-tō· ū
tōa m̄-tiòh. Kok lâng só· sìn ê sîn-bêng tek-khak
tiòh ài kèng-pài chiah eng-kai, che put-lūn tó-lòh
ê lâng to sī chit-iūⁿ ; lán iā tiòh án-ni chò.
M̄-kú kèng-pài ê hong-hoat, lán sī tōa-tōa kap lâng bô
sio-siāng. Lán ê lâng ūi-tiòh sîn-bêng khai bô ì-sù
ê chîⁿ sī bô tàng thang khì sǹg. Lán só· kèng ê sîn
m̄-nā chit sian, sī pah-pah sian ; só·-í kim-jit ū sím-
mih seⁿ, bîn-jit tiòh chè sím-mih sîn. Chit-goèh
Má-chó· beh koah-hiuⁿ, aū-goèh Ông-iâ beh chhut-
sûn. Khah-thêng kóng beh phó·-tō·, bô chit tiap
á-kú iū tiòh ài chò chiò. Koh-chài chit-nî kan só·
ài chò ê kī-sîn m̄-chai kúi pái ; sǹg, to sǹg put-
chīn. Nā lūn-kàu khí biō-ú chng kim-sin, téng-
téng só·-hùi ê chîⁿ, khêng-chin káⁿ ē kiaⁿ--lâng.

Hiān-kim kan-ta chhāi lán Tâi-oân kóng, chiong-
kīn ū nn̄g-chheng lâng múi jit phah-piàⁿ chò kim-
chóa bô hù hō· lâng sio. Tāi-ke ūi-tiòh sîn-bêng ê
tāi-chì kan-ta loān sio, loān nāu, loān lim, loān chiah,
ê só·-hùi, chit nî kok lâng kok kháu-chàu tiòh ài lōa-
chē chiah ū kàu ? Pàt só·-chāi ê lâng chhin-chhiūⁿ
lán pài sîn-pùt--ê sī ū, pài chióng-chióng ê chhó·-
bòk-sîn iā sī ū, chóng-sī bô chit tah ū lán chit-
khoán ê khai-hùi. Chit khoán ê khai-hùi kiám m̄-
sī ē séng-iok-tit mah ? Kan-ta saⁿ nî kú, chiong só·
séng-iok ê chîⁿ kià tiàm gîn-hâng khǹg, chhiáⁿ sǹg
khòaⁿ chit kháu-chàu m̄-chai beh chek lōa-chē neh ?

Uī-tióh koàn, hun, song, chè, lán phēng pa̍t-kok ê lâng ke khai ê chîⁿ iā sī hui-siông. Lūn kè-chhōa ê tāi-chì, láu-si̍t sī chò lâng it-seng ê tōa-sū. Ia̍h song-sū chè-sū che khiok iā sī jîn-chêng ê lé-sò͘, sī chò kiáⁿ-sun ê lâng só͘ m̄-káⁿ ló-chhó ê pún-hūn. M̄-kú nā chiàu hiān-sî ê hong-sio̍k khòaⁿ, si̍t-chāi lóng sī siú hêng-sek khah chē, lóng bô ū sím-mi̍h si̍t-sim. Goân-lâi lâng ê kiàn-bûn jú tióng, sim-khiàu chiū jú khui, chit hō jîn-chêng hong-sio̍k, tek-khak tióh kap sî-tāi pêⁿ-pêⁿ kái-oāⁿ chîn-pō͘ chiah sī. Chāi-chá lán ê chêng-tāi ê gâu lâng, kiám m̄-sī ū kà lán tióh put-sî chò sin-siùⁿ ê lâng mah? Chóng-sī khó-sioh lán tông-pau ê tiong-kan, iáu-kú bē thang hiáu-ngō͘ chū-sin, chia̍h o͘-hun, lim sio-chiú, chhōa sè-î, chióng-chióng ê pháiⁿ si̍p-koàn,) thoat lóng bē thang lī ê lâng sī chin-chē. Kan-ta chiàu téng-bīn só͘ kóng, ūi-tióh ngiâ-sîn, kèng-pu̍t, koàn, hun, song, chè, só͘ ke khai-hùi ê chîⁿ-gia̍h chek-thiok khí-lâi, chiong chiah ê chîⁿ beh ū thang hō͘ lán ê kiáⁿ-jî tha̍k-chheh siu-ióng, hō͘ lán ê chhù-lāi khah ū chéng-lí, tōa-sè khah bē pēⁿ-thiàⁿ, khah ē thang hoaⁿ-hí kòe-ji̍t. Lán chit ê Tâi-oân sī Sè-kài tiong hán-tit ū chi̍t ê thian-jiân ê pó-khò͘, lán hiān-hiān tiàm tī chit ê pó-khò͘-lāi, tióh kàu chit khoán ê pîn-sàn kan-khó͘, che si̍t-chāi sī chin-chiàⁿ put-ha̍p lí.

C.　Chheng-kiat.

Tùi chit kù "Chheng-kiat," phah-sǹg tāi-ke tek-khak lēng-gōa ū chit chéng koh-iūⁿ khoán ê kám-kak. Thiaⁿ-tióh "Chheng-kiat," kiám m̄-sī sûi-sî siūⁿ-tióh kéng-chhat kap chit chéng kiaⁿ-hiaⁿ ê sim. Chit saⁿ ê liām-thâu chāi lán ê thâu-náu-lāi, kah-ná chhin-chhiūⁿ put-sî saⁿ-chhōa-kiàⁿ ê khoán. Láu-si̍t chiū léng Tâi í-lâi, chāi lán tāi-ke Pún-tó lâng ê tiong-kan, ūi-tióh kéng-chhat ê giâm-tok, siū-tióh

kòe-thâu khek-khui--ê sī bē chió ; chóng-sī nā tùi
tāi-kiók khòaⁿ, ūi-tióh án-ni, chheng-kiat ê tāi-chì
ū ke chin tōa chìn-pō͘ Nā chiong kéng-chhat só͘ ū
chò kòe-thâu ê tāi-chì. mài-tit khioh lâi kóng, sit-
chāi chit chân ê chìn-pō͘, thang kóng sī Pún-tó kéng-
chhat-kài ê kong-lô. M̄-kú nā koh tùi chit-bīn siūⁿ-
khòaⁿ, chiū thang bêng-pėk lán ê tông-pau chiông-lâi
sī khah bô chheng-kiat, lán tiόh tùi sim-koaⁿ-té ka-tī
chåp-hun chū-jīn chū-chek, tōa kiàn-siàu chiah tiόh.

   Chheng-kiat ū *nn̄g-khoán* ê ì-gī : Chit khoán,
chiū-sī sûn-sùi bô hūn-chåp, tan-tan chit hāng ê
ì-sù. Phì-lūn chia ū thn̂g : lán nā kóng chiah ê thn̂g
ū chheng-kiat, ū chheng-khì bô, chiū-sī teh mn̄g
kóng khòaⁿ hiah ê thn̂g sī kan-ta thn̂g nā-tiāⁿ, á-sī
ū chham påt-mih khoán ê mih tī-teh. Nā-sī bô
påt-mih chham-teh, chiū-sī chheng-khì ; nā-sī ū
påt khoán mih chham-teh, put-lūn sī chham iâm
á-sī hún, á-sī thô͘-soa-liåp, put-koán sī ē chiåh-tit,
á-sī bē chiåh-tit ; hiah ê thn̂g chiū-sī bô chheng-
khì, chiū-sī lâ-sâm.

   Koh phì-lūn chit hāng : nā kóng chit niá saⁿ sé-
liáu ū chheng-khì, chiū-sī kóng chit niá saⁿ--nih bô
påt hāng mih tiâu-teh, sī kan-ta pò͘-se nā-tiāⁿ ; nā-sī
kóng lâ-sâm, chiū-sī pò͘-se í-gōa iáu ū påt-hāng mih
tiâu-teh, ū thô͘ á-sī ū kōaⁿ, ū iû-káu tiâu-teh ê ì-sù.

   Chheng-kiat iáu ū chit khoán ê ì-gī. Tē-jī ê ì-gī
sī bô tók ; bô tók chiū-sī chheng-kiat. Ū chit jit
góa tùi Tâi-tiong chē chhia beh tńg-lâi Tâi-lâm. Ū
chit ê saⁿ-chåp chó-iū hòe ê bū-jîn-lâng, sin-piⁿ hē
chit ê pau-hók, chē tī góa ê tùi-bīn. I ê gín-ná
chha-put-to ū sì-hòe, kha-nih chhēng chit siang pò͘-ê,
khiā tī í-téng teh kiāⁿ, só͘-í í-téng in kàu choan-
choan thô͘-soa ê ê-té-jiah. Góa khòaⁿ-kìⁿ i lóng bô
liåh he chò àn-choáⁿ ; jím bē tiâu, khui-chhùi kā i
kóng, "Lí ê í-téng í-keng chin lâ-sâm, gín-ná ê ê

138   CHÁP-HĀNG KOÁN-KIÀN

chhiá^n kā i thǹg-khí-lâi, chái^n-iū^n?" Hū-jîn-lâng thia^n-kì^n góa án-ni kóng, i chiū kín-kín chiong i ê chhiú chhit biah ê thô͘-soa, iàh chiah chioug i ê chhiú-kin chhit i ê chhiú, aū-lâi i koh thǹg gín-ná ê ê, chiong hit siang ê-á ê-té hip ê-té, tháu-khui pau-hȯk chò-hóe pau lȯh-khì. Góa kā i khòa^n, pau-hȯk lāi ū pau chiảh-mih tī-teh.

Ah! Góa khòa^n-liáu tian-tò siū^n chin m̄ kòe-sim: in-ūi góa kóng chit kù ài i chheng-khì, hoán-tńg hō͘ i chò-chhut chin-chē bô chheng-khì ê tāi-chì. Bān-it hit siang ê nā ū tiâu-tȯk tī-teh, pau-hȯk-lāi hiah ê chiảh-mih, chiảh-liáu nā khí phòa-pē^n, iàh m̄ chin hāi! Khòa^n hit ê hū-jîn-lâng khiok sī bô sím-mih ū tiȯk-lȯk; chóng-sī chhāi lán tông-pau ê lāi-té ū khòa^n-kì^n chit khoán lâng, góa sit-chhāi chit-sì khah chhám hō͘ lâng kòng sa^n ē thâu-khak-óa^n. Che sī in-ūi i kan-ta ē-hiáu ū chhap-chảp ê lâ-sâm, bē-hiáu ū tȯk ê lâ-sâm. I sī siū^n kóng, thô͘-soa to í-keng chhit khí-lâi liáu, chhiú-kin aū-lâi sé chiū ē chheng-khì, iàh ê to té hip té, thô͘-soa bē bak-tiȯh chiảh-mih, só͘-í i chiah liảh-chò bô iàu-kín. Phah-sǹg i ká^n sī siū^n án-ni. Che sī tùi i bē-hiáu ū tȯk só͘ tì--ê.

Lōe-tē-lâng put-chí ài chheng-kiat; tùi in chit ê sèng-chit góa put-chí tōa kám-sim. Chóng-sī góa khì Lōe-tē chhit-nî gōa kú, góa iàh sī bat khòa^n-kì^n in ê lâng ū bô chheng-khì ê só͘-chhāi. Lōe-tē-lâng put-chí ài sé-ėk, só͘-í kàu tó-ūi to ū ėk-keng chin-chià^n chē. Góa iàh sī nn̄g jit sa^n jit khì ėk-keng sé chit pái. Chin chhù-bī, ėk-keng sī beh hō͘ lâng chheng-khì ê só͘-chhāi, m̄-kú góa khòa^n-kì^n Lōe-tē-lâng tiong ū bē-hiáu chheng-khì ê lâng, sī tī-chia khòa^n-kì^n. Khiok m̄-sī kóng tảk ê Lōe-tē-lâng lóng án-ni; chóng-sī góa tiā^n-tiā^n ū khòa^n-kì^n khah chho͘-siȯk ê Lōe-tē-lâng, lȯh-khì ėk-tháng-lāi sé ê sî, siông-siông ū lâng iōng ėk-tháng chúi kâm khí-lâi

sé chhùi, iảh chhùi-lāi hiah ê chúi phùi tiàm tháng-
gōa ê lâng iảh sī ū; chiū án-ni phùi tiàm tháng-lāi--ê
iảh sī ū. Ū tang-sî-á iảh bat khòaⁿ-kiⁿ phō gín-ná
lỏh-khì sé, chiong bīn-pờ̀ ùn ẻk-tháng-chúi kā gín-ná
sé-chhùi--ê iā sī ū. Hit hō ẻk-keng ê ẻk-chúi, sī pah-
pah chéng ê lâng sé-liáu--ê, kèⁿg-jiân iảh ūi-tiỏh
beh hỡ chhùi chheng-khì, chiong hit hō chúi lâi sé,
khì m̄-sī beh chheng khì, tian-tò lah-sap mah?

Chhin-chhiūⁿ chit khoán lâng khiok m̄-sī kóng
chin-chē; m̄-kú khah chē ê Lōe-tē-lâng nā lỏh-khì
ẻk-tháng lāi, chiū hờ chúi khí-lâi sé thâu sé bīn,
che sī chha-put-to lâng-lâng ū án-ni. Tùi án-ni
góa chiū siūⁿ kóng Lōe-tē-lâng ê ài chheng-khì, iảh
iáu-kú sī chhián-chhián. In-ūi tùi chit hāng ū tỏk
ê lâ-sâm, in iảh iáu-kú sī bat bô kàu.

Nā kóng lán ê lâng to sī iáu khah hāi, lán ê hiaⁿ-
tī chí-mōe ê tiong-kan, ū tỏk ê lâ-sâm to bián kóng,
chiū-sī chhap-chảp ê lâ-sâm bē-hiáu ê lâng sī hui-
siông chē. Tiong-kok-lâng sī kap lán siāng chhó-
kong, só·-í tùi chit hāng bô chheng-kiat ê tāi-chì sī
kap lán saⁿ siāng-khoán. In-ūi án-ni Tiong-kok-lâng
chhāi kin-á-jỉt ê Sè-kài siū lâng khòaⁿ-khin chin-chē,
iảh lán iảh sī siāng chỉt iūⁿ.

Ū tỏk ê lâ-sâm kap chhap-chảp ê lâ-sâm, lán ê
lâng nng hāng lóng bat bô chin, èng-kai lán ê lâng
chha-put-to tiỏh lóng chẻh-chéng chiah tiỏh. Hó
kai-chài, lán lóng bô chiảh chheⁿ-mỉh, lóng tiỏh kòe-
chú kòe-hiâⁿ chiah ū chiảh ū lim; tùi án-ni ū tỏk ê
ê lâ-sâm siau bô-khì chin-chē, só·-í chiah ē thang
khah-chió sí-sit. Kóng khah-chió sí-sit sī tùi chêng-
lí siūⁿ teh kóng; nā lūn pí pảt tah lâng sī ke sí hui-
siông chē. Lán ê lâng ūi-tiỏh bē-hiáu lâ-sâm,
phēng lâng sī chin té hòe-siū. Sí-lâng chhiáⁿ bỏh-
tit kóng, in-ūi lâ-sâm tì-kàu pái-kha, chheⁿ-mê, bô
chhùi-khí, chit khoán lâng chhāi lán tiong-kan sī Sè-

kài it-téng chē. Aî--ah！ Chit khoán cháiⁿ-iūⁿ tùi
lâng ū ngá-khì neh？

Góa khòaⁿ lán khah bô chheng-khì-siùⁿ ê goân-in
ū saⁿ-ê :—

Thâu-chit-ê sī tùi lán bô hàk-būn, m̄-bat ōe-seng.

Tē-jī-ê sī in-ūi hū-jîn-lâng pîn-tōaⁿ bô kut-làt.

Tē-saⁿ-ê sī in-ūi chúi m̄-hó koh chió.

Lâng bô hàk-būn, put-lūn tùi sím-mìh to sī m̄-
hó; chóng-sī tùi ōe-seng ê tāi-chì nā bô hàk-būn,
sī tit-chiap chek-sì ū m̄-hó thang khòaⁿ-kìⁿ. Lán
in-ūi bô hàk-būn, só͘-í sím-mìh sī chheng-khì, sím-
mìh sī lâ-sâm, lán bat bē chīn. Ū tòk sī sím-mìh
ì-sù lán bē hiáu-tit, tì-kàu tiòh liáu sèⁿ-miā, tiòh
phòa-siùⁿ, kan-khó͘. Tòk ê lāi-té, phì-lūn chhin-
chhiūⁿ sè-khún hit chit chióng, he sī oàh ê mìh, sī
chin sè-bóe ê thâng, sī lâng bàk-chiu só͘ bô khòaⁿ-
kìⁿ--ê, iàh sī chin-chiàⁿ gâu seⁿ-thòaⁿ. Thiaⁿ-kìⁿ
kóng, chhin-chhiūⁿ làu-thò͘-chèng, á-sī niáu-chhú-
chèng, chit khoán ê tòk-thâng, chit-jit kan-ta chit-
bóe ē thang piàn-chò chheng-chheng bān-bān bóe,
só͘-í lâng nā hō͘ chit khoán thâng chhim-hoān-tiòh；
m̄-biàn chit jit gōa chiū sí.

Éng-pái khah-chá, chāi góa chhut-sì ê hiuⁿ-lí (Pak-
káng), bat chit-sî niáu-chhú-chèng chin tōa liû-hêng,
ū chit ke-kháu gō͘-ê lâng chò chit lé-pài kú sí kàu
chhun chit lâng. Che sī in-ūi bô tì-sek; bē-hiáu
chit khoán tòk-thâng ê lī-hāi, bē-hiáu hông-pī, tò͘-
lâi tò͘-khì chiah ē án-ni. In-ūi lán bô hàk-būn,
ūi-tiòh chit khoán niáu-chhú-chèng, chit khoán tòk-
thâng, oan-óng sí ê lâng m̄-chai ū lōa-chē？

Lâng nā bô hàk-būn, m̄-nā chheng-kiat ê hoat-
tō͘ bē-hiáu, tiòh ài siū khek-khui, koh-chài bô hàk-
būn ê lâng keng-chè tek-khak m̄-hó, sui-jiân sī ē-
hiáu beh chheng-khì, in-ūi bô chîⁿ, khùi-làt chò bē
kàu-ê, iàh sī hui-siông chē. Tùi chit tiám kóng, góa

iảh tōa-tōa hi-bōng lán tóng-pau chèng-lâng, tiỏh
ài khòaⁿ hảk-būn khah-tāng leh. Hảk-būn sī lâng
beh kòe chỉt-sì-lâng ê tō·-chûn. Lán ê chí-mōe
chha-put-to sī lóng-chóng bô thảk-chheh, tùi chit
chân góa sỉt-chāi sī hui-siông thòng-sim chhim-
chhim teh hoân-ló!

Lán ē khah bô chheng-kiat, *tē-jī* ê goân-in, góa
kóng sī in-ūi hū-jîn-lâng ê lán-tō. Lán ê hū-jîn-
lâng chiàu phó·-thong khòaⁿ sī chiū thoa-bôa, put-
sî kan-ta chò-kang lóng bô hioh-khùn. Nā án-ni,
cháiⁿ-iūⁿ góa kóng lán ê hū-jîn-lâng lán-tō? Góa
m̄-sī kóng lán ê hū-jîn-lâng bān-hāng lóng lán-tō;
góa sī kan-ta kóng lán ê hū-jîn-lâng tùi chit hāng
chheng-kiat ê tāi-chì, sī put-chí lán-tō; sī kan-ta
tùi chheng-kiat ê tāi-chì tī-teh kóng. Chheng-kiat
ê tāi-chì, tāi-khài lóng sī khah ài chho·-tāng, iảh
lán ê hū-jîn-lâng lóng sī ū pảk-kha, só·-í kiâⁿ-cháu
khah bē chū-iû, bē thang peh-koân lỏh-kē, in-ūi bô
ūn-tōng kan-ta chē teh ut, tì-kàu sin-thé lám, kin-
kut bô lảt thang tín-tāng. Tùi án-ni piàⁿ-sàu chiū
khah ló-chhó, jú lâ-sâm chiū jú koàn-sì, iảh koàn-sì
chiū sòa piàu chū-jiân. Bớ lâ-sâm, ang iảh chiū bô
hoat-tộ, tiỏh sòa lah-sap chham lỏh-khì, iảh só· seⁿ--
chhut lâi ê gín-ná to bián kóng. Kàu-bóe sòa hoat-
bêng chit chéng lâ-sâm ê chin-lí. Lâ-sâm ê lâng
kóng, "Chiảh thô· khah tōa bô;" "Chiảh thâng
gâu chò-lâng;" "O·-sek ê saⁿ-á-khờ khah bē lâ-
sâm;" "Sé-ẻk ài kám-tiỏh hong-siâ;" "Thṳ̄g chhiah-
kha chôa m̄-káⁿ kā" (kóng in-ūi Siōng-tè-kong sī
chhiah-kha). Che lóng sī lán ê lâ-sâm-lâng tẻk-
piảt chè-chō ê chin-lí, sī pảt tah só· bô-ê! Kīn-lâi
hū-jîn-lâng ê pảk-kha sī chiām-chiām liú beh liáu,
sin-thé iảh chiām-chiām khah-ióng, khah chū-iû;
chóng-sī chit khoán thong thiⁿ-kha-ē só· bô ê lâ-
sâm chin-lí, m̄- chai tī-sî chiah ē siau-biảt khì?

Tē-saⁿ ê goân-in, góa kóng sī in-ūi chúi chió. Chit tiâu khiok m̄-sī kin-pún ê goân-in, sī pang-chān lán lâ-sâm chit-ê tit-chiap ê tōng-ki nā-tiāⁿ. Chāi lán Tâi-oân chiông-lâi beh tit hó ê chúi sī chin kan-kè. Tāi-khài khe-chúi lóng sī bô sím-mih chheng, ché°-chúi ê chit, iū sī bô thang hó-ê khah-chē. Chit pêng bô thian-jiân ê hó-chúi, koh chit pêng lán iū bô tì-sek, bô káng-kiù beh hō͘ chúi hó ê hoat-tō͘. In-ūi chúi pháiⁿ, hō͘ lâng se°-chhut bē-hiáu lâ-sâm sī sím-mih--ê, sī chin-chē. Chúi ê chheng, lô, sit-chāi sī tōa-tōa ū koan-hē lâng ê chheng-khì kap lah-sap. Lōe-tē lâng khah ài chheng-khì-siùⁿ. Góa khòaⁿ Lōe-tē ta̍k tah ê khe-chúi, chéⁿ-chúi to sī chin chheng, siū che ê kám-hòa 🔲 sī bē chió.

Iū koh-chài lán ê hū-jîn-lâng lóng khah bē chho͘-tāng, só͘-í beh taⁿ-chúi chhiūⁿ-chúi chiū khah oh-tit, pō͘-pō͘ tio̍h ta-po͘-lâng, á-sī tio̍h chhiàⁿ lâng taⁿ. Tùi án-ni, chū-jiân chiū khah ài pó-sioh chúi, ài chin khiām-iōng. Sio̍k-gú sòa ū chit hō ōe kóng, "Gâu iōng chúi ê lâng, aū-chhut-sì tio̍h chò niau." Chèng-lâng tùi chúi ê koan-liām sī chit khoán, só͘-í lán ê lâng hán-tit sé seng-khu ; ū-sî kan-ta chhit nā-tiāⁿ, bīn-tháng-chúi pí kau-á-chúi khah lô, ia̍h m̄-sī hán-hán-tit.

A̍h ! Góa kóng kàu chia ia̍h m̄-kam koh-chài kóng, ia̍h góa ia̍h sī bô ióng-khì thang koh kóng. Thiaⁿ-kì° koán chúi-tō ê lâng kóng, Chit ê lâng chit ji̍t nā-sī iōng gō͘-táu pòaⁿ ê chúi sī eng-kai. Taⁿ lán chit ji̍t m̄-chai iōng lōa-chē ? Chheng-kiat sī kap sin-thé ê ióng-lám chò thâu it-téng ū koan-hē. Bān-hāng ê chheng-kiat sī tùi ta̍k-lâng ê thâu-náu seng-khu chò khí-thâu. Beh hō͘ thâu-náu chheng-kiat, chiū tio̍h ū ha̍k-būn, ū kàu-io̍k ; beh hō͘ sin-thé chheng-kiat, chiū tio̍h sé seng-khu.

Ài lán hiaⁿ-tī chí-mōe ū kàu-iók, hó ê ha̍k-hāu koáⁿ-kín siat khah chē, sī chin chhiat-iàu ; chóng-sī beh kiù hiān-sî ê kín-kip, góa kóng tio̍h chì-kip phó͘-kip Lô-má-jī. Nā m̄-sī phó͘-kip Lô-má-jī, hiān-sî chāi lán Tâi-oân, chèng-lâng tùi kàu-iók ê khoeh-khiàm, sit-chāi bô lō͘ thang pó͘-chiok. Iáh nā beh hō͘ chèng-lâng ē thang khah chheng-kiat, tek-khak tio̍h ē thang hō͘ tāi-ke kok lâng seng-khu khah chheng-khì.

Tùi án-ni siūⁿ, góa chū chha̍p-saⁿ, sì nî chêng chiū ū chú-tiuⁿ, kok ke-chhī chng-siā lóng tio̍h siat-li̍p kong-kiōng ê e̍k-tiûⁿ. Góa tī Bêng-tī sì-chha̍p-saⁿ nî ê sî, hit-chūn tú tī A-kong-tiàm (Kong-sau) Kong-ha̍k-hāu teh kà-chheh, iā bat chhut chi̍t phiⁿ lūn-bûn tī Tâi-oân Kàu-iók-hōe ê cha̍p-chì, thê-chhiòng chāi kok kong-ha̍k-hāu tio̍h siat-tì e̍k-keng hō͘ ha̍k-seng sé. Chit nn̄g, saⁿ nî lâi, lán Pún-tó-lāi khah tōa ke-chhī ê só͘-chāi, í-keng ū siat kong-kiōng e̍k-tiûⁿ chin-chē tah. Chóng-sī hit khoán--ê sī kah-ná chhin-chhiūⁿ beh hō͘ siàu-liân lâng joa̍h-thiⁿ thang sé-liâng ūn-tōng ê khoán. Góa só͘ ài siat ê kong-kiōng e̍k-tiûⁿ kap che bô sio-siāng. Chúi tio̍h iōng sio--ê, iáh tio̍h siat ū thang hō͘ hū-jîn-lâng sé ê só͘-chāi, tio̍h siat khah-chē tah, chi̍t pái ji̍p-e̍k ê hùi-iōng tio̍h siu chin séng ; khí-thâu nā ē bô chîⁿ sī khah-hó. Nā-sī án-ni chióng-lē, góa sìn m̄-bián kúi nî kú, tāi-ke ê ōe-seng tek-khak ē chin tōa chìn-pō͘. Sui-jiân sī án-ni kóng, che tio̍h ū chin jia̍t-sim ê lâng tī-teh chiáng-koân chiah chò ē kàu; hit khoán lâng m̄-chai tī tó͘h-lo̍h ? Lán sī bē tán-hāu--tit.

Lia̍t-ūi hiaⁿ-tī chí-mōe ! Góa só͘ kóng-ê nā-sī ū ha̍p tāi-ke ê ì-sù, che sī lán kok-lâng ka-tī ê tāi-chì, chhiáⁿ tāi-ke khah khiām pa̍t hāng ê hùi-iōng, kóaⁿ-kín ka-tī kè-e̍k khì chìn-hêng, cháiⁿ-iūⁿ ?

TĒ-CHĀP HĀNG

Lūn chî^n-gîn ê tāi-chì

1. Ū chî^n sái kúi ē e-bō

"Ū chî^n sái kúi ē e-bō." Chit kù siòk-gú ū hâm kúi-nā khoán ê ì-sù. Phó·-thong teh iōng ê ì-sù sī m̄-hó. Phó·-thong sī kóng sè-kan kan-ta ū chî^n tiòh hó, chî^n sī chòe iàu-kín, chòe kùi-khì, nā ū chî^n m̄-bián koh pàt-mih to lóng chò ē kàu. Che sī kiò-chò pài-kim chú-gī ê só· siū^n, sī khòa^n chî^n kòe-thâu tāng ê lâng ê kháu-khì, put-chí ū tōa m̄-tiòh. Chāi Sè-kài chit khoán pài-kim chú-gī ê kha-siàu sī hui-siông chē. Se-iû^n ū chit-chéng kiò-chò î-bút chú-gī ê hàk-būn, iā sī kóng ú-tiū ê tiong-kan kiat-kiòk sī kan-ta ū mih, í-gōa bô pàt hāng, lâng ê sim-su hêng-tōng to lóng sī tùi mih lâi, siū mih ê chi-phòe. Só·-í chit khoán lâng. bián kóng iā sī khòa^n chî^n chhin-chhiū^n sè^n-miā.

Chî^n khiok sī iàu-kín, tiòh pó-tiōng, chóng-sī m̄-sī chhin-chhiū^n pài-kim chú-gī ê lâng só· kóng hit khoán ê kùi-khì. Ū lâng kóng, "Chî^n sì-kha, lâng nn̄g-kha." Chî^n kiám ū kàu hiah-nih oàh? Chî^n kiám m̄-sī chî^n mah? Chî^n sī sí-mih lah, chî^n sī lâng chò--ê; bô lâng, tó-ūi ū chî^n neh! Sī ū lâng chiah ū chî^n, m̄-sī ū chî^n chiah ū lâng.

Pài-kim chú-gī ê lâng chiū-sī tò-péng kóng; i kóng, Tiòh ài ū chî^n chiah ū lâng. Tàu-tí kiám sit-chāi sī án-ni? Lán kóng chî^n, nā siá Hàn-jī tiòh siá (財) im thàk "châi." Chit-jī (財) sī nn̄g-jī lâi hàp-chiâ^n--ê, chiū-sī (貝) kap (才) lâi hàp chiâ^n--ê. (貝) chit jī ê im thàk "pòe," chiū-sī ham·h hún-giô-khak chit chióng-lūi, "khak·h" chit jī ê im thàk ⸺ chiū-sī lóng e cnái-chêng,"   (才)

"châi-lêng" "châi-tiāu" ê ì-sù.. Thang chai "chîⁿ"
chiū-sī "khak-á" kap "lâng ê châi-chêng" lâi chiâⁿ--ê.
Hiān-kim khiok m̄-sī án-ni, che sī kóˑ-chá ê tāi-
chì. Kóˑ-chá khí-chhoˑ khí-chhoˑ ê sî-tāi, lâng-lâng
bô chò seng-lí búe-bōe ê sū-giàp. Hit-chūn ê lâng
nā ài mih, lóng tiòh chià ka-tī ê khùi-làt khì chhái-
chhú, á-sī chiong ka-tī sóˑ ū ê mih kap pàt-lâng
kau-oāⁿ ka-tī sóˑ bô--ê. Chiàu án-ni chò, sī chin
bô lī-piān, sóˑ beh kau-oāⁿ ê mih tiòh ài poaⁿ-lâi
poaⁿ-khì. Aū-lâi lâng tām-pòh khah chìn-pōˑ, chiū
siūⁿ chhut chit ê hoat-tōˑ, chiū-sī khì hái-kîⁿ khioh
chióng-chióng ê khak-á lâi, chiong hit hō khak-á
chò chîⁿ iōng, thèh khak-á hōˑ lâng, lâng chiū thèh
sóˑ khiàm-ēng ê mih hōˑ lán, m̄-biàn thèh mih khì
oāⁿ-mih.

Áⁿ-ni sī ke chin lī-piān. Chóng-sī bô thò-tòng.
Cháiⁿ-iūⁿ kóng? In-ūi lâng beh khioh khak-á sī
khah-khoài, koh chài khak-á iā sī khah-khoài pháiⁿ,
khoài-phòa. Sóˑ-í lâng aū-lâi chiū oāⁿ khoán. Lâng
ê tì-sek châi-chêng jú chìn-pōˑ kàu-búe sòa ē-hiáu
chù-tâng chù-gîn chù-kim. Ē-hiáu sī ē-hiáu, chāi
hit-sî khiok m̄-sī hiah-nih khin-khoài ê tāi-chì. Sóˑ-í
chiū iōng tâng chù-chîⁿ, iàh kàu-búe chiū iōng gîn
chù tōa-gîn, gîn-kak-á; iōng kim chù kim-kak. Áⁿ-
ni khiok chiū ke chin tōa lī-piān.

Chóng-sī lâng ê tì-sek sim-su sī chhin-chhiūⁿ chúi
teh lâu, sī put-sî teh chìn-pōˑ, sóˑ-í iā bô liàh án-ni
chò chiâu-chn̂g. Kàu chòe-kīn bô lōa-kú, hiâm chîⁿ
khah tāng khah phōng-song, hùi-khì thèh, hùi-khì
sǹg, hùi-khì siu, chiū chiong chîⁿ hòe-tiāu, kan-ta
iōng khin-séng khin-séng ê tâng-sián gîn-kak kap
kim-kak. Chóng-sī án-ni iáu hiâm hùi-khì, sòa siat
chióng-chióng ê gîn-phiò kim-phiò tī-teh ēng. Khah
chá chàp-chbeng ê chîⁿ siang-chhiú chiū koāⁿ bô
hoat, hiān-sî chàp ê gîn ê gîn-phiò thèng hó seh

tiàm phīⁿ-khang lāi. Thang chai kó͘-chá ê chîⁿ kap
hiān-sî ê chîⁿ sī bô siāng.

Kó͘-chá ê chîⁿ sī iōng khak-á chò, hiān-kim sī
iōng kim iōng gîn iōng chóa chò. Lâng sī ūi-tiȯh
ài piān-lī chiah siat chîⁿ. Chîⁿ sī iok-sok ê piáu-kì.
Chîⁿ sī lâng kap lâng chò-hóe iok-sok chò chiâⁿ--ê.
Iȧh lâng ē thang chò-hóe siat iok-sok sī in-ūi tāi-ke
ū sìn-iōng. Thang chai sī ū lâng ū sìn-iōng chiah
ū chîⁿ, toàn-jiân m̄-sī ū chîⁿ chiah ū lâng.

Chîⁿ sī lâng siat--ê, chóng-sī kiám ē thang loān-
loān chè-chō tit? Ài chîⁿ kiám ē sûi-sî ū? Tek-
khak m̄-sī. (財) chit jī "châi"--jī ê lāi-té, sī ū chit jī
(才) tī-teh, iȧh chit jī chiū-sī "châi-chêng" á-sī "lêng-
lȧk" ê ì-sù.

Tùi án-ni lán ē thang kàu-giȧh bêng-pȧk chîⁿ-
châi ê ì-gī. Chîⁿ-châi sī sím-mȧh? Chîⁿ-châi sī lâng
chò--ê, sī lâng iōng i ê châi-chêng só͘ chò--ê. Koh-
chài chîⁿ-châi tiȯh put-sî kap châi-chêng chò-hóe. Oāⁿ
chȧt kù-ōe kóng, lâng só͘ siat só͘ chō ê chîⁿ-châi kiat-
kiȯk sī sí-mȧh, bē thang chò siáⁿ-sū. Chîⁿ-châi tiȯh
put-sî óa tī ū châi-chêng ê lâng chiah ē ū lō͘-iōng.

Koh-chài kóng chȧt-kù, chîⁿ-châi sī châi-chêng
lêng-lȧk ê piáu-kì, só͘-í bô châi-chêng bô lêng-lȧk ê
só͘-chāi sī m̄ eng-kai ū chîⁿ. Nā-sī ū hiah-ê chîⁿ
chiū thang kiò-chò sī pháiⁿ-chîⁿ, m̄-nā bô lō͘-ēng,
tian-tò ē seⁿ-chhut pháiⁿ-sū lâi. Só͘-í thang chai
chîⁿ bô tȧk-hāng ē. Ū chîⁿ kiám-chhái ē thang sái
kúi khì chò kúi-sū; chóng-sī kan-ta chîⁿ tek-khak
bô hoat-tit lâng tâ-ôa. Goân-lâi chîⁿ sī tiȯh hō͘
lâng sái, m̄-sī beh sái-lâng.

Pài-kim chú-gī ê lâng sī khòaⁿ chîⁿ khah tāng sèⁿ-
miā, kiⁿ-tiȯh chîⁿ chiū pài chiū kūi. Chit-khoán lâng
jȧt-jȧt sī kan-ta teh kā chîⁿ chhit-sian, ūi-tiȯh chîⁿ
thoa-bôa, chò chîⁿ ê lô͘-châi. Kan-ta ūi-tiȯh chîⁿ
teh oȧh ê lâng láu-sȧt sī jȧt-jȧt ūi-tiȯh chîⁿ teh sí.

LŪN CHÎⁿ-CHÂI Ê TĀI-CHÌ   147

"Ū chîⁿ sái-kúi ē e-bō." Chit kù-ōe kiám lóng
bô-iáⁿ á m̄-sī? M̄-sī choân-jiân bô-iáⁿ, khiok iā ū
chit bīn ê chin-lí. Hoat-kok ū chit-kù siỏk-gú kóng,
"Chîⁿ sī bān-ông ê ông." Láu-sit chîⁿ nā-sī kui-tī
ū châi-lêng ū tek-hēng ê lâng ê chhiú-lāi, sit-chāi
ē thang chò chiâ chin-chē chin-tōa ê tāi-chì. Tī
téng-bīn ū kóng chîⁿ-châi sī lâng ê châi-lêng khùi-
lảt ê piáu-kì, iáu ē thang koh kóng, chîⁿ-châi iā sī
bān-hāng mỉh-kiāⁿ ê chóng tāi-piáu.

Só͘-í nā ū chîⁿ-châi, sim siūⁿ hit-hāng mỉh, hit-hāng
mỉh chiū kàu; kan-ta ū chit-hāng chîⁿ, chiū kap ū
bān-hāng ê mỉh-kiāⁿ sī sio-siāng. "Ū-chîⁿ sái-kúi ē e-
bō." Chit-kù-ōe nā-sī iōng chò kóng, put-lūn sím-mỉh
thiⁿ-o͘ tē-àm ê tāi-chì, chiū-sī hoān-tiỏh sím-mỉh
khah-tōa ê tāng-chōe, iōng chîⁿ chiū ē thang chhú-
siau-khì. Lâng sui-jiân sī chin chhàu, chin-chiâ
bô jîn-keh, chóng-sī kan-ta nā ū chîⁿ, chiū chek-sî
ē thang pìⁿ-chò phang, pìⁿ-chò tōa-tōa ū bêng-bōng, nā vi
chit-khoán sī m̄-tiỏh, sī hui-siông ê chhò-gō͘.

M̄-kú nā-sī kóng chîⁿ sī lâng ê châi-lêng ê piáu-
kì, koh-chài m̄-sī pah-hāng mỉh-kiāⁿ ê chóng tāi-
piáu, só͘-í ū chîⁿ sī put-chí lī-piān, put-chí ē thang
pang-chān lâng chò-sū, ē thang sêng-chiū lâng ê
hó chì-khì, che khiok sī sit-chāi. Tùi chit-ê ì-sù
kóng, chîⁿ-châi tiỏh ài tōa-tōa lâi pó-sioh. Khóng-
chú ū kóng "Chîⁿ-châi nā-sī ū lō͘ thang kbì kiû,
sui-sī kā lâng khan-bé ê tāi-chì, góa iā sī hoaⁿ-hí
chò" I kóng chit-kù-ōe sī chảp-hun piáu-bêng chîⁿ-
châi tiỏh pó-tiōng. Chóng-sī i iā ū kóng "Chò bit-
hō put-gī ê tāi-chì lâi tit-tiỏh hó-giảh, chit-khoán
hó-giảh góa kā khòaⁿ chò chhin-chhiūⁿ tī thiⁿ-téng
teh poe ê hûn-bū." Khòaⁿ chîⁿ chhin-chhiūⁿ sèⁿ-miā,
ūi-tiỏh chîⁿ khah sím-mỉh ok-chhok ngē-sim ê tāi-
chì to káⁿ khì chò ê lâng, thiaⁿ-tiỏh chit-kù-ōe
tiỏh ài tēng-sîn siū chit-ē khòaⁿ!

148 CHAP-HĀNG KOÁN-KIÀN

2. Hó-giảh kiám chiâⁿ-sit ~~koh~~ *kah* hiah-hó?

Aù-chóaⁿ chiah sī hó-giảh? che khiok bōe iōng-tit khin-khin kóng, chóng-sī phó'-thong sī chí ū chîⁿ ū mỉh tī-teh kóng. Hó-giảh tāi-khài sī lâng-lâng só' ì-ài, sàn-hiong sī lâng só' khì-khek. Lâng nā-sī chò kàu phòa-pēⁿ bô-chîⁿ thang chiảh-iỏh, tōa-kôaⁿ ê sî kan-ta tiỏh khòaⁿ bó'-kiáⁿ tī-teh chun, ū hó-sū lóng tiỏh pàng teh tán-hāu pat-lâng chỏ. Kàu-tī chit-khoán ê sàn-hiong, sỉt-chāi iā sī chiok-giảh thang siong-sim.

Sui-jiân sī án-ni kóng, hó-giảh iā toàn-jiân m̄-sī ū hok-khì, m̄-sī put-sî thang kiong-hí. Chiàu bảk-chiu só' khòaⁿ, hó-giảh lâng thó' tōa-khùi pí sàn-hiong lâng khah-chē. Uī-tiỏh sàn-hiong ke-lāi sīⁿ-khí hong-pho bô pêng-chēng, che iā sī tiāⁿ-tiāⁿ ū khòaⁿ-kìⁿ.

Chāi Eng-kok ū chỉt kù siỏk-gú kóng, "Sàn-hiong nā tùi tōa-mn̂g jỉp-lâi, ài-chêng chiū tùi thang-á cháu chhut-khì." M̄-kú nā jīn-chin khòaⁿ, chit-hō sū sī siỏk tī hit-chéng bô kàu-iỏk, bô siu-ióng ê kha-siàu, chiah ū án-ni. Lán ê siỏk-gú kiám m̄-sī kóng, "Ke-kêng chiah ē chhut ū-hàu ê kiáⁿ-jî." Chāi Se-iûⁿ iā ū chỉt-kù kó'-chá ōe kóng, "Chhù jú sió, sim jú tōa, jú pêng-an."

Lâng ê chin-chêng khah chē sī tùi tī pîn-khó' ê tiong-kan lâi hoat-hiān. Phái'-phín-hēng, kap lâng tò'-khó' sio oàn-hīn, tùi hó-giảh lâng ê só'-chāi hoat-chhut ê sī khah-chē. Hó-giảh lâng ê ka-têng, lí kā i chhâ-chin khòaⁿ, tāi-khài lóng sī chhù-lāi pîⁿ-chỏ chiàn-tiûⁿ, hiaⁿ-tī piàn-chiâⁿ siû-tỏ̍k. Chū-kó' kỉp-kim chiàu lỉk-sú lâi khòaⁿ, chîⁿ-gîn sêng lâng sī khah chió, hāi lâng sī khah chē. Lâng chòe ū hok-khì ê sî tek-khak ū bô hān ê ǹg-bāng, kap tōa-tōa ê an-sim; lâng nā chhoat-bāng, koh-chài sim-lāi sî-sî ū kiaⁿ-hiâⁿ, che sī chỏ lâng siāng tōa ê put-hēng.

Sàn-hiong lâng put-lūn kìⁿ-tiȯh sím-mȋh to kȋ-khá, i só iáu bōe kàu ê só·-chāi sī chin-chē, só·-í i ê sìn khin, i ê sim chin oȧh-tāng, i chin chió khòa-lū, iȧh ū chin-chē thang ṅg-bāng, koh ná chhin-chhiūⁿ bô oaⁿ ê bé, kìⁿ-tiȯh tōa-tiâu-lō· kha-tê phȋh-phiȧk-kiò, tbâu kiȧh-koân kiòng-kiòng bȇh cháu-khì.

Hó-giȧh-lâng chiū khah bē thang án-ni, in-ūi i ê chîⁿ-châi chiok, i ê chiȧh-chhēng put-sî ū kòe-thâu, thang kóng i sī chiȧh iā, chhēng iā, khùn iā sī iā; só·-í i sī chin-chiàⁿ chió-chió thang ṅg-bāng, tian-tò sī ūi-tiȯh chiȧh chē chek-siong, chhēng chē khòai koaⁿ-tiȯh. I-seng ê hó chú-kò· khah-chē chiū-sī hó-giȧh-lâng. Eng-kok ū chȋt ê tōa chhut-miâ lâng kiò-chò Lat-su-kim (Ruskin). I kóng, "Tòa chhȧu-chhù khòaⁿ-tiȯh tōa-chhù ē kiaⁿ-hiâⁿ ê lâng, pí hit-hō khiā tōa-chhù tȧk-hāng khòaⁿ-liáu lóng sī bô hi-hán bô sim-sek ê lâng, m̄-chai ke tit lōa-chē ê hok-khì."

Hó-giȧh-lâng ê chîⁿ-châi m̄-sī khṅg tī tōa-kūi-lāi, khah-chē sī khṅg tī sim-koaⁿ-thâu, i ê pak-lāi lóng sī chîⁿ-gîn that-that--tch; i só chhoán ê khùi lóng ū chhàu chîⁿ-hiàn, i hō· chîⁿ-gîn teh kàu tōa-khùi pûn bē lī.

Sàn-hiong-lâng nā m̄-sī hit-hō chin bô chì-khì bô lō·-ēng--ê, tek-khak m̄-khéng sûi-piān ~~thèng~~ lâng ê chhe-ēng, chóng-sī hó-giȧh-lâng thang kóng mê-jȋt to sī ūi-tiȯh chîⁿ-gîn teh cháu-chông. Chîⁿ-gîn tiȯh put-sî ū liû-thong chiah ū kè-tȧt. M̄-kú Sè-kan khah chē ê hó-giȧh-lâng, kìⁿ chȋt-kho· chiū siūⁿ siu chȋt-kho·, kìⁿ chȋt-kak chiū siūⁿ ài thȇh chȋt-kak; i lóng sī siūⁿ jȧp bô siūⁿ chhut. I ū chîⁿ m̄-sī siūⁿ beh ēng, sī siūⁿ kú-kú ē-thang nȇh tiàm i ê chhiú-tiong-sim.

Só·-í hó-giȧh-lâng tē-it kan-khó· ê tāi-chì, chiū-sī i ê chhiú-lāi só· nȇh ê chîⁿ hō· i cháu bô--khì, chȋt-

chò·

chân. Hó-giảh-lâng ūi-tiỏh beh kò˙ hō˙ i ê chîⁿ-
châi bē bô--khì, i sī sî-sî khek-khek teh ēng sim ēng
sîn piàⁿ sèⁿ-miā. I cháiⁿ-iūⁿ ū êng thang koh siūⁿ
pảt-hāng, kò˙ sím-mih jîn-gī thiàⁿ-thảng ê tāi-chì neh?
Só˙-í Ki-tok ū kóng, "Hó-giảh-lâng beh jip Thian-
kok bô koh-iūⁿ lỏk-tô beh nňg chiam-phīⁿ."
    Hiān-sî khiok bô, nā beh sī éng-sî chhảt-bé
chhiòng-hêng ê sî-tāi, hó-giảh-lâng àm-sī sī oh-tit
thang khùn-lỏh bîn. Hiān-sî sui-jiân sī ū gîn-hâng
thang kià, ū kó˙-phiò thang bé, thò-tòng thang khňg
chîⁿ ê só˙-chāi sī chin-chē, m̄-kú ke seⁿ-chhut chit
hāng pí chhảt koh-khah hāi ê sū-chêng lâi. Chiū-
sī hiān-sî put-pí éng-pái, taⁿ kau-thong chin lī-piān,
chò seng-lí ê hoat-tō˙ kap kū-té lóng bô siāng, sì-kè
ê hâng-chêng chin thong-thàu, mih-kiàⁿ ê kè-siàu
khí-lỏh chin-biông, gîn-chúi ê khí-lỏh sit-chāi kiaⁿ--
lâng.
    Chhin-chhiūⁿ téng pang Se-iûⁿ tōa sio-thâi ê
tiong-kan, lán chit-pêng chit-sî put-chí hó kéng-
khì. M̄-kú sio-thâi liáu-aū put-ti put-kak ê tiong-
kan, chîⁿ-kūi-lāi ê chîⁿ-gîn, bô-siaⁿ bô-seh kan-ta
poe bô--khì, téng-jit put-chí iû-iâⁿ chhèng-éng ê
lâng, kin-á-jit tiỏh hō˙ lâng tảh mňg tảh hō˙. Ūi-
tiỏh án-ni khí-siáu á-sī chū-chîn ê lâng sī bē chió,
tùi án-ni lâi chò chhà-khì hāi-lâng ê tāi-chì, he sī
chē-chē bô tàng thang khì sňg-khí. Ū chit ê chhut-
miâ ê tiảt-hảk-ka kiò-chò Pôe-kin (Bacon) ū kóng,
"Hó-giảh lâng teh siūⁿ chîⁿ ê sî, i sī bô êng thang
kò˙ i ê sin-thé kap sim-koaⁿ." Sit-chāi sī kóng liáu
chin-chiàⁿ tiỏh. Bô tek-hēng bô siu-ióng ê lâng lâi
hó-giảh, sī bô koh-iūⁿ pēⁿ-lâng teh giâ-kē ; cheng-
chha phó˙-thong ê kẻ sī chhâ chò--ê, hó-giảh-lâng ê
kē sī kim--ê. Chóng-sī kì-jiân kah sī kē, chhâ--ê
kiám m̄-sī tian-tò khah kiong-hí, in-ūi kim--ê khah
tāng, sī oảt-jú khah khó-lîn .

3. Cháiⁿ-iūⁿ chiah sǹg-sī hó-giàh?

Hó-giàh cháiⁿ-iūⁿ kóng sī m̄-hó? Téng-chat só·
kóng bó-giàh bô tek-khak hó, sī kóng giā chíⁿ-kê ê
hó-giàh-lâng, bô châi-chêng bô tek-hēng ê hó-giàh
m̄-hó, m̄-sī kóng kiàn nā hó-giàh chiū m̄-hó, ta̍k-
lâng tek-khak tio̍h lóng chò sàn-sian chiah ~~ē iōng hó
tit.~~ M̄-biáⁿ kóng pa̍t-lâng; nā-sī chin-chiàⁿ ê hó-
giàh, góa sī hui-siông ài. Chóng-sī nā m̄-sī chin-
chiàⁿ--ê, m̄-biáⁿ kóng sī Khóng-chú kóng, chiū-sī
góa iā sī khòaⁿ-chò pí thiⁿ-téng teh poe ê hûn-bū
iáu-kú khah bô hiān. Nā-sī án-ni, cháiⁿ-iūⁿ chiah
sǹg-sī chin-chiàⁿ ê hó-giàh, che tio̍h lâi gián-kiù
hō· i bêng.

Tē-it tio̍h ài bêng-pe̍k, siu chē iōng chē chia̍h sī
chin ê hó-giàh, kan-ta tōa-kūi-lāi pá-pá, thô·-kha
tâi kúi-nā cha̍p àng, thó·-tē ū kúi-chheng kúi-bān
kah, chíⁿ-gîn kan-ta pàng teh hō· i seⁿ-sian, chhân-
hn̂g sī pâi teh chò thé-biān, á-sī pàng hō· kiáⁿ-sun
khì khai-sái khòaⁿ-oa̍h, che m̄-sī hó-giàh, sī kap
seng-khu tn̄g pòaⁿ-îⁿ ê lâng chi̍t-iūⁿ.

Lán siông-siông ū khòaⁿ-kìⁿ chi̍t-khoán lâng, lí
nā sǹg i só· ū ê kim-gîn sī ū kúi cha̍p-bān, chhâ i ê
chhân-hn̂g sī ū kúi pah kah, lūn i kap lâng kau-
koan iū sī chin khoah-tōa. M̄-kú kīⁿ-tio̍h kong-
kiōng ūi-tio̍h siā-hōe ū lī-ek ê tāi-chì, beh kiò i poe̍h
chi̍t-ki khó·-mn̂g-á chhut-lâi hiàn, i chiū háu kiò
thiàⁿ, tùi lâng put-sî báu-kiò i sàn-hiong kan-khó·.
Koh-chài chiū-sī i ka-tī múi-ji̍t ê chia̍h chhēng ēng,
iā sī kiû kap phó·-thong í-hā ê lâng sio-siâng khoán,
pháu-lō· sī iōng kha, chē chhia sī hiâm bô sì-téng--ê.
Chóng kóng, nā lūn the̍h-chhut i sī kiû chò bô lō·-
iōng ê lâng, ia̍h nā tú-tio̍h ū thang the̍h-ji̍p, i chiū
phín-sin phín sè iōng khah tōa ê pún-chîⁿ to sī ká·.
Chit-chéng lâng hiān-sî chāi lán ê tiong-kan m̄-chai

ū lōa-chē? Chit-chéng chiū-sī chiàⁿ pān ê siú chîn-
lô, bē iōng-tit sǹg sī hó-giảh.

Chin-chiàⁿ ê hó-giảh-lâng tiỏh ē chē jíp chē
chhut, lêng chíp lêng sàn chiah sī. Goân-lâi chî-
châi sī beh hō· lâng iōng, hō· lâng chò tāi-chì ê khì-
khū, toàn-toàn m̄-sī beh hō· lâng pâi teh khòaⁿ-
hóng. Chîⁿ-gîn tiỏh jú gâu liû-thong chiah jú ū
kè-tảt, nā-sī kan-ta tún-sī tī chit-tah, choan kui tī
chit ê lâng ê chhiú, sī kap tún pùn-sò tâng chit-iūⁿ.

Koan-hē chîⁿ-châi ū nn̄g-chéng ê koân-lī, chit-
chéng sī *Só·-iú-koân*, koh chit-chéng sī *Sú-iōng-koân*.
Siáⁿ-hòe kiò-chò Só·-iú-koân? Lán mài-tit thẻh
hoat-lủt ê kóng-hoat lâi kóng, chiàu phó·-thong ê
lí-khì lâi lūn. Phì-lūn tī-chia ū chit-pah gîn. Chit
pah gîn tek-khak m̄-sī ka-tī ū, tek-khak ū chú-
lâng. Tùi chit ê lâng kóng, hit pah gîn sī kòa hit
ê lâng ê miâ, pảt lâng nā m̄-sī ū thẻh kap hit pah
gîn siāng kè-tảt ê mih, kap chit ê lâng hoaⁿ-hí
kam-goān sio tùi-oāⁿ, tek-khak bē thang kái-oāⁿ hit
pah gîn ê miâ-jī. Ū hit pah gîn ê miâ-jī ê lâng,
chiū-sī kóng tùi hit pah gîn ū Só·-iú-koân. Iảh
sím-mih kiò-chò Sú-iōng-koân? Ē thang chū-iú
thẻh hit pah gîn khì khai-ēng ê lâng, chiū-sī ū hit
pah gîn ê Sú-iōng-koân. Chin-chiàⁿ ê hó-giảh, tiỏh
ū chin tōa ê Só·-iú-koân kap Sú-iōng-koân.

Chóng-sī nā ē thang kú-kú ū chin khoah-tōa ê
sú-iōng-koân, kan-ta án-ni iā chiok-giảh thang kóng
sī hó-giảh. Kiám-chhái chit-khoán ê hó-giảh sī
khah ta-sang khah sit-chāi. Goân-lâi ū chîⁿ ū mih
kiám m̄-sī beh iōng mah? Só·-í ū chîⁿ ū mih nā sī bē
thang ēng, á-sī bē hiáu ēng, he ū sī kap bô sio-siāng.

Phì-lūn kóng, ū chit-ê hó-giảh-lâng sí-khì, i ê
kiáⁿ sè-hàn, i ê châi-sán bián kóng sī beh pàng hō·
i ê kiáⁿ, só·-í hiah ê châi-sán ê só·-iú-koân sī siỏk tī
hit-ê gín-ná. M̄-kú, in-ūi hit-ê gín-ná sè-hàn bē-

LŪN CHÍⁿ-GÍN É TĀI-CHÎ   153

hiáu sím-mih, só·-í jip i ê chek-peh á-sī chhin-chhek
chò i ê hō·-kiàn-jîn, thè gín-ná chiáng-lí hiah ê
châi-sán. Tùi án-ni hit-ê hō·-kiàn-jîn nā-sī bô ū m̄
chèng-keng ê tāi-chì, i ē thang thè hit-ê gín-ná
chú-ì, chiong hiah ê châi-sán kā i ūn-iōng hō· i chò
chióng-chióng ê sū-giáp. Nā-sī án-ni hiah ê châi-
sán ê sú-iōng-koân thang kóng sī kui tī hō·-kiàn-
jîn ê chhiú-lāi, hit-ê gín-ná sī ū chit ê khang-miâ,
sit-chāi sī hō·-kiàn-jîn teh hó-giah. Siat-sú hit-ê
gín-ná nā-sī kú-kú bē tōa-hàn, á-sī chiàⁿ-chò chit-ê
put-tiòng-iōng ê lâng, hit-ê hō·-kiàn-jîn kiám m̄-sī
kú-kú ē thang ūn-iōng hiah ê châi-sán mah?. I
kiám m̄-sī kú-kú sī hó-giah?

Tùi chit hāng chhui-sióng khí-lài chiū ē bêng-
pék, tióh ū sú-iōng-koân chiah sī hó-giah, kan-ta ū
só·-iú-koân sī bô ì-gī, put-kò nā-sī ū só·-iú-koân koh-
chài ū sú-iōng-koân, án-ni sī hō· hit ê sú-iōng-koân
ē thang khah an-ún khah kú-tn̂g nā-tiāⁿ. Sui-sī
án-ni kóng, chit ê só·-iú-koân lâng nā jú chhìn-pō·
tek-khak ē jú bô tì-tiōng. Ū-chîⁿ m̄-kam iōng, á-sī
bē-hiáu iōng, kīn-kīn ē-hiáu siūⁿ jip bô siūⁿ chhut,
chit chéng lâng kiám-chhái ū só·-iú-koân, chóng-sī
tek-khak m̄-sī ū sú-iōng-koân, che sī kap sàn-
hiong-lâng bô koh-iūⁿ.

Tē-jī tióh ài bêng-pék, put-lūn chē á-sī chió,
tióh ài sì-sì ū seng-sek chiap sǹg-sī hó-giah; nā-sī
múi-jit kan-ta lóng sī khai-hùi siau bô-khì, lóng
bô têng-sin seⁿ-chhut sím-mih pat-hāng, chit khoán
sī lóng ū kiám-chió bô ke-thiⁿ, che chiàⁿ-chiàⁿ sī
sàn-hiong. Tāi-ke chai, liáu-bóe-kiáⁿ sui-sī i ê
chó·-kong pàng ū kúi chheng-bān hō· i, kiù-kèng i
sī sàn-hiong-lâng. M̄-nā án-ni, kàu-bóe liān i ê seng-
khu sèⁿ-miā to sòa bô thang ū i ê hūn. Iah nā-sī
jit-jit teh chò kang, bô-lūn sī tùi ka-tī. hek-sī tùi

siā-hōe, ták-jit ū lī-ek, ták-jit ū chhut-sek, ū khah
ke-thiⁿ chē, án-ni hit ê lâng sui-sī hiān-sî bô-tiòh,
chóng-sī tek-khak ē thang sǹg chò sī hó-giàh. M̄-
nā i hó-giàh, siā-hōe ūi-tiòh chit chéng lâng ē tit-
tit chìn-pō·, tit-tit hoat-tát. Chit-chéng lâng thang
kóng sī Sè-kan ê kim-khòng, tùi-bia beh chhut
chin-chē kim, hō· Sè-kan á-sī i ê kiáⁿ-sun ū iû-jī.

Nā thèh sió-sió ê lâi kóng, chit ê lâng chit-jit
thàn saⁿ-kak, ka-tī iōng nn̄g-kak; chhun chit-kak
thèh hō· pát-lâng, chò lâng ê lī-ek; iàh koh ū chit
lâng, chit-jit thàn saⁿ-kho·, jit-jit ka-tī tiòh sì-kho·
chiah ū kàu, bô kàu iōng hit kho·-gîn, i chiū iōng
sim khì khek pát-lâng ê lâi pó·. Chhiáⁿ siūⁿ chit
nn̄g lâng, tó chit-lâng khah hó-giàh?

Nā thèh khah tōa--ê lâi kóng, chū-kó· í-lâi ê tōa
gâu-lâng, thang kóng in sī tōa hó-giàh, in sī khòaⁿ
thong thiⁿ-kha-ē chò in ê chhù, in thong-sin ê lát
lóng sī chhut tī chèng-lâng ê tiong-kan, hō· chèng-
lâng ūi-tiòh in lâi hoat-tián chìn-pō·.

Khóng-chú sui-jiân chāi Tîn-kok chit-sî bat bô
bí-niû thang chiàh, chóng-sī Sè-kan tùi i lâi seⁿ ê
châi-sán sī bô tàng sǹg. Sek-khia ài Sè-kan bô
kan-khó·, sui-jiân sī chiong i ê ông-kiong ông-ūi
tàn hiat-kàk, chóng-sī aū-lâi i só· tit ê m̄-chai pí
hiah ê ke ū kúi-chheng kúi-bān pōe. Ki-tok ka-tī
ū kóng, "Tī thiⁿ teh poe ê chiáu-á ū siū thang
khùn, chhâi khòng-iá teh cháu ê hô·-lî iā ū khang
thang bih, chóng-sī góa sī bô khòa thâu-khak ê
lâng." Lí khòaⁿ hit-sî I sī hô téng ê Sàn-hiong.
Taⁿ chhiáⁿ khòaⁿ, hiān-sî thong Sè-kài chiáⁿ-pòaⁿ ê
lâng kiám m̄-sī ūi-tiòh I teh chhut-lát? I thang kóng
sī chū ū lâng í-lâi chòe-thâu it-téng ê hó-giàh, put-
lūn tó-chit sî-tāi ê hông-tè iā bōe thang tàt-tiòh i
ê chit-kak-á!

Tē-saⁿ ài chheng-chhó ê tiàm. Hó-giàh m̄-sī kóng sớ ū ê chîⁿ tiòh ài kàu lōa-chē, sī tiòh ē-hiáu chai-iáⁿ ka-tī ê khùi-làt, chiah lâi siuⁿ lán sớ ē kham-tit tit ê giàh-sờ, koh-chài tiòh iōng chòe hó ê hoat-tờ lâi ūn-iōng hiah-ê. Nā-sī án-ni, chiū thang sǹg-chò sī hó-giàh.

Aǹ-ni kiám-chhái kóng-liáu khah hoàn, chhiáⁿ lâi thiah khah-bêng. Chîⁿ sī châi-chêng ê piáu-kì, che lán í-keng ū kóng-liáu. Lâng ê sim tùi chîⁿ láu-sit sī bô siuⁿ ià, m̄-kú chîⁿ-châi kì-jiân kah sī châi-chêng ê piáu-kì, tiòh ài liōng khùi-làt chiah tiāⁿ-tiòh sớ eng-kai tit--ê chiah sī. Nā beh m̄-sī án-ni, siat-sú chiū-sī hō· i ke tit khah chē, i iā sī ūn-iōng bē thang khì, án-ni m̄-nā hiah ê chîⁿ chek sí-sí, i ê tàⁿ iā sī ke tāng, tiòh siū chióng-chióng ê chó·-gāi.

Phì-jū chit ê lâng beh siu-tang, kiò i ê kiáⁿ-jî lóng-chóng chhut-lâi tàu koah-chhek. Koah-liáu, sī-tōa-lâng khòaⁿ in lóng kut-làt, put-chí tōa hoaⁿ-hí, in-chún in hiaⁿ-tī kok-lâng chīn in sớ· ū ê khùi-làt taⁿ chhek khì chò sai-khia. Tōa-hàn--ê, taⁿ chit-pah kin ; tē-jī--ê, taⁿ peh-chàp kin ; lóng tú-á hó, ē thang taⁿ kàu chhù. Tē-saⁿ--ê, sè-hàn m̄-jīn hūn, i siuⁿ chit-sî-á-kú ê kan-khó· nā-tiāⁿ, khah-chē ē thang khai-sái khah khòaⁿ-oàh, sớ·-í i chiū kiông-kiông tèⁿ kap in tōa-ko taⁿ sio-siāng, taⁿ chit-pō·, tian nn̄g-pō·, taⁿ kàu tōa-khùi chhoán bē lī. Bô tâ-oâ tiòh ài piàⁿ chit tōa-pòaⁿ tī lō·-piⁿ hō· cheng-seⁿ chiàh, iàh i ka-tī kàu chhù sòa hoat-jiàt thâu-thiàⁿ, liân tó kúi-nā jit. I ê lāu-pē chhiò-chhiò, kā i kóng, "Gōng gín-ná, lí m̄-tiòh chún-chat ka-tī ê khùi-làt. Nā beh chhin-chhiūⁿ lí án-ni, góa hit-chūn tiòh m̄-thang hō· lí, chiah bē hāi lí." Lán kóng, "Tham--jī pîn--jī khak." Se-iûⁿ iā sī án-ni kóng, "Lâng m̄-sī in-ūi i sớ ū ê mih khah-chió, sớ·-í

oh!

chiah sàn-hiong; tòk-tòk sī in-ūi i ê sim m̄-chai chiok chiah sī."

Chî°-gîn tiòh koh khòa° iōng ê hoat-tō·, kap iōng ê só·-chāi, nā-sī iōng tiòh ê hoat-tō· kap iōng tī tiòh ê só·-chāi, chit ê chî° ē chiā°-chò nn̄g-ê á-sī sa° sì-ê chî° kāu. Iàh nā-sī iōng m̄-hó ê hoat-tō·, lâi iōng tī m̄-tiòh ê só·-chāi, sui-jiân sī chî°-gîn chek kàu móa chhù-lāi, che toàn-toàn bē iōng-tit kóng sī hó-giàh, bô koh-iū° sī chek kui-keng ê pùn-sò.

Bí-kok ū chit ê tōa chhut-miâ lâng kiò-chò Hut-lân-khek-lîm (Franklin). I kóng, "Lâng kiâ° chit-pái phái° phín-hēng ê hùi-iōng, ē thang ióng-iòk nn̄g ê gín-ná." Chóng-sī góa siū° ká° put-chí sī án-ni. Chiàu góa ê keng-giām kóng, khai tī kong--nih chit ê chî°, m̄-nā khai tī su--nih pah ê chî° ê kāu. Chhiá° khòa°, piâ° sè°-miā ūi-tiòh chit ke ê bó·-kiáⁿ chhut-làt, chiong it-chhè só· ū--ê kan-ta ūi-tiòh ka-tī lâi khai-hùi, kèng-jiân kàu-bóe pì°-chò kúi-tè bô-miâ bô-sè° ê kut-thâu; chit khoán lâng m̄-chai í-keng ū lōa-chē. M̄-bián kóng pàt-lâng, lán ka-tī lâi chò khòa°, chiong lán ài kò· bó·-kiáⁿ ê chî°-châi khùi-làt, hun chit-kóa-á tùi siā-hōe chèng-lâng chò khòa° leh, lí tek-khak ē kám-kak lí só· iōng ê chit-î° ū pah-î° tōa, ū chit-bān ka-sū ê lâng, tek-khak ē thang piàⁿ-chiâⁿ pah-bān ê tióng-chiá.

Liàt-ūi, m̄-thang kóng góa sī teh kóng hong-tông, che sī tùi góa ka-tī ê keng-giām, kap khòa° Sè-kan ê sit-chêng, iōng khak-chhiat ê sìn-liàm tī-teh kóng. Liàt-ūi, chhiá° bòh-gî, sêng-sim khì chò khòa°, góa sìn liàt-ūi iā tek-khak ē tōa-sia° hoah, kóng, "Tiòh!" Kó·-chá Iû-thài I-sek-liàt kok ê ông Só·-lô-bûn ū kóng, "Ū siá-sì, hoán-tńg ke-thi° hó-giàh; ~ pó-sioh chî°, hoán-tńg sàn-hiong." Sit-chāi sī chhian-kó· ê kim-giân. ⌐ *tit giâu.*

4. Sî-khek sī N̂g-kim

Chhian-ka-si ê thâu-chām ū chi̍t kù kóng, "Chhun-thiⁿ ê àm-sî chi̍t-khek-á-kú ē thang ta̍t-ti̍t chi̍t-chheng kim." Chit kù Si sī ke̍k-le̍k teh o-ló chhun-thiⁿ goe̍h-kng sî ê hó kéng-tì, sī kóng khòaⁿ hit khoán ê hó kéng-tì chi̍t tia̍p-á-kú, sī pí tit-tio̍h chi̍t-chheng kim khah hó. Che sī tùi kéng-tì lâi bat sî-khek ê kùi-tiōng. Nā bô ū kéng-tì hiah hó, phah-sǹg i káⁿ bē hiáu-tit hit sut-á-kú ê sî-khek ū kah hiah pó-pòe. Sui-jiân sī án-ni kóng, che iā iáu-kú ē thang kóng sī bat sî-khek ê kè-ta̍t ê lâng.

"Sî-khek sī N̂g-kim" (Time is money) chit-kù sī Se-iûⁿ ê sio̍k-gú. Lán tùi chit kù-ōe thang chai Se-iûⁿ lâng bat sî-khek ê kùi-tiōng, sī pí lán ū khah chhim, khah kàu-thâu. Chit-kù-ōe ê ì-sù sī khòaⁿ-tio̍h sî-khek chiū chai-iáⁿ sî-khek ê kùi-tiōng, sī kóng sî-sî to sī kùi-tiōng, to sī pó-pòe; m̄-bián kóng tio̍h hó kéng-tì ê sî chiah sī.

Tùi hó kéng-tì chiah ē-hiáu sî-khek sī ta̍t-chîⁿ--ê, kiám-chhái tú-tio̍h pháiⁿ kéng-tì pháiⁿ kéng-hóng ê sî, beh kóng sî-khek pí nōa-thô͘ khah thang iàm-ò͘ⁿ, iā kú-káⁿ. Khòaⁿ-tio̍h sî-khek chiū chai sî-khek sī kùi-tiōng ê lâng, put-lūn sī hó kéng-tì á-sī pháiⁿ kéng-gū, hó-gia̍h-lâng ê chi̍t tiám-cheng kap sàn-hiong-lâng ê chi̍t tiám-cheng, i to lóng sī khòaⁿ chò chin ta̍t-chîⁿ, pêⁿ-pêⁿ sī kùi-tiōng. In-ūi án-ni, Se-iûⁿ lâng sī chin gâu pó-sioh sî-khek, chi̍t tiap-á-kú to bô pàng hō͘ i khang-khang cháu-kòe--khì.

Lán ê lâng sī chin bē hiáu-tit sî-khek ê ta̍t-chîⁿ, khòaⁿ sî-khek ná chhin-chhiūⁿ teh khòaⁿ tōa khe ê chúi, pàng kù-chāi i ti̍t-ti̍t lâu kòe--khì. In kap lán chū chin kú ê í-cheng, koh-chài sī chin-chē lâng, tùi sî-khek ū chit khoán koh-iūⁿ ê khòaⁿ-hoat, tì-kàu chāi kin-á-ji̍t, in ê bûn-bêng kap lán ê sī tōa-

tōa ū koh-iūⁿ. In teh kòe-ji̍t ê chu-bī sī kap lán
tōa-tōa bô sio-siāng. M̄-bián kóng Se-iûⁿ-lâng sī
pí lán khah ē-hiáu khui kim-soaⁿ, gâu hoat-bêng,
gâu chè-chō kî-khá ê mi̍h-kiāⁿ : kīn-kīn tùi chit-
tiám pí lán khah gâu pó-tiōng sî-khek ê sim-sèng
lâi kóng, chiū-sī í-keng pí lán chin hù-jū chin hó-
gia̍h, chin khoài-lo̍k, chin ū ì-gī lah. Thang kóng
in ê chi̍t-ji̍t kiám-chhái beh khah-iâⁿ lán ê chi̍t-nî.
    Sî-khek hō͘ lâng thang kùi-tiōng ê lí-iû ū nn̄g-
hāng. Chi̍t hāng sī in-ūi sî-khek chi̍t-ē kòe-khì,
chiū bô koh tò-tńg--lâi. Láu m̄-thang kóng chā-
chá-khí kòe-liáu, iáu-kú ū kin-chá-khí ; kin-chá-khí
kòe-liáu, iáu-kú ū bîn-á-chá-khí thang lâi. Sui-jiân
pêⁿ-pêⁿ sī chá-khí, chóng-sī chā-chá-khí kap kin-
chá-khí sī bô siāng ; kin-chá-khí kap bîn-á-chá-khí
iā sī ū cheng-chha. Chū kó͘-chá ê kó͘-chá, kàu aū-
lâi ê aū-lâi, kin-chá-khí kīn-kīn chiah ū chi̍t-ê, kiám
m̄-sī chin thang kùi-tiōng mah !
    Koh chi̍t hāng sī in-ūi sî-khek kap lâng ê oa̍h-
miā hē lī-tit, ē thang kóng sî-khek chiū-sī lâng ê
sèⁿ-miā. Sî-khek ê keng-kòe kó-jiân sī bô hān-
liōng, m̄-kú chhāi chit ê bô hān-liōng ê sî-khek ê lāi-
bīn, lán ē-thang oa̍h-tāng, phó-thong chiah kīn-kīn
ū gō͘-cha̍p nî kú. Chit gō͘-cha̍p-nî ê tiong-kan, ē-
thang chò kang, pān tāi-chì, ê sî-ji̍t sī bô lōa-chē.
Gō͘-cha̍p nî ê tiong-kan tio̍h khùn-liáu cha̍p-la̍k-
chhit nî. Tha̍k-chheh chún-pī ê sî-kan chún-chò
la̍k-nî kú, Sè-hàn bē-hiáu pòaⁿ-hāng, bē-thang
chhòng sím-mi̍h ; kap lâng iā-siān á-sī phòa-pēⁿ
chóng-kiōng chún-chò cha̍p-nî kú. It-chhè khàu-
tû gōa, gō͘-cha̍p nî ê tiong-kan ē thang hoat-hui
lâng ê khùi-la̍t chò tāi-chì, kan-ta chiah ū cha̍p-la̍k
á-sī cha̍p-chhit nî kú. Thang chai chi̍t-sì-lâng ê
tiong-kan oa̍h-liáu chòe ū khoán-sit, chòe ū ì-gī ê
sî-ji̍t, put-kò m̄-chiūⁿ jī-cha̍p nî. Chit cha̍p-la̍k-

chhit-nî nā pàng hō· i khang-khang lâu kòe-khì,
lâng ū oảh sī kap bô sio·siāng, hit ê lâng sī kap bô
sèⁿ-miā ê lâng chít-iūⁿ.

Lí siūⁿ-khòaⁿ, sî-khek tiỏh ài pó-sioh á m̄-bián？
Sî-khek sít-chāi sī n̂g-kim, m̄-nā án-ni, iáu-kú sī pí
n̂g-kim koh-chài khah kùi-khì. Lán hiaⁿ-tī chí-
mōe ê tiong-kan, m̄-chai sī in-ūi chái ⁿ-iūⁿ, kan-ta
ē-hiáu kùi-tiōng chíⁿ-gîn kap sèⁿ-miā, iảh khòaⁿ sî-
khek chhin-chhiūⁿ thó·, hit hō lâng chin-chē.

Chhiáⁿ jīn-chin siūⁿ-khòaⁿ, kiù-kèng chíⁿ-gîn kap
sèⁿ-miā to lóng sī sî-khek lâi hō· i chiảⁿ--ê. Kan-
ta ē-hiáu tiōng chíⁿ ài sèⁿ-miā, bē-hiáu pó-sioh sî-
khek, che sī bô koh-iūⁿ chiảh kóe-chí bē-hiáu kò·
chhiū-châng ; tiòng chiōng-goân sòa bô khòaⁿ-kìⁿ
ka-tī ê sian-sìⁿ. Góa tī-chia beh kí kúi-chân lâi chò
chèng-kù. Chhiáⁿ tāi-ke chò-hóe chim-chiok khòaⁿ.

Tảk-jít tùi ke-lō· kòe, put-sî to ū khòaⁿ-kìⁿ lán
teh bé-bē sī chin-chiảⁿ gâu kóng-kè. Bē ê lâng
chai-iáⁿ bé ê lâng tek-khak ē chhut-kè, i chiū chiong
kè-chíⁿ kóng hō· i phòng-bé phòng-bé, kù-chāi i khì
chhut. Bé ê lâng iáu-bōe khòaⁿ mîh-kiāⁿ ê hó-pháiⁿ,
khui-chhùi chiū hiâm khah kùi. "Tn̂g-soaⁿ-kbeh,
tùi-pòaⁿ-seh," chiū seng kā i chhut chít-ê hō· i siỏk-
siỏk-siỏk, iảh chiah ná khòaⁿ mîh ná chhui-chhiâu.

Tāi-ke siūⁿ chin khòaⁿ, só· chhui-chek ê kè-kha
cheng-chha ū lōa-chē, che sī khoài chai-iáⁿ, chóng-
sī ūi-tiỏh án-ni só· liáu ê sî-khek, sui-jiân sī gō·-hun
chảp-hun ê kú, chit gō·-hun cheng chảp-hun cheng
ê kè-chíⁿ, sít-chāi sī oh-tit sǹg, chit gō·-hun cheng
kú, chiū-sī liáu khì bé ê lâng gō·-hun ê sèⁿ-miā. Ūi-
tiỏh kúi-chiam kúi-kak ê kóng-kè kam-goān chhek-
liáu gō·-hun chảp-hun ê hòe-siū, láu-sít bô pí che
khah gōng--ê！

Chit-khoán ê bé-mîh tùi tó-lỏh ū thang siỏk,
chit-khoán ê bē-mîh chái ⁿ-iūⁿ ū thang thàn？ Hiān-

kim kiám-chhái ū thang ke-tiông kúi kak-gîn,
chóng-sī put-ti put-kak ê tiong-kan í-keng chhek-
liáu kúi hun ê sèⁿ-miā. Uī-tiòh sia-siáu ê chîⁿ-gîn,
khéng pàng kúi hun ê sèⁿ-miā, chit-khoán ê sèⁿ-miā
bē bián siuⁿ kòe-siòk. Kìⁿ-chin chit-bun ê sèⁿ-miā
nā iōng kúi-chheng bān gîn beh kā lâng bé, phah-sǹg
i káⁿ m̄. Tùi sî-kan ê koan-liām bô bêng, bē hiáu-tit
sî-khek ê pó-pòe, sớ-í siông-siông ū chit-khoán gōng
ê tāi-chì, tàk-jit ū hui-siông ê sún-hāi, bô lī-ek.

Bûn-bêng lâng kėk-gâu tì-tiōng sî-khek; in ê bé-
bē tek-khak bô án-ni, bē ê lâng chiàu i sớ ē háp-
pôaⁿ ê kè kóng, bé ê lâng iā chiàu i sớ khòaⁿ ē tàt-
tit kā i bé. Nā-sī khòaⁿ bē háh, i hoan-sin oàt-tńg
chiū kiâⁿ, tāi-ke chin chheng-chhó chin bô hùi-khì
chin séng-kang.

Koh chit hāng thang chèng-bêng lán tùi sî-kan
bô koan-sim ê chèng-kù, chiū-sī láu m̄-nā pān-sū bô
chiàu sî-chhūn; tùi lâng sớ iok-sok ê sî-khek lán
put-chí hām-bān siú. Put-lūn beh khui sím-mih
hōe-háp, to lóng tiòh kòe-thâu chin kú, chiah ē-
thang chiâu-kàu; chit ê lâng tú chit ê lâng iā sī
án-ni. Chhiáⁿ lâng-kheh ê sî, sī iáu koh-khah hāi.
Chiàu kū-koàn kóng, tiòh sam-chhui ngớ-chhiáⁿ
chiah sī ū kàu-lé, chóng-sī chit-khoán ê lé-sờ sìt-
chāi sī bûn-bêng-lâng ê tiong-kan sớ bô--ê. Chhin-
chhiūⁿ chit-khoán teh iân-chhiân liáu sî-kan, sī bô
koh-iūⁿ chiong tāi-ke ê sèⁿ-miā khòaⁿ chò chúi, iúⁿ
khí-lâi lām-sám phoah hiat-kàk, che sī hui-siông ê
tōa chhò-gō͘.

Se-iûⁿ-lâng teh siú sî-khek sī ná chhin-chhiūⁿ teh
kờ sèⁿ-miā; kap lâng iok án-ni, chiū-sī án-ni, iok
kúi-tiám kúi-hun kàu, chiū-sī chiàu hit ê sî-khek,
tek-khak bô chha pòaⁿ-hun. Tek-kok ū chit ê tōa
chhut-miâ lâng kiò-chò Khong-tek (Kant), i m̄ hān-
tiāⁿ tùi pàt-lâng choàt-tùi sî-kan, chiū-sī i ka-tī to

lóng sī chiàu sî-kan teh tín-tāng chò tāi-chì. I ták-
jít to lóng ū chit ê tiāⁿ-tióh ê sî-khek tióh chhut-
khì gōa-bīn kiâⁿ-sóa.   In-ūi i lóng ū chiàu sî-chūn,
só͘-í lâng nā khòaⁿ-kìⁿ i tùi chit só͘-chāi keng-kòe,
chiū chai-iáⁿ hit-chūn sī kúi-tiám cheng.   Chāi Se-
iûⁿ sī liáh bô siú sî-kan ê só͘ kiâⁿ chò chit hāng
chin tōa ê pháiⁿ hêng-ûi.

Tē-saⁿ : Lán bē-hiáu sî-kan kùi-tiōng ê chèng-kù,
chiū-sī lán beh chhōe lâng bô khòaⁿ sî-chūn, koh-
chài lán khì chhōe lâng m̄-chai sī beh chhōe lâng
pān-sū á-sī thit-thô, put-chí bô bêng-pék.   Tāi-khài
m̄-bián gō͘ hun-cheng chiū chham-siông ē chheng-
chhó ê tāi-chì, iā tek-khak tioh thoa kàu chit tiám-
cheng á nn̄g tiám-cheng ê kú.   Khí-thâu lóng sī
kóng hiah ê bô-tap-sap ê ōe, ná chhin-chhiūⁿ chiông-
chêng teh siá phoe ê khoán, thâu-thâu-á tioh seng
siá hiah ê hùi-ê thô͘-ê, siá kàu kui-tōa-phiàn, chêng-
keng ê tāi-chì kàu tī bóe-liu chiah siá kúi-jī-á chiū
liáu-kiók.   Chit-khoán kiám m̄-sī to hùi sî-kan, hui-
siông ê tōa sún-sit mah?

Iáu-kú ū khah hāi--e.   Lán m̄-chai sī in-ūi khah
êng khah bô tāi-chì á m̄-sī? Lán ê lâng chin ài hap-
sian kóng phàⁿ-tâm, lóng sī kóng hiah ê chap-saⁿ-
thìⁿ-gōa ê êng-ōe.   Tùi chit-khoán lâi liáu ê sî-khek
bô tàng thang khì sǹg, chit-khoán sī kap chiáh-pá
kan-ta tó-teh khùn kòe-jit chit-iūⁿ, che sī ū oáh ná
bô oáh.   Láu-sit sī sí-sí chiáh-liáu sè-kan ê iâm-bí.
Ū chit-hō ê pháiⁿ síp-siók, cháiⁿ-iūⁿ siā-hōe ē chìn-
pō͘ ?   Tāi-ke tioh ài lóh-soe, sī khòaⁿ-kìⁿ-kìⁿ ê tāi-
chì.   Ū-sî chò-hóe hap-sian kóng-chhiò, khiok m̄-sī
lóng m̄-hó, khiok iā sī chit chân hioh-khùn ióng-sîn
ê hoat-tō͘; chóng-sī tioh ài ū sî-chūn chiah hó, tek-
khak sī bē iōng-tit hap-sian chò kòe-jit.

Tāi-ke ! hiān-sî ê lâng sī khòaⁿ sî-khek pí n̂g-kim
khah kùi-khì, khah tin-tiōng, só͘-í put-lūn sím-mih

162 CHAP-HĀNG KOÁN-KIÀN

sî-chūn ê sî-kan, chit tiap-á-kú to lóng m̄-káⁿ phah-
sńg, m̄-káⁿ hô tiāⁿ-tiȯh.

Chit-hāng lán siāng tē-it thang chai-iáⁿ. Lí khòaⁿ,
hóe-chhia teh kiâⁿ ê sî-khek, sī lóng ū tiāⁿ-tiȯh; koh
khah tōa-liȧp ê lâng i to tiȯh chún-chat hó-sè, lâi
chiah chē ū chhia. Ka-tī tèⁿ khò-khò, iōng chit-bān
gîn beh kiò hóe-chhia tán-bāu i chit-hun-cheng, che
sī toàn-jiân m̄-biáu siūⁿ. Chiū-sī hóe-chhun iā sī án-
ni. Góa chit-pái chāi Hoàiⁿ-pin ê káng-hōaⁿ bat
khòaⁿ-kìⁿ chit-chiah nn̄g-saⁿ bān tūn ê tōa hóe-chûn,
sī tùi Bí-kok lâi--ê, sī chū kúi-nā goȯh-jit-chêng
chiū tiāⁿ-tiȯh hit-jit ê-po sì tiám-cheng beh kàu
hōaⁿ-piah-ê. Góa tú beh khì chiap chit-ê tùi Bí-kok
tńg-lâi ê pêng-iú, khiā tī chûn beh oá-hōaⁿ ê só-chāi
tán-hāu. Aî--ah! chin kiaⁿ--lâng, hit-chiah chhin-
chhiūⁿ soaⁿ hiah tōa ê tōa hóe-chûn, kó-jiân sī sì-tiám
kàu-ūi óa-hōaⁿ, chha chit-hun chit-biáu to bô lah!

Chóngkóng, kīn-lâi ê lâng bô siú sî-khek sī bē
thang chò sím-mih. Kóaⁿ-thiaⁿ iā-ū tiāⁿ-tiȯh sî-kan,
gîn-hâng iā-ū tiāⁿ-tiȯh sî-kan, pēⁿ-īⁿ iā-ū tiāⁿ-tiȯh,
hȧk-hāu iā-ū tiāⁿ-tiȯh, chò-hì mā sī ū tiāⁿ-tiȯh.
Koh-chài lâng-lâng sī bô kúi-nî thang oȧh, sī bô
kúi-sî thang chò-kang, só-í ē thang tiāⁿ-tiȯh ê sî-
khek, nā m̄-sī chún-chat tiāⁿ-tiȯh ū hó-sè, tng chit
bô sî-sè, m̄-nā tam-gō ka-tī, pȧt-lâng iā ē siū lán
chin-tōa ê tam-gō.

Aî--ah! Chèng hiaⁿ-tī chí-mōe, lán Tâi-oân ê
kin-á-jit, tȧk hong-biān ê kéng-hóng sit-chāi pí
lâng pȧt-tah sī chin tōa-tōa bē khòaⁿ-tit, che tōa
pō-hūn sī lán bē-hiáu kùi-tiōng sî-khek só tì--ê.
Sî-khek sī N̂g-kim. M̄-nā; iáu-kú sī pí n̂g-kim ū
koh-khah kùi-khì; lán tiȯh chai-iáⁿ thang pó-sioh.
Gâu iōng gâu pó-sioh sî-khek ê lâng thang kóng
chiū-sī hó-giȧh-lâng!

郵費金　四錢

定價金　六拾錢

發行所　臺南市港町一丁目十九番地

臺南新樓書房

印刷所

印刷者　エービーネルソン

臺南州臺南市竹圍町二丁目三十八番地

著作兼發行者　蔡　培　火

臺南州臺南市港町一丁目十九番地

大正十四年九月十四日發行

大正十四年九月十一日印刷

十項管見（譯文）

大正十四年

一九二五

台南新樓冊房印

發行所：：台南州台南市竹園町二丁目三十八番地

著作兼發行者：：蔡培火

台南州台南市港町一丁目十九番地

日期：：大正十四年九月十四日發行

大正十四年九月十一日印刷

譯者序

時下台灣學界能夠使用「台語拼音羅馬字」（十九世紀中葉由英國蘇格蘭長老教會宣教師移入）來讀寫的人，已經所剩無幾。誰可曾想到：這種文字不但是當代長老教會宣教師為欲協助信耶穌的文盲能夠吟詩、讀經、及寫作之重要工具，更是力主台灣人權及尊嚴的昔日「文化協會」成員所推廣的社會教育之文字。而該會成員之一的蔡培火先生，正是致力推廣台灣話羅馬字運動的一位前輩。其目的無他，只期待以這種簡易的拼音字來教育斯土斯民，使咱台灣人能夠覺醒。能夠和當代的日本人平起平坐，以至成為一流的世界公民。

這本《十項管見》（Chap-Hang Koan-Kian）就是蔡培火先生用台灣話拼音羅馬字所撰寫的冊，由「台南新樓冊房」（**長老教會出版社**）出版於一九二五年的力作。讀者由「冊名」就可以領會，作者非常用心提出當代台灣人最需要的「十項社會教育」之論題，藉以啟發吾土吾民能夠覺醒。其內容是：作者所看的台灣其一，論新台灣與羅馬字的關係其二，論個人與社會的關係其三、論漢人的性格其四，論文明與野蠻的分別其五，論女性及女權其六，論真實的活命其七，論仁愛的重要性其八，論身心的健康其九，以及論善用錢財與時間等十項。筆者於一九

177

四五年（國小三年）時，因為已懂得讀寫「白話字」（即台語拼音羅馬字），就被放在姑丈書架上的這本冊所吸引。其所以吸引筆者的原因倒不是書中的內容，而是該書的「書名」與「封面」。為的是「管見」（Koan-Kian）乙辭之意弄不清楚，卻又有一付「台灣地圖」為封面。筆者也試著翻開幾頁認真閱讀過，只覺得內容實在太難，因此提不起天真的求知慾與興趣繼續讀下去。想不到五十多年後又能夠和它久別重逢，更能夠進一步來翻譯它。套上一句佛家的口頭禪來說，實在是「機緣」哩！

就是因為筆者和這本冊有「緣份」，所以當張炎憲教授請託協助翻譯之時，筆者就一口答應，也於一九九八年即完成所託。當筆者在譯述此書時，委實敬佩蔡培火先生之遠見及真知，因為這位台灣社會的先知先覺早在二十世紀的二○年代就如此關心台灣人的處境及其未來的命運。儘管時過境遷，蔡培火先生於這本冊所提的真知灼見，仍然是當今台灣人最迫切課題。筆者有幸能夠譯述前輩之大作，然因學識有限，要用漢字來表達作者優美的「台灣話」，不雅之處在所難免。此一缺失，敬請諸位讀者先進見恕之。

中華民國八十九年十月二十日

董芳苑謹識

頭序

在這台灣島內，學問是廢墜真久了！自真正久的以前，學問只有（kan-ta）幾個讀冊人在關係。又再那些（hiah-ê）讀冊人所讀所識的，攏是幾百年或是幾千年前別人所研究的舊糟渣（chau phoh），卡多是攏未通合時勢。從中卻也是有彼號（hit-hō）不時都是真，到那落（toh-ló h）都是會合用的好學問。總是給那些讀冊人車磐了已經老老（lau-Lau）無明角（mê-kak）。

原來學問是對多多（chōe-chōe）人的經驗、多多人的心思來組織結成的。講一句卡明，學問就是欲闡明事物的真假、好歹、美醜（súi-bái）的關係，人的頭腦無學問，比腹肚無喫物是卡慘。

識；以外大部份的人，就是做生理的、做農（sit）的、或是做工的，一切與學問是差不多攏無家（kong-ke）的財產。所以學問是人人都攏著愛有，人的頭腦無學問，比腹肚無喫物是卡慘。

台灣的學問廢墜到親像今仔日這個款，不免（m̄-biān）講到什麼學問，只有識字會曉寫批記數（ki-siàu）的人，一庄社總共不知（m̄-chai）有幾人？

在這台灣島內，通講學問的飢荒，已經是連續真久真久了！眾人的精神已經是飫餓到極崁（khàm）。

台灣自歸日本帝國以來，各所在學校設備，通講是加真整齊，總是會通去這些學校讀的人是無賴多（bô Lōa-chē），又再這些又都攏是少年幼尺（chí"-chhioh）的囝仔。等候這些少年囝仔讀成器，才欲來救台灣社會之緊急，這是慢慢難得（oh-tit）通等候，又再是慢慢難得會通到。若是按呢，欲給台灣的學問卡緊興，欲給台灣人的頭腦卡緊飽填（pà-tī"），豈不是著緊緊再找別條路來行（kiâ"）！照我及幾個同志的人所看，就是用羅馬字來寫冊、印雜誌、或是印新聞，這條是最近最快行的路。關係這層在第二項有論卡詳細，請大家才對彼再深深想一下看。

亦我所寫這本冊，我卻不敢講，用這本欲來加添大家賴多的學問，不過是吐露我的愚見的一部份，陳列在眾兄弟姊妹的面前，來與大家參詳看，愛給台灣卡發達，欲給咱的同胞卡向上，咱將來的所想所做，怎樣想，怎樣做？也咱將來的所想所做，豈不是有錯誤的點在的（ti-teh）？我是將我所有感覺著，又再是上第一愛代先與同胞參詳斟酌的代誌，分做十個題目寫在此（ti-chia）。列位，在這個內面，我的所想有錯誤之點，若是大家勿得（bōh-tit）只有看，放給它過去，肯替我指點訂正給它明白、四正，就是我最感謝的所在。

這本冊雖然是小小，自大正十二年十月初寫起，抵抵（tú-tú）是寫一年久才成。一項是我常出外，又一項是因為舊年十二月十六日被人掠去關監六十五日，以後再為著這層事操捉（chhiau-chhek），少少有空通舉筆。所以欲寫一項的議論，在彼個中間著息睏幾若次（pái）。又再一次的息睏，有時欲到成月日，致到使我的心思攏卡未貫串，所寫的多多未通照意思，我自己無滿足的所在是未少（boē-chió），請大家這點體貼我。

還有一項頒望大家願情，就是我的腔口不止亂雜無純，驚這大家看了未清楚。我是在北港出世，對十八歲的年頭就離開彼，以後四過去。對按呢，我的腔口續變成一種不成漳再也不成泉的口氣。我卻有拜託卡慣勢廈門音的人鬥斟酌，已經有改換真多去，總是無督好（bô tū-hó）的所在的確是還真多。今生成都是按呢，也都無法度，願大家忍耐看就是。

大正十三年十月二十八日，就是治安警察法違反事件第二個公判判決前一日。

蔡培火寫

第一項　我所看的台灣

美啊！好啊！咱台灣

喔啊！台灣，西洋人呵咾你美（súi），稱呼你叫做美麗島（Formosa），你實在是夠額會堪得。還舉（iā-u-kú）你老實是真快樂的所在，到額會得給人愛惜放繪離。喔啊！台灣，又再你豈不是阮的搖籃地，給阮的身高骨肉肥大的鄉里嗎？阮的心實在一刻久都難（oh）得對你來離開。

外國人呵咾咱的台灣秀麗；有影，老實無錯誤。咱台灣的山極雄壯、極有變化，又再是極茷萃、極醒目，時常有銀色的雲在那些青玲玲的山尖的中間在滾在夯，所以坐船對海中央遠遠看，的確是非常美。不若（m̄-nā）按呢，就是對近近看，台灣頭到尾不論到落（toh-loh）一所在，樹木不時青翠，花草不時炎盛；有奇巧的蝴蝶在彼中間在舞，好聲的蟲蜈鳥隻在啼在唱，宛然是一個大公園。咱台灣是在太平洋的內底，一個不大不細的島嶼，通講是海外的仙境。它的四面都是大海的水包包住（teh），別處的俗塵都湧埃（eng-ia）難得到。它的山尖實在是高又大，世界的風雨都吹沃難得著。又再氣候是真溫和，熱天無給咱著親像南洋的人不時愛淌水，寒天也無叫咱親像北方的人不時著向火爐，給咱的身軀真輕，又再給咱的心肝真少欠缺。咱台灣的地闊大，無親像中國、印度那款，不容允山禽野獸的跑走，總是小細也足額會通容允幾若百萬人，又再地土豈不是真肥，出產豈不是真豐富嗎？咱的山內有大欉樹砍（chhò）未了，有樟腦是世界所稀罕的，有黃金、也有石炭。也四圍的海內有出魚、蝦，無限量。鯨魚是親像厝那大，鹽又是擔未了。若講到平地，田裡有雙冬通收，園裏甘蔗及種種的雜穀不時都收未盡，又再咱的烏龍茶豈不是真香嗎？噯呀！咱台灣實在是一個天生自然的大金庫！噯呀！台灣真正是美麗的島嶼，真正是平和的鄉里，實在是無欠缺的安樂國！我會通比喻一句講：「台灣是若一仙蓮花寶座頂的觀世音」。

對地理來講，宛然一個小東洋

世界的地面分割做三款：一款叫做熱帶地，一款溫帶地，又一款就是寒帶地。咱人所住起（khiā-khí）的地面，看見是平平，其實不是平的，是圓的。因為地是圓圓親像球，所以咱所住起這個地是叫做地球，人與草木走獸就是在地球的面頂在活。通講地球是親像一粒真正大的虎頭柑，柑皮碰高的所在就是山，凹落的所在積水就是海；也半肚的所在就是熱帶地，半肚與頭尾的中間就是溫帶地，頭與尾的所在就是寒帶地。熱帶地是第一熱，溫帶地卡燒囉，寒帶地就真寒（koâⁿ）。

184

將地球給它剖來做兩邊，一邊是叫做東洋，再一邊是叫做西洋。咱台灣是在東洋的內面。咱的台灣又剛是在熱帶地與溫帶地的交界。咱島內的山又真高，所以平地雖然是熱，越（lú）上山頂就越涼越冷。若是別所在熱就是熱，寒就是寒，咱台灣因為是頂面所講彼款的地勢，所以同一個時拵，愛熱的所在也有，愛溫暖的所在也有，愛涼冷的也是有。

將來山內那些人，因為咱若卡痛疼伊，若與咱和好無相害，也咱的智識才能卡發達，氣力卡充足之時，山內山頂一切攏開墾，大樹林著給它開，金銀石炭種種的礦產若有就給它掘，會通栽種的所在就栽種，繪的就給它做牧場，飼牛、飼羊、飼牲畜（cheng-se̍）。一面將這些所收成的利益來開大路，造火車、電車，或是設真穩當的飛行機、飛行船，豈不是幾點鐘，交通給它大利便；也再一面建設鄉村市街在極好景緻、極清涼的所在。若是按呢，通在熱的所在行到涼的，在涼的行到寒的地方嗎？

親像按呢來講，在咱台灣近近一碟仔久的工夫，愛山就有山，愛海就有海；欲熱就有熱，寒就有寒。所以通講台灣有這款天然的好景、好氣候，將來若是再用心加人的工夫大大來整頓，的確會成為東洋的大公園，給東洋的人集倚來享福安樂。

對人來講，是一個小世界

對地理來講，咱的台灣是那（hiah）有趣味的所在，總是若對人的方面來講，是還（iau）再卡心識、卡有意義，通講是一個小世界。

通地球面所有的人，總共講有十六億外（一億是一萬的一萬）。這些人大概分做五種，就是白色的、黃色的、赤色的、棕色的、黑色的。西洋人（普通講紅毛人）就是白色的，因為伊皮肉的色是真白；咱就是黃色人；南洋的馬來人就是棕色的；美國近山的所在有一種皮肉真紅的人，這就是赤色人；還有一種就是他的皮肉黑到親像火炭，住在阿非利加與阿美利加的所在。

這五種人文明的程度不止有精差。有的是真賢、真勇、真好額；總是有的是真憨、真含慢、真窮鄉（sàn-hiong）。因為這款，大家的氣力無平，致到生出種種不幸的代誌；巧的騙憨的，有的喫無的，強的壓倒弱的。通講過去的世代，這五種人大家是相刣（sio-thâi）在過日。

差不多六年前，西洋大相刣。這個相刣是自開天地以來最第一大的，在大正三年八月刣起，頭尾刣有五年。在這個戰爭死的人，有一千萬；著傷的人是兩千萬；總共死傷有三千萬人（咱台灣攏總才有三百九十萬人）。又再所開的戰費是三千七百億銀（現時日本全國的國費一年是差不多十四億銀）。近近對按呢就足額通知這幫西洋的大戰爭到怎樣慘！看見這款的慘事，近來世界逐種人都攏深深感覺戰爭是不好，的確著愛平和。不論那一種人大家攏愛相尊重相照顧；賢的牽導愚的，勇的照顧弱的；有的補助無的才會用得。關係這層事，通世界的人現時非常認真在研究。

列位，世界的大勢是按呢，今請越頭看咱的台灣。咱這個小小的台灣有幾種人在做伙住？通世界的人現通講是有三種。一種是內地人（指日本人）；一種是山內人（普通攏是叫伊青番，這是真輕別人無尊重人的話，願與大家以後叫伊「山內人」）；也再一種就是咱本島人。這三種人的面色、骨格，卻是大概有共通、不閣（m̄-koh）所用的言語無像（bô-siāng），風俗也各樣，過去的歷史也精差；所以通講是各樣的種族。不若種族各樣，文明的程度也是不止有精差。大概會通講，內地人是卡賢、卡有力。咱本島人比伊就卡輸，山內人就輸伊還卡多（ia̍u khah chē）。通按呢看，我敢講，台灣是一個人種的展覽會場。世界若會現出平和，我想著對台灣大先；通講咱台灣是世界平和和人類和好的試驗所。喔啊！列位同胞，咱為著人類的和好，世界的進步，不知咱有什麼準備通幫助山內人的向上；也咱有什麼氣力通與內地人平駕齊驅，相牽手做伙行向前嗎？喔啊！台灣果然是世界的之台灣；總是不知咱有世界的之心無？台灣是一個小世界，台灣是人類和平的研究所。

第二項　新台灣與羅馬字的關係

世界是一條的大溪流

佛教的開基祖釋迦如來有一句話講：「諸法無常」（應係「諸行無常」，譯者註），就是講一切萬項攏是不時變遷，無一時有定著。請看，花香有幾時、月圓有賴久呢？剛才出日，連邊就欲落雨。美美的囝仔嬰，豈不是無賴久就欲變成穩龜舉拐的老大人嗎？

親像這款的看法，卻是使人卡愛悲觀厭世。世間萬項實在不時在變遷，總是無的確攏是變歹。照我看，雖然是再卡按怎變，到尾定著是變好。若是按呢，我還會通講一句，人定著是希望世間變成好，的確是無心願歡喜世間變做歹。是，世間不時都在變，總是人定著是愛世間變好……萬一若變做歹，做人的確懊惱、艱苦、噴大氣（pūn-toā-khùi）。

世間萬項的變換是親像溪水在的流。你看，溪水彎彎在的流，暝日都攏無有寸刻的息睏。著，溪水是對山頂流落來，直透流對海裡去。請想看，溪水總是不通講，溪水是一去無回頭。著，溪水

189

台灣有變阿無？

若是一去無回頭，山頂怎樣有那多的水不時都流未了？實在溪水不是一去無回頭。溪水流到海裏的中間，著受日頭曝燒，對呢水就變做水煙沖上天頂去。水煙在天頂見著冷風，就再變成水加落對山頂地面來，這就是叫做雨。所以通知，溪水是對山頂流落海，總是到海會再沖上山，是按呢循環在轉。世間萬項在變換，看真都照這個款；是有照一定的路徑在變遷，的確不是無定著亂亂的絞。水著行流，著變換才不臭，世間萬項也是著愛改舊換新才會有進步。水雖然是真清真好，不閣若是不時積於一所在，無賴久就會變濁發臭味。

世間雖然是各卡好的代誌，若不是會通與時勢平平來變換，無賴久也的確著成做舊相無合用之物。世間的在變遷剛剛是親像溪水在流，暝日都攏無息睏；水越流是越活越清氣，世間社會越變是越新越進步。水在流有照定著的程度，世間萬項的變遷也是有一定的次序，的確無那號「鴨蛋滾對石頭逢」出來的代誌。

照目睭所有看見的來講，這二十餘年來，台灣是變真多。卡早人在交通往來攏是用腳行，有錢的人是坐轎騎馬。今到那落都是有火車、自轉車、自動車通坐。在前卡賢者一日也是繪行過十舖路，總是現時一日欲走一百餘舖是容易。早的道路街路攏是親像雞腸仔彎彎越越真細條，現時都攏是真直、真闊、真大條、真平坦。前街路的水溝卡無通，所以臭水積歸窟，致到生蚊生蟲發毒氣，使人快破病；現今大概街市攏有開水溝，四界都攏乾鬆。向冬時攏是用臭油在點燈，不若是無到光，實在真危險，真厚黑煙；總是這喙（chit-tiáp）已經有電燈通點，暗時通照比日時再卡光。各所在街市加真美，也有加設公園通迌迌（thit-thô），也有真多的大間厝通看。多多（choē-choē）所在有大間的製糖會社，機器的聲輕喨吼；做生理的法度也攏與前有隔樣；學校也有卡整頓卡多間；做官的人也是加卡多卡嚴，厝賊仔減真多、強損賊會通講是已經絕種了。

拿現在的台灣來比較以前（eng-pái），有變遷的所在是真多。也所有變了的是好歹參差，卻不是攏總通恭喜。好歹請無論，只有請想看這些所有變換的點是對按怎來？不論給誰人講，打算敢無人欲講是對咱本島人的心內激出來，或是對咱的手來造成。見笑啊！咱不若繪曉得自己激出這號，連學人隨人的款樣都是不會。設使勿得（tmāi-tit）別人與咱摻，將現時在咱台灣島內所有一切的施設逐項的機關放給咱掌，咱無才調通掌理好勢，這是看現現之事，打算不免賴久會退到與一、二十年前相像。

不是我愛侮辱自己，實在是這個款，自己呵咾都也是無路用。所以著明白，台灣雖然是有變遷，這是人做給咱的，不是出自咱的才調。對按呢著講：「台灣是無變卡著」。世間時時在變，別人刻刻攏有在換新，總是咱還閣是照二、三十年前的頭面。因為按呢大家著比以前卡艱苦、卡無趣味是應該。唉啊！台灣的變新，總是大家都是愈叫苦！新的是不識，舊的又是差不多就要未記得。目瞯金金看別人漂撇〃在活動，不閣自己親像破病人；愛欲隨人跳腳是站不穩，欲學人比手又舉不起；想欲趁人的嘴尾唱，不閣咽喉乾乾，嘴唇不振動。奉兼（hong-kiaⁿ

3) 又再常常遇著作孽的囝仔，或是無天良的惡漢欲欺負。唉啊！大家怎樣不著愛噴氣？

究竟是無讀無教所致的

大家現時的遭遇，究竟想真，是因為久年教化無興，失了自己所致的，使教化這呢衰退之原因算來是真多。法度設了不好也是有，也有一部份的人愛眾人憨，自己通專權，用種種的手段在阻礙也是有。總是最大的原因是在眾人未曉教育的寶貝，只有為著目前的喫飯出力，看讀冊講究的事做加的，掠做是空了工。

咱本來的性質是卡注重實在，卡顧目睭前；萬項都是愛真鬧真，實鬧實（chin tù chin,sit tù sit），攏是重閱歷，賭天運若定。卡多是信講，人欲上高出身不必的確愛讀冊；所以有一句話講，「劉項原來不讀書」，是講漢朝的開基祖劉邦與楚霸王項羽，這輩的人攏無讀冊，伊都也會爬那（hiah）高，做那大的代誌。這是古早的事跡，在眾人攏是愚憨不識什麼的時代豈採會用得，在今仔日萬一若是還閣有人按呢信，就是真可憐。時代已經無相像，現時是學問的時代，僅僅用一人的閱歷經驗是斷然繪通做什麼，實在是難得站得在通過日。

卡早是個人主義的時代，萬事攏是對自己一人來打算，攏一人對一人的做法：所以卡多著憑自己的氣力，用自己的主決專斷。譬論對做生理的方面講，卡早攏是一人一人自己做，逐項真簡單，各人的氣力都是有限量，所以一人對一人的輸贏精差是無賴多。現時已經不是這款的做法：現時是共同協力的時代，所以生理也是合眾人的氣力在做。你看，現時有加真多款的新機關，有叫做什麼會社、什麼銀行，攏是用株式合多多股株在做，本錢是真正大，生理是做非常闊，它的氣力無限量。俗語講：「相與米，煮有剩」。因為本大，消路大，所以物件會通頂真又再俗。不若按呢，尚可會通安排他的店內真美，會挽人客的目睭，也會通設備多多項給人客歡喜。

我的目睭所有親看見上大崁的門市生理店，僅僅彼間店的厝，是起四、五百萬銀，是六層的洋樓，內面的舖設宛然親像王宮，店內大小的伙記查埔查某總共千餘人。內面有椅通給人客躺倒，也真多查某囝仔在捧茶，也有花園通給人客賞玩，也有人在奏樂做戲給人客聽看。也人客若腹肚飫也有通給他買喫，不免再走去別處。若熱的時有通一面用電風通涼，人客的衫沾沙有人通給他擦。人客所買的物不免自己拿，若給他交代有自動車或是火車通給人載到厝。若是卡遠的，隨時會通給咱郵便運送到咱家（tau）；不論你交關多少都攏是這款的相款待。親像這款的做法，一人的小生理欲當太會通存在，定著愛倒店。總是這號生理不是喊做就隨時會通做，著識真多方面的代誌，著合真多人的智識，才做會通來。這款是真多人相與約束在做，所以的確著有種種的規矩，著明白法律才做會通四正。

又閣交關是真闊，行情愛精通，自然批信往來是真密，所以不若自己的文字著愛識（bat），別國的話與文都攏愛精通。數目真多真雜，著怎樣記才會明白，錢銀著怎樣運轉才會流通，店內的所費著按怎用才會節約，這也不是一人所想會到。對這幾點想也就通知，現在欲做生理，著愛有學問、著讀冊、著知影多多賢人所經驗所閱歷所研究的結果，將那些拿來做參

考，按呢現時的生理才做會來，也才會成功。做生理以外無論是做穡（chò-sit），或是做工，

在現時都攏著讀冊、有學問，才會通與人平坐站。

論人讀冊研究學問有兩款的目的。一款是欲給人的品性齊全，再一項是欲給人得著做工辦事的才能。孟夫子講：「讀冊無別項，僅僅是欲求所拍不見了的良心回返來」。就是欲給人的

品性齊全的意思，這是讀冊第一的目的。總是卡多人無想到這點，講讀冊是欲賺錢、做官。賺

錢、做官、做代誌，這是屬技術才能的方面，是讀冊講究學問的第二個目的，卡早是只有看重

在這點，這是卡偏的看法。人僅只被老母生出來是無齊全，是一個人的初胚若定，的確著再講

究學問，知影真多賢人的所想所行，通給咱的頭腦活動心思明白，使咱會曉做工辦事的法度，

起頭才會算得是齊全。在咱台灣從前教育攏無興，學問攏失墜，這攏是對咱大家自己與咱的祖

先卡多無明白學問的真意義，未曉得時勢之變遷所致的。

列位兄弟姊妹，時勢已經變換了。卡早是一人對一人在做事，是個人主義的時代；現今是

眾人對眾人、團體對團體，是協同主義的時代。卡早是一人賢、眾人憨；一人致蔭眾人，一人

呼轄眾人；是英雄主義，是專制主義的時代；現今是眾人賢、眾人勇；共家做、共家收，用多

人的好制止眾人的歹，是民眾主義，民本主義的時代。卡早是隨便愛，隨便通做，各人會通打

各人的算，是自然主義，放任主義的時代；現今是有認定一個共家的標準，共家的規矩，共家

著愛守；就是理想主義，法治主義的時代。總講一句，早前是一人一人自己活的做法；現今是

變成一人合眾人做伙活的做法。通知在現今的時勢，一人與眾人是真大有關係，所以一人未通

照自己的打算，著知影眾人的代誌；著識真闊，所以著有學問、有智識才會用得。今咱大家知咱台灣的婦人人（hū-jîn-lâng）豈不是目睭攏不識「一字」是一劃嗎？也查埔人幾人有讀冊呢？唉啊！時勢變了了！咱大家還閣是目睭黑暗的卡多。按呢看，大家怎樣不免艱苦會用得！

咱實在是失自己，咱的頭殼碗內是攏空空。台灣現今是處在智識飢荒的時拵了！

今著緊緊普及羅馬字！！

世間刻刻在換新，時勢已經變換了，總是咱台灣的本島人，兄弟姊妹，還閣是照舊款，未通應時勢。這是因為失教育無學問所致的；咱已經明白了。今咱著趕緊來振興咱的教育。論這項教育的代誌，不是一時一刻所做會通來，著愛真久的苦心，才一㐰仔會得見功效。日本帝國領台以前，受書房舊式的教育識漢文漢學的人是無賴多。現今不知還剩有十萬人阿無？我在訝疑。自領台以後，總督府有新設種種的學校；到今受這款教育，學新學問的人，深淺無論一切算在內，也敢無通上十萬，這是我的推想，打算敢無相大精差。本島人攏共有三百六十萬人，僅僅才差不多二十萬人有學問，豈不是真少嗎？這是什麼原因呢？一項，是咱自己未曉看學問重；一項，是設法的人無有十分的誠心。還閣一項，就是要學問的文字言語太艱巨非常難得學。

遇著現時的境況，此去大家的確對教育會真熱心才著。但是一項文字及言語著再一番的大深想大研究。台灣與中國的往來的確未用得隔斷去，所以漢文是斷斷未用得放束。台灣人又是日本的百姓，所以日本的國語也是的確著愛學。不閣漢文是真難，國語也是真難，又再這兩項與台灣話攏是無關係。一個人欲可精通這兩款言語文字，至少著愛十年的工夫；通講是真重的擔頭。少年囝仔自細漢學起，就有向望會成功；現時不識字的大人欲來學，打算學到死也敢是未成。

現今在咱台灣應該去學校讀冊的少年囝仔，平均一百人中才三十三人去讀冊；後手六十七人是著做無學問的腳肖。通知，現今在台灣的囝仔三份二是還無學校通讀冊，豈不是真可憐嗎？若講到二十歲、三十歲以上的查埔查某，無機會通接近學問的是滿四界。這些二、三十歲以上的人，正正是在經營現今的台灣。這些不識學問、不識代誌，台灣欲太會換新進步？也這拵的少年囝仔是後代欲經營台灣的人才，這些這拵無學校通讀冊，後來欲太有路用？按呢台灣欲太有向上的日，咱欲太有出頭天的時？到這算是水激到鼻空口，咱無認真來設法怎樣會用得？

這個問題我在十餘年前就有細細想過了。照我的所想，我信講，若不是緊緊普及羅馬字是無變。大正三年的年尾，坂垣伯爵對東京來咱台灣，與林獻堂先生以外真多人，協力欲創設同化會之時，我在那時就有對伊建議著採用羅馬字。那時伊對我講，「總督府與真多內地人對這個會不止大反對⋯現在（chim-má）若講欲普及羅馬字，通促進台灣的教育，驚了會再卡反對」。照伊大家那時的意思，是講設同化會是欲給本島人同化與內地人像款，所以大家著熱心學國語才好；現在若是來教羅馬字，欲用台灣話來教本島人的學問，總督府的確會講，這是欲叫本島人對國語越無熱心，越與內地人離開，所以總督府的確再卡反對。

那時我有詳細辯明給伊聽，總是都無採工。照我那時所想，本島人與內地人化做相像款是好，總是無的確本島人攏著近內地人。本島人有歹的化就近內地人的好，這是會用得；可是本島人有好的也著化去就近內地人的歹者，這是斷斷未用得。不過有好相與也著化去近內地人的好，有歹的相與除；大家攏來相與變做好，這才是真正的同化。所以大家著愛大先會曉好歹是什麼，大先有相與的智識才來學智識。大家熱心學國語也是好，可是現時二、三十歲以上的人著先學國語，然後對國語才來學智識，按呢是無向望的代誌。那些二人打算到死國語也是學未成。所以的確著緊緊先教羅馬字才著。這是我那時的意見。那時同化會的幹部林獻堂先生伊那些主腦的人來台南，

台南市的人在新起的大舞台給伊開歡迎會，我那時也有在彼講這款意味的話。題目我還會記得，是「同化的真意義與咱的準備」。就是現時我也是這款的意見。關係這層羅馬字的問題，這拾餘年來不時都朝在我的心內。對這層我也講真多話了。總是誤解我的真意，與一部份不愛本島人賢的人，不止大大唱反調，講歹話。雖然是按呢，真金是斷然不驚火，真理是給人艙滅得。近來官民的中間，對這層著要緊普及羅馬字的代誌漸漸有在看重。聽見講，警察官的練習所已經有採用羅馬字在學台灣話。也小學校已經有在教台灣話，也是漸漸會採用羅馬字。這是真通歡喜的傾向。

大家著趕緊來學羅馬字。咱若攏識羅馬字，咱會通得著多多的便宜，不論內地人或是本島人，無論查埔查某，大人或是囝仔，有學問或是無的。原來言語文字是知識的倉庫，也是人的

心肝欲相交陪的門路。不過言語是用聲音表現；聲音是響無賴遠，又再一擺就消無去，所以人講的話未通給真多人做一擺聽，也未通將所講的言語留著給後來的人知影。因為愛補這款的缺憾，所以才有制訂文字，將人所欲講的言語用文字表現，寫在紙的面頂，照彼張紙面所寫的款抄寫，或是用機器印，就會通得千千萬萬張像款的文字，將那些寄給人，雖是再卡多再卡遠的人，都會通將咱愛欲講的心思傳給伊知。不僅按呢，所印那些紙給伊合歸本（就是冊），收好起來放，雖是卡久的後世代人，也是會通給伊知咱的所想。

通知有言語也著有文字，才會得將人的心思傳播到在闊闊的所在，久久的中間。也人與人的交陪，才會通愈親密愈開闊。世界中文明的人，有言語的確也有文字。野蠻人僅有言語無文字，所以也未通將自己的心思傳給後代的人知，也自己又未通知影以前的人的意見。總講伊是無學問，不時自己想自己識若定，未通識卡多，不時未進步，不時都野蠻。咱的台灣話本來是與中國話像款，平平是用漢字，因為咱久年放束學問，咱的話續與漢字相離開。台灣話續將要變成一種無文字的言語。這是真通感嘆見羞的代誌，致到將來內地人欲學台灣話著只有用嘴盤，本島人欲學國語或是漢文，也著不時跟先生，未通對冊來自己學，是真大費氣。好該載有一種羅馬字通幫助咱。咱若將這些羅馬字學了攏會曉用的時，欲學國語、漢文的人不免先生，只要看冊就會通自己學。加真有本又省工。再一項最好的，就是還不識國語或是漢文的人，會通對羅馬字來識真多的知識，真闊的學問。也對別種的文字已經有得著相通的學問的人，也會通用這項羅馬字發表他的研究給攏總的兄弟姊妹知；一來會通利益大家：二來他自己的頭腦也會卡活動。對按呢，咱台灣的教化的確會大振興，眾人的精神的確會卡足、卡向上。台灣對按呢的確會加添大大的進步。

大家已經識羅馬字的列位，我信列位也是時時在掛心台灣的進步，所以深深祈願與大家合氣力。暝日認真普及羅馬字。咱大家若不是緊緊先來識這二十四字的羅馬字，台灣是真正難得救。台灣現今是在知識大飢荒的時代，大家的頭殼碗已經空空，餓到欲倒落去，咱會著緊緊大先來開這個羅馬字的倉庫門，因為這間倉庫門是開燴來，著對這間先開，咱的頭腦才會得著淡薄飽填。對按呢，咱就會通積蓄小巧的氣力，通閣來開國語的倉庫、漢文的倉庫，或是英語，以及其他種種外國語的倉庫門。列位同胞！咱著緊緊來學羅馬字，也咱多多人著用羅馬字來寫多多的好冊，給咱多多的兄弟姊妹讀；給伊通醫好伊的精神的飫餓。若是按呢，台灣就會向上，台灣就會換新，台灣就會活起來！！

第三項　論社會生活的意義

個人與社會

個人就是單身人的意思。兩個以上的單身人做伙居起之時就成一個社會。所以通知社會有

種種；家庭、宗族、鄉里、街市、國家都攏是一種的社會。再講一句卡明，社會就是兩個以上的人，為著一個目的做伙結合的團體。這句「為著一個目的」講法，這句不止著愛認真；若無目的，雖然有兩個以上的人在的，也不成社會。又再是公共之目的，那個目的若是小細或是無明朗，所結成的社會也是不成物。是沙渣（soa-sap）的。

比併社會親像厝，個人就是樑仔、角仔、磚、柱那一類。厝愛勇，免講磚、石、杉柱愛攏勇，總是只有按呢繪用得；建那間厝之目的愛明白要緊。厝之目的不若是欲遮風雨，防水火；又再愛有通風、有衛生，會堪得地動，這些目的若想有夠額，又有明朗，自然那些材料閒穿就會好勢，會窟踏；建了厝就的確真勇，真四是（sù-sì）。社會與個人的關係，實在是與這像款，愛社會文明就著個人攏有教育，各人各成一種的人才；也個個攏有明伊的社會共通的目

的，這款的社會起頭才有堅固。

怎樣著愛有社會？

人怎樣著與人做伙過日，無豈繪用得？人不與人做伙過日？人不住社會生活，卻不是絕對繪用的。世間都有那號出家人（和尚）；他攏無與世間社會關係，自己隱居深山樹林的內底；死日若到才自按呢息。若是自己甘願按呢做滿足，卻也是隨意做就好。

總是這款敢不是逐人甘願的。甘願不甘願請一邊。照實這是道理所不容允的代誌。你看，設使人人若真正學出家人的款，真正給他收去做徒弟，人無賴久的確攏著愛絕種。讓一步講，親像那款的生活有什麼趣味，有什麼意義，有什麼好處通挽人的心呢？簡單講一句，人與人做伙過日，愛住社會生活，這是人的天性，是情理所應該的。

西洋人有講：「人是社會的動物」。這句話就是講人也是一種的動物，與普通的動物異樣之點，就是會曉組織社會。所以通知人若是放束社會，無看社會之事做要緊，這是背叛做人本來的性質，這款人繪得講是社會之動物，僅僅是普通的動物，就是與畜性同種類。

怎樣著愛有社會？照頂面所講是對人的天性所要求的。按呢兼採講了卡分化，未通夠額清楚，以下愛舉幾點共有形體之事來補足。

一、太古咱人還未文明之時代，因為喫穿之物無夠額，所以生出人著愛相爭相搶的代誌。在相搶的中間免講是力卡強的人卡贏。力愛卡強，一人的力是有限，自然著愛與別人合做伙。

這個就是發生家族宗族之理由。就按呢直連結、直潤大，家族無到，就生出鄉里庄社，到尾就顯出國家之組織來。這會通講是社會發展的第一個理由。

二、又再人與普通之動物有一點大無像的天性，就是人有一種不時愛進步向上之心性。人有這個本性，所以定著無愛定定固守一款；若有卡著的、卡好的、卡美的，他就出氣力去求去做。因為按呢，自然著愛與多多人合氣力，未用得離開社會。

卡野蠻的人未曉得與人合氣力，自己也著種作、也著起厝、用一人小小的能力欲做一百萬萬款的代誌；所以伊所做的是淺近真不成物，久久都攏不進步。文明的人就不是按呢，他極愛與人合氣力，他所組織之社會極齊全；士農工商萬項的代誌攏有分別，各人分擔他所見長之事，出力去做去研究。不限定按呢，就是擔當相款職業的人，伊也是極賢做伙參詳比接。對這款，伊所做的代誌非常快進步，人人才將伊所得著最好結果獻出在社會，做社會眾人之路用；人人攏是按呢做，所以那個社會逐人都真快進步，才會成做文明的人。所以通知，愛做文明的人，就著善合眾人之氣力，就是愛有社會才會用得啊！

三、再舉一點講，《三字經》的頭一句講：「人起頭的性情本是好」（人之初、性本善）。實在人是攏有良心，意愛做好。因為人愛盡他的好心，他著去尋，肯愛他的好心之對象：若不是，他的好心欲去做在那裡呢？所以著愛有社會，人的良心對按呢才會通受安慰，也人才會活潑，一世人才有真正之趣味。

這點的道理是真深，也是最要緊的。古早到現今之社會大概攏是照一與二那兩點來成的卡

社會組織的本相

織線成布，合人就成社會。布的花字有百百款，總是社會的形像敢不止千千萬萬樣。社會組織之款式實在是複雜至極。因為社會之形像複雜到按呢，有一輩軟弱的人生出一款厭世的感念講：「世態無常」，就是看社會親像水波非常動搖無定著。總是這款是看皮無看骨所致的；若進卡深檢點來看，就的確會通看著社會之本相。

請認真看，布的花字雖然有多多款，總是只有兩種的線織成的：一種是直線，一種是橫線。社會也是按呢。社會之形像看是千變萬化。但是若認真給分別，就知不過是「你」、「我」，這兩款的人所組織的。各款社會之關係是什麼款式？又再什麼款式者是卡好？請大家研究看。「你」、「我」兩款的人總講才有三款的關係。這三款的關係會通用三句話來表白。

一、你是你，我是我。

二、我是你，你也是我。

三、你是你，我也是你。

第一款，「你是你，我是我」。這款關係的社會是人上未發達的時代才有。現時在阿非利

その他右側本文：

多。這未通講是文明之社會。若是真正文明之好社會，就著照逐人之道德意識（**就是良心**）來組織才是。人為著愛實行他的好心組織好社會，給他的良心會滿足，這是做人應該的本份，也是人生最後的目的。

加的野蠻人或是咱台灣的山內人，就是住在文明人之中間；若是那號修養還未到的人，所結合

的社會大概是這款。這款的社會是親像一盤的沙，大家攏無關聯，不過一粒一粒相疊做一堆；

若是風吹到，就一粒散一路。在這款社會會吸引眾人合做伙之根源，就是出在逐人之本能（不

必人教自己會曉的才能）。比論講，腹肚飫就自己會曉愛得著物，對敵或是危險的代誌到就會

曉驚惶想欲防備、或是色慾愛傳子孫的慾望。野蠻人的社會攏是這款本

能叫伊做成的。各人的本能所要求的物，若得著了，也就「你是你，我是我」；無想再與人做

伙，無看社會做要緊，各人就各人所愛行的路。

看這款事做應該的人，就是利己主義的人。自古早到今仔日，在世界所有滅亡的社會國

家，都攏是這款利己主義的人所結成的。雖然按呢，在這款「你是你，我是我」的社會，也有

一項好。因為逐人是想：「你是你，我是我」；所以彼此無做過頭的代誌，無干涉人、無束綁

人、也無倚靠人、自己做自己當，不止有獨立的風氣，也卡有平等的觀念，社會的組織也是卡

簡單。

第二款，「我是我，你也是我」。在這款的社會是我做中心的社會。我是一人，你是眾

人；所以通知這款社會是一人做頭，眾人做腳手：是一人管眾人，通講是專制主義的社會。在

這款社會，第一，做頭的人愛有實力真足；第二，著有真嚴的法度通給腳手的人（部下）守，

才會通保平安。若不是就的確真亂。

中國自古早到現時的國家，都攏是用這款「我是我、你也是我」的思想來組織的卡多。不

若中國，世界中的國大概都也是屬這款。在這款，國家的確無平等、也無自由；若有自由就是只有一人，或是一小部份的人若定。

在這款社會是無公理也無道德，若是有，就是將一人或是幾個人的私有情理，強強壓制（au-chhú），眾人著愛信，著照按呢行。總講，在這款的社會「強權就是公理」。有勢力的人所講的就是公理，就是道德了！萬事是品力；拳頭母卡大粒的人就稱「王」、稱「帝」；細粒的人定著是出在他排比。因為按呢，人氣力無夠之時就忍氣吞聲，死心服從孝順。不過到一日翅股毛若發夠額，他就想欲飛高；不若（非但）不給別人管，反而續想管別人。通知這款的國家社會是不時無平安，不時大擾亂。

若是的確欲保平安，獨獨有一步，就著創給逐人憨憨，給他不識半項事。親像孟夫子所講：「人若無教示，不識代誌，就與禽獸同一樣」。若親像禽獸就不識大義，也未曉打算卡深卡遠的代誌，致到親像大水滾柴，一人散一處，通給拳頭母卡大粒的人卡好排比，卡快下落。秦始皇將天腳下的讀冊人攏掠去埋，將冊攏搬去燒，就是按呢的主意。所以通知眾人若是無教育、不識道理，這款「我是我，你也是我」的社會若成，人的生命就不值一隻狗！

看現今咱的家庭內也是還照「我是我，你也是我」的主義在走。你看，在咱的家庭攏是專制主義，老爸一人主意厝內一切之事；老爸以外的人，不論老母或是子兒媳婦，都攏是只有伴壇隨拜。比論兒子女兒的婚姻，這項是兒女一世人的大代誌，都也著老爸主意；做兒女的人甲

那親像傀儡之款，出在他排比拖著。尪某（夫妻）在合婚那晚起頭才相識，大家有相意愛阿

無，是對那碟才相動問，通講是物喫了才講價錢的做法。咱足額知影這款弊害實在真大。又再

逐人都攏是「我是我，你也是我」的主義，卡強的就佔卡贏；所以查埔人就講：「查埔人的代

誌是查埔人主意，查某人的代誌也是查埔人給他主意」。對按呢查埔人就自己主意，再娶一個

或是兩個，或是三個，攏是憑他的氣力；查某人攏未通講什麼，只有會通坐著清閒喫到死。對

這款「我是我，你也是我」之思想來成的社會，實在是通驚。這僅僅是講咱的代誌，總是這款

無尊重人的心肝，與對這款夕思想來組織的社會，卻不是只有咱才有，兼採現時世界卡多的社

會都還是這款。

第二款，社會組織就是「你是你，我也是你」的關係。這款是最好最進步。「你」的意思

就是指「我」一人以外的眾人。所以「你是你，我也是你」，這句話的意思就是講：「您眾人

所有的請您眾人自己得，我所有的也是欲給您眾人得」。再換一句講：「您大家請做您您大家的

代誌，我的代誌我自己做，請您免替我；也您若愛我給您做，雖然是放束我自己，我也是歡喜

給您做」。這就是一人自己歡喜做眾人的路用，不肯為著自己的代誌與別人相爭，也不肯為著

自己的歡喜，不記得眾人之艱苦。

這款思想是最要緊最高尚，總是人往往為著別種之迷惑續不記得。親像中國孔子教人著有

仁愛，印度釋迦佛教人著有慈悲，猶太的耶穌基督大聲叫人著反悔罪相愛。這三人所設的教

示、所講的話雖然是無像，總是伊的精神通講有共通，就是教人不可看重自己，著愛歡喜替眾

人做工。這就是「你是你，我也是你」的主義，是教人人歡喜貢獻社會。

兼採有人講：「那敢著聖人才做會到；普通人敢做獪來」？這兼採有影是真少人做會到，總是人若不極力去做這款，實在是真通擔心（peh-pak）。因為人若不是歡喜按呢做，社會是斷然未通成，未通保平安。咱若注細看就知，若有一家口或是一鄉里，一個國家在興旺之時，這款的心是的確真旺盛，行這款代誌的人的確是真多。啊！列位，兼採咱的目睭有影還不識看見

這款人，總是咱愛知影，咱的社會是已經沈淪、沈淪真久了。

第四項　論漢人特有的性質

咱是什麼款人？

古早在西洋有一個大賢人教示人講：「人著愛知影他自己」。這句話是講，人在世間欲好好過一世人，就著愛靈精、有智慧、精通事理，也第一著知影自己。實在知影自己是知影萬項的起頭。不閣（然而）燭台的下腳反而是卡暗；人的目睭未通直接看著他的面。親像按呢，人欲知影自己是何款，不是容易的代誌。雖然是艱巨，總是不知是的確贃用得？孔子的大學生曾子有講：「我一日的中間三次反省自己的所做」。咱若愛知咱自己，總著不時親像曾子反省自己的所做所想。不若按呢，還閣著不時洗清咱的耳空，虛心聽人批評咱。講咱好，或是講咱歹，咱應該好好給他拾來做參考。

若是各人有實心去按呢做，自己的做人是什麼款，自己的品格高或低，就漸漸會明白，世間的路也就漸漸行了卡會正。

我在此所愛與大家研究的不是欲講就是什麼款人，或是你是什麼款人。這是個人是單身人的代誌。個人的代誌就個人自己去研究，照頂面所想的程度反省才著，才會確切。

在此所愛論的是「咱是什麼款人？」是將咱本島人三百六十萬兄弟共通所有的性質，愛來相與研究給明白。

咱三百六十萬兄弟姊妹是相與組織一個社會，相與講相款的，相同世系歷史，相同血統，相同祖先。總講，咱是同種族，是同民族了！咱的民族就是叫做漢民族。所以通知、講：「咱是什麼款人？」就是愛明白咱的民族之性質。民族之性質叫做「民族性」。欲明白咱的民族性，就著詳細審察咱兄弟姊妹現在與過去的社會生活。咱現在的社會生活是指什麼呢？就是指咱在家庭所做是什麼款，在鄉里眾人的中間所做是什麼款，也咱對國家所做是什麼款，又再對世界萬邦萬國、對通天腳下所做所想是怎樣？這些是給咱通知咱現在的社會生活的實際方面。

總是還有一方面咱著愛知，就是看咱所守的宗教，咱所敬拜的是什麼，咱對藝術有什麼興味；就是看咱所愛看的戲，所愛聽的音樂，所愛賞玩的書畫彫刻是什麼種類。又再看咱所愛讀愛做的詩文小說是什麼樣。關係宗教藝術這款就是思想方面的代誌。總講，愛知咱現在的社會生活是什麼款，咱就著照頂面所講對咱現在所有共通實際方面與思想方面的生活注細稽考。若是用這呢到工研究，就的確會通明白咱的民族性。總是這僅只有對咱現時的生活在講若定，豈是採未透澈。所以著愛再斟酌過去的歷史才妥當，咱過去的歷史是與唐山中國的人共通；所以人若愛知咱過去的生活是怎樣，自然著讀中國的歷史。

以上所講的要點是講咱兄弟姊妹愛咱的生活卡向上。咱就著明明知影咱自己，就是講，咱著明白咱的民族性。也愛知咱的民族性，著愛研究咱現在社會生活的實際與思想，又再著斟酌過去的事跡。所以也讀中國的歷史。我講這些是僅僅提明愛咱兄弟姊妹明白咱的民族性是真要緊，也續講欲知影的法度。咱在此若欲照所講的法度落去研究，這本冊的紙也是寫未了，咱這也無那麼多的工夫。所以詳細的代誌等候別個機會。我在此只是將我所研究之結果卡大要緊的，簡單講給大家做參考。

愛和平

咱的民族性之第一特色，我敢講是愛和平。什麼是和平呢？就是照孔子所講：「咱所愛住的所在著給別人住，咱所愛到的所在著給別人到」。凡事與別人共家，不敢自己私自霸佔，看四海之內皆兄弟姊妹互相款待。咱這款的心性是自真早就養成來的。大家所知，咱的祖先是住中國。中國的土地是非常的闊大，有咱台灣的差不多二八二倍大，也有日本內地的二六倍卡加。中國的人口大約有四億，剛差不多是咱台灣的一一〇倍，也是日本帝國的七倍多。咱對按呢就通知中國的社會自古早就是真複雜。在這款社會，官府的約束是難得周至。歹人又真多所在通抽替，事事欲計較，的確是無一日的平靜。所以自然人人自己守本份，尊重別人之地位，合氣力相照顧。孔子的教示有講：「和平是最第一貴重，自古早就是看這款道德做上好，不論大小項事攏照按呢去做」。你看，咱的人凡事不止守己安份，若講歹的，會用得講是卡無志氣。總是若卡認真看，這通知這是出對愛和平之性質來。

從來在中國常常有相殺擾亂，賊馬也是著看真，所有相殺戰爭

攏是做官人的野心家，少少無賴多人，是只有那些人在亂，與全體的百姓是攏無關係。所有真

歹的賊馬也是因為日日無夠額所迫。這以外大部份的人攏是勤勉做工，不敢相過頭佔人的便

宜。原來漢族是重文無重武，與人爭拼的代誌，是迫著之時才肯做。

漢民族對於別種族也是真重和平，這看漢族各時代的思想就明白。伊最續尾之理想不是想

愛管轄通天腳下。伊是主唱「大同」——希望通天腳下到尾攏相像，大家攏打做一伙。免講人

既然著組織國家過日，的確愛有頭人，愛有主權者。漢族是愛和平，愛大同，所以伊歡喜與別

種的人合做國家。也有時伊敢做頭，有時也敢扶人做頭無見笑。中國現時有那多人，不知合幾

十種族在的（ti-teh）。

又再中國自古早就愛賢又有德行的人做國家的主權者；所以你看，上古早堯帝讓位給舜

帝，舜帝又讓位給禹帝；都攏是為著尊重好德行。到商朝紂王無道，百姓就離開他，歡迎武王

掌權。到宋朝尾，元朝的皇帝就頂起來主權或百年久。論元朝的皇帝是蒙古人，與漢人異樣

種，總是他有氣力通給百姓平安，滿天腳下的人也就攏甘願扶他做頭。

又再清朝的皇帝也不是漢民族的人，是滿洲族；漢民族都也竟然扶他，稱「皇」稱

「帝」，到差不多三百年久。後來因為清朝所辦的政治不好，全國民對按呢失了盼望，將皇帝

廢無換做中華民國。中華民國開國到今已經有十四年，伊的國旗是五色的布做成的（**與現在的**

「青天白日滿地紅黨旗」不同，譯者註）。這支旗就是表明中華民國是五個種族的人，平平協力組織的。我敢講，這支旗真通表明漢族和平的心性。你看，在現時的中國，漢族是佔最多人，最有勢力；總是伊無假藉按呢排斥別族，還閣是歡喜與別族相款，佔一塊平長平大的布料合做一支國旗。對按呢也就足額通知漢族愛和平是到那落（tò-loh）嗎？

不過著再想一點，漢族的愛和平是進步的者或是退守的者？照看是退守的之和平卡大面。怎樣講是退守的者呢？因為伊所做呢攏有放一個「自己」存在。不過是若有好，歡喜與人分；自己好，也肯給別人好，彼款的和平若定。究竟這款的和平是因為愛顧自己，使咱會通平穩起見，所以不敢做歹給別人受不了，致到來破壞咱的平安，也若有好也肯分別人；是驚若無按呢做，給人生起怨妒與咱作怪就不好。這款的和平是自己有好處才做會到者，自己若無好處就不去行。若是進步的之和平就不是按呢。著不通拿自己做標準，為著社會國家的和平，雖然是放束咱的好，或是放束咱的生命，也是肯去做；這款才是進步的之和平。

漢民族既然是愛和平，怎樣今仔日中國會這呢亂？這就是因為漢族所愛的和平是退守的者，是為著顧自己平安起見的，不是進步的者，不是為著愛給社會眾人有平安所生出來的。這是因為中國人卡多攏無受教育，伊的心神失了光明，只有看見淺近的代誌，無看見卡深、卡遠的；只有知自己，不知自己與眾人是相與一條的生命；只有知影自己的家庭著顧，無想著社會國家是還卡著愛顧。所以若講一句卡徹底，中國人所有和平之心，因為是給顧自己的心沾污穢去，所以中國致到親像今仔日那亂。不僅如此，中國人實在為著他有那個利己的之和平心，反顛倒受外國人輕蔑，講他是懦弱無血性的人。所以咱愛知漢民族有和平之心是真好，又再這是伊的祖公及歷代之聖賢所流傳的好教示。可惜這個性質為著伊久年無教育，致到失真，現時續變做伊的懦弱性，也咱兄弟姊妹是與伊同一條水脈流出來的了。

尊祖先

漢族之民族性第二個特色是善尊敬祖先。各民族都攏有敬重祖先，總是無親像漢族那款這呢對重、那呢徹底。因為漢族尊重祖先的心真切，所以伊的道德是用孝行做根本。所以有講：「忠義的人著對有孝敬的家庭才得會著」。又再說：「有孝與有大小，這是做人的根本。」

漢族尊重祖先之行為實在是世界所無通比的。照孔子所講：「活在世間之時著照禮數服事他；死去之時著照禮數安葬他；安葬了後著久久祭獻他」。通講：一個人若有傳後嗣，他的後嗣永遠著會記得著孝敬他，所以通知漢民族為著伊的祖先已經有非常多的代誌通做。

祖先活之時漢族的人按怎敬重他？祖先活之時做子孫的人不敢分開，這卻也是為著與人爭拼之時，通得著卡多腳手，卡安穩；總是卡大的理由是為著愛奉承示大人給他有體面。咱有一句俗語講「養兒持老」；是講飼老子是為著欲奉承年老。對按呢漢人的家族成做真大，世界差不多無通比較。也那個家族是上老的做中心，宛然親像一國之皇帝，一切的代誌攏那個示大人主意。

示大人死了子孫對他是用什麼禮數呢？對老爸老母就著守三年的喪孝。這三年的中間所著做之禮式是真正多，真正難纏；通知為著按呢，著愛真多的心神與破費。又再欲做示大人之風水，又是大大費去。台灣今仔日雖是有卡改，卡多對風水的觀還閣是真深。為一門風水開四、五萬銀的人，在我的朋友的中間都還有。若論古早為著風水生出人命的代誌，那是無稀罕。在中國的今仔日豈不是講因為風水之阻擋，大路或是火車路攏未通照計劃開設嗎？

不止按呢，漢族敬重祖先之心，在祖先死了真久的以後，也是無煞記得。孔子也有講，若會使各人會曉謹慎示大人的尾日，又再思念示大人續到真久真遠，對按呢百姓的德行就會成真厚重。所以各人在厝內有設公媽龕，或是家神牌；卡大的家族就建祠堂，每年照時拵全族的人備辦禮物祭獻。

為著祖公的忌辰，漢族的人到今所費的心神費用不知有多少？愛會通久長祭獻祖先，自然著愛有後嗣是最要緊，所以咱講不孝有三款，從中無子是最大。對按呢續講，某（妻）若無生頂好離緣（離婚），或是再娶兩個、三個，都是看做應該。婦人人（Hū-jin-lang）對按呢受真大的歹款待。

照著漢族的人叫咱是專專為著欲服事祖先在活著的款。敬重祖先之心實在是人情的應該，是好的代誌。因為敬重祖先的念頭發達到這款，漢人不止對重人情義理，報恩念舊的心是真活動。所以若講好，漢人是不止敦厚樸實有情義；若講歹，是不止卡守舊固執。世界批評漢民族是保守的民族，這若是有影，那個原因就是在此。人情卡敦厚卡有莊重之氣慨，這是漢族偉大之性質。總是凡事太過頭都攏是不好，人太過頭守舊就變成原故不進步，未曉改革，到尾社會攏總死死無活氣，一概的習慣風俗都攏上霉生菇（chhiūⁿ-phú seⁿ-ko），給後代的子孫攏變成了尾子（liáu-bóe-kiáⁿ）。了尾子是只有會曉享受祖公之業產，住祖公的破厝，穿祖公的破衫，戴祖公的破帽若定；究竟是攏無別條路通行。你看，兄弟姊妹，咱請相與看，請看咱社會的萬項。咱的藥店所排的攏「尊古法製」的，是神農之時代所發見的舊方頭。別人已經叫雷公在給伊拖車，叫閃電給伊導路；然而咱的兄弟姊妹豈不是還在手裡拿香，嘴在祈禱，求伊的保庇！咱所有的冊就是只有那幾本爛爛爛（laú-laú-laú）的《四書五經》。咱那幾塊破平板之頂面，不時都是幾個蓋頭蓋面的破布班，在做關夫子戰尉遲恭的出頭了！兄弟姊妹，咱著認真。咱會曉用咱的虔誠孝敬咱的祖先示大人，這是真好的性質。不過若誤解孔子那句話講，「三年若無改變老爸的所行所做，就會通稱做是有孝」。若是死板固執這句話的聲尾，無欲再想別款的變巧，咱敢不止到今仔日之落魄！

善忍耐

漢族的社會照頂面所講的款是真複雜，伊的家庭也是真多人做伙住居。對按呢人與人的關係是真圓纏。在這個中間各人都攏有各人的性癖，所以逆意的代誌的確是比順意的卡多，若是逐人欲從自己的意思，的確大家著一人分一處。總是這是伊所做未到的代誌。在久久的中間受真多的試煉，自然而然發見一條解救之道，就是忍耐吞忍的路了。有一句俗語講，「有一百次吞忍的家內，的確有真大的和好」。實在漢族的人忍耐的性質是真堅固。

忍耐的意思有兩款。一個是照頂面所講呑忍的意思，有真不堪得受的代誌，用強給它收起來。還有一個意思是善當久 (gâu tông-kú)，久久無變換起頭所定著的代誌。漢族有這款性質這堅固；第一是對社會的關係來，第二是對風土的感化來。中國的地，平地就是平地，連續幾若千里攏無變換；山就是山，連連歸大片；氣候寒又寒真久，熱也是熱真久；落雨起風攏有一定的時期，這叫做大陸性之風土。住在這中間不知不覺受它的感化，性質卡未急噪，卡善當久；講好就是善忍耐；講歹就是拖懶遲鈍，無血氣、無神經。對好的方面講漢民族有這款大忍耐，與頂面所講有真和平之心，有一種從容不迫的氣慨。不過若對歹的方面看，未免是真遲鈍真爛性，爛爛親像土；凡事無要無緊的款，固執一款攏無變巧；比喻親像《西遊記》的內面所有那個豬哥精，用牠的豬哥嘴綿綿在舉那個臭柿棵山一樣。

做漢民族的人，請試想看，到底咱這個善忍耐的性質是向那一面較多？是寬容善包涵呑忍，或是懶性無神經無感覺，人給咱灑香水；不限定不敢擦起來，顛倒點頭給人說魯力 (多謝)。又再是心神有把握，有節操；一次決心的代誌到死都無變換，或是原迷固執守舊無變竅，乞食碗放攏未離。究竟是屬於那一邊？

重實在

咱的廳頭常常有掛財子壽的大擦 (toā-chhaⁿk)。好額、多子孫、長歲壽，這三項若會攏齊備，咱的人掠按呢做第一好命有福氣。大概是看這三項做一世人上大的所得，通講咱的人日日在刻勤刻苦，都攏是為著這較多！唏！有錢、多子孫、長歲壽，有這三項的所在不知幾人？無者想欲愛哭？大家都是看這與他的性命差不多平重，雖然是得未著，還閣將這畫在擦仔掛上壁頂看，都也不止會受安慰的樣子。喔啊！到額通挽人的心肝了，財！子！壽！

對漢民族的中間還不識聽見有創設什麼宗教。有儒教（**孔子教**），這未用得叫做是宗教；這是一種講道德、說仁義的教示，親像學校的先生教示學生著有孝、有仁愛、有禮數、有信實的款，攏是教人實實在在的代誌，都是世間人與人至接之事，不識關係神明來世的代誌。

若是宗教的確著指明一款的神明，著有經典記明神的旨意或是關係神之事跡，著有一定禮講那號較奇妙較深較永遠的事。所以對按呢看，通講儒教（**孔子教**）不是宗教。

老子（**李老君**）所講的也是一種之哲學，未用得講是宗教。後來的人掠他（**李老君**）做教主，親像這款叫做道教。那起頭是欲研究做仙的法度，到今仔日續變做親像宗教的款式。以外的，與咱眾人在敬拜公媽是相同種類。其他也有人在拜大樹、大石頭，拜日頭，拜月娘，親像親像拜關聖帝君、媽祖、土地公，或是什麼王爺、夫人媽，這攏是一種尊敬英雄賢人的心變成拜的儀式。還閣所教示的代誌卻不是攏無關係現在，總是人死了後的代誌是看得更重，是專重講那號較奇妙較深較永遠的事。

這類都免講。

在中國或是咱台灣現時所有的宗教就是佛教、回回教（**伊斯蘭教**）、耶穌教。這幾種不是漢民族所創設的，攏是對外國傳來的。這些自傳來中國以後不若無卡發達，顛倒是有卡紛亂退步的款樣。漢民族自己無創設宗教。又再別處傳來的也未通卡發達，這項也就足額通證明漢族

218

是重實在，重現時目睭前的代誌，無想關心在將來永久之歸局。凡若卡遠卡微妙的就卡無趣味的款式。所以伊所希望的就是財、子、壽。所教示所議論的就是修身、齊家、治國、平天下彼款實實在在的代誌。

漢族怎這興對重實在呢？照我想，第一是中國的土地太大，人又再是真多，致到萬事真複雜、真快紛亂。因為按呢使人不敢想卡遠的代誌，自然是卡重目睭前。親像俗語所講，「孔子公不敢收人的隔暝帖」，凡事都愛現都現，實都實。

第二項使漢族卡好實在之原因，就是家族制度；這個家族制度之由來是對敬祖念舊的思想出。咱的家族制度之中心點是在於祭獻祖先。對按呢自然行動就卡不自由，卡守舊，祖公或是以前的人所講所設的就卡不敢訝疑不敢改換，給人無進取之心肝，無冒險之性質，究竟也是只求保現時的平安，不敢再想欲添將來之福壽。

咱因為重實在過頭，致到學問這方面不若無發達，續退步真多；也日日的生活續真無趣味。比論對食物講，咱的人卡重好喫又俗，攏卡無對重好看雅氣。你看，咱的人在買賣攏是專重那項物的多少好壞，攏卡無重那項物的看頭。平平買一個銀的餅來講，若是內地人或是外國人，伊就將彼個銀分一角或是幾分錢做盒仔包紙之費用，包給它好看，不觸污穢（lâ-sam），伊卡歡喜。不過咱的人就不是按呢。買一個銀，那個銀就攏著用在餅裡，餅著會加一塊好，包皮攏無顧，草葉也是好，新聞紙也是好；有通包拿到厝，不打加漏就好了了。萬事都有這款的傾向。

通講，對趣味這方面之觀念，咱的人實在真無發達，輸別人實在真多。總是這攏是對咱對

重實在過頭所致來的。我敢斷，咱的兄弟姊妹的大病根是在這點。漢族在今仔日的世界眾民族

的中間未通站在較高地位，對人頭殼舉攏不起，這歸下是對這個破病所帶來卡多。

兄弟姊妹！咱廳頭那幅財子壽，實在不是到那麼美之物了。願大家緊緊剝落來，也請大家

精神（**醒來**）大覺悟，頭舉卡高，目看卡遠。目睭前實在的代誌免講咱著看重，總是請不可

著目前今仔日的代誌續忘記明仔載的計謀。

咱有一句笑科的話講：「呂洞賓，顧嘴無顧身」。我不止煩惱咱同胞的中間有真多呂洞賓

的徒弟，打算咱若不緊緊回頭改變，敢會給他渡去海外做散仙，未通住在這個文明世界的社會

與人平坐平起了！兄弟姊妹！重實在是好，總是不可重過頭；若重過頭，到尾實在是會變成做

空空。

我這牒在寫這篇文，有遇著一層趣味的代誌。我的老母今年六十九歲，這牒她在窗仔外在

澆沃菊花。我放落筆倚去看，菊花已經打真多蕾在的。我伸手將那些不成物的花蕾欲給它捻丟

棄（tàn-sak），通給花開了好勢面，也會卡大朵。老大人將我的手給我抓住講：「唉喲！無采

人的物，不可了」。列位，她是我的示大人，總是我將她這個心思敢會用得代表咱的兄弟姊妹

者。咱在種花的中間還閣到在這個款式，只有看見花蕾多朵就歡喜，給它捻起來就不甘，按呢

結局是無好花通看了！

第五項　文明與野蠻的分別

文明人與野蠻人

　　平平都是人，總是人的中間實在有文明人，又有野蠻人；若是講卡真，會通講還有一種半文明半野蠻的人存在。有人在講，文明人與野蠻人的分別，會通用人的目色做標準。肉色愈白的是愈文明，愈黑的是愈野蠻。所以講英國人、美國人，或是法國人、德國人（這些普通叫做紅毛人）肉色是真白，就是文明人。也住在阿非利加的黑人（普通叫做黑鬼番），或是南洋的棕色人與住在美國的山內那號赤色的人，這些就是野蠻人。

　　若照按呢看，咱大家是屬文明人或是屬野蠻人呢？咱的肉色講黑卻不是黑，講白也不是白（咱是黃色人）。按呢咱就是不成文明，又也不成野蠻的人嗎？也凡若黑的人豈有的確人人攏是憨？是野蠻嗎？凡若白色的人豈就的確各個真賢？真文明嗎？白色的人的中間也有那號喫人喫血著去關監的人豈是個個攏是不成賢又不成憨的嗎？咱黃色的人豈是個個攏是不成賢又不成憨的嗎？咱黃色的人的中間也有出聖人，孔子何人敢看的人真多。黑色人的內面也有大博士大賢人。就是咱黃色人的中間也有出聖人，孔子何人敢看

221

他做不成賢又不成憨？

論真講，用皮肉的色緻是未通分別人的賢或是憨，文明或是野蠻。總是若對大體看卻淡薄有影；在現時的世界，皮肉白的種族是卡文明，皮肉卡黑的人是屬野蠻的卡多。你看白色人在現今的世界，萬事都攏是伊在出頭。伊儼然親像通世界的頭兄，不論物質方面或是精神方面的文明都攏是對伊創設出來的較多。

用皮肉的膚色來分別人的文野實在是無妥當。有人講，用頭殼骨的形狀也會通分別，總是這也不是有足額確實的法度。照我的愚見，若用下面所欲講這三點做標準來分別，打算就的確未精差。

看是從真理或是從私心

文明人與野蠻人精差之頭一點，文明人是從真理，野蠻人是從私心。「真理」是什麼？就是與普通所講，「情理」、「道理」差不多相同意思。「真理」不是人捏造的，是天地間本來所有的。講一句卡明，「真理」就是「天理」，是天所設立的理路了。日頭若出就會先光，草木無水無肥不大欉，人著相疼痛。這不是人講按呢才按呢，都攏是天所設立定著的真理。真理無從人，人著從真理。善從真理就是文明人，他的一世人定著是真榮光。未曉從真理只會立意從自己的感情、自己的主意，這款人的一世人定著是黑暗，是真不值半個錢。

原來真理是天地間的大條路，萬項攏著照這條路運轉，這是永永遠遠不會給人移易得（二○

222

ᴋ ɪt）。也私心是什麼呢？簡單講一句，是對一人的思想，是對一人的身體發出來的。

通講真理的主人是天，私心的主人是肉體。真理是使人繪移易得，可是私心是隨人的肉體變

換。平平都是十五暗的月，怎樣中秋暝的月輪另外特別卡會吸人的心呢？又再平平都是光的

月，怎樣在曆的人為著月的光，招他的家族做伙歡喜看到不知息，怎樣出外人顛倒為著月的光

想著他的家鄉在傷心流目淚呢？怎樣對咱所飼的鳥仔，咱心清之時就費心費神愛牠通加吼一

聲，也咱若懊惱的時拵，牠吼一聲咱就嫌嘮噪，懊惱愈卡重。這是什麼緣故呢？就是對人的肉

體所出的心思無一定，是真快變換。所以可知，一人的心思是靠真不通住；著的不是無，兼採

不對的是卡多，無合真理的是較大部份。

人是真軟弱，真無氣力，什麼是真理實在是識真難得到。雖然若是認真研究聚集經驗稽

考，就漸漸會通發見淡薄。可知，若欲做文明人從真理去活動，大先著學識真理。欲識真理著

靠重教育之氣力。所以教育愈昌盛的所在是愈文明；野蠻人是差不多攏無教育。無愛教育想欲

做文明人，無異樣只是抱樹頭叫兔子自己走出來給咱掠（**守株待兔**），這是斷斷無的事。

文明人比做親像大人，野蠻人就若親像囝仔。大人多閱歷、多研究，有受較多的教育；囝

仔幼細，較無經驗、無閱歷也無讀冊。總講，大人卡有親近真理，囝仔就卡無。所以囝仔在做

事不是想情理才做。又再他也是未曉得；囝仔攏是照他的感觸，照他的所愛在行。所以囝仔所

做的代誌是無頭無尾，一幌仔久做一項，連邊就做那項。因為他是照他的感情自己注意做事，

他無管別人的打算。所以你若認真看就知，凡若有幾個囝仔做伙迌迌（thit-thô），的確就真亂

雜無連絡，無有什麼秩序，也無賴久的確就冤冤；因為伊攏卡愛從自己，自然就生出衝突。

野蠻人也是按呢。因為伊不識真理是什麼，兼採伊也掠自己所想的做真理，所以也續不學別人所識的來做參考，對按呢伊攏無學問，無有教育之設備。野蠻人大概是從自己的所想自己的感情，所以伊所做的代誌非常的簡單。伊的厝是開土空或是搭四腳亭仔就成。伊的衫仔褲是用樹葉做成，或是用真粗無什麼色緻的布料纏住身軀就夠額。伊的喫物是取樹根菓子，或是山禽走獸的肉生生喫，無有什麼料理法，也無碗盤工具，隨便用五爪龍（五指）抓著就喫。伊也無文字可交換意見，又也無錢銀紙票通做買賣的器具。伊也無店舖，也無工場。

　總講，野蠻人是親像剛好會曉行，會曉取物，會曉講一半句話的囡仔：不知天不知地，不過嘴若會通振動若有通跳躍，他的心願就足。天地是圓或是扁，他攏無管它，國家社會是什麼他也無欲致意，就是他自己一家一身的代誌他也無太有打算。僅僅日暗倒的就眠，若是會燒草堆也是無要緊；腹肚若飫抓起就喫；若是無通抓迫著就走，看是打鹿或是追山豬；有的時候殺人他也是掠做普通普通。

　野蠻人為著他的私心他的所意愛以外，無想欲從半項，若僅僅對這點講，野蠻人會用得講是真自由。有一部份的人兼採不止心念這款的自由；總是我決斷講，世間萬項歹的中間，就是這款自由做第一。

　文明人老實善順真理，總是文明人中的文明人——就是最第一文明的人，這款人不若善順真理行，他還閣甘願為著真理死，為著真理放束他的地位財產，或是他的生命。歡喜從真理的文明人，世界中卻不少；不過肯為真理放棄生命者，實在無多。這號人就是英雄、義士、大聖人。

世間一切之進步發達攏是這款人的汗與血來結成的。孔子為著欲給仁義的道理實行在世間，給人歹款待，也曾在陳國的所在無米糧。釋迦如來看著眾生在受苦，忍不住，大起慈悲的心肝，愛救眾生脫出苦難的中間，所以甘願放棄他的王位，放棄他的宮殿，放棄他的父母妻兒入山去修行；後來四、五十年的中間，為著欲救人脫離罪，教人著拜只有一個真的神，到尾續給人掠去釘十字架。總是為著他所流的血，人得著救，脫離罪惡，人享受福氣，通天腳下不知有多少人敢算不了。孔子、釋迦這兩人是世界的大聖人。基督耶穌是世界中的大救主。以外為著欲證明地球是圓的，連犧牲生命也有，為著試驗破病中毒死的也有，為著發明機器給人利便，致到傾家蕩產者也是有。世界的文明，天腳下眾人現時在享受的福氣，實在攏是這等號人肯為著真理來努力拼生命創設出來的。這牒若是甘願做野蠻的人都無講，若是不甘，總愛深深有曉悟，切切下去做，加一個這款人，世間的文明福氣加無限。

看是管物或是給物管

分別文明與野蠻第二個標準，是看那個人是管物，或是給物管。管物的是文明人，給物管的是野蠻人。

何者是物呢？我給它號，人以外天地間所有一切都攏是物。日頭是物，月輪星宿是物，山水是物，草木、土、石也是物；禽獸蟲豸、魚、蝦都攏是物。物與物相關係就顯出一種的現象。比論講，手與手擦擦咧就發燒，燒就是一種的現象。風火地震都攏是現象。物本來自己有，現象就不是，現象著有物才有；所以現象會通包在物的內面做一下講。野蠻人不時都受萬項物與逐款之現象管轄。總是世間社會若愈文明，萬項物及現象就顛倒給人管轄主意。日頭月亮星宿，這些都攏是物，野蠻人掠這些做神明。有的建廟服事祂，有的備辦禮物孝敬祂，為著這些神明拖磨一世人，都是想做應該。日或是月蝕的時拵，就掠做天反地亂，打鑼打鼓狂狂作，也若看見長尾星出現，就掠做欲反亂，看見星墜地，就掠做是歹事就欲到。

文明人就無按呢，伊無為著這些費心神，了財產；伊顛倒欲管轄這些。日頭伊就給它利用曝物使它乾，月輪若出，伊就掠它准做美的物來玩賞；看見星宿，伊就叫它做燈，導海中的船隻往來。野蠻人聽見雷鳴就屈腳，看見閃電閃就破膽。你豈無看見文明人顛倒掠雷公在拖車，推機器，掠閃電來咱的厝內做咱的燈，給咱照光嗎？

野蠻人在山內拜山神，在水邊拜水神；見著石，就拜它做石頭公；見著樹，就拜它做榕樹王，可說到那裡都在受管轄。開山驚山神生氣，掘土就驚動土得罪土地公；攏不敢伸腳出手。所以野蠻人的生活是真拘束，伊是真難得過日，看這個世間做一個大苦海。文明人就不是按呢看，伊想欲經營這個世間做一個安樂園。所以伊見著山就開，大樹就砍起來建厝、造橋。有金、銀、銅、鐵或是石炭，就掘起來做機器，造火船火車；石炭就做燒火的路用，給火車火船

會跑路，給機器轉動織布，替人製造物。也有土地伊就利用，攏不免（不必）看地理，也無煩

惱會動土犯煞神，該開就開，該掘就掘，若是有欠用卡大條的路也造，卡大間的厝也建，攏不

必看時日；若會有利便都攏不必看方向。

現今的文明卻還未進到極點，所以人還著受物的管轄，束縛真多。不過著將文明人與野蠻

人來比較，實在是有天淵的精差。第一野蠻人萬事都攏是用他的氣力做工，文明人歸下都是用

機器，野蠻人欲行路是用腳，做田、做園、做衫、做工，都攏是直接用腳用手的氣力。

文明人就不是：愈文明愈善用機器。伊行路是用火車、自動車或是電車。做穡有做穡的機

器，做衫有做衫的機器，做工織布也是有機器，寫字也是用機器，掃厝內也是用機器，煮飯洗

衫也是用機器，熱天欲搧風的時也是用機器了。

今現時的文明人他若是想愛上天，也已經有上天的機器；欲鑽地也有鑽地之機器，欲行水

面也有行水面的機器；欲行水底與魚、蝦、水族走相掠，也都攏有法度。他若愛，雖然是隔山

隔海在千里餘的遠，他也會通隨便與人親像對面講話議論代誌。講，「人為萬物之靈」；人是

萬物的頭。照按呢看，現今的文明人已經的欲到在彼。現時的文明人，何時欲透風，何時欲落

雨，伊攏會大先知，也有法度通閃避。不僅如此，若是小小的風雨也是已經叫會來，卡大的就

無法得。文明人通講是攏無受物束綁。

看是與人合或是與人開

分別文明與野蠻的第三點，著看那個人對社會眾人的存心是什麼款；看他結局是立意與人及社會合做一體在活，或是主意與人離開；看人與社會做他欲渡一世人的橋或是拐仔的款，是一時的依倚，到若無路用就丟棄看無著。

在第三項已經有講明與人的關係有三種。第一種，「你是你，我是我，你也是我」。第三種，「你是你，我也是你」。第二種，「我是你，我也是你」，的確多多有相補益，有相幫助的所在。這款人做伙結成之社會，的確會錦上添花，好再添好，直直文明直直進步。

在第三項已經有講明與人的關係有三種。第一種，「你是你，我是我，你也是我」。第三種起頭才是文明的結合。所以文明人是真和平；若無背道理定著與人無計較，總是為著眾人全社會之發達進步，歡喜將他的一切做犧牲，將他的活命貫注在那內底。

大概人各各有特別的性質。世間是無十全的人。俗語講：「弱弱馬也有一步踢」，又再講：「香花不紅，紅花不香」。親像按呢，人各各有所長，有所短。所以做人若與人會和，善與人合氣力，的確多多有相補益，有相幫助的所在。這款人做伙結成之社會，的確會錦上添花，好再添好，直直文明直直進步。

講一句卡實在的話，就咱大家來講。咱大家的學問真無，醫治破病的法度，咱攏真多不知；電燈電話是怎樣設，咱也不曉，火車咱都在乘，總是不是咱創設的，火柴咱都在用，總是不是咱發明的。這都攏是外國人、西洋人發明的，咱是對伊拿來用。總是咱還閣會曉欲對伊學；咱無執決，咱肯接近伊，肯與伊交陪，也伊竟然也無放步，所以咱才會通與伊平平享受真大的福氣。僅只是見笑，咱無有什麼好的可給伊學通利益伊，不過將咱淡薄之出產，就是茶與樟腦，與伊交換做伊的路用。

山內人與咱就無像，伊不肯與人交陪，無與外位接觸，所以伊卡久都不進步，不時都是那號款式。伊若愛進步，今的確著緊緊開伊的心肝，不得看人做仇敵，歡喜與人合心認做兄弟姊妹；若是為著真理與眾人之進步，連他的生命也著歡喜獻與眾人公共（kong-ke）。

總是野蠻的人癖片是真孤獨，伊本來的存心是看人做對敵款待，設使叫他拔一枝頭毛起來通利益人，他也是不肯。他是親像牛蜱，有入無出的腳肖；萬事都攏對自己的利益先抓住，不時都是抱那種「日頭赤炎炎，隨人顧生命」的心腸。所以野蠻人所組織之社會，若不是不時有相打相殺，就是散碰碰，攏無連絡。若是文明人就是看社會全體之進步做自己的進步。伊的社會比論做身軀，伊各人是親像身軀之各部份，攏有親密的關係。在文明的社會，一個人若有好人得著前代的所得做基礎，會通白在創設新的物，又再加添卡高卡深的學問，給後代的人卡進步。野蠻人就無這款，因為他的主意是與人開，無與人合：自己經驗，自己識，自己經營創設，自己享受：無傳給眾人，無與眾人分；所以若死了，他的代誌與他平平消無去。個個若攏是呢，結局後來的人豈不是攏著重新打起嗎？這款社會永遠不進步，這種人永遠不超脫：不時著做囝仔，定定著過野蠻之生活，這是情理所應該的，是千古不易之理路！想開無想合的人

的經驗、好的意見，就傳給眾人看，使眾人照他的款去做。若有好的發明、創設好的物件，就教眾人，與眾人做伙用。親像這款，前的人所識所得著者，攏獻給後代人共家得，所以後代的

來做成的社會，定著無有什麼學問可流傳，也無什麼教化的機關存在。

你看，現時在世界所有的學問，所有的文明，攏是集合全世界的賢人之力來創成的。不論什麼部份的代誌，若是有好的，定著是合眾人之力來創就，的確不是一人所做會到。俗語講：

「一和萬事成」。人若愈善與人合，眾人的心肝若和協會得到，世間萬項無有做未通來的了！

和協是最要緊，和協是萬項文明，萬項福氣的根源。

第六項　論女子的代誌

男子卡貴氣或是女子？

真奇怪！人怎樣會有查埔又有查某？這是真奇怪，又再是真趣味。

在南太平洋有一個島嶼叫做大希地。在彼的野蠻人有流傳講，起初造化之神取紅土做一個查埔人。到一日將那個人給他迷使他睏去，才對那個人的身軀取一塊骨頭起來作一個查某人。

猶太人所信仰的教是大大會通給世界做模範。伊的經典之內面也有記明親像這款的話。伊講，上帝創造天地萬物以後，照祂的形像之款用土創造一仙尪仔。祂就將祂的氣噴入去那仙尪仔的鼻空，那仙尪仔就活起來，叫做亞當，是查埔人。上帝就將亞當創給他睏去，將他的肋骨取一支起來作一個婦人人，叫做夏娃。這也是一種的流傳。總是若照這款的講法，豈不是明明表示男子是主，女子是從。男子卡貴氣，女子卡下賤嗎？因為講查埔人是代先有，查某人是取查埔人身軀的一部份來作成的。

親像這款的講法豈採有人欲辯駁講，古早的代誌大家都攏無確實會知影。照咱所知的來講，查埔人豈不是攏對查某人的腹肚鑽出來嗎？所以欲講女子是卡貴氣，這都也不是全然無情理。

咱再聽南洋澳洲（Australia）的黑色人講，造化之主叫做板二（Phàn-jī），舉他的刀仔剝三張的樹皮舖在土腳，拿一丸的粘土跨放在頂面，做兩仙尪仔。祂作了真得意，爬起來跳舞旋那兩仙尪仔幾若圈。祂就再剝一款的樹皮，抽絲粘粘在尪仔的頭殼，做尪仔的頭毛。祂看了又真大得意。又在尪仔的周圍跳舞幾若圈，將祂的氣吹對尪仔的鼻孔，噴一大下落去，也就又跳又轉。路尾將兩尪仙仔做起來站，尪仔就續跳笑咪咪，做伙講話真親密！

大家所知，咱這邊講人是婆姐母搏土做的，總是查埔查某是按怎分別做，都是無講明是同時做的，不是對查埔人的身軀來作出查某人，這點是明白。照頂這兩款的流傳看，查埔查某是同時成的，卻不是講那一邊卡代先。對按呢若親像會用得講不是查埔卡貴氣，也不是查某卡下賤，是平等無精差。

從來女子是給人看輕

頂面所講是幾段的笑科話若定，是無憑準。不過若照歷史上實在的事跡來論，到今那日婦人人（hū-jîn-lâng）受人看輕是真多了。不是講干噠（kan-ta）到一處是按呢，全世界都攏是一樣。

現時在西洋對女子比咱這邊是加真尊重，總是這是近來的代誌，卡早是與咱無精差。

232

女子的地位比男子者是卡低，是差真多。男子是主，女子是親像跟隨的人。卡極端的時代，也曾看女子做一種的財產，會用得照男子的意思給他差駛買賣，親像賣豬賣羊的款式。也不再看女子做古玩尪仔的款，通給男子迢迢看做（khòaⁿ-hōng）。又再一般是掠婦人人看做真污穢，看做親像妖精會害人犯罪。

在世界的中間，基督教算是第一尊重人的人格。耶穌本身不若未曾講那號看輕婦人人的話，他對婦人人的態度實在真公平。雖然是按呢，後來的學生的內底，有一人叫做保羅，他是真熱心真善闡明基督的教示的大使徒。總是他曾講：「婦人人著愛恬恬學習道理，著一味順從。我不準婦人人講道理，也不準她管轄查埔人。她著干噠恬恬才好，因為亞當是先出世，夏娃是倒尾；又再不是亞當受迷惑，是夏娃受迷陷落罪」。若干噠照這句話看，這明明是看婦人人卡輕的證據。

信佛教的人看婦人人是還閣更卡無起。不若拜佛的人是按呢，佛祖本身也是看婦人人的話，他看婦人人與查埔人中的歹人共一等：講伊不可與普通的查埔人同一款受教示。所以特別設一種下等的教示，叫做「下乘的佛教」，專專在教示伊這些下等的查某人。也他在教示普通的查埔人就攏用卡上頂的道理，叫做「上乘的佛教」。佛祖本身對婦人人是已經大大有無公平，所以後來奉他的教示的人是還又卡過頭。伊講婦人人是污穢，致到和尚無娶某；也禁婦人人未用得入佛寺拜佛。在儒教拜孔子公的人也是有這款的見解，講婦人人未用得入聖廟祭聖。

有我的朋友，他欲借住孔子廟內的明倫堂，掛孔子的聖像合婚。真多舊派的人對這件事非

常反對。伊講導婦人人入聖廟是污穢著聖人。新派的人聽了真受氣，險險弄出新舊兩派的人之

大衝突。就是孔子本身也按呢講：「惟女子與小人為難養」（獨獨查某人與無德行的人，最第

一難牽成）。這類豈不是對根底來看輕女子的講法嗎？

以前的代誌講講無講，照現時在咱的社會，看重查埔、看輕查某之風氣，還再是真盛。人若

生查埔子自己也真得意，親戚朋友個個滿嘴給他講：「恭喜！」也若生查某子，就掠有準做無

之款。親戚朋友若有問，答了就卡無力、無聲尾。問的人也不敢再問第二句，略略講一句：

「也好！」就準息。卡極端的人若生著查某子，拖咧就給人，若親像丟一塊瓦拼片（háu-phiá-

phoè）丟棄（hiat-kat）之款式。

從來的人講，做婦人人著有三從四德才會用得稱做好。什麼叫做「三從」呢？就是講，女

子一世人的中間，著愛有三款的順從。第一：還未出嫁之時著順從老爸。第二：嫁了就著順從

丈夫。第三：丈夫死了就著順從她的子兒。這三種順從的意思，打算敢是專指講，婦人人一生

著與這三款人做伙過日生活，不應該自己住在無明白的所在。總是普通的解說是講做婦人人凡

事不應該自己打算，自己不可固執意見，著做無意見的人：任憑老爸、丈夫、子兒的意思拖著

不可頓躓（tun-teⁿ）。所以俗語有講：「女子無才便是德」——講婦人人若無才情無主意，就

是會用得稱做有好德行。

這款的心思豈不是看查某人做死物、做機器在款待嗎？滿天腳下的姊妹不知肯認按呢做應

該無？若欲是不肯，怎樣幾若千年以來，照事實看，姊妹太攏給人看真輕，直直續到今那日呢？這中間的委曲我希望眾姊妹著深深自己反省看。

女子怎樣給人看輕呢？

照我看女子受男子看輕的理由有三項：

第一：因為人的道德心無發達，顧自己無顧別人，重私慾無重公理；想取入想霸佔，無想拿出與人分。對按呢看人的生命親像鳥毛那麼輕，看自己的生命親像泰山那麼重，攏未曉相體貼。強吃弱，有力的站頭展威；軟弱者就著吞忍服從，受人呼氣。女子原來的生做與男子大大無相同。她的身卡小細，也一月日受一次的無自由；她的舉止卡幼秀，筋骨卡無力。所以在那號無道德，品氣力、品勇的時代，女子著讓男子三步，著受呼氣，這是快想的代誌。

第二：理由是因為団仔都攏是對婦人人的腹肚鑽出來，又再団仔著喫她的乳才會活，不時都未用得離開她。對按呢母子的愛情是比父子卡深。婦人人雖是受男子的看輕歹款待，為著愛子的緣故，萬事攏吞忍。查埔人知影查某人有受兒女愛情束綁，對按呢就續愈靠俗愈放肆。

第三：理由是在婦人人比查埔人卡無教養，卡無才情。這點是婦人人輕視最大的原因。女子比男子有過受教育的機會是加真少。照頂面所講，女子的身體常常會不好，又再她著養飼子兒，多多未通照意思。不若按呢，男子為著愛放肆管轄婦人人，他無愛婦人人與他平平賢，所以不僅無獎勵女子讀冊受教育，反而阻擋婦人人愛學問的心是卡多。

有設道德給女子守，叫她著有三從四德才好，萬事著順從查埔人，不可私自有主意，所以不必認識什麼學問，只要善待查埔人就好。致到婦人人自己也續習以為常，無想欲進步，欲與查埔相款，真正續信，講：「女子無才便是德」，信這句是真理，一切的學問攏放給男子去學，萬項的工藝也一盡任憑查埔人去得。

到尾婦人人續變做一種無志氣之物，只有會曉裝美，盼望得著查埔人之憐憫；實在頭殼碗內空牢騷，不識橫直；除去煮食、補衣、洗掃以外，都無有卡長的所在。對按呢看，女子自己未通做什麼；若不是倚靠查埔人的致蔭，自己未通活。未通獨立生活的人，不必講是女子，就是男子也是的確給人看輕了。

女子受男子看輕的理由以外卻是還有，總是頂面所講這三點是最主要。時勢已經變換了，各項代誌都攏與前大大有精差，就是婦人人的地位也已經高真多。在西洋女子與男子的地位，是差不多到欲平平。顛倒有所在女子的地位卡權的也是有。也會致到按呢之原因，無別項，就是因為時勢的進步；人的道德心有卡高，會曉尊重人的人格，致到不敢為著女子軟弱就看輕她。總是最大的原因，最直接之理由，是因為婦人人自己有自覺，不願不時站人的尾後，見笑不時受男子的致蔭。自己想進步奮發勉強，不論讀冊或是做工，攏無欲輸查埔人。這點最有關係，最要緊。

頂班歐洲大相刣之時，男子攏做兵去出陣，致到國內萬項的代誌攏無人通辦。那牒在英國或是法國、德國的婦人人就攏踴躍進前擔任萬項的事務。有的駛火車載人客，有的做警察保護

地方的平安，有的送郵便、有的印新聞給眾人會通通消息。不止按呢，也入工場製造火藥與大

銃，入學校教學生，入衙門做官辦公事瑪是有：不論粗細高低，這次婦人人都攏有辦著。也辦

了都無卡輸查埔人，顛倒有的辦了還卡好。對這般的代誌，在西洋的婦人人顯明伊的才情真

多，多多的男子不止著大驚，不敢再看婦人人輕，用平等的待遇款待伊。西洋的婦人人在今仔

日已經進步到與查埔人無有大分別，做大官也有，做議員辯護士也有：做學校的先生，或是開

店做生理，以及駛車做粗重的工，親像駛飛行機出陣與對敵相刣的代誌伊都敢做。凡若男子做

會到的代誌，現時西洋的女子都攏不認輸，都攏有想欲去做。西洋的女子今攏是完全的人了：

不僅無受男子的致蔭、自己會通活，顛倒還要想欲致蔭人。

我所敬愛同族的姊妹，您今仔日所站的地位是賴高？您現時的氣力有賴大？深願姊妹大家

反省看。您若無掠男子做拐仔，自己站起得住或是未會，請雙手放開試看咧！

女子的天職

女子不是男子的跟隨。男子若那麼高，女子也是那麼高：男子若那麼大，女子也是那麼大

了。女子無男子卻是未用得，總是男子無女子也是平平一般樣。雖然是按呢講，女子與男子生

做無相同，所見長的方面也是有異樣，所以女子一世人應該出力去做的業務，就是男子所做不

到的，我想不止一兩項。試將我所想會到的排到在眾姊妹兄弟的面前。

頭一層：婦人人著養育子兒。查埔人卡多是在外面辦業務。養育子兒的代誌都愛婦人人專

主去做，我想這項永遠是屬女子的天職。生育团仔不是那麼輕快的代誌。實在生子是真難，總是飼子是更加又卡難。

起初团仔在老母的腹肚內之時，實在那時是兩人相與一條生命。通講老母的心就是子的心，老母的肉就是子的肉。所以那個時拵做老母的人著怎樣，姊妹大家不知有明白無？团仔出世了最有關係者是老母的奶。您著怎樣顧給奶好，也一日著給他喫幾攏，姊妹不知有研究阿無？

照我所看現時的姊妹卡多只有會曉生，未曉飼。团仔的心理缺欠，团仔有餒有寒阿無，未曉得之時卡大部份。咱的团仔因為養飼的人未曉得，致到來死失者是真多。在咱台灣本島人照大正十一年的調查，一年是差不多有九萬五千人。從中一歲到五歲的团仔佔欲到對半，是將近四萬四千人。這四萬四千人的死团仔的內底，到一歲在喫奶者，佔差不多兩萬七千人。你想，豈不是真通愛著驚？這攏是因為養飼不對所帶來的悽慘了。女子不僅是做团仔的老母，又再著做团仔的先生。团仔尚未入學校的中間，萬項都是拜老母做先生，對老母學。不僅是對老母學講話，一世人的性情受老母的感化是非常大。日本內地有一句俗語講：「三歲团仔的精神續到一百歲」。西洋也有俗語講：「搖搖籃的手會通搖動天腳下」。這款話攏是稱讚女子的大氣力，指明老母對团仔的感化是深又大。咱若看歷史所記載的英雄、大賢人所做的代誌，又再稽考那些人的老母之才情德行及對她的子女之用心，咱就足額會通明白老母對团仔的感化有多大。做老母的責任是多重呢？所以我講會生子不會教子，是無異樣會曉栽花未曉沃水；會曉播稻未曉挽草。這種婦人人不堪得做囝仔的老母，只好做雞仔子的雞母。生子是真難，養子更卡難，總是教子是更卡難！

婦人人欲盡養飼子兒的本份，她著再注意一項。這項是咱少少想有到的代誌。咱的人不僅對歲壽錢財有貪心，對子兒也是多多益善，攏無嫌。論生子之事都是做人的大本份，人人都著有。

總是著想真，生子與捏土尪仔是無像。土尪仔捏閣卡多仙，給它排歸列，它就恬恬在那裡站，不必喫也不破病，又再不怨家（吵架）做歹事。囝仔又不是按呢咧，無有那麼隨便。囝仔生愈多，母身的確是愈弱。母身弱，若是囝仔會通勇，豈採還閣會用得。弱老母會通飼勇子，大家不知看見有賴多？又再囝仔僅只飼勇豈就會了局。孟夫子講：「人無受教育離畜生無遠」。有才調通生子，無才調通給子受教育成做一個普通的人款，通講是大大無責成。

你看，在咱中間這款無責成的老爸老母豈少少嗎？大家著愛知，加生一個無教示的囝仔，是加放一擔重擔給眾人擔，豈採是加放一隻虎咬人！所以生子是好，是真通恭喜；總是也著準節，也會曉量氣力，會生子也著會牽成子才好。若無量氣力，亂亂生，到尾著放的出在他，這不止是害子兒，害社會是真多！

女子第二個天職是料理家事。男子若比論做將軍，女子就是相爺。將軍是專注顧外面，相爺是專注理內面。又再對料理家事這點講，女子是家庭內的王，因為家庭內面的代誌應該攏總著受她掌管。

頂段有講西洋女子之地位不只高，不比咱這邊，伊真受男子之尊敬。這是有種種的原因。

西洋的婦人人對料理家事這層實在真研硬（giâm-ngē）。伊攏完全不必查埔人插嘴，辦理十分周至到家。西洋的女子實在完全是家庭的女王，全部的家事攏是伊主掌。查埔人對外面返來，儼然親像做人客，是只有受安慰享福若定。在外面受風霜，返來到厝門口，就有伶俐笑嘻嘻的婦人人在彼等候他；他只有將他在外面打拼所得的拿交婦人人，以外他在厝內僅只展開嘴吧噢飯就好，不必煩惱米價高或是低。也他僅只坐著，喝燒茶，頭斜斜看清悠有整頓的厝內面；抱他的活動極巧氣有規矩的男孩（han-sě）查某子：聽伊念「月光光，秀才郎，騎白馬，過南唐……」那款的囝仔歌，或是聽他的婦人人報告親戚往來之消息、朋友之批信，或是他在外面所做未調直的代誌，就講來與他的婦人人參詳，聽婦人人輕聲細說之款勸，洗去他心內之鬱拙。

有當時風清日暖之時尪某相牽或是導子去公園行走，或是去野外看景緻。有當時月光星明之時拵，尪就彈某就唱，子兒就跳舞，相與稱讚人生之和樂，感謝家庭的福氣。查埔人所受的風塵，通講一次返來到厝內，因為婦人人之用心攏總洗清氣。不僅如此，還閣是加得百倍的勇氣，通出去社會大震動。啊！西洋人之有今仔日，豈攏是查埔人賢的嗎？

眾姊妹兄弟，西洋人看他的家庭親像天堂，親像西天極樂的所在。也現時咱的家庭卡多是親像什麼款？豈不是親像監獄或是地獄者是卡大部份？對目睭所看見的講，在咱的家庭查埔人卡多是親像王爺公，婦人人是親像查某嫺。通講，咱的家庭是男子專制之國度。列位，咱的社

會是真無親像人，總是咱著知，咱的家庭是還卡不成物。咱的社會衰退之原因多多是對咱的家

庭之腐敗所致來的了！兄弟，這點您有同意無？姊妹，您有承認無？

我深深盼望大家一番大覺悟，緊緊實行大改革。也眾姊妹著特別大奮發大勉強，至少您著

做到給家庭變成您的王國才會用得。

女子第三個天職是保人類之平和，社會之美觀，使通天腳下有色彩光窗，有燒氣。原來女

子的性質與男子不止有精差。婦人人的感情是卡敏、卡軟心、卡溫和、卡善體貼人。又再她的

態度是真幼秀溫柔軟潤，會通掃除一切之粗野。現今女子之氣力大部份是做在家庭內，直接做

在社會依然是小可。今後社會要求婦人人直接盡力的所在是真多。

舉一層講，英國有出一個婦人人叫做乃津格（Florence Nightingale）。遇著英國幫助土耳其

與俄羅斯相戰。那時不僅著傷的兵無人救，有發瘟疫著病的兵也是真正多。乃津格聽見這款

事，十分受刺激，就決心放棄自己到戰場幫助著傷與破病之兵士，無分別本國的兵與對敵。招

集相同志氣的婦人人，翻山越海到戰陣的所在，受了真多的危險，救助多多生命。後來與她相

同志氣的人漸漸加，伊立一支紅色十字的旗做記號。到現今通世界萬國擁有承認這項事業真要

緊，所以萬國之官府做伙立約創設「萬國赤十字社」（紅十字會）。凡若有豎這支赤十字旗的

所在，未用得打大銃。自乃津格設立赤十字社以來，人不知加活有多少，又再人人仁慈的心肝

不知加添有多少？世界為著按呢實在加添真多的光彩！

結婚的代誌

人若是有特別的志氣，為著欲做他的事業通貢獻社會，使眾人會通得著好，為著按呢一世人不結婚，甘願單身一人，這卻是大大通保惜之好事。總是除去按呢以外，做人定著是愛結婚。

從來有講：「合房做大人」。實在男女若無合婚未用得算做是完全的人，因為未通齊全做咱人所愛做之本份。所以通知結婚是真神聖的事。

可是咱又有一句話講：「無冤無家，未成夫妻」。講尪某前世人是怨仇，一世人做尪某是欲報仇相還債。若照這款的看法，結婚豈不是親像入監牢夯架一樣，是真通厭惡的代誌。幸好斷斷不是按呢，這是看偏一邊之講法。

也有講：「娶某是小登科」；就是講娶某若親像是中狀元那麼大通歡喜。照我看，這也是講了有卡偏。結婚的代誌都不是對頭怨家相還債，也不是狀元簪花在遊街，不過是人一世人著做一次的本份。僅僅對結婚講，那裡面無艱苦也是無快樂，是咱人應該著行的一條大路，艱苦或是快活就著開步行去做看才會知。

照咱從來的經驗實在來講，人結婚了艱苦是卡多，快樂是卡少。這因單是咱對結婚的法度大大有不對，也那個不對在給咱艱苦若定。原來尪是某的尪，某是尪的某，結婚是尪某兩人的代誌，並不是別人的。不過咱對早以來的結婚，不是尪娶某，某在嫁尪，是親家對親家的結婚，親姆對親姆的嫁娶若定。按呢兼採講了有卡過頭，總是實情是這款，是大家所知之事實。

你看，不必講查某囝仔，就是查埔者若在人的面前講著親成的代誌，豈不是面就愛紅起來，若

親像真見羞；若是查某囝仔面就舉無處通去藏。

這是怎樣呢？就是老爸老母過頭主張做示大人的權利，到尾續變成慣勢，少年人續掠做不是伊所應

該參與之事。對按呢就生起非常的弊害。新娘之好歹是照示大人的目睭在看，子婿的好歹也是

出在父母在監定。從至今子婿與新娘到合房那夜才相識的人不知有多少？

通講從來的結婚，若親像睭瞇在拈圖（khau）仔，全然是賭字運之作法。豈採會通講，是

親像賭投殼子的款式，六面才有一面通盼望，五面是輸，只有一面會通贏，實在是真正無妥

當。因為這款的尪某是對父母的命令，不是對兩人的愛情來結成的，所以性情不合是卡多。

又再查某人無讀冊無修養的是卡大部份，心肝無想有光窗，無變巧，卡無達情理，未曉

有趣味，這個樣子親像一丸臭味的鹹樹子。這邊查埔人的良心又無進步，公平的心無發達，照

頂面所論的款，看婦人人輕，只有會曉要求婦人人的貞節，總是自己的貞節攏未曉守。某

（妻）好，尚且住厝內未朝，何況婦人人性質無聰明、無伶俐、無變巧、無趣味，致到激成查

埔人的歹品行。到尾續引鬼入宅，細姨一個要娶過一個，至此尪某就變成冤家。這款的娶某其

實是夯枷，這款的嫁尪是卡慘落活地獄！強制結婚的害毒會到這款這利害。結婚是尪與某之代誌，應該著任憑欲做尪某的人去

所以我講，不是我講，是真理在要求。

243

主意：邊仔的人不論是老爸老母攏未用得替伊決定，或是強制伊去做。這是真理，若無從這條真理尪某到尾著成做冤家。總是不可有誤解。我講旁邊的人未用得替伊決定，強制伊去做，這不是講旁邊的人攏未用得插嘴、參詳，到打算。若是少年人過頭主張伊的權利，掠周圍的人準做攏是無關係的款待，這是少年人的不對，的確常常會失敗。

總講一句，查埔囝仔與查某囝仔大家有相愛疼或是無，兩人欲結婚或是不，這項最後的主意，的確愛放給伊兩人，也周圍的示大人不過是做伊的顧問，做伊的軍司（參謀），與伊到打算，講意見希望苦勸給伊做參考。這款的結婚就是自由戀愛的結婚。

結婚若會通用真的自由戀愛來成，兩人的性情會卡相近，尪看重某，某讓尪權，兩人實心相敬相愛：她為他捨身，他為她拼命，相幫助相體貼，同甘同苦，到百年後相與安葬做一窟，兩條的靈魂親像梁山伯與祝英台的款，變成兩隻白鶴列排飛上天，永遠無相離。若是按呢結婚的歡喜，豈只僅是親像「小登科」？

會通講，結婚是兩個個性用愛情結連做一體的表現。所以無愛情結婚是未成，也若強強給伊成，才是罪惡。總是愛情不是會自己生出來，就著兩人代先知影各人的性情。又再兩人的性情著會合，才會生出愛情來，若不合就是無輸贏。

對按呢通知有一項未用得無的代誌。就是對平數時著設妥當的機會，給查埔囝仔與查某囝仔會通相交陪，相知影。這項是最要緊，又再是最艱巨做。這項就著做示大的人平數十分替示細用心研究設法。查埔查某兩邊起頭的交陪著愛無意思才好。起頭是給伊做朋友交陪，示大人著善準節，不可給伊生出有過失，也不可監督過於嚴重，致到使伊無自由無自然。

對呢又再通知一項。咱從前有講：「男女七歲就不可做伙喫」。或是講：「男女授受不親」。查埔查某大家著不通相遇頭相借問，這是非常大錯誤之打算。平平是所生的子兒，查埔子查某子是有什麼異樣呢？查埔的若著有教育，查某的也著與他同款。查埔查某平平是有德行，平平有見識。若是按呢，查埔就的確不看輕查某，查某也就不無主意。查某一下就被查埔拐去。若是照現時，教育無什麼興；道德、知識，無什麼進步的時代，做一下就放給查埔查某自由濫做伙，我雖是卡好膽，這卻也是不敢主張。

我只是愛出力主張一項，就是查埔查某的學生自細漢就給伊濫做伙讀冊。給伊在無意無思的中間相識，做同窗的朋友。這項若不能快快實行，我就愛希望做父母示大的人。卡無用束綁查某囝仔，叫她不時住內底；著常常使她與伊做伙出外，這是非常的要緊。也在厝有人客出入之時，使查某囝仔出來應接，也是不止心識有利益的法度。

關係查埔查某交際與結婚的代誌，我所愛講的話卻是還真多，等候下次有好機會才另外再講卡詳細，我這是只有講幾句愛大家對這點深深來研究，緊緊注意小心去實行。

第七項　論活命

未知生，焉知死？

　　死與活的代誌，對凡若有活命的物來講，是最重大的問題。又再活命愈充滿，愈高尚的，看這個死活的問題是愈關切愈用心。人是眾活命的頭，所以死活的問題，在眾活物的中間，就是人感覺最深、研究最明白。

　　死活的代誌，是萬項代誌的頭一等大的。又再也是最艱巨會通解決。人若識這個問題愈徹底，通講就是愈文明、愈進步、愈賢、愈偉大。

　　死與活這兩項，是全然倒返的代誌。死若比論做暗，活就是光。也死若比論做無，活就是有；又再死若是落下，活就是上高了。對按呢通知，死與活是對比，兩項相對照。所以若會通明白一邊，又一邊就自己會通知。比論講，若知影東邊，自然西邊就會曉得。死與活兩項果然是不同，總是因為伊是相倒置，所以若知活，就會通知死。也若知死，又會通知活。所以孔子的學生子路問死的代誌的時拵，孔子只是應他講：「未知生，焉知死？」是講，你都還不明白

247

怎樣叫做活，欲太會曉什麼叫做死？在孔子的意思就是講，你若會明白活的代誌，自然死的代

誌自己後來就會得通明白。

活，是眾人所喜愛；死，是萬人所厭忌。愛活、不愛死，這是做人共通之心理。因為是愛

活，所以人人都是想愛久久會脫離。「出死入生」的法度，這是人人對心肝底所愛得著的；總

是得著了的人，自開天地以來不知有幾人？

若照目睭所看見的來講，到一日大家都也攏著死的款。雖然是按呢講，人也都攏是不死

心，定著不時不肯放棄這層事。不是不肯放，就是欲放也是放不開。通講對這個死活之問題，

做人定著愛明白。不但是按呢，活攏愛貴重保持，死攏愛閃避厭惡，這較若親像是做人之義

務。又再也是做人之權利的款式，萬事是的確無草草。所以通知，愛欲出死入生的心肝，是最第一迫切。這個心肝

攏是真刀真劍的代誌，這個心真正是寶貝，又再也是真危險。所以做人斷然不是親像在搬戲，

一時裝做生，另面裝做旦。在棚上大家做不共戴天之仇敵，落棚下隨時做你兄我弟的好朋友。

做人定著不是按呢了！嘴鬚發出來，欲叫它再縮入去，是的確不可能；頭毛白，怎樣會通叫它

再黑呢？

大家著愛知，人一生的中間，喘一下氣，或是打一下哈欠，哈一個噴嚏，都攏有意思，與

死活的問題都攏有關係，斷斷未用得糊塗清採做。

死活這兩層事雖然是相對照，總是伊有前後緊慢之分別。活，是代先；死，是在倒尾；

活，是在現在；死、是在將來。咱欲研究死活的問題，雖然是講不論明白那一邊，又一邊自然就會通明白；不過死的代誌是屬於後來，實在是比活的代誌有卡難明白；所以孔子才講：「未知生，焉知死」？就是講，著代先明白活的問題，然後死的代誌就自己會曉得。

到底怎樣才是活？

到底怎樣才是活？簡單會通印一句，就是講，有活命的就是活。若是按呢，再問一句，活命是生做什麼款呢？欲應這句話卻是無那麼快，不是一兩句就應會來。請大家定神相與研究看。

請先對咱的目睭所有看見的活命詳細檢點一次看。凡若活之物第一著愛有變換，就是愛時時生長有發達。親像草木起頭是種子，後來就發芽、生根、發枝，漸漸大起來，不時都有變換，有發達。或是海內的魚、蝦、水族，山頂的禽獸、蟲類，就是咱人也是按呢不時有變換發達。通知有變換、有發達，是活命頭一條之要件。親像椅、桌、磚仔、石頭，這類設使有變換，它的變換不是進步發達之變換，是漸漸消無退步，是越變越壞，這類是無活命，是叫做無命的之物。

樹木與禽獸平平都是不時有變換有發達，所以都攏是活命。不過樹木的活與禽獸蟲蝶的活大有不同之所在。飛禽走獸蟲蝶的活，比樹木花草的活有卡高一層。樹木花草雖然時時有變換發達，總是它若不是人給它掘，給它移，它的確是不能移過位。蟲蝶走獸就不是按呢，牠自己會移動去這去那。可知卡高的活命還有一條之要件。就是著愛會通用自己的心思自由行走移動。

你看，火車真善走，善移動；按呢火車豈不是有活命？斷斷無。火車雖然是有在走，在移動，那並非出自它自己，是駛火車的人叫它在移動去走。駛火車的人若是不，一寸遠它都無法走進前。有活命者不是按呢，是有活命的移動，雖然是出於自己的意思。飼牛囝子牽牛去水邊欲給牛飲水，牛口渴就飲；總是若已經飲夠額，雖然是囝仔大聲喊牠著再飲，牛也是做牠在伍在伍，欲飲不飲是出在牛自己主意，別人無法干涉著牠。牛的移動是出在牠自己，所以牛是有活命。又再這款的活命是比樹木者卡高一格。牛這類是叫做動物，樹木是叫做植物。

人與動物都攏是會通自由行走活動，總是人的活動與動物的活又是大大有精差。人的活命又是有再高一格。人之心理不止卡複雜、卡靈通；他會曉得計劃種種的代誌，創設逐項之事業，製造千千萬萬之物件。總講，人不僅會通知他自己之進退行動，尚且也會通知影周圍之狀況，會曉給它安排給它卡好勞，給它卡進步；這就是人的知識有卡贏動物。

人不僅知識有卡贏動物，道德心也加高無當算（bô-taŋ-sŋ）。動物的中間卻不是攏無道德的心肝。咱知螞蟻雖然是真小細的動物，但是它真有公共心。咱曾看見螞蟻在相戰，黑色的殺紅色的。在講千萬隻的中間，伊仍然是不只和協；為著相同之種族的興旺，拼命出力到死，攏無退。不止如此，平時對食物伊不止有分張（pun-tiuⁿ）；若是有一隻討無喫，腹肚餓之時，別隻同伴喫飽的螞蟻若看見，它就腳展開，將它腹內所有的食物吐出來分那隻餓的喫。這豈不是真有道德，真有公共之心嗎？

又再親像雞母在啄米給雞仔子喫，或是鷂鷂（**老鷹**）將要抓雞仔子之時，雞母豎毛咯咯咯叫，出盡它的氣力與鵁鷈鬥生命；這是咱目睭所常常親看見者，就通知雞母愛子之心到那裡。

雖然是按呢講，動物之道德心還是真幼稚，斷斷未通比得人，無親像人那麼高尚，那麼進

步。動物的道德攏是對它一身，或是對它的同類同族之利益生出來的。所以這種動物之道德與

別種的，是的確不相通，可講，動物之道德是淺薄，真狹窄。人的道德對於利己心生出來者，

卻也不是無，總是那是野蠻人的代誌。自古早到今仔日所會通稱做聖人、賢人，就是四正的

人。這款人之道德，的確不是對利益來成的。人的道德是對良心與天理來的了，此動物者是不

止有卡深、卡闊、卡高尚。

人比動物的活命還有卡進步的所在，就是人有分別美醜之心。因為這點的關係。人與動物

是有天淵之精差。

不必講人比動物，僅只將文明人來比野蠻人就已經差真多。在野蠻人之中間，這項分別美

醜之心情，是真正無發達。我曾入山去看山內人的庄社，看伊的厝是真情采（簡單），逐項攏

同款，有一小可變款都無。也伊的厝內是灰灰黑黑，攏無有什麼安排整頓裝飾，只有四片壁罩

一個厝頂，也有煙塵蜘蛛絲貝貝粘粘呢。又再看伊的厝外口，地面是坎坎坷坷，伊所用了的垃

圾水積歸窟在於臭；石頭與草細花丟到滿四界。伊所飼的雞狗屎尿放到這也有、彼也有。我看

了心頭甲那強強欲絕氣。走到離開伊的社外，踏著青草地，接著山頂吹來的涼風，看著樹枝在

於搖，聽見鳥隻在於吼、在於吟唱，我的心起頭才漸漸開。啊！野蠻人的所在是比無人的曠野卡

醜（bai），卡不好看有萬萬倍。

日本內地我也是識去幾若年。我看伊的街路與厝差咱這邊是無賴多。不過伊的厝邊若是有空地，伊定著，若不是栽樹，就是種花、或是給它發青草。也若這樹欉、定著無放給他亂亂發，就給它剪葉、調枝使它卡好看。若是無地場，伊也的確放一個缸或是桶，就栽花或是佈景在那裡可賞玩。伊的厝雖是無大間，總是不只齊整雅緻，憑若目睭所看會到的所在，定著是無沙土、蜘蛛絲可看見。凡若手穿得到的所在，不論是棹頂、門扇、窗仔子、或是柱子、戶定，伊不時都有揉有洗。所以柱仔、板肚的衫內是不時赤腊腊，使人看了心肝是真清爽。又再伊厝內定著有放花矸鼓盤，插花插草在那裡面，也插的法度是不止頂真有講究。僅只教人一項插花的法度在過日的人是非常多。又伊的婦人多多會曉樂器，或是唱歌跳舞。總講，內地人不止對重美，不止愛雅緻。

若輪到西洋人重美的心情是還更卡深卡高一級。我在頂面有講野蠻人的所在是比無人到的曠野卡醜萬萬倍。在此就再講，文明人的所在是比無人到的曠野卡美萬萬倍。自然的景緻都是美。總是有文明人在管顧之景緻是越發更卡美。人與人之中間，尚且有這款的精差，對按呢就知影人與動物的中間精差有賴多。

咱的議論到這真亂雜。因為驚了過於亂雜，所以咱在此著來總結一次。就是已經有講，活命之第一要件是愛不時有變換，有進步。第二要件是著會通用自己的心思自由來活動。也第三個要件是講，普愛有心竅，就是不論知識之心，或是分別美醜之心（人的心竅只有這三種類）。這三款之心竅著攏真明敏、真高尚、真充足，又再著不時活動無停睏。

頂面有講人的心竅會通分做三種類。一種是智識之心，一種是道德之心，又一種是分別美醜之心。關係這三款心竅，咱在此想愛來講卡清楚淡薄。

「智識」之心是什麼？這個心肝是在識眾百項物件與代誌，及逐項之理氣。總講一句，這個心是在分別事物與道理之真假。再講一句，智識之心就是識真理之心了。識真理之心是在咱的身體內，是屬咱的，不過真理不是屬咱的。真理若只有一人的，那個斷然不用得講是真理，那個是私有的情理。真理是準人識、不準人私有。真理是甲那風與雨，是這天地間本來就有的。未有人以前就已經有了。

天地間有水也有火，這是真實，是真理。水見著火會滾、會乾，這也是真理。水凡若見著火，有同時會滾，這個是真理。不過若認做水一見著火不時都會滾，這豈也是真理嗎？水若見著火，有同時會滾，不過若認做水見著火不時都會滾，這樣就不是真理，是錯誤。怎樣有錯誤？加話不免講，這是各人常常所經驗。若欲使水滾，火著足，燒到水的熱有一百度，才會滾。所以若只是講水見著火，是有同時會滾，不是不時的確會，按呢就無錯誤，這個是真理。

見若遇著真理，不論誰人都愛承認降服。在真理的面前人無權可講是非，只好承認順從若定。承認真理之心是在咱的身體內，這個就是智識之心，或是只有稱做「智慧」。有智慧者就是賢人、文明人；無的就是憨人、野蠻人。

「道德」之心也是逐人所有的，只有是有大細、深淺、闊窄之分別。人有道德之心，才會曉分別好歹。所以道德之心會用得叫做善惡之心。善就是好，惡就是歹。善是人人所意愛，惡是人人所不愛。雖然是按呢講，善惡不是親像真理到那裡都相同，也不是到什麼時代都無變換。平平一項物或是一層事，好歹是未用得輕輕給它判斷。著看那項物，彼層事是出在什麼時拵，或是在何處。時代與所在若無定著，事物之好歹是難得斷定。

比論講，歹年冬五穀攏無收，無當通買喫物的時拵，富額人的厝有真珠、有米糧；他講欲表明他的好德行，將他所有的真珠量歸升歸斗，分給厝邊無通喫的人。這款怎樣呢？是好或是歹？若是好年冬之時的確是真好；又再若是交通利便，將那些真珠有通去賣去換米糧，雖然是比量米給他卡費氣，也還是可講是做好事。可是年冬是歹了，各處都攏歹，逐人都攬腹肚在看錢生銹。在這號之時拵，一斗真珠豈不是比一粒米粟卡不值，卡無路用嗎？

所以通知好歹的代誌是未用得輕輕斷，著愛時勢與看所在。雖然是按呢講，好事是的確不時有，又再好歹也不是講會得亂亂捏造得。若是因為好歹善惡的外皮不時換，也就續講世間無善惡，不過講贏就是好，按呢就害了。大家看咱腳下的溪水不時在流，一刻所看的溪水與後刻所看的溪水當真是不同，總是水都由原是水了。水源若無乾，溪水豈不是不時彎彎流。時日與所在雖然是定定愛變換，總是好的代誌永遠是不會消無。

人的心竅有三面。一面是識真理，一面是識善惡，再一面就是分別「美醜」。分別「美」與「醜」之心，一名叫做藝術心。識真理與善惡者，不必講野蠻人，就是動物也是有淡薄。總是這個藝術心，就是獨獨人才有。人若愈進步，藝術之心竅是愈深、愈活動。比論此有一塊對山裡剛取出來的玉。玉都是玉，看來與石頭無異樣。拿給豬，牠也敢不聞；拿給野蠻人，豈採取去疊棹腳。總是你著拿交文明人，他就歡天喜地，將那塊或是磨、或是琢，就是刻成種種之物件；或是玉手環，或是玉杯、玉獅子、玉觀音；形狀巧妙，色緻真美，光彩會揪人的目睭。到此石頭就變成一項大寶貝，使人看了直直有趣味。通知識真理與善惡之心，果然是活命要緊的部份。總是若無藝術之心，那個活命是真乾燥無趣味，不異樣於好玉成做粗石頭。孔子主張用音樂統治天腳下之原因，實在就是在這點。他看出養成人之藝術心是要緊，是會通使天腳下和平。這點是他有大見識之所在。

活命的第三要件就是都愛有心竅，這個心是對三部來成的，咱已經有講明。總是這三部份之心竅斷然不是相離開，是對一個活命發出來之作用，彼此是攏有相關係。這三部份的作用若是有一部卡無活動，別部份也會受它的牽累。對按呢那條活命就不算是完全的。也這三部份之作用若是有調和，攏平平有活動。對按呢那條活命就會發達到於無限之所在。在這宇宙的中間，獨獨咱人有這種的活命，所以講人是萬項活命之靈長。

永遠的活命

在頂節所論有那麼長，結局是講怎樣才會用得講是活。是近近講著按呢才會用得算做活，並不是講到活命之極點。活命若是到於極點、完全之地步，不僅自己不時活跳跳，還會通給人為著它來活，大家的活命欲續到在無限量之久。這種叫做永遠的活命。永遠的活命就是與神靈一樣。

人的活命是無賴久。俗語講：「七十之歲壽自古早以來就真少。」日本內地有一個出名人叫做大衛忠信（Okuma）。他平素講，他著喫到一百二十五歲才欲死。總是他雖是賢，都也做不，僅僅八十餘歲就斷氣。在無賴久的新聞有報講，中國有一個老婦人人喫一百八十歲。官府掠做真空有，剛準備要送物給她祝賀；備辦還未成之時就過身去。

也古早秦始皇貪著他的皇帝位，一心又知人人之生命無賴久，所以心念愛得著長生不老的法度。他的人臣有一人叫做徐福獻計講：「東邊海中蓬萊島是仙境之所在，在彼有仙在煉丹，人若喫著彼號仙丹，就永遠不死。請皇上交五百名童男童女，及卡多的真珠、寶玉、黃金、白銀、給我帶去蓬萊島。的確會通求著仙丹，通來給陛下喫。」秦始皇貪著長生命，果然就將徐福所講的人與物交代他去。後來人知徐福不是盡心求仙丹來給他，實在是看見秦始皇無道會害人。所以順他通人的款死。總是徐福一去無回頭。秦始皇再無賴久，雖然是皇帝，都也著照普

的野心，騙他的錢與人帶去海外蓬萊島（**就是現時日本內地**），清閑過日子。自古早到今，人為著愛自己的生命卡長一刻久，不知做出賴多的歹事都未知。雖然是按呢，結局逐人氣絲都愛斷，肉都愛爛，骨都愛成灰；不過對這個永活的生命人都不死心，就是我也是彼內之一人。

永遠的活命不是親像秦始皇憨想那款之物了；不是住在肉與骨所成之身軀，也不是會使得用年歲計算得。會使得用年歲計算之活命，設使會通親像老彭祖活八百年，若來比較永遠，是卡不值時鐘答一下久。咱愛知永遠的活命是未算得久的活命，設使是活一千年、十萬年，或是

千千萬萬年，也還是會算得，的確未用得講是永遠。

永遠的活命未通住在一個的身軀。住在一個身體的活命是樹木的活命、牲畜的活命、蟲類的活命。這款活命的上極站，就是人的活命了，這些活命總講是有限量的。永遠的活命就不是按呢，是無限量的，是未用得局限在一個有限量的形體。未通限量的活命才是永遠的活命，世間所有一切有限量的活命攏是對這個出。有限量的活命最高最發達者就是人的活命。無限量的活命，永遠的活命就是神（上帝）。神講是宇宙的主宰，萬物與人講是神創造的。這個意思，就是照頂面所講，有限量的活命是對無限量的活命來之緣故。

頂面有講，人的心肝底攏在盼望得著永遠的活命。這句話是什麼意思？著愛拆卡明。永遠的活命就是神。講欲希望得著永遠的活命，是講盼望欲做神或不是？一滴水怎樣會通成做大海呢？一滴水所做的會到的，不過是參望，是斷斷未會的事情。試想著，一滴水實在是未能成做一大海的水；總在大海的水裡，通關係在飼大魚，浮大船的代誌若定。一滴水雖然是少少，也是會通流入在大海的內底，合做大海所會通做的。是一滴水雖然是少少，也是會通流入在大海的內底，合做大海所會通做的。

與這個比喻同意思，人若想欲做神，這是如同囡仔伸手欲取月，不只腳墊高，就是夯梯爬上去曆頂也是不必要，這是斷斷不能。

人所做會到，所希望會到的所在，就是脫離這個有限定之肉體，回返去神的所在與神合做伙若定。也若到那個地步，會通與神做同款之事業。按呢就是入在永遠的活命，就是得著永遠的活命。到此就是活命的極站，就是無死、無艱苦、無束綁、無憂悶極快樂的世界。

神是神、人是人。照頂面所講，一滴水會流入海，與海平平存在；總是那滴水斷斷不是

海。照親像這個款，人雖是會得接近神，行神的權能，總是人定著未通成做神。神是神自己，

人斷斷未通給祂添一分，或是減一毫。

頂面那個比論是只有借來在說明這點的意思若定，不是講一滴水與這大海的關係，是全然

參人與神之關係就不是這款。水滴積多會成海，總是將通天腳下的人攏給伊集倚來，結局也

海。一滴水果然不是海，只是海是真正多的水滴所積成的，這是使人不強辯的。這點是事實。

神與人的關係就不是這款。一滴、十滴、百滴、萬滴漸積漸多，到尾就會變成

是人若定，斷斷未通成做神。神是神自己，斷然不是對人來做成之物。咱已經知人的活命是有

限量，神是無限量。有限量者集卡多，也是有限量；卡怎樣都未通變成無限量。對按呢，若深

深想卡到，就敢會通明白人未通成做神的理氣。

在此，我愛再比喻一項講，對這個比喻神與人的關係，兼採會卡明。神比喻做「人」，也

人比喻做「話」。人有無限量的心思（這句小可著斟酌，不過是准做按呢講）。又再人的心思

是無形狀，人欲表現他的心思就是用「話」講。心思既然表現在「話」裡，那個心思就變成有

定著，有一定有形狀；有一項的代誌，會成一項的事業。咱知「話」是對人出，總是「話」的

確不是人，就是撿千千萬萬句的「話」倚來，也是的確未通成做人。按呢「話」與「人」是絕

對無關連嗎？一句「話」若講了，也就飛無去或不是？斷斷不是了。有一句「話」，的確有一

個使命，著成一項的代誌。那句「話」之使命雖然著成一項的代誌，總是會成的也是有，未成

的也不是無。未成，不成功的話，對那句話論，那句話就變成無意思的虛言。對講那句「話」的
人來論，那個人的心思無成就，所以第一、一定著他是憂悶無平安，第二、他的確會再換他的所
想，從頭再計劃。按呢起頭那句「話」算是離開那個人，未通再做什麼。那句「話」之使命若
是有成功，有照講那句「話」的人之心志實現，按呢那句「話」與那個人的心有合，那個人的
心不免再攪擾。那句「話」合在那個人的心，也那個人的心志也永遠與那個人做伙。所以通
講，那句「話」是永遠與那個人存在。

我不必再拆明，打算大家已經明白了。大家，頂面的比喻若是無不對，咱會記得那個
「人」就是比喻做神，那句「話」比喻做人了。「話」會通與「人」同在，就是意味「人」會
與「神」做伙之意思。按呢那個人就是得著永遠的活命。著是這款永遠的活命，才是真的活命
了。

永遠的活命怎樣才會得著？

因為愛給咱在此欲論的代誌卡會明，咱勿得嫌費氣，將咱所講的，在此再來翻一遍。咱在本
項的第二條有問一句講，「到底怎樣才是活」？對這句咱已經有應答四句：第一、著有變換、有
進步：第二、著會通出於自己之心來活動；第三、著有心竅；第四、著有合於永遠的活命。
在我的愚見，就是認這四條做活命之標準原則。通知這天腳下的活命有種種，有卡高的、
有卡低的：這攏會通用這四條原則來分別。樹木、花草（**就是植物**）的活命是僅僅合於第一條

259

之原則；禽獸、蟲、魚那種類（**就是動物**）的活命，是合於第一、第二兩條之原則；親像猴這類，雖然也是屬於動物，照咱所看他的活命比別項動物若準有卡高的款，因為牠一些也有合於第三條之原則。

到咱人。第一、第二、第三這三條之原則就攏有合。總是這類是平常人，比平常人卡高一級，就是卡無在第三個原則。這款人是給人叫做畜生，因為他離動物無賴遠。也人若是不僅有合於第一、第二、第三個原則，也是有合於第四的原則。這號就不是平常人，就是聖人、義士，這款人就是與神平平住。平平人往往愛拜這號人做神，這卻是有錯誤，若是稱他做神之子就不對。會通做到神之子，就是活命進步之極站，做人一生的目的就是在此。

今著怎樣做，才會合於永遠的活命？著怎樣做，永遠的活命才得會著？大家專心再來想。永遠的活命是什麼？咱已經明白了，也欲這個活命有望無，咱也已經知。總是欲怎樣得，怎樣做？親像秦始皇的款，駛人用錢買會著嗎？斷斷不會，斷斷無望了。咱會記得永遠的活命，就是無限量之活命，是未駛得用什麼給它制限，也是未駛得用什麼通給它測量。若是會通用年月通給它測量，看是長或是短，或是用身軀給它制限，看是你的我的，或是別人的；那款就不是永遠的活命。

又再咱知，永遠的活命是未用得給什麼通使它加一分、減一毫，它是它自己。不僅如此，它是萬項之源頭，是一切有限量的活命的頭。然而咱不是咱自己，咱是對永遠的活命出，咱的一切是受祂掌管。

人的動物卡出色之點就是有心竅。人的心竅所活動的所在，就是分別真假（智識之心），

好歹（道德之心）、美醜（藝術之心）這三方面。總是什麼是真呢？什麼是好呢？也什麼是美

呢？這三項是對那裡來？是人自己捏造的或不是？斷斷不是。這三項與天地間一切之事物同

款，攏是對永遠的活命出來的。這三項就是神的心思了。

人的心竅一樣是親像鏡。這三項真的、好的、美的，是對神發出來。人的心鏡若有向彼

去，就會結祂的形狀在人的心鏡內。人對按呢有覺，才會曉分真假、辨善惡、撿美醜。

人的心竅會分別真假、善惡、美醜的人，就是叫做有人格。

兄弟姊妹，咱論到這裡，欲得著永遠的活命之路徑豈不是明白了嗎？就是按呢：人著用

他的人格做基礎，無受一切之拘束，脫離攏總的制限，無抱別種的心思，只有欣慕承受神的意

志，表現神的道，盡心盡力無息睏做神的工，到氣斷（死亡）才放息。列位，這幾句話雖是簡

單平常平常，總是這幾句實在就是人的良心之結晶，欲得著真的活命之秘訣。咱若確實對在咱

的心肝底有信這幾句是欲導人進入永遠的活命，從今以後決心歡喜照按呢做。這款人設使是自

這碟死，也是已經入在永遠的活命，他的心定著有未講得之和樂。

咱會記得孔子有講：「朝聞道夕死可以」。就是講，人若是早起時會通得著道理，成就人

格，下哺時來死也是通。這句話就是與咱所講者同意思。永遠的活命不是那號愛自己不時目睭

金金，長歲壽的人所得會著，就是盡心盡力做神的工的人才有份。

現今的台灣是活或是死？

怎樣才是活？這個問題可說咱已經大略說明了。生之路若是既然知，死的路就是那個倒反。咱若將頂條所講明那四項之原理記住在咱的心內，咱自己都免講，就是社會眾人的死活咱都判斷會分明，會通發見解救的方法。

現時的台灣是死或是活？這個問題比咱一人一家的死活不知加大有賴多？總是我在此著再批明講一句，以後所欲講的是近近取咱本島人方面的材料講，卻不是講這款的弊病是只有咱才有。又再只有本島人方面的材料也是有真多，我是僅僅取幾點起來講若定。

第一，愛與咱列位對台灣的學問方面檢點看。學問是什麼？大略通講，學問是欲闡明真理的行為。學問之目的是欲求真理。所愛求之真理，若是求有著，闡有明，那個學問就是已經成功了。總是，列位，在咱的中間豈不是看學問是欲求利益者卡多，求學問是欲求做官求賺錢，所以若是未通做官與賺錢，也就掠做讀冊是無路用。

孟夫子豈不是已經有講了。他講：「學問之目的不是欲求別物，是只有欲咱所失落的心竅到返來」。咱所失落的心竅是什麼貨？就是咱心肝的鏡有生銹，真理之影照不明在咱心裡的意思。也咱學問是欲拭咱的心鏡使它明，使真理之影照會現在咱的心內。可憐，不過咱普通在看學問不是按呢看。卡多掠學問准做欲得利益的法度，致到咱的學問已經枯萎死去真久、真久了！因為講讀冊是欲得利益，所以若無利益通得就想說，不必讀！咱的人讀冊者真少，就是對！

按呢來。

又再真理是請一邊，利益做頭前；所以大概的人都是姑且糊塗。攏是撿古早人的殘渣，不敢出力新開別條之好路，發明卡深的真理。所以若講讀冊，就是《四書》、《五經》、《古文》；攏是幾若千年之貨底。那幾本冊，不僅冊皮皺皺到破糊糊，內面的字也已經給眾人的手垢糊到欲無明去。咱講變換進步是活命第一的條件。你看，咱的學問是僅僅限定在那幾本冊，活命在到落呢？不僅如此，還再有真多的小人，不僅他無看真重，無欲出力去求新，就是前的賢人苦心所發明的，他都不識心守，反而為著一時自己的利益，將直直的真理折做幾若節，做他過橋的拐杖。唉啊！台灣的學問是死或是活？

第二，請與大家來想咱台灣的宗教。咱台灣的宗教是活或是死？列位試想看。咱同胞的中間奉佛教的也有，奉道教者也有，奉基督教者也有。拜種種的雜粹神者也有，又再掠孔子做在拜者的也是有，立自己的祖先牌位神主在拜者，也是有。俗語講：「情理有一，是無兩」。這多項宗教的中間，的確有對的，也有不對的。對不對，咱在此請勿得論。咱請照各人所信的，攏給它認做對。咱所愛論的，就是各人所信的宗教是活或是死？

試想看，什麼是宗教？咱若翻字典起來看，就知影「宗」是「主」的意思，也「主」就是專主一項的意思。「教」就是教示的意思。所以通知，「宗教」兩字合做伙之意思，就是「專主一項之教示」。講一句卡明，宗教就是人專心虔誠敬拜神、體諒神的意思，獻自己一身守神的教示，做神的事業。會得照按呢做，自己的心肝底攏無分毫的疑訝，將全心全命攏交代給神掌管，一述仔都不敢提出自己之私心。對按呢自然就會生出真大的平安。這款的宗教，才是有活命的宗教。

在咱台灣所有多多項的宗教，老實講，對根底已經是錯誤者是真多，就是他所敬拜之神不對者是真多。這項照實著愛議論真，因為驚做議論了太闊，顛倒卡不好，所以照頂面之約束這點請勿講。咱只有來看在拜的人拜了什麼款，是活的拜法或是死的拜法？

第一，拜的人不明他所拜者是什麼。怎樣他為何敬拜那個神，拜的人與神有什麼關係。拜的人這點攏無明白是卡多，不過是只有聽見人講觀音有哩，就拜觀音；聽見媽祖卡有哩，就拜媽祖；聽見著拜城隍，就拜城隍。若講是犯著那一方的王爺也就起人起馬欲請王爺，只有亂拜一場。那仙神的旨意是在那裡，拜的人攏無體會；攏無致意欲遵守。自己做好或是做歹，有罪或是無罪，拜的人攏無想。僅僅想做有燒金就的確有保庇，亂亂拜，亂亂求就是。

燒一百金，點一對燭，插三枝香，也就欲求生子生孫，全家平安長歲壽。

有的下（求）講，這堵錢若保證賺過手，就欲做戲來謝；卡凶態者也有求，若有賭贏錢就欲刣豬屠羊來敬獻。設使在神的面前在下那些話，勿得站在厝內念，若開聲講明明給人聽，自己不想慚愧的人，不知有幾個！這款豈不是掠神准做喫錢官在款待嗎？

為著自己之利益對神在敬獻，與歹百姓在設惡官吏的黑手有什麼精差？這款的心理結局是死或是活，願咱深深愛省察！再請大家來看和尚、道士、童乩、尪姨的所行所做是怎樣？

這些人是在神與人之中間，一邊替神傳旨意，一邊替人服事神，表明人之心願，使人會通卡快接近神。所以這號事就著真正清氣有德行的人才會堪得當。釋迦、耶穌，就是這款人之最理想、最好的模範。釋迦為著愛盡他的本份，王宮不敢住，皇帝位不敢坐，六十餘年的中間受了無限的風霜，行走遍天腳下說明救苦救難的真理。若論耶穌之一生，是還要更使咱感激，他為著欲傳天的旨意，愛救全人類不論什麼國的人出罪惡，日日行好事，使人用槍刀刺胸脇。氣絲欲斷的時拆，他仍然不敢未記得神，還在替人求赦罪，依舊全心行仁愛。總是現時在咱台灣的和尚、道士這種類的人所做什麼款，免講便咱真通傷心吐大氣，就是基督教教會的傳道先生卡多的所做是什麼樣？和尚與道士卻是與伊未比得，不過伊的厝內所念的經文與伊的腳手所做出來的事跡，比較看是怎樣卡多？伊所講與所做的豈不是大大無相同？唉啊！這種類的工實在是世間最大的天職。可憐！在咱台灣續差不多是變成親像一片的塚埔。

這篇已經論太長了，打算不必再講什麼，列位也已經夠額明白了。總是請再給我講一句做這篇之總結。我講，今仔日的台灣是親像一遍的塚埔。塚埔！塚埔是何所在？塚埔就是死骨頭的所在了，就是無活命之所在。列位的中間兼採有人欲罵我講瘋話！我不是講瘋話，是講實在。

請聽我分拆。

列位，塚埔所有者是什麼？墓！骨頭!!在爛的身屍!!!這些以外還有什麼無？有，也有青草在於搖風、蟲在於動、蛇在於走，狗在於聞，鵁鴒在盤在旋。以外若是還有就是幾個引魂探墓悽慘的人若定。在塚埔是無有活命了，無有活動、快樂、雅緻、純潔的活命，只是白骨死屍，廢墓遍遍滿滿是。總講，塚埔是有形無命的所在。

我講現時咱台灣可比親像一片的塚埔，就是愛講在咱台灣現時僅只有形式無精神之意思。

大家若掠真檢點看，打算的確會與我同感。我再試舉一、二項證明看。列位請看咱的「戲」。

論做戲卻大部份是欲使人看歡喜，總是戲的效果不止是按呢，戲會養人的性情，是人之見識，

是一種社會教化之機關。不過、你看，咱台灣現時的戲是怎樣？做戲的人自己有感覺那個大使

命無？做戲者有瞭解他所做逐出戲的要點活命無？無了！非只他未曉這，就是他講的口白所唱

的曲文，有明白者不知有幾人？就是看戲的人也是一樣。棚腳的人可比鴨仔在聽雷，棚頂又婉

然親像一群瘋子在亂作。所搬的出頭又是千篇一律全無變換與進步，攏是幾百年前的舊出頭。

又再請聽咱的音樂看，絃譜若不是「大開門」，則是「將軍令」，北管就是「天水關」。萬項

都攏是與漢藥同一款，攏是遵守古法製造的，不若是乾燥無味素，其實攏是生霉臭味了！

列位兄弟姊妹！我不是愛亂講，老實我是無奈。我今不忍再加講，只願大家相與大決心，

研究自身進取之方法，勿得自己餒志，勿得萬項只是循規蹈矩舉香隨拜。若是按呢大家欲進

步，會通與人同坐站，的確是無賴久。唉呀！列位。咱若欲再不按呢去做，若再不時時注意自

己改革換新，僅只愍守從前的法度，在這個日日在進步的世界，咱的確著會做人的尾後，倒在

被人拖。列位，咱的祖先所放給咱的文明基業，實在是比別人者有卡美卡大。不過出咱後代這

些不肖子孫僅只會曉眠、喫、坐，未曉努力經營使它美更卡美，大更卡大。一邊，人是越枯乾

越黃酸；一邊，基業是愈荒舉廢破損，婉然親像好額人的了尾子。人僅只是倒在眠床懶絲，大

曆放在給風沙蒙住，蜘蛛結網，鳥仔做巢，百蟻啃空…無賴久若不是大曆倒落來，給它蓋密

去，的確也是被山禽野獸給他拖去喫。

唉啊！今咱欲怎樣才好呢？台灣今著怎樣才會通對於欲死，再來活？

第八項 論仁愛

做人的煩惱

人活在這世間，不知幾人會通無煩惱？除去聖人與白痴以外，打算無人會通無煩惱。聖人之德行與天平高，他的氣力與神相通。所以他的所做自在，他的心內和樂。也白痴的人通講全然無感覺，他無有什麼希望，不過天光就起來。暗就倒落去睏。腹肚飫，無好壞，拿著就喫；嘴乾無燒冷，見著就飲。這狀親像海外的散仙。總是這兩種以外的人。不知還有無煩惱的人無？

人除去白痴，雖是卡憨，天地的闊大他有看見，他自己的小細軟弱也是有感覺。將人來比天地的闊大，老實不值著天窗的日影內在飛的一粒土砂粒仔子！又再人的歲壽卡長也是難得通過一百。何時一個青春少年的大好漢，無一牒仔久的中間，著變成一個駝背提拐仗的老人。一邊，人的心粗親像海，膽大到欲包天；他所希望者，實在是深；所欲做的，實在是多。唉啊！

路途車起欲到天，日頭怎樣強強落對山後去！人不必講是有做歹事，僅僅對人自己之軟弱、氣力不從他的心願，逐人的確都著搖頭吐大氣。

我有一個朋友，他是讀冊人，他是不止有志氣。他看見咱的社會一日一日害，他常常吐氣講：「著愛解救」。然而他感覺實在有心靠會住的人真是少；又再他也知影凡事僅僅有人也做不來，有人以外著再愛有錢。到尾他就大決心：一手攬銀，一手牽子，離開家眷骨肉去到遠遠的所在做生意。那些銀是他的財產之大部份，那個子是他的獨生子。他用那些銀做生意，是欲製造後來活動的資金；也他導那個子在他的身邊自己教，是想欲養成實在中用之人才。你看他的計劃，豈不是老根節嗎？

可憐！他僅只一項準備未通到，就是可惜他的生命有卡短。他做無兩、三年的生意；雖然是不止有利益，總是到他欲過身的時拵，他的子兒尤原是細漢，他的心志他的內心空空在的絞！你想，他的心肝何等的艱苦？

有真多的賢人按呢講：「人一生所行所做，僅只由一款的私欲來」。這個私欲是什麼？就是愛保自己的平安。人為著欲保自己的平安，就又生出兩款的念頭：頭一個是愛得著物，第二個是愛得著子。得物，是欲使他的身軀勇健；腹肚若飫有通喫，身軀若寒有通穿，雨來日曬之時有通住。得子，是愛欲有後嗣，因為子是對他的身軀生出來的，所以掠做是他自己；子在活就是他的活，子孫若勇健，他看做就是他的平安了。

欲得物，然而物有限，又再不可能輕輕得會著。對這，人與人著愛競爭，不僅是比氣力，也續著比知識。卡勇的人搶卡贏，卡巧的人得卡多。也一邊愛有小孩，所以著娶某。某著勇健

又再美又賢，然而世間這號查某团仔是卡少，所以致到愛相爭。老實講，古早娶某是起人搶來

的：現時在野蠻人的中間，也是尚有這款的風俗。

不必講是野蠻人，在文明人的中間，為著娶著好的某，不知著費了賴多的苦心；這是人

人直接所有經驗的代誌。照這款的學者所言，人不論到什麼時代，都攏著愛相殺相搶奪，就是

講人本來是應該著爭拼；人著有爭拼，才是有進步。

咱若翻過去的歷史看，就知影頂面所講不是全然無影藉；可講事實太多是按呢。可知過去

的人，為著欲保活命之緣故，不知費盡賴多的心神，受了賴多的煩惱。

總是頂面的意見有大錯誤。他講過去的人卡多攏是相爭拼，這點是事實；講人本來著

愛有爭拼，有爭拼是應該，這點就是大大的錯誤。若是按呢，人豈不是永遠勞苦鬱悶嗎？究竟

做人是無心識（趣味），得物也是無路用；生子還是真費氣。可講印度人出家修苦行，不限定

不喫物放給他餓，並且顛倒是坐釘床，浸溪水、跳火堆，可使他的氣絲絡卡緊斷；按呢還再是卡

著、卡激底。該哉人生不是應該愛相爭拼；這條歹路是愚憨之時才有行。人若愈賢、愈進步，

他自然自己會曉越頭行對卡高卡平坦的所在去。那條是什麼路？路尾是到那裡？

人生的正路就是「愛」

人活一世人在世間，是欲做什麼？咱在頂項已經有講是欲行神的旨意，做神的事業。若是

按呢，神的旨意是什麼？神的事業是何事？咱在前也已經有講了，神的旨意就是：「真」、

「善」、「美」。神的事業有真多、真大，算不了。一切天上地下的萬項，都攏是祂所經營者，就是咱人的死活、發展，也都攏屬在祂的經營。也祂將這個地面上所有的萬物，交代給人掌管。通知人若會通幫助別人的發展，或是使地面萬項卡調和，會通表現各項之意義，這攏是做神的事業。

照按呢看，神的旨意是講會通分做「真」、「善」、「美」三方面；然而何者是「真」，何者是「善」，何者是「美」；這實在是難得通分別，咱老實是難得通識齊到。又再於這地面上，咱所愛做的代誌是有千千萬萬項，咱著對那一項先做起，咱實在真正難得去決定。對按呢，咱人豈不是由原是真著煩惱嗎？唉啊！咱請免煩惱，免惶訝(gông-ngiăh)。自古以來，所有出頭的大賢人大聖人，都已經有替咱想便便。也可以講是神已經有指明給咱了。人所著行的正路，不論到何處，或是到什麼時代，都攏是僅僅有一條。這條是什麼路？就是「愛」的大路了！有人講：「萬項物是對一個根本生出來」。又有講：「萬項各樣的事物，歸尾是回去一所在」。實在是照這兩句話的意思。人的一生雖然有真正多的代誌通好辦，究竟是僅只欲盡心愛疼人若定。

既然是按呢，「愛」是什麼？怎樣才會通講做是「愛疼」？這個問題是萬項問題的最第一大的。我雖是寡聞淺見，願將我所聽見前的賢人所講的，與我自己所有詳細想了之結果，分析在列位的面前；若會通做大家些小的參考，就是我的大福氣。

270

怎樣才是「愛」？

「愛」的作用是非常大，孔子教人著有仁德，釋迦教人著有慈悲，仁德與慈悲的作用可講是與「愛」的作用差不多相款。總是「愛」的作用是最深最徹底。若是按呢，怎樣才是「愛」？以下請分做五段來分析。因為「愛」，有三項的要素與兩項的條件。

一、愛的第一要素是施與

就是將咱所有的拿給別人，做那個人的路用。再講一句卡切，就是講，對屬於咱自己的物件與咱的能力，咱不敢自己私下有，將一切獻在咱所愛疼他的人之面前，做他的路用。也若做到連他的身軀性命也肯獻給人之時，彼拆的愛是做第一等大。

咱知父母愛子的「愛」是極深。怎樣按呢講？第一，父母對他的子兒無惜他的物件財產，父母一生所積蓄的，無一項不是欲放給他的子兒。父母不是只有將物給子兒，子兒若破病，他就不顧得喫與睏，專心盼望子兒會平安。又再為著子兒的教育，愛他與人平坐站，就替他找先生，揀學校。有時子兒去遠遠的所在，遇著透風做大水，或是有什麼天災的時拵，在曆的父母就心心念念，為著子兒坐、倒攏未穩。親像舊年九月初一、東京大地震之時，為著去東京讀冊的子弟，在咱台灣真多的父母，煩惱到心肝欲粉碎。我有看見，有人煩惱到若親像欲起瘋；有的還未接著消息的中間，日日哭未息。知父母不僅將一切的財產放給子，就是伊的心神也是為著子在用。父母的愛子不只是按呢：父母將他的身體性命為著子放悚者是不少。這是人所知著子在用。

影，不必再證明。可知父母是將他所有的無一項無給他的子。

咱人在世間，若是只有講因為是咱的子兒，或是至親的骨肉，所以才肯將咱的物來給他，別人就是不出得。這款不是真的「愛」，是真狹窄之偏愛。人欲行仁愛對卡親者代先，後來才及至卡疏者，這都是自然的順序。不過，若是講對親人才肯，別人就是不出得。這款人雖是有物給他的子兒與親人，可講那不是對仁愛之心來給他，是對別項之心理。這款人是尚未曉仁愛是什麼。「愛」的第一要素是「施予」，是將一切肯給人；又再不可限定於一部份，著對攏總的人同款心。這才是真正的仁愛。

二、愛的第二要素是著有敬重之心肝

若無敬重之心肝，雖然是拿什麼卡好之物給人，都未用得講是「愛」。你看，人常常有飼鳥仔在厝內、有創真美的籠子給牠住、有常常掏水給牠洗、也有定著拿物給他喫。通講那隻鳥仔對人所得著的是真多，豈採比牠在曠野所會通得著者是多卡好無通算。不過請想看，人對他所飼的鳥仔，太會有什麼敬重呢？那款是愛或是不是？斷斷不是了。這款不是愛，愛著有敬重的心肝。鳥仔本來是鳥仔，牠的兩旁有發翅，牠的天性生成是愛飛在天高地闊之所在。總是人為著他自己的心識，有翅不給牠飛，有所在不允准牠去。日日給牠關在籠仔內。人若換做鳥仔，不知欲怎樣叫艱苦；的確會講：「你真無尊重我，你是欲收拾我的性命了！」親像這款人拿物給他所飼的鳥仔，未用得講是「愛」。

唉！著親像父母在給子，或是子兒在款待示大人才是。子兒拿物給示大人，不是只有那些物若定。物以外還有比那些物卡貴氣之敬重的心存在。就是父母在教養子兒也是按呢。父母在對待子兒是看做他自己。兼採看做比他卡對重。著親像有這號的心拿物給人才是「愛」。

比論有乞丐去兩個人的厝分錢。代先那個卡好額者看見乞丐來，一身全全瘡仔真污穢，就不只無歡喜，驚了污穢著他的門腳口。乞丐還未到門的以前，就叫伙記趕緊丟一角銀給他，叫他著緊緊離開去，不可在那處打污穢。這個乞丐就緊緊離開彼處，又再去一個人的厝門口分。

那間厝的主人，身軀剛好無零錢，僅僅才有一分，心肝想了不止不過心，又加送你淡薄，給你可醫病；也卡去有一隻狗會咬人，你請卡小心。」

友啊！我這拵剛無便，這分錢是真小可，後日請再來，我才加送你淡薄，給你可醫病；也卡去有一隻狗會咬人，你請卡小心。」

大家，咱想這兩人，那一個卡有仁愛？免講是到尾後的人卡有。這個人比先那個人雖然是減拿真多給乞丐，實在他的心肝不是只有愛那些給他若定；因為是彼拵無帶錢，所以未通照他的心。又再他無看那個給他分錢的人做乞丐，無看輕他，對心肝底非常可憐那個分錢的人之艱苦。對按呢看，這個人雖然是只有拿一分錢出去，總是這分錢比彼角銀是加重幾若拾倍了。代先那個人雖然丟一角出來，他是用丟的，他是因為他的錢有豐盛。彼角銀是若準親像一角磚仔丟去，就會通緊緊趕那個污穢乞丐走。這款不若講是一角銀，設使是丟一百銀出來，也是與丟一塊石頭無異樣。這的確未用得講是「愛」，「愛」著有含敬重的心肝。

三、愛的第二要素是無想報答

咱所有的肯給別人，又再不是親像丟肉骨給狗喫的款在給人；咱是對在心肝底有存敬重的心肝。會通做到按呢，卻是真好。總是只有按呢，還不是齊全的愛。咱再試舉一個例來想看。

在咱的中間常常有一句話講：「養兒待老」。這句話就是講，人盡心盡力養飼子兒，是為著年老自己未能動之時，可給他奉承。若不是有養成子兒給他便，後來年老無人通倚靠，就著愛艱苦。就是講子兒大漢若無奉承父母，父母養成子兒是無路用。

大家請想看。有人講父母之愛子是天生成，是自然之性質。不過若照這句：「養兒待老」的意思來想，又未用得講是天生自然的。

照這句話所包含之意思就是講，人不是本來著養飼子兒；不過若是有盼望愛後來卡快活，就著愛養飼；若無，就可以不必。我看這句話若是真，父母愛子之情愛就不是天生自然的。可講父之中間是無愛情，父母不是因為愛疼在飼子；是因為欲得自己的安樂，所以在飼子。這是與做一種的生意無異樣。

起頭飼子，是親像在下本錢。下這些本錢，就是盼望後來得到大利益，就是會通得著子兒的奉承，安穩清閒喫到死。這款的心，是與對取物給人之時，已經就有想報答者相同。這未用得講是真的愛。真的愛是無想報答。講飼子是欲奉承老，這是與用鯽魚欲釣大鮘同心肝。這款不是愛，愛是只有付出，無想入。

耶穌講：「你右手拿物給人，著不可使左手知」。唉，是做頭一等之德行，著真清潔，真純全之心肝，才會生出這種愛。其實這號愛不是對人的心肝內會通生出來；是對天頂傳來之聲，打著人之心絃，響亮出來之仙樂了。

「愛」是最大最高之能力，所以有的講，「愛」就是「神」。可知會行愛的人不是屬於小小。

用嘴講「愛」是卡快，實在「行愛」是真難。對人的肉體看，真的「愛」不是人所做會到。怎樣講？若讀著生理學的人就知影，咱人的身體是不時有變換。身體內所有舊的物，不時著用新的替，這叫做「新陳代謝」之作用。身體內那些舊的不時變做大便，小水（尿）、汗、或是油垢、垢隔仙，那種之物排泄出來外面。

對按呢就生出嘴乾、厭倦種種的感覺。這就是身體內有欠缺的記認，咱就著喫真多項的物，或是飲水、喘氣、吸風，落去補。又再人之皮肉，生成熱來就著倚涼，寒到著穿燒。因為按呢，喫、穿、住，這三項是人未用得欠缺之物件。這三項在這地面上，不過無通逐處有充足。

對按呢，人若是只有從身體之欠缺，人就著致到相搶劫、相陷害。

何況身體的內面還有真多種這款的慾念，好色、愛名聲、愛比人卡高、愛清閒、不愛做工。對按呢，人與人實在難得通做伙，大家數想欲管人，欲偏坎人；有想入，是的確無想出；致到時時有冤家，相打、大相殺。列位，咱到額知影，人若專專從肉體，無再想別項，這個世間就著狡詐，粗心、勇猛、有力的大歹人，才會通平安居住過一世人。這款從肉體的社會就是叫做地獄的世界。在這個世界的人，就是鬼、惡魔，未用得講是人。因為鬼的心內無仁愛，所做是搶奪、陷害。

人是筋肉來成的。照筋肉之本性，是要求拿入無拿出。所以頂面所講，飼子是盼望奉承老，這款的思想，對筋肉之本性來講是應該的代誌。不過，人不是只有肉來生成的；肉性（或是講血性）以外還是有別種卡高之性質，就是靈性。

在頂項論「人的活命」彼所在有講，人比別項活物有多一種的心性。就是人另外有心竅，人因為有這個心竅，所以才會曉得分別真假、好歹、與美醜。這按呢人見著真的、好的、美的，就另外有一種喜愛之感覺，直直愛向對彼種的所在去。也若見著假的、歹的，或是不好看的（khiap-siê），就自然有厭惡之心生出來，就愛緊緊離開彼。這個心竅就是人的靈性之一部份。

人的靈性之最深所在，就是希望愛屬於永遠活命之內底。這個靈性與肉性（就是血性）相對反。人有這兩種之本性，肉性是近動物、近惡鬼，靈性是近神。肉性卡強的人所做與動物（就是豬、狗、牛、馬那一類）無異樣，萬項都是想入無想出。靈性卡強的人所做是卡近神，專心行仁愛；設使著損害自己的身軀，他都歡喜成人之好事。

咱人會通行真正的仁愛，就是咱肯獻咱所有的萬項給別人；又再是出於敬重之心來給人，也不是有想愛什麼報答才按呢做。這款的仁愛是對靈性才做會到。肉性是對人的身體發出；靈性就不是，靈性是對真的信心來。所以愛的問題與宗教有最大的關係，又再是對基督教「愛」之意義才會得徹底，行「愛」行了才會到極。

四、愛的本質若有頂面所講三項的要素，通講已經有齊備

要素雖然有齊備，若不是再有兩項的條件來調節，未通講是十全的愛。比論講，頂面所講

彼三項之要素是甲親像建厝的材料；有那些材料，這間「愛」的厝就建會成。不過那間厝若

欲成做一間完全的好厝，就著加兩項的條件。第一：地基著有穩；第二：方向順序著愛好。這

兩個條件若是無齊備，雖是有卡好的材料，也是無採工。在此先來講明第一的條件。

人欲行愛，著有合一定不變之理想。這項是欲行仁愛的地基。理想就是什麼？理想就是人用

心竅想，就是講著合「神」的心。「神」的心所愛者，就是真、善、美。結局是講人欲行仁愛，著

想，最後會通行到的所在。講一句卡明，「神」就是最後之理想。講著合一定不變之理

愛順從真、善、美才通做。若不是按呢，所行的仁愛會變成大過失。

比論講，父母看子是親像自己，看子是真重。伊將所有的無一項不甘給伊的子…又再伊也

不是講，是因為欲盼望子通奉承伊的年老，攏是伊子自己去主意。不過父母是想講子既然是自

己生的，自己有養成他成人之責任若定。

父母用這款心對子，通講是有愛、有愛疼。子後來的確會真感激，的確越發決心著盡做子

之義務，奉承父母到百年。列位，按呢看，總是著再深想，只有如此是尚無夠額。請想，父母

看重子是著，不過若萬事攏照子之所愛又會怎樣？比論子尚細漢，自己不準節，不時愛喫物。

做父母的人因為看重子過頭，就攏照他之所求拿給他，致到子破病黃瘦未成器。這是真淺近之

例；然而在咱的中間是常常有看見。按呢豈不是愛子，又顛倒損害子？

所以通知有物給人，又有敬重人，也無愛人的報答，按呢都會用得講是有仁愛；總是斷然之

不是十足的仁愛。十足的仁愛著再有一個條件才會用得，這個條件就是講著愛有合一定不變之

理想。照飼子之事來講，人飼子之理想是什麼？就是著養成做一個齊全的人。見若有子的人，

都攏著有這個理想；若不是，父母對子所行的仁愛，的確會變成大災禍。

俗語講：「一理通，百理同」。對子的仁愛既然著有合一定之理想；對眾人所欲行的愛，求真

也是著按呢。因為這世間有好也有歹；有真也有假，有美也有醜。所以人若不記得他原來之理想，對

捨去假，取美放棄醜的。這是做人之理想，人應該著按呢。

惡的代誌與歹人也攏無分別，攏有敬重他，將一切所有的物件精神也攏送他用，你想到尾會怎

樣？惡人豈不是對按呢受獎勵變愈惡，搞怪亂來的代誌續滿滿在遍天腳下。不若惡的變愈惡，

連那行仁愛給惡的人也續成做惡；因為愛惡的人就是惡人！所以著愛會記得，行仁愛的人著不

時有守一定之理想。若不是，所行的仁愛是欲變做一支刀或劍，代先殺別人，然後欲殺自己！

五、以上所講三個要素，一個條件若有齊備，通講就是完全的愛

這不是我按呢講，是聽學者的話，與對所讀的冊，照人所研究了之結果，用我的筆寫報列

位知。總是我自己也有想著，我想頂面所講三項的要素及一項的條件若攏有齊備，都是會用得

講是齊全的愛。不過我想這款的愛，是僅僅會用得講差不多是齊全。我自己實在是無想講按呢

已經是真十足。照我想，豈不是著再有一個條件，才會通實在講是夠額齊全的愛。別人不知有

按呢阿無，我不知；兼採我欲講這條是加的，是「畫蛇添足」也無的確；總是我講給列位斟酌

看。

我講著再一個條件，就是行愛的人，他著不可想說他是在行愛。講一句卡明，咱心都是欲

行愛，但是咱所行的是愛或不是愛，這個咱不通想，不通自己斷；咱著虛心放給眾人去判斷。不過咱是只有不時著想看咱有什麼給人無？咱是只有歡喜給人，無想人的報答無？又再咱的所做，有合一定之理想無？咱只有按呢想就好，老實有照按呢行，咱自然自己會安心。也別人對咱的所行所做欲怎樣判斷，咱著一任人去講。唉！若會得行到在這個地步，就通講是到於極點完全之所在。

在此想著一句不止有趣味的話。在一本冊叫做《聊齋誌異》的裡面有講，有一個人夢見他去陰間考城隍，主考就問他講：「城隍若是給你做，賞罰的代誌欲怎樣辦？」那個人就應講：「有心偽善，雖善不賞；無心為惡，雖惡不罰」。這句話不止趣味。就是講，若是有別樣的心肝在做好，他的所做雖是好，也不賞他；也若是無存惡意做不好，他的所做雖是惡也的確無罰他。這句話與咱所論的意思有暗合。人做好是應該，自己的確未用得因為有小可好，就生起自負自己讚美之心；若是有抱自負的心肝所做的好，就是無清氣。

人在行仁愛，若是自己無虛心，自負是在行仁愛給人，那種的愛是無純潔，受的人的確無感謝。所以行的愛若是有純潔完全，起頭人豈採會不知，總是的確未減無去。時若到，的確全親像日頭的款，光閃閃照在人的目睭內。

愛的作用

愛的作用是非常闊，愛，是萬項一切之根源。所以有人講：「神就是『愛』」。大概所有存在之所在，彼就有活躍、進步發展、和樂親善。

父母與子兒的中間若是有愛，對父母講，那個父母是有慈心；對子兒講，那個子兒就是有孝順。尪某的中間若是有愛，那對尪某就是有和合。朋友的中間若有愛，那個朋友就有信實。也一個人對眾人若是有愛，那個人就是義氣。這個人對國家對社會若是有愛，那個人就是有盡忠的心肝。又再人對萬項活物，就是牲畜草木，若有抱仁愛之心，的確無亂亂糟踏毀壞，顛倒用心保護照顧，使它會通安全生育。這號人就是有慈悲。

可知，愛是百項德行之根本。有愛的所在的確是有生育、有發達、有和好、有快樂。愛：是一切的起源，愛之作用，老實是闊大到於無限量。所以基督教的聖冊有講：「神是愛」。人若行仁愛愈齊全，他的氣力德行是愈大，是愈接近神。這種人會堪得講是替天在做事，會通做成真大的事業，使眾人享受無限量的福氣。釋迦在印度所行之慈悲，孔子在中國所倡之仁義，與基督在猶太所流博愛之熱血；為著伊所行之仁愛非常大，全世界的人豈不是自兩、三千年以前到今仔日尚在受伊之恩蔭！

世間萬項是無定著，不時有變換，所以叫做無常之世界。總是獨獨有一項不變者存在，這項就是「愛」。神是什麼款，識神到透澈的人實在尚未有。雖然是如此，咱是明明信有神。這是對什麼給咱信？就是對神的「愛」。天地之中間，明明有愛之事跡通使人看見。萬項攏著變換、著消滅；獨獨愛這項，到在那裡都是站穩穩。有愛的所在定著有活命，定著有和樂。這項雖是到天崩地裂的時拵，定著都是這個款。

人的一生雖是講有七十、八十的歲壽，總是若比天地的久長是不及目一眨眼之久。大家著

明白，人的一生是無什麼；若有，就是愛人與被人愛若定。除去這項愛以外，都攏是空空了！

再講一句卡明，無愛的人是無性命，無愛的所在著沉淪。獨獨愛是永遠與神平同在，不若自己

不減少，實在是久久會通給眾項活命會卡活，又再卡加添。

列位，在此有一個人，這個人之所做是什麼款，結局是怎樣，請大家想一下看。南洋有一

個所在叫做布哇。布哇的管內有一個島嶼叫做摩洛凱。布哇的人口總共有二十五萬人，從中染

疙瘖病（癩病）的人不止多。因為怕傳染愈闊，所以將那些染疙瘖病的人，攏集中在摩洛凱島

內。大家知這號症狀是逐人所無愛倚近者，所以在摩洛凱島內那些病人是真正十分的艱苦。有

一個比利時人叫做達彌英（Damien），這位先生是對他的國家遠遠來布哇欲傳真理。他聽見講

那些疙瘖病人的艱苦，他忍心不住，就決心與他的親人離別。自己一個好好人，跳入去疙瘖人

的裡面，與那些人同喫同睏到十六年之久，路尾自己也續染那號病死。達彌英先生死那年，若

對今年算起，剛是三十六年前。現時在摩洛凱島內在照顧疙瘖人之設備，都是不止齊備；然而

達彌英先生初初去之時是攏無什麼，起頭攏是住在大樹腳睏。也達彌英先生所做的工，是給那

些病人換、洗、糊葯都免講，也著與伊睏起厝、種作，也講道理給伊聽。若有人死，不若著給

伊埋，也著給他做棺柴。僅僅達彌英先生十六年久所做的棺柴，講一千五百具。達彌英先生死

了後，也有真多人歡喜去接他的缺。現時有一位叫做達當先生來摩洛凱島已經有三十年，打算

這也是著做到死才看有息無！在摩洛凱的疕痀人，不時都有一千人以上。

唉啊！世間還有比這款愛疼卡大者阿無？人人若是會通親像這款式來愛人，你想這個世間豈還有什麼通煩惱？唉啊！真正大，「愛」的力！有「愛」，起頭才有性命；有「愛」，起頭才有安心，起頭才有和平！

第九項　論健康

健全的精神住在健全的身軀

「健全的精神住在健全的身軀」（Mens sana in corpore sano）。這句是西洋之格言，是勉勵人著善訓練照顧身軀使它勇的名言。西洋人個個都是更那親像將這句話刻在伊的腦筋內，伊逐人不論查埔查某、大人囝仔，攏是非常善訓練身軀。所以伊的人不只身軀的根肉是親像鐵打的，伊的精神個個都是活跳跳。

咱的人不知是為著什麼緣故，各人的身軀都是未曉得照顧者卡多，致到體質非常弱，精神攏無夠額。普通若喫到五十歲，就儼然有一個老人款。西洋人對五十歲起，剛要大大做代誌；伊那牒之精神差不多是與咱二、三十歲的人同一樣，歸身軀滿滿都是壯年的氣慨。

有人講東洋與西洋的文明各各有特色，無的確西洋有卡贏。我想兩邊的文明各有特色，這卻是實在；總是講西洋的文明無卡輸西洋，這驚做講了太自誇。再卡如何想，我都不敢講東洋的文明未卡輸。人講東洋文明之特色是在於精神，西洋是在於物質。按呢是有影；總是未通對

按呢就掠做西洋的精神無文明，或是講西洋的精神文明是卡輸東洋者。若是一點比一點來比，

東洋的精神文明，內底比西洋卡出色的也是有；不過若對大體看，通講不僅西洋的物質文明有

卡贏東洋，精神文明也是比咱卡出著。

總講，西洋文明是卡積極，咱東洋文明是卡消極。西洋的是卡向前卡活動；咱的是卡守、

卡沉靜、卡退避、卡憂鬱的款。比論講，在咱是講「自己所不要的不可給別人，按呢就是仁

愛。」在西洋就不是按呢，伊講：「著將自己所愛的，歡喜給人，才是有仁愛。」

僅僅對這話就會通知影西洋的精神卡積極、卡徹底。請認真想看咧，咱所不要的勿得拿給

人是卡快，將咱所愛的拿給人，實在是卡難。又再將咱所不要的不拿給人；對那個人來講是無

為著按呢加添什麼貨，是平常的代誌。不過若照咱所愛的拿給他，那個人為著按呢加添利益是

卡多。

西洋的宗教（基督教）教人講，人的身軀是聖靈的寶殿，所以對身軀內所發出一切的感

覺，若受聖靈的指導，著攏使它活動才好。東洋的宗教（佛教）教人講，世間萬事是空空，就

是人身軀結局也是無；若將無者看做有，就是執迷；所以對身軀所發一切的感覺，著給它禁制

使它消無去。對按呢信佛教的人有的無娶某，有的禁無眠、無喫飯，講也有九年久只有靜靜坐

看壁；也有的坐釘床，拿鑽子刺身軀，使別款的念頭無發生，使肉體會通卡緊無去，可成佛。

列位，請想看，這兩款宗教是東西兩邊精神文明的大特色。照按呢比較著，東洋佛教所講豈不

是非常消極嗎？

會通使身軀勇健的法度

咱欲研究會通使身軀強壯的法度以前，咱著先會記得一項，就是咱著愛身軀勇，不是欲愛長歲壽的意思，是欲愛咱盡做人的本份，做給它徹底。若不是按呢想，講使身軀勇，是專專為著欲愛長歲壽之緣故，按呢就大大有錯誤，再下去所欲講的議論就續不明白。

請想看，這處有一支刀。刀不是欲排看況。刀是欲切物。刀若會通愈多款，又愈多物是愈好。刀只是揮入刀屑，雖然放幾若千年之久，結局有什麼意義？刀著切物，切愈多愈好。所以刀第一要緊著有鋼；第二著愛利。刀欲愛有鋼，著愛用火烘，用錘煉，用水冷卻；也欲使它

咱欲研究會通使身軀強壯的法度以前，咱著先會記得一項，就是咱著愛身軀勇，不是欲愛長歲壽的意思，是欲愛咱盡做人的本份，做給它徹底。

列位，請咱的目睭展開看，咱的人有成一個人款的，有幾人？卡多豈不是面色枯黃、皮肉消瘦、駝背、晴暝、跛腳者滿滿是嗎？對這款格格無強壯之精神可發現，實在是無應該。

退步守若定。「健全之精神是住在健全之身軀」。

快老、真快死。這攏是對咱的身體真軟弱，致到精神無充足。所以事事都是不敢向前做，攏是真

論今仔日的東洋人輸西洋人的點是真多了。咱東洋人的志氣是真消沉、真無活動。咱攏真

到；咱的人是只有指甲留長長，在厝內行來行去，算瓶仔迌迌過日。伊西洋人知這地面上無一處伊不敢

西洋人伊攏無與伊細貳，給它取來就叫它拖車，做燈照路。伊西洋人知這地面上無一處伊不敢

用。咱東洋人就不敢，大概之物都是不敢去摸它。比論講，咱東洋人舉香在拜的雷公閃那婆，

又再西洋人對天地間萬項物攏是無驚惶；伊攏敢倚給它研究到盡頭，給它拿來做人的路

利，就著削、著磨。若是按呢，那支刀定著會卡快了。也驚快了，將刀無削、無磨，只是收去

放，究竟是成什麼？這個意義若有明，欲使身軀勇壯之法度就卡快清楚。

一、息睏與做工

息睏與做工準節給剛好，欲使身軀勇，這項是最要緊。咱平常的人不止勤勉，攏是會曉想

做工，未曉想息睏。西洋有一句俗語講：「無息睏攏做工，巧巧囝仔都會變憨人。」咱一般的

人照看卡多是做工過頭，消瘦直直欲乾去者是真多。也一邊有業產有地位的人，不止無愛活

動，專專是息睏。伊的息睏通講是真極端之作法，他的腳手差不多歸世人攏不曾使它活動，他

的毛細孔除去破病發熱，或是六月天以外，可講是攏不曾有流汗出來。所以卡多是與平常人同

款，由原是一重皮拎一支骨，兩支腳載一個身軀都續欲不穩。咱的人可講是極端至極，做工者

直直做到死，也息睏者是一直睏到氣絲斷。這是他的境遇叫他按呢也是有，總是大的理由是未

曉做工與息睏之意義。

動腳手未用得講是在做工，靜靜坐未用得講是在息睏。做工與息睏之分別，看是為著代誌

在做代誌，或是為著心愛在做代誌。為著代誌在做代誌是出於不得不（bo-ta-oa），是有感覺

艱苦。為著心愛做代誌，是出於心肝自己欲，所以有安慰。拿郵便的人在走路，走相掠的人也

是在走路；雖然是平平在走路，拿郵便者是在做工，走相掠的人是在息睏。生意人為著生意

（商務）捧嘴下斗在想，與行棋的人為著棋子擰嘴鬚在想，平平都是在想，總是一個是在做

工，一個是在息睏。做工是出於不得不（bo-ta-oa），是勉強做，是違背心肝之所愛，所以大大

有損害身軀的康健。息睏是出於心所愛，有安慰，所以對身軀的健康有利益。做工是受代誌所

迫在做，代誌若未了，工就未通息。

所以勞動太過頭，致到害身軀。息睏是出在心主意，愛做就會來做，愛息就會通息；準節會

剛好，所以對身軀有利益。又再做工是卡愛專注在一項，想代誌者是不時專在想；出力者出

到力盡，都著愛再出；用手者著不時用手，用腳者不時著用腳；在外面者著被日頭曝到欲乾

去，在內面者著蔭到欲黃痠。

總講做工是用身軀的一部，致到全體不調和，變成一種破相之款式。息睏會通照咱身軀的

缺欠調和給好勢，所以身軀會康健，精神會愈增加。

咱在此講息睏，免講不是只有倒在睏的意思。總講出於心肝之所愛來做，就是息睏了！身

軀厭倦，心肝想愛睏，也就倒落去睏，按呢就是息睏。這是安靜的息睏。身軀厭倦心肝想愛活

動，也就出去外面行走，或是打球、爬山，這是叫做運動的息睏。普通咱的人若講息睏，就是

指安靜的意思，攏無運動的意思在那裡。

這句運動的話是近年來才卡有用，卡早攏罕得聽見。這是證明咱對運動無趣味、無關心。

從來看運動是做一種不正經的代誌，囝仔做掩咯雞、躲相找，或是逐過痕、賊圍君，這都攏是

一種的運動。一般的人看這講是囝仔在玩、在作逆，掠做不應該的代誌。大人絕對不曾做，也

不肯給囝仔去做。

到此咱已經會通明白咱的人身體軟弱之理由。咱的人通講是有勞動無運動。勞動照頂面所

講有害身軀是卡多，欲使身軀勇，愛運動才會用得。雖然講咱不是無息睏，咱是只有安靜的息

睏若定。安靜，卻是要緊；總是若只有安靜，是使人的筋肉愈無氣力，使人的精神愈消沉，愈

軟弱。

大家眾兄弟姊妹！咱受真久歹習慣的積弊真深，使咱身軀軟弱已經到極站，咱的精神消沉

已經到於極頭。做人應該受著的福氣咱實在放悽真正多，差不多無當通算起。咱著切切緊緊省悟

做工與息睏的意義，未曉運動的要緊所致的。咱著切切緊緊省悟，只是做工無息睏，到尾會無

工做。又再若是只有安靜無運動，到尾著愛變成軟腳軟手的鱃蟲仔（壁虎）！

無愛運動，是東方人共通之性質。這十餘年以來，受西洋之風氣大感化，運動的趣味已經

一年一年重。在學校逐日都有教運動的法度。每年有設種種的運動會在鼓舞。不僅各國在他的

國內在獎勵，國與國的中間也有設會在鼓吹（像奧林匹克運動大會）。

在咱東洋，日本、中國、菲立賓這三國自四、五年前有設一個會，叫做「極東奧林匹

克」。兩年照輪在一國開會一次。通世界萬國也有相與設一個世界奧林匹克的會，就是每四年

開一次。今年（一九二四年）是在法國的帝都巴黎開，這次算是第八次。在頂月（四月廿七

日）對咱國內也有揀二十餘人派去赴那個會，著坐四、五十日的船才會到位。親像按呢，這款

的會所開的錢及所用的心神，實在不是小可。有冬時不料在那中間有人受傷，有人了生命者也

是無稀罕。

老實，這款的代誌使咱的人的確是做未通到；總是為著按呢鼓舞給通世界的人攏總知影運

動之要緊，攏總對運動有趣味，人人攏去做。對按呢，通世界的人身體與精神就漸漸會卡勇壯。

西洋人對這款運動的趣味，實在是非常。伊在厝內有厝內的運動，在外面有外面的運動。在山裡有山裡的，在水裡有水裡的。有一人做的，也有多多人做伙做的，有千千百百款。僅只為著這項運動，伊逐年所開的錢不知有多少？

為著自己欲運動勉強愛用錢，就是欲看人運動也不是隨便會使得。聽見講在舊前年在美國紐約市，世界最出名的拳闢家在彼比演，集倚來看的人有十萬人，坐一等位的入場料一百塊（美金）。對那個頭手師父按呢一次的謝禮，講是六十萬塊銀，這實在是使咱所未曉想，使咱聽了了會著驚。

又再有看著前在咱台灣做總務長官下村弘先生的冊有寫，講他在十年前有查英國人平均一人一年僅只為著運動著開二十塊錢，也伊全國總共著開九億一千萬銀。咱台灣總督府現時一年的費用是將近一億銀。十年前英國一年所用的運動費，給咱現時台灣的官府會通開九年久了！你，通驚或不通驚？現時免講再卡多。九億一千萬銀豈不是真多嗎？咱台灣總督府現時一年的費用是將近一億銀。十年前英國一年所用的運動費，給咱現時台灣的官府會通開九年久了！你，通驚或不通驚？

啊！西洋人比咱卡勇有百倍，比咱卡賢有千倍，實在不是偶然的代誌。願咱對運動著再一番的用心。

實在「無息睏攏做工，巧巧囝仔都著變憨人」，請不時做工的同胞著愛會記得。又再羅馬人有講，「健康在門外」。所以我好膽請為著不時只有安靜息睏，致到破病在艱苦的同胞，請您信羅馬人這句話，時時出去門口外行行走走看，健康勇健的確在彼等候您！

二、衣、食、住

衣裳、食物、及住居，這三項是人欲保持生命所必要的。總是人為著這三項顛倒損失生命者也是有。不僅是有而已，照實在看，咱的人為著對這三項「衣」、「食」、「住」安排了有不甚好，縮短所應該享受的歲壽是真多。

(1)衣裳的路用，第一是欲調節寒熱，厚薄穿會剛好，是非常要緊。多多人講衫仔褲穿薄卡會感著風，穿厚就卡不會。無的確一定是按呢。卻不是講厚薄攏無關係，總是最有關係是在體質之強弱，不在衫仔褲之分量。人的感覺會訓練得，會慣勢。常常穿厚的人，到尾續慣勢，皮膚對按呢就變成未堪得冷，小可寒都著穿真厚。

不過若是對起頭就主意穿卡薄，到尾慣勢，雖然是真寒，也是不必穿相厚。我的親人朋友的中間，做醫生的人不止兩三人，我常常去伊的所在，看見真多大人抱他的囝仔欲給醫生看。現現是六月天真熱，也給他的囝仔穿幾若領衫又搭裘，頭殼給他戴帽蓋。醫生欲給他診察，一下給他脫衫看，可憐那個囝仔給不識情理的大人給他封到一身軀專專汗，臭汗酸的味差不多欲激倒人。

人有兩種的喘氣，一種是對鼻空與嘴，又一種是對毛管孔。親像這呢熱之時，給囝仔包到那款，這結局是將那些毛管孔攏給它塞密不使它喘氣，囝仔不必感著風已經著愛破病才有合情理。衣裳的路用，不必講一部份是欲保持對人的禮數，也一部份是欲好看粧美，總是最大的路

用是欲幫助皮膚調節天氣之寒熱。請著再會記得一項；氣候冷之時自然著愛穿卡厚，總是若對

平時注意，會通穿會薄是愈好，使身軀會愈勇。囝仔熱天在睏之時，只有給他包腹肚，腳手胸

坎使它涼是無要緊。

鞋，可講是一種的衫仔褲。咱的兄弟腳脫赤赤的人真正多，這項是真通見著，真通煩惱。

如此不僅是野狀歹看，為著按呢腳骨生疕仔痛苦的人是真多。近來鄉村的姊妹留腳了，這是大

大通歡喜；總是續學查埔人脫赤腳，這項真正是愛請大家想！今不知欲按怎樣來解救？

(2)食物的代誌咱愛心者有真多。咱的人不論喫或是飲，攏著過煮、過熱、過滾才肯喫，這

項是真好的法度。因為物裡常常有附細細的蟲叫做細菌，人的破病對喫著這項來的是真多。若

一次給它過煮過熱過去，它就隨時死去，喫了就無要緊。

總是咱對這項喫，最不好的習慣就是愛亂亂喫，攏無照時拵。照醫生的研究講，人對嘴內

喫物入腹，著經過二十三點鐘久著才會放出來。食物吞落去胃的內底（胃普通叫做肚），著經過一

點鐘才轉入去小腸，著七點鐘久那些物才會通過小腸的所在。通過小腸以後轉入去大腸內，在

彼有十五點鐘久，然後才會消化出來外面。

在頂節有講，做工與息睏著愛準節會剛好，在此這項也是要緊。喫物入去腹肚內，腹內的

機關就是胃、小腸、大腸；以外肝、腰子（腎）為著欲使那些食物會通消化做身軀的路用，攏

著愛做工；若無息睏，到一時力出盡，也就倒落去，也就發破病。西洋有一句俗語講：「脹菜

會短生命」。咱也有一句講：「脹豬肥，脹狗瘦，脹囝仔黃酸疸」。無物通喫餓死的人實在是

真多，總是給物脹死的人逐日不知有賴多？又再做一次喫太多脹死的會通講是無，所有給物脹

死的攏是對在無守時間，嘴不時動，一嘴喫過一嘴者卡多。餓鬼就是餓鬼的綽號，請有通喫的

人著小心！

嘴不時動的人，不僅會促短歲壽，還閣使頭腦混沌未曉想代誌。大家自己試驗看，大概腹

輕，心就輕，腹肚若飽目睭就欲愛睏。所以卡無粗重常常用頭腦的人，近來嫌一日喫三頓相過

多，所以一日測喫兩頓者有真多。

我自己自悟，六年前在東京之時起，就只有喫中午頓與暗頓，早起頓是差不多無喫，只有

飲成碗涪糜仔就息。我經驗了感覺不只好。所以請為著窮鄉之緣故喫兩頓的列位不必傷心，有

通喫的人也在學您的好模樣。喫物有時一半擺喫給它真足飽，給腹肚內卡鬧熱也是好；總是平

素時喫到八分九分還卡好。若是按呢不限定腹肚卡快活，所喫落了的物之好味，也欲久久在的

香。

關係喫物著再想一項；喫物入嘴內著認真哺給幼，落去腹肚才快消。對按呢就可知影，嘴

齒是真著照顧。咱的人的嘴齒真快咒快落，這攏是對未曉照顧所致者。照看不曾洗嘴的人是真

多。嘴若無逐日洗，所喫之物會附在齒岸，嘴齒對按呢就快落。不僅如此，嘴內的味實在是無

好，嘴若展開也是無雅氣。

近來大家漸漸有明白一項，逐早起洗面之時續洗嘴。洗嘴之時大概是用齒刷與齒粉。齒刷

是的確要，齒粉是不一定要，只用卡細的鹽清洗就夠額。鹽，有去毒氣的力。又再逐頓喫飽後

著愛用水漱口，將附在嘴齒那些物洗給它離才好。這項的確著實行，欲給嘴齒勇。這項是真有功效。欲睏之時若是有再刷一次嘴，是還卡頂真。若是講老人有嘴齒是會哺死子孫，這是一種的迷信，是真不近人情的話。

咱的喫物之煮法與在現時全世界的別人比，實在是不輸人。總是我看好喫是好喫，不知會卡無衛生或未？我想驚了會卡難消化，因為咱用油相過多，又再物常常煮了相過頭，致到難得消化。親像魯蛋卻是真好喫，不過是真未消化。咱從來喫飯也是真不法度，咱攏是喫浮的，只是取那些米渣起來喫，米髓攏是在滒內，將那些滋養的滒才拿去飼豬、漳衫，實在是真不著。也咱台灣菓子出真多，大家不知是為著什麼因單攏真罕得喫，這也是真可惜。菓子不若有含真多滋養分存在，喫了也不只會幫助別項物消化。

(3)住居會通講也是一種的衫仔褲，是歸家族的人公家在的穿的。所以在頂段論衣裳的所在所講的話，在此會用得再講。衣裳是欲做準節寒熱之路用，住居也是按呢。衣裳是欲助人之美觀，給人好看。住居也是有這項的路用。又再衣裳是人對人的禮素來講的確著要之物，住居也是同一樣。衣裳是只有這三款的路用，總是住居不止是如此，也欲防備賊仔的偷拿。咱的厝多多愛建向西，這實在是真錯熱，不止不好。不過也著看所在，卻不用得一概而論。

不過若是照從來請地理師安羅經才定方向，那款是真錯誤。欲建厝之時第一要緊著揀乾鬆的所在，著看四周的所在才定方向，要使日照會著，風通會到的，所以窗仔著開卡多卡大的。厝的周圍若是有地場可栽樹木花草是真好，因為樹木的葉會洗清人對鼻空在吸的空氣。

厝內的物件若是會愈少愈好。咱的厝內常常有無路用之物鎮到滿滿，實在是真佔處，真無好看。所費驚了相重做不到，若欲不是厝內攏總舖地板，逐日用水揉洗使它清潔，在外面所穿的拖鞋與鞋，木屐攏不穿起來內面，按呢厝內就會真清潔，大細的確會卡少病痛。將這部為著病痛的藥錢，及減做工之損失，打算就已經足額會通做整頓厝內之費用。又一項，厝頂的角仔勿得舖開開使土沙會通落下來，若攏用板舖密就真合理想，親像內地人與外國人的厝掛那種天花板，若是對咱的厝之建法講，我想是無必要。

咱有愛在厝內飼畜牲之習慣。現時街市卻卡無，在庄社是真多人有飼。論飼畜牲是一項大事業，是真要緊，總是著不可愛欲給畜牲肥，致到使人瘦才會用得。若是在厝的埕頭埕尾另外設一所在飼是真好，不過照所看是放與人在做堆者卡大部份。因為按呢埕裡的土腳都免講，就是廳裡內面也也是不時有雞、鴨、或是豬、羊在摻雜，斬然無清潔。

也庄社內面的路上，這位那位卡多攏是有不好的味通激倒人。那號不好的味就是有毒氣的證據，那不止會害人之身軀，會使人快破病。咱都無給它試驗看，在彼所在因為飼畜牲所賺的錢銀，不知有到通捉藥仔無？

我若入去庄社之時，定定都是想講，庄外的田洋若比論做極樂的天國，底內就是艱苦的地獄。因為田洋歸遍攏是青苓苓，田頭田尾有活跳跳的水在流。對於田面吹來的風又涼、又香，稻仔尾被風吹垂下、舉起，這狀況如同綠的水在溢。

無張池對面前的草仔內，有咱所未曉得的蟲吹唱迎接咱的歌；挺靜一下聽看不知在那一角對高高的所在有半天仔的聲細細在的響。停腳舉頭一下看，遠遠的山直直到欲接天，在在如同在眠的夢中一樣。啊！美啊！自在啊！快樂啊！咱的田洋之好景緻！

不過若入到咱的庄社內，頭就要暈，目就欲灰。所有看見者，就是竹刺的破籬笆，亂見見之草堆，豬在滾浴之臭水湳，土糞堆、醬洛洛的豬巢。雞狗的聲亂噪噪，婦人人喊呼之聲使人聳毛孔。目睭所有看見攏是荒廢，耳空所有聽見都是嘮叨，大人睛睜睜，只有為著三頓喫，拖磨不敢小可停，囝仔無人可眷顧，與雞同在土腳在吼。啊，這款之境況，欲給比喻做什麼？雖是地獄，也敢嗎是這個樣！

大家眾位同胞！不幸頂面所講的，若果然是咱的庄社人在過日之現狀，咱放給它照這個勢面去會用得未？斷斷未用得！咱的確著想一項解救之法度。照我的愚見，這款歹境遇的原因，第一是在咱久年教育無普及之；第二全然是對貧窮之緣故。歹習慣與無教育，這著慢慢來改革，貧窮是卡快通解救。

咱的庄社人是真勤勉，又再自己一身的費用也是真儉樸。按呢是無貧窮的理由。不過照在講，大部份是真窮。這是因為走漏的所在非常多，走漏的路您自己請想看。在此我所不要講的有真多，我只是講幾條卡普通卡快解救的點。

第一項：敬拜神明的法度有大不對。各人所信的神明的確著愛敬拜才應該，這不論那裡的人都是一樣，咱也著按呢做。不過敬拜的方法、咱是大大與人無相同。咱的人為著神明開無意思的錢是無當通去算。咱所敬的神不只一仙，是百百仙，所以今日有什麼神生日，明日又再著祭什麼神。這月媽祖欲刈香，後月王爺欲出巡。卡停講欲普渡，無一攕仔久又再愛做醮。又再一年間所愛做之忌辰不知幾次，算都算不盡。若論到建廟粧宇金身，等等所費的錢，算真敢會驚人。

現今只是在咱台灣來講，將近有兩千人每日打拼做金紙未赴給人燒。大家只有為著神明的代誌亂燒亂鬧，亂飲亂喫之所費，一年各人各口灶著愛賴多才有到？別所在的人親像咱拜神佛者是有，拜種種的草木神也是有，總是無一處有咱這款的開費。這款的開費豈不是會省約得嗎？只有三年久將所省約的錢寄在銀行放，請算看一口灶不知積賴多呢？

為著冠婚喪祭咱比別國的人加開的錢也是非常。論嫁婆的代誌，老實是做人一生之大事。也喪事祭事這卻也是人情之禮素，是做子孫的人所不敢老草之本份。不過若照現時的風俗看，實在攏是守形式卡多，攏無有什麼實心。原來人的見聞愈長，心竅就愈開，這號人情風俗，的確著與時代平平改換進步才是。

在早咱的前代之賢人，豈不是有教咱著不時做新款的人嗎？總是可惜咱同胞的中間，還是未通曉悟自新，喫烏煙（**鴉片**）、飲燒酒、娶細姨，種種的歹習慣，脫攏未通離的人是真多。

僅只照頂面所講，為著迎神、敬佛，冠婚喪祭所加開費的錢額積蓄起來，將這些就欲有通給咱的子兒讀冊修養，使咱的厝內卡有整理，大細卡未病痛，卡會通歡喜過日。咱這個台灣是世界中罕得有的一個天然寶庫，咱現現住在這個寶庫內著到這款的貧窮艱苦，這實在是真正不合理。

清潔

對這句「清潔」，打算大家的確另外有一種異樣的看法與感覺。聽著「清潔」豈不是隨時想著警察與一種驚惶之心。這三個念頭在咱的頭腦內，較那親像不時相導行的款。老實就領台以來，在咱大家本島人的中間，為著警察之嚴督，受著過頭尅虧者是不少。總是若對大局看，為著呢，清潔的代誌有加大進步。若將警察所有做過頭的代誌勿得拾來講，實在這層的進步可講是本島警察界之功勞。不過若冉對一面想看，就可明白咱的同胞從來是卡無清潔，咱著對心肝底自己自責，大慚愧才對。

清潔有兩款的意義：一款就是純粹無紛雜，單單一項的意思。比論此有糖，咱著講此的糖有清潔、有乾淨無，就是在問講，看那些糖是僅只糖若定，或是有摻別物存在。若是無別物摻入，就是清潔。若是有別款物摻入，不論是摻鹽，或是粉與土沙粒，不管是會喫得或是未能喫者，那些糖就是無清潔、就是不乾淨。

又比論一項：若講一領衫洗了有清潔，就是講這領衫裡無別項物附著，是只有布紗若定；若是講不乾淨，就是布紗以外還有別項物附著，有土或是有汗，有油垢附著之意思。

清潔尚有一款的意義。第二的意義是無毒，無毒就是清潔。有一日我對台中坐車欲返來台南。有一個三十左右歲的婦人人，身邊放一個包袱坐在我的對面。她的囝仔差不多有四歲，腳裡穿一雙布鞋站在椅走著，所以椅頂印到全全是土沙的鞋底跡。我看見她攏無掠那做按怎，忍

不住開嘴給她講：「你的椅頂已經真不乾淨，团仔的鞋請給它脫起來怎樣？」婦人人聽見我按

呢講，她就緊緊將她的手拭那些土沙，也才將她的手巾拭她的手；後來她再脫团仔的鞋，將那

雙鞋仔的鞋底合鞋底，解開包袱做伙包落去。我給她看，包袱內有包食物在的。

啊！我看了顛倒想真不過心，因為我講一句愛她清潔的話，反而使她做出真多無清潔的代

誌。萬一那雙鞋若有附毒在的，包袱內那些食物喫了若起破病，也不就是真害！看那個婦人人

卻是無什麼著落，總是在咱同胞的內底有看見這款人，我實在一時卡慘給人損三下頭殼碗。

這是因為她只是會曉有滲雜的不乾淨，未曉有毒的不乾淨。她是想講，土沙都已經拭起來了，

手巾後來洗就會清潔，也會都底合底土沙未觸及食物，所以她才掠做無要緊。打算她敢是想按

呢。這是對她未曉有毒所致者。

內地人不止愛清潔，對伊這個性質我不止大感心。總是我去內地七年餘久，我也是曾看見

伊的人有無清潔之所在。內地人不止愛洗浴，所以到那位都有浴間真正多。我也是兩日三日去

浴間洗一次。真趣味，浴間是欲給人清潔之所在，不過我看見內地人中有未曉清潔的人是在此

看見。卻不是講逐個內地人攏按呢，總是我定定有看見卡粗俗的內地人，落去浴桶內洗之時，

常常有人用浴桶水唅起來洗嘴，也嘴內那些水唾到桶外的人也是有，就按呢吐在桶內洗的人也是

有。有冬時仔也曾看見抱团仔落去洗，將面布摻浴桶水給团仔洗嘴者也是有。那號早浴間之浴

桶水是百百種的人洗了的，竟然也為著欲使嘴清潔，用那號水來洗，豈不是欲清潔顛倒不衛生

嗎？

親像這款人卻不是講真多，不過卡多的內地人若落去浴桶內，就用水洗頭洗面，這是差不多人有按呢。對按呢我就想講內地人的愛清潔，也尚且是淺淺。因為對這項有毒的不乾淨，伊也尚且是識無到。

若講咱的人都是還卡害，咱的兄弟姊妹之中間，有毒的不乾淨都免講，就是滲雜的不乾淨，未曉的人是非常多。中國人是與咱同祖公，所以對這項無清潔的代誌是與咱相同款。因為按呢，中國人在今仔日的世界受人看輕真多，也咱也是同一樣。

有毒的不乾淨與滲雜的不乾淨，咱的人兩項攏識無真，應該咱的人差不多著攏絕種才對。好加再，咱攏無喫生的物，攏著過煮過熱才有喫有飲，對按呢有毒的不乾淨消無去真多，所以才會通卡少死失。講卡少死失是對情理想在講，若論比別處人是加死非常多。咱的人為著未曉不乾淨，比人是真短歲壽。死人請勿得講，因為不乾淨致到跛腳、睛盲、無嘴齒，這款人在咱中間是世界一等多。唉啊！這款怎樣對人有雅氣呢？

我看咱卡無清潔相的原因有三個：
頭一個是對咱無學問不識衛生。
第二個是因為婦人人懶惰無骨力。
第三個是因為水不好又少。

人無學問不論對什麼都是不好，總是對衛生的代誌若無學問，是直接即時有不好可看見。咱因為無學問，所以什麼是清潔，什麼是不乾淨，咱認識未盡。有毒是什麼意思咱未曉得，致

到著了生命，著破相艱苦。毒之內底，比論親像細菌那一種，那是活的物，是真細尾的蟲，是

人目睭所無看見者，也是真正善生湠。聽見講，親像瀡吐症，或是老鼠症那款的毒蟲，一日只

有一尾就會通變做千千萬萬尾，所以人若被那款蟲侵患著，不必一日餘就會死。

以前卡早在我出世的鄉里（北港），曾一時老鼠症真大流行，有一家五個人做一禮拜久死

到剩一人。這是因為無知識，未曉這款毒蟲（細菌）的利害，未曉防備染來染去才會按呢。因

為咱無問，為著這款老鼠症，這款毒來使冤枉死的人不知有賴多？

人若無學問，不若清潔的法度未曉，著愛受剋虧，又再無學問的人經濟的確不好，雖然是

會曉欲清潔，因為無錢，氣力做未到的也是非常多。對這點講，我也大大希望咱同胞眾人，著

愛看學問卡重咧。學問是人欲過一世人之渡船。咱的姊妹差不多是攏總無讀冊，對這層我實在

是非常痛心深深在煩惱！

咱會卡無清潔，第二個原因，我講是因為婦人人之懶惰。咱的婦人人照普通看是真拖磨，

不時只有做工攏無息睏。若按呢，怎樣我講咱的婦人人懶惰？我不是講咱的婦人人萬項攏懶

惰，我是只有講咱的婦人人對這項清潔的代誌是不止懶惰，是只有對清潔的代誌在講。清潔的

代誌大概攏是卡愛粗重，也咱的婦人人攏是有綁腳，所以行走卡不自由，未通爬高落低，因為

無運動只有坐著屈，致到身體弱，筋骨無力可運動。對按呢清掃就卡老草，愈不乾淨，就愈慣

勢，慣勢就續變自然。某不乾淨，尪也無法度，著續一樣的不乾淨，也所生出來的囝仔都免

講。到尾續發明一種不乾淨的真理。不乾淨的人講，「喫土卡大謀」，「喫蟲善做人」，「黑

色的衫仔褲卡未不乾淨」（lâ-sâm），「洗浴愛感著風邪」，「脫赤腳蛇不敢咬」（講因為上帝公是赤腳）。這攏是咱的骯髒人特別製造之真理，是別處所無者！近來婦人人的縛腳是漸漸解欲了，身體也漸漸卡勇、卡自由。總是這款通天腳下所無的骯髒真理，不知何時才會消滅去？

第三個原因，我講是因為水少。這條卻不是根本之原因，是幫助咱知影不乾淨來源的一個直接的動機若定。在咱台灣從來欲得好的水是真艱巨。大概水攏是無什麼清，井水的質又是無通好的卡多。一邊無天然之好水，又一邊是無知識，無講究欲使水好之法度。因為水歹，使人生出未曉骯髒是什麼，是真多例。水之清、濁，實在是大大有關係人之清潔與骯髒。內地人卡愛清氣相。我看內地逐處的溪水、井水，都是真清，受這的感化是不少。

又再咱的婦人人攏卡不會粗重，所以欲擔水提水就卡難得，步步著查埔人或是著請人擔。對按呢自然就卡愛保惜水、愛真儉用。俗語續有這號話講，「善用水的人，後出世著做貓」眾人對水的觀念是這款，所以咱的人罕得洗身軀，有時只有擦若定，面桶水比溝仔水卡濁，也不是罕罕得。

啊！我講到這也不甘又再講，也我也是無勇氣通再講。聽見管水道（**自來水**）的人講，一個人一日若是用五斗半的水是應該。今咱一日不知用多少？清潔是與身體之勇弱最頭一等有關係。萬項之清潔是對逐人的頭腦身軀做起頭。欲給頭腦清潔，就著有學問、有教育；欲使身體清潔，就著洗身軀。

要咱兄弟姊妹有教育，好的學校趕緊設卡多是真切要。總是欲救現時的緊急，我講著至急

普及「羅馬字」。若不是普及「羅馬字」，現時在咱台灣，眾人對教育之缺欠，實在無路可補

足。也若欲給眾人會通卡清潔，的確著會通給大家各人身軀卡清潔。

對按呢想，我自十三、四年前就有主張，各街市庄社攏著設立公共的浴場。我在明治四十

三年之時，彼拵剛在阿公店（岡山）公學校在教冊，也曾出一篇論文於台灣教育會的雜誌，提

倡在各公學校著設置浴間給學生洗。這兩、三年來咱本島內卡大街市的所在，已經有設公共浴

場真多處。總是那款者是甲那親像欲給少年人熱天可洗涼運動的款。我所愛設的公共浴場與這

無相同。水著用燒的，也著設會通給婦人人洗的所在，著設卡多處，一次入浴的費用著收真

省，起頭若會無用錢是卡好。若是按呢獎勵，我信不必幾年久，大家的衛生的確會真大進步。

雖然是按呢講，這要有真熱心的人在掌權才做會到。那款人不知在那裡？咱是未等候得。

列位兄弟姊妹！我所講的若是有合大家的意思，這是咱各人自己的代誌，請大家卡儉別項

的費用，趕緊自己去計劃進行，怎樣？

第十項　論錢銀的代誌

有錢駛鬼會挨磨

「有錢駛鬼會挨磨」，這句俗語有含幾若款的意思。普通在用的意思是不好。普通是講世間僅只有錢就好，錢是最要緊，最貴氣，若有錢不必再有別物都攏做會到。這是叫做拜金主義之所想，是看錢過頭重的人之口氣，不止有大不對。在世界這款拜金主義的腳肖是非常多。西洋有一種叫做唯物主義之學問，也是講宇宙的中間結局是僅只有物，以外無別項，人的心思行動都攏是對物來，受物的支配。所以這款人免講也是看「錢」親像生命。有人講：「錢四腳，人兩腳」，錢豈有到彼呢活？錢豈不是錢嗎？錢是人做的，無人，那裡有錢咧？是有人才有錢，不是有錢才有人。

拜金主義的人就是倒邊講，他講：著愛有錢才有人。到底豈實在按呢？咱講錢，若寫漢字著寫「財」，音讀「châi」。這字財是兩字來合成的，就是「貝」與「才」合成的。貝這字的

音讀「Poê」，就是蛤蜊殼這種類，「殼仔」的意思。才這字的音讀「châi」，就是人的才情、

才能、才調之意思。可知錢就是「殼仔」及「人的才情」來成的。

現今卻不是按呢，這是古早的代誌。古早起初初之時代，人人無做生意買賣之事業。彼

拵的人若愛物，攏著藉自己的氣力去採取，或是將自己所有之物與別人交換自己所無者。照按

呢做是真無利便，所欲交換之物著愛搬來搬去。後來人淡薄卡進步，就想出一個法度，就是去

海灘拾種種的殼仔來，將那號殼仔做錢用，拿殼仔給人，人就拿所欠用之物給咱，不必拿物去

換物。

按呢是加真利便，總是無妥當。怎樣講？因為人欲拾殼仔是卡快，又再殼仔也是卡快壞、

快破，所以人後來就換款。人的知識才情愈進步，到尾就會曉鑄銅鑄銀鑄金。會曉是會曉，在

那時代卻不是那麼輕快的代誌。所以就用銅鑄錢，也到尾就用銀鑄大銀、銀角仔，用金鑄金

角。按呢都就加真大利便。

總是人的知識心思是親像水在流，是不時在進步，所以也掠按呢做齊全。到最近無賴久，

嫌錢卡重卡碰鬆，費去拿、費去算、費去收，就將錢廢掉，僅只用輕省輕省之鋼板銀角與金

角。總是按呢尚嫌費去，續設種種之銀票、金票在使用。卡早十千的錢雙手就提無法，現時十

個銀之銀票頂好塞在鼻空內。可知古早的錢與現時的錢是無相同。

古早的錢是用殼仔做，現今是用金用銀用紙做。人是為著愛便利才設錢。錢是約束之表

記。錢是人與人做伙約束做成的。也人會通做伙設約束，是因為大家有信用。可知是有人有信

用才有錢，斷然不是有錢才有人。

錢是人設的，總是豈會通亂亂製造得？愛錢豈會隨時有？的確不是。「財」這字的內底是有一字「才」在的，也這字就是「才情」或是「能力」的意思。

對按呢咱會通夠額明白錢財之意義。錢財是什麼？錢財是人做的，是人用他的才能所做的。又再錢財著不時與才情做伙。換一句話講，人所設所造的錢財結局是什麼，未通做什麼事。錢財著不時倚在才情的人才會有路用。

又再講一句，錢財是才情能力之表記，所以無才情無能力之所在是不應該有錢。若是有那些錢就可叫做是歹錢，不若無路用，顛倒會生出歹事來。所以通知道錢無逐項會。有錢豈採會通駛鬼去做鬼事，總是只是錢豈採無法得做什麼。原來錢是著被人駛，不是欲駛人。

拜金主義的人是見錢卡重生命，見著錢就拜就跪。這款人日日是只有在給錢拭銹，為著錢拖磨，做錢的奴才。只是為著錢在活的人老實是日日為著錢在死亡。

「有錢駛鬼會挨磨」，這句話豈攏無影阿不是？不是全然無影，卻也有一面的真理。法國有一句俗語講：「錢是萬王之王」。老實錢若是歸於有才能有德行的人之手內，實在會通做成真多真大的代誌。在頂面有講錢財是人的才能氣力之表記，尚會通再講，錢財也是萬項物件之總代表。

所以若有錢財，心想那項物，那項物就到：僅只有一項錢，就與有萬項之物件是相同。

「有錢駛鬼會挨磨」，這句話若是用做講，不論什麼天黑地暗的代誌，就是犯著什麼卡大之重

罪，用錢就會通取消去。人雖然是真臭，真正無人格，總是只要有錢，就即時會變做香，變做

大大有名望。若是按呢是不，是非常的錯誤。

不過若是講錢是人之才能的表記，又再是百項物件之總代表，所以有錢是不止利使，不止

會通幫助人做事，會通成就人的好志氣，這都是實在。對這個意思講，錢財著愛大大來保惜。

孔子有講：「錢財若是有路可去求，雖是給人牽馬的代誌，我也是歡喜做」。他講這句話是十

分表明錢財著保惜。總是他也有講：「做那號不義的代誌來得著好額，這款好額我給看做親像

在天頂在飛的雲霧」。看錢親像生命，為著錢卡什麼惡毒硬心的代誌都敢去做的人，聽著這句

話著愛重新想一下看！

好額兼精實較彼好？

按怎才是好額？這卻未用得輕輕講，總是普通是指有錢有物在的講。好額大概是人人所意

愛，窮鄉是人所忌剋。人若是做到破病無錢可喫藥，大寒之時只有著看某子在的打冷戰，有好

事攏著放著等候別人做。到在這款的窮鄉，實在也是足額通傷心。

雖然是按呢講，好額也斷然不是有福氣，不是不時通恭喜。照目睭所看，好額人吐大氣比

窮鄉人卡多。為著窮鄉家內生起風波無平靜，這也是定定有看見。

在英國有一句俗語講：「貧窮若對大門入來，愛情就對窗仔走出去」。不過若認真看，這

號事是屬於那種無教育、無修養的腳肖才有按呢。咱的俗語豈不是講：「家窮才會出有孝的子

兒」。在西洋也有一句古早話講：「厝愈小，心愈大，愈平安」。

人的真情卡多是對於貧苦之中間來發現。壞品行與人鬧苦相怨恨，對好額人的所在發出者

是卡多。好額人的家庭你給他查真看，大概攏是厝內變做戰場，兄弟變成仇敵。自古及今照歷

史來看，錢銀成人是卡少，害人是卡多。人最有福氣之時的確有無限之盼望，與大大的安心；

人若絕望又再心內時時有驚惶，這是做人上大之不幸。

窮鄉人不論見著什麼都奇巧，他所還未到的所在是真多，所以他的身輕，他的心真活動，

他真少掛慮，也有真多通盼望，又若親像無鞍的馬，見著大條路腳蹄蹔蹔拍叫，頭舉高強強欲走

去。

好額人就卡未通按呢，因為他的錢財足，他的喫穿不時有過頭，可講他是喫厭、穿厭、睏

也是厭；所以他是真正少少可盼望，顛倒是為著喫多積傷，穿多快寒著。醫生的好主顧卡多就

是好額人。英國有一個大出名人叫做拉思金（Raskin），他講：「住草厝看著大厝會驚惶的

人，比那號住大厝逐項看了攏是無稀罕無心色的人，不知加得賴多的福氣」！好額人的錢財不

是放在大櫃內，卡多是放在心肝頭，他的腹內攏是錢銀塞塞的；他所喘的氣攏有臭錢腥，他被

錢銀壓到大氣噴無離。

窮鄉人若不是那號真無志氣無路用者，的確不肯隨便做人之差用，總是好額人可講暝日都

是為著錢銀在走踪。錢銀著不時有流通才有價值。不過世間卡多的好額人，見一塊就想收一

塊，見一角就想愛拿一角。；他攏是想入無想出。他有錢不是想欲用，是想久久會通担住他的手

中心。

所以好額人第一艱苦的代誌，就是他的手內所揹的錢給它走無去這層。好額人為著欲顧使他的錢財未無去，他是時時刻刻在用心用神拼生命。他怎樣有閑通再想別項，顧什麼仁義愛痛的代誌呢？所以基督有講：「好額人欲入天國無異如同駱駝欲穿針鼻」。

現時卻無，若欲是昔時賊馬縱行的時代，好額人時時是難得通睏落眠。現時雖然是有銀行可寄，有股票可買，妥當可放錢的所在是真多，不過加生出一項比賊卡害的事情來。就是現時不比昔日，今交通真利便，做生意的法度與舊底攏無同，四過的行情真通曉，物件的價數起落真雄，銀水之起落實在驚人。

親像頂那西洋大相戰的中間，咱這邊一時不止無景氣。然而相戰了後不知不覺的中間，錢櫃內的錢銀無聲無肖只是飛無去，頂日不止優裕清閑的人，今仔日著給人踏門踏戶討錢。為著按呢起狂或是自盡的人是不少，對按呢來做詐欺害人的代誌，那是多多無當通去算起。有一個出名的哲學家叫做倍根（Bacon）有講：「好額人在想錢之時，他是無閑可顧他的身體與心肝」。實在是講了真正著。無德行無修養的人來好額，是無異病人在夯枷；精差普通的枷是柴做的，好額人的枷是金的。總是既然甲是枷，柴的豈不是顛倒卡恭喜，因為金的卡重，夯起來是越愈卡可憐！

怎樣算是好額？

好額怎樣講是不好？頂節所講好額無的確好，是講夯錢枷的好額人，無才情無德行的好額人，若是真正的好額，我是非常愛。總是若不是真正的，不必講是孔子公，就是我也是看做比天頂在飛的雲霧還更卡無現。若是按呢，怎樣才算是真正的好額，這著來研究使它明。

第一著愛明白，收多用多才是真的好額，僅只大櫃內飽飽，土腳埋幾若十甕，土地有幾千幾萬甲，錢銀僅只放在使它生銹，田園是排的做體面，或是放給子孫去開駛看活，這不是好額，是與身軀斷半圓（錢）的人一樣。

咱常常有看見這款人，你若算他所有的金銀是幾十萬，查他的田園是有幾百甲，論他與人交關又是真闊大。不過見著公共為著社會有利益的代誌，欲叫他拔一支可毛仔出獻，他就吼叫痛，對人不時吼叫他窮鄉艱苦。又再是他自己每日的喫穿用，也是求與普通以下的人相同款，跑路是用腳，坐車是嫌無四等的。總講，若論拿出，他是求做無路用的人，也若遇著有通拿入，他就品身品勢用卡大的本錢都是敢。這種人現時在咱的中間不知有多少？這種就是正經的守財奴，未用得算是好額。

真正的好額人著會多入多出。能執能窮才是。原來錢財是欲給人用，給人做代誌的器具，斷斷不是欲給人排的看況。錢銀著愈善流通才愈有價值，若是僅只積死在一處，專歸於一個人的手，是與囤糞堆同一樣。

關係錢財之兩種的管理，一種是「所有權」，又一種是「使用權」。什麼叫做「所有權」？咱勿拿法律之講法來論，照普通之理氣來論。比論在此有一百銀，這百銀的確不是自己有，的確有主人。對這個人講，那百銀是掛那個人的名，別人著不是有拿與那百銀同價值之物，與這個人歡喜甘願相對換，的確未通改換那百銀的名字。有那百銀之名字的人，就是講對那百銀有所有權。也什麼叫做「使用權」？會通自由拿那百銀去開用的人，就是有那百銀之使用權。真正的好額，著有真大的所有權與使用權。

總是若會通久久有真闊大之使用權，僅只按呢也足額可講是好額。兼採這款的好額是卡輕鬆卡實在。原來有錢有物豈不是欲用嗎？所以有錢有物若是未通用，或是未曉用，那有是與無相同。

比論講，有一個好額人死去，他的子細漢，他的財產免講是欲放給他的子，所以那些財產之所有權是屬於那個囝仔。不過因為那個囝仔細漢未曉什麼，所以入他的叔伯或是親戚做他的護見人，代囝仔掌理那些財產。對按那個護見人若是無有不正經之代誌，他會通代那個囝仔主意，將那些財產給它運用使它做種種之事業。若是按呢那些財產之使用權可講是歸於護見人之手裡，那個囝仔是有一個空名，實在是護見人在好額。設使那個囝仔若是久久未大漢，或是成做一個不中用的人，那個護見人豈不是久久會通運用那些財產？他豈不是久久是好額？

對這項推想起來就會明白，著有使用權才是好額，僅只有所有權是無意義；不過若是有所有權又再有使用權，按呢是給那個使用權會通安穩，卡久長若定。雖是按呢講，這個所有權人若愈進步的確會愈無對重。有錢不甘ми或是未曉得，僅僅會曉想入無想出，這種人豈採有所有權，總是的確不是有使用權，這是與窮鄉人無異樣。

第二著愛明白，不論多或是少，著愛時時有生息才算是好額；若是每日只有攏是開費消無去，攏無重新生出別項，這款是攏有減少無加添，這正正是窮鄉。大家知，了尾子雖是他的祖公放有幾千萬給他，究竟他是窮鄉人。不只如此，到尾連他的身軀生命都續無通有他的份。也若是日日在做工，無論是對自己，或是對社會，逐日有利益，逐日有出色，有卡加添多，按呢那個人雖是現時無著，總是的確通算做是好額。不若他好額，社會為著有這款人存在會得直直進步，直直發達。這種人可講是世間的金礦，對彼欲出真多金，使世間或是他的子孫有油膩。

若拿小小的來講，一個人一日賺三角，自己用兩角；剩一角拿給別人做人的利益。也再有一人，一日賺三塊，日日自己著四塊才有到用；無到用那塊銀，他就用心去拿別人的來補。請想，這兩人那一人卡好額。

若拿卡大的來講，自古以來的大賢人，可講伊是大好額，因為看通天腳下做伊的厝，伊通身之力攏是出在眾人的中間，使眾人為著伊來發展進步。

孔子雖然在陳國一時曾經無米糧可喫，總是後來他所得的財產是無當算。釋迦愛世間無艱苦，雖然是將他的王宮王位丟棄，總是後來他所得的不知比那些加有幾千幾萬倍。基督自己

311

有講：「在天空飛的鳥仔有巢通眠，在曠野走動的狐狸也有空通隱藏，總是我是無所在通跨頭殼的人」，你看那時他是何等的窮鄉。今請看，現時通世界成半的人豈不是為著他在出力？他可講是自有人以來最頭一等的好額，不論那一世代的皇帝也未通值著他的一角仔！

第三愛清楚之點。好額不是講所有的錢著愛到賴多，是著會曉知影自己的氣力，才來想咱所會堪得獲得之額數，又再著用最好的法度來運用那些。若是按呢，就可算做是好額。

按呢兼採講了卡汎，請來拆卡明。錢是才情的表記，這咱已經有講了。人的心對錢老實是無想厭，不過錢財既然甲是才情之表記，著愛量氣力才定著所應該得的才是。若欲不是按呢，設使就是給他加得卡多，他也是運用未通去，按呢不僅那些錢積死死，他的擔也是加重，著受種種的阻礙。

比論一個人欲收冬，叫他的子兒攏總出來鬩割粟。割了示大人看伊攏骨力不止大歡喜，允准伊兄弟各人盡伊所有的氣力擔粟去做自己私寄。大漢的擔一百斤，第二的擔八十斤，攏剛好會通擔到厝。第三個細漢不認份，他想一時仔久的艱苦若定，卡多會通開駛卡快活，所以他就強強擔與伊大哥擔相同，可是擔一步顛兩步，擔到大氣喘未離。不得不著愛傾倒一大半在路邊給牲畜喫，也他自己到厝續發熱頭痛，連倒幾若日。他的老爸笑笑給他講：「憨囝仔，你豈不著準節自己的氣力。若欲親像你按呢，我那拆著著不可給你，才來害你」。咱講「貪字貪字殼」。西洋也是按呢講：「人不是因為他所有的物卡少，所以才窮鄉；獨獨是因為他的心不知足才是」。

錢銀著再看用的法度，與用的所在；若是用著的所在與用於對的法度，這個錢會做做兩個或是三、四個錢厚。也若是用不對的法度來用於不好的所在，雖然是錢銀積到滿曆內，這斷未用得講是好額，無異樣是積歸間的糞掃。

美國有一個大出名人叫做佛蘭克林（Franklin），他講：「人行一次歹品行之費用，會通養育兩個囝仔」。總是我想敢不止是如此。照我的經驗講，開在公裡一個錢，不若開在私裡百個錢的厚。請看，拼生命為著一家的某子出力，將一切所有的僅只為著自己來開費，竟然到尾變做幾塊無名無姓的骨頭，這款人不知已經有多少。不必講別人，咱自己來做看，將咱愛顧某子的錢財氣力，分一割仔對社會眾人做看咧，你的確會感覺你所用的一圓有百圓大，有一萬付出的人，的確會通變成百萬的長者。

列位，不可講我是在說荒唐，這是對我自己的經驗，與看世間之實情，用確切之信念在的講。列位，請無疑，誠心去做看，我相信列位也的確會大聲喊，講「著」！古早猶太以色列的王所羅門講：「有施捨，反而加添好額，保惜錢，反而窮鄉」，實在是千古之金言。

時刻是黃金

《千家詩》的頭段有一句講：「春天的暗時一刻仔久會通值得一千金」（春宵一刻值千金）。這句詩是極力在讚美春天月光時之好景緻，是講看那款之好景緻一㸃仔久，是比得著一千金卡好。這是對景緻來識時刻之貴重。若無有景緻那麼好，打算他敢未曉得那刹那久之時刻有甲那寶貝。雖然是按呢講，這也還閣會通講是識時刻之價值的人。

「時刻是黃金」（Time is money）這句是西洋的俗語。咱對這句話可知西洋人識時刻之貴重，是比咱有卡深、卡夠額。這句話的意思是看著時刻就知影時刻之貴重，也是講時時都是貴重，都是寶貝，不必講是好景緻之時才是。

對好景緻才會曉時刻是值錢的，豈採遇著歹景緻歹境況之時，欲講時刻比爛土卡通厭惡，也是敢有。看著時刻就知時刻是貴重的人，不論是好景緻或是歹境遇，好額人的一點鐘與窮鄉人的一點鐘，他都攏是看做真值錢，平平是貴重。因為按呢，西洋人是真善保惜時刻，一瞬仔久都無放給它空空走過去。

咱的人是真未曉得時刻的值錢，看時刻若親像在看大溪的水，放出在它直直流過去。伊與咱自真久之以前，又再是真多人，對時刻有一款異樣之看法，致到在今仔日，伊的文明與咱的是大大有不同。伊在過日的滋味是與咱大大無相同。不必講西洋人是比咱卡會曉開金山，善發明，善製造奇巧之物件：僅僅對這點比咱卡善保重時刻之心性來講，就是已經比咱真富裕真好額真快樂，真有意義了。可講伊的一日，兼採欲卡贏咱的一年。

時刻給人通貴重之理由有兩項。一項是因為時刻一下過去，就無再回返來。雖然平平是早起，總是昨早起與今早起過了，還閣有今早起；今早起過了還有明仔早起可來。咱不可講昨早起是無相同；今仔早起與明仔早起也是有精差。自古早之古早到後來的後來，今早起僅僅才有一個，豈不是真通貴重嗎？

再一項是因為時刻與人的活命未離得，會通講，時刻就是人的生命。時刻之經過果然是無限量，不過在這個無限量的時刻的內面，咱會通活動，普通才僅五十年的中間，會通做工辦代誌之時日是無賴多。五十年的中間著睏了十六、七年，讀冊準備的時間準做六年久，細漢未曉半項，未通創什麼；與人厭倦或是破病總共準做十年久。一切扣除外，五十年的中間會通發揮人的氣力做代誌，僅只有十六或是十七年久。可知一世人的中間活了最有款式，最有意義的時日，不過不上二十年。這十六、七年若放給它空空流過去，人有活是與無相同，那個人是與無生命的人一樣。

你想看，時刻著愛惜或不必？時刻實在是黃金，不只如此，還閣是比黃金更再卡貴氣。咱兄弟姊妹的中間，不知是因為怎樣，僅只會曉貴重錢銀與生命，也看時刻親像土，那號人是真多。

請認真想看，究竟錢銀與生命都攏是時刻來使它成的。僅只會曉重錢愛生命，未曉保惜時刻，這是無異樣於喫菓子未曉拜樹欉，中狀元續未曉看重自己的先生，我在此欲舉幾層來做證據。請大家做伙斟酌看。

逐日對街路過，不時都有看見咱在買賣是真正善講價。賣的人知影買的人的確會出價，他就將價錢講給它澎馬澎馬，出在他去出。買的人尚未看物件之好歹，開嘴就嫌卡貴。「唐山客，對半塞」，就先給它出一下給它俗俗俗，也才若看物，若推敲。大家想真看，所推測的價腳精差有多少，這是快知影，總是為著按呢所了之時刻，雖然是五分十分之久，這五分鐘十分鐘的價錢，實在是難得算，這五分鐘久就是了去買的人五分鐘的生命。為著幾分幾角的講價甘願促了五分十分的歲壽，老實無比這卡憨的！

這款的買物對何處有通俗，這款的賣物怎樣有通賺？現金兼採會通加長幾角銀，總是不知不覺的中間已經費了幾分的生命。為著些小的錢銀，肯放幾分之生命，這款的生命未免過俗。見真一分的生命若用幾千萬銀欲給人買，打算他敢不。對時間的觀念無明，未曉得時刻之寶貝，所以常常有這款憨的代誌，逐日有非常之損害無利益。

文明人極善對重時刻；伊的買賣的確無按呢，賣的人照他所會合盤的價錢講，買的人也照他所看會值得去買才給他買。若是看不合，他翻身越返就行，大家真清楚真無費氣又省工。

又一項可證明咱對時間無關心之證據，就是不若辦事無照時拵；對人所約束之時刻咱不止含慢守。不論欲開什麼會，都攏著時間過頭真久才會通齊到；一個人對一個人相約也是按呢。請人客之時是又再卡害。照舊慣講著三催五請才是到禮，總是這款之禮數實在是文明人的中間所無的。親像這款在延緩了時間，是無異樣將大家的生命看做水，抾起來濫滲潑丟掉，這是非常的大錯誤。

西洋人在守時是若親像在顧生命，與人約按呢就是按呢，約幾點幾分到，就是照那個時刻，的確無差半分。德國有一個大出名人叫做康德（Kant），他不限定對別人絕對守時間，就是他自己都攏是照時在振動做代誌。他逐日都攏有一個定著的時刻著出去外面行走。因為他攏有照時拵，所以人若看見他對一所在經過，就知影那時是幾點鐘。在西洋是掠無守時間之所行做一項真大的歹行為。

第三，咱未曉時間貴重之證據，就是咱欲找人無看拆，又再咱去找人不知是欲找人辦事

或是迫迌，不止無明白。大概不必五分鐘就參常會清楚的代誌，也的確著寫拖到一點鐘或是兩點

鐘之久。起頭攏是講那些無答坂的話，若親像從前在寫批的款，頭頭仔著寫那些陶的土的，寫

到歸大遍，正經的代誌到於尾溜才寫幾字仔就了局。這款兼不是多費時間，非常的大損失嗎？

還再有卡害的，咱不知是因為卡閑卡無代誌啊不是？咱的人真愛哈仙講笑談，攏是講那些

拾三天地外的閑話。對這款來了的時刻無當通去算，這款是與喫飽僅只倒在睏過日一樣，這是

有活若無活。老實是死死喫了世間之鹽米。有這號的歹習俗，怎樣社會會進步？大家著愛落

衰，是看見見的代誌。有時做伙哈仙講笑，卻不是攏不好，卻也是一層息睏養神之法度。總是

著愛有時拆才好，的確是未用得只有哈仙來過日。

大家！現時的人是看時刻比黃金卡貴氣，卡珍重，所以不論什麼時拆的時間，一時仔久都

攏不敢打損，不敢無定著。

這項咱上第一通知影。你看，火車在行走的時刻，是攏有定著；再卡大拉的人他都著準節

好勢，來才坐有車。自己激褲褲，用一萬銀欲叫火車等候他一分鐘，這是斷斷不必想。就是火

船也是按呢。我一次在橫濱的港岸曾看見一隻兩三萬噸的大火船，是對美國來的，是對幾若月

日前就定著彼日下晡四點鐘欲到岸壁的。我剛欲去接一個對美國返來的朋友，站在船欲倚岸的

所在等候。唉啊！真驚人，那隻親像山同大的大火船，果然是四點到位倚岸，差一分一秒都無

了。

總講，近來的人無守時刻是未通做什麼。官廳也有定著時間，銀行也有定著時間，病院也有定著，學校也有定著，做戲嗎是有定著。又再人人是無幾年可活，是無幾時可做工，所以會通定著之時刻，若不是準節定著有好勢，當這號時勢，不若擔誤自己，別人也會受咱真大的擔誤。

唉啊！眾兄弟姊妹，咱台灣的今仔日，逐方面之境況實在比人別處是真大大未看得，這大部份是咱未曉貴重時刻所致的。「時刻」是黃金，不若是如此，還再比黃金有更卡貴氣，咱著知影通保惜。善用善保惜時刻的人可講就是好額人！

國家圖書館出版品預行編目資料

蔡培火全集／張炎憲總編輯. --第一版. --
　　臺北市：吳三連臺灣史料基金會, 2000
　　[民 89]
　　　冊：　公分
　　第 1 冊：家世生平與交友；第 2-3 冊：政
治關係—日本時代；第 4 冊：政治關係—戰
後；第 5-6 冊：臺灣語言相關資料；第 7 冊：
雜文及其他
　　ISBN 957-97656-2-6（一套：精裝）
848.6　　　　　　　　　　　　　89017952

本書承蒙

至友文教基金會

思源文教基金會

財團法人國家文化藝術基金會

中央投資公司等贊助

特此致謝

【蔡培火全集　五】

台灣語言相關資料（上）

主　　　編／張漢裕

發 行 人／吳樹民

總 編 輯／張炎憲

執行編輯／楊雅慧

編　　　輯／高淑媛、陳俐甫

美術編輯／任翠芬

校　　　對／陳鳳華、莊紫蓉、許芳庭

出　　　版／財團法人吳三連臺灣史料基金會

　　　　　　地址：臺北市南京東路三段二一五號十樓

　　　　　　郵撥：1671855-1 財團法人吳三連臺灣史料基金會

　　　　　　電話・傳真：（02）27122836・27174593

總 經 銷／吳氏圖書有限公司

　　　　　　地址：臺北縣中和市中正路 788-1 號 5 樓

　　　　　　電話：（02）32340036

出版登記／局版臺業字第五五九七號

法律顧問／周燦雄律師

排　　　版／龍虎電腦排版公司

印　　　刷／松霖彩印有限公司

定　價：全集七冊不分售・新台幣二六〇〇元

第一版一刷：二〇〇〇年十二月

ISBN　957-97656-2-6　（一套：精裝）

蔡培火全集○家世生平與交友○政治關係─日本時代○政治關係─戰後○台灣語言相關資料○雜文及其他○蔡培火全集○家世生平與交友○政治關係─日本時代○政治關係─戰後○台灣語言相關資料○雜文及其他○蔡培火全集○家世生平與交友○政治關係─日本時代○政治關係─戰後○台灣語言相關資料○雜文及其他○蔡培火全集○家世生平與交友○政治關係─日本時代○政治關係─戰後○台灣語言相關資料○雜文及其他○蔡培火全集○家世生平與交友○政治關係─日本時代○政治關係─戰後○台灣語言相關資料○雜文及其他○蔡培火全集○家世生平與交友○政治關係─日本時代○政治關係─戰後○台灣語言相關資料○雜文及其他○蔡培火全集○家世生平與交友○政治關係─日本時代○政治關係─戰後○台灣語言相關資料○雜文及其他○蔡培火全集○家世生平與交友○政治關係─日本時代○政治關係─戰後○台灣語言相關資料○雜文及其他○蔡培火全集○家世生平與交友○政治關係─日本時代○政治關係─戰後○台灣語言相關資料○雜文及其他○蔡培火全集○家世生平與交友○政治關係─戰後○